Diana Beate Hellmann
Das Kind, das ich nie hatte

Diana Beate Hellmann

Das Kind,
das ich nie hatte

Ein kleiner Traum
von einem großen Leben

Roman

Gustav Lübbe Verlag

Für meine Patenkinder
Gereon und Alexander

mit meinem Dank an Julia Alt
und an Denise Werner
und an alle,
die im Alphabet dazwischen standen

Dieses Buch ist all den vielen Kindern gewidmet, die meinen Lebensweg gekreuzt haben, den kleinen wie den großen. Denn wenn wir alle Gottes Kinder sind – woran ich selbst fest glaube –, dann schlummert in einem jeden von uns ein kleiner Junge oder ein kleines Mädchen, die niemals erwachsen werden, es einfach nicht werden können, vor allem aber auch nicht werden müssen.

Das ist ein wunderbares Geschenk; denn es ermöglicht uns, die Welt, in der wir leben, ein Leben lang mit den Augen eines Kindes zu sehen: voller Erstaunen und voller Vertrauen, manchmal aber auch voller Entsetzen und Angst.

Kleine Kinder, die sich fürchten, flüchten in schöne Träume. Sie stellen sich dann vor, gar nicht die Kinder ihrer Eltern, sondern in Wahrheit adoptiert und ein kleiner Prinz oder eine Prinzessin zu sein. Oder sie hoffen darauf, daß sie eines Tages einer Fee begegnen, die ihnen drei Wünsche erfüllt. Oder sie malen sich aus, wie das wohl wäre, die Welt von einem bösen Drachen zu befreien. Es geht immer um das gleiche: um Erlösung.

Große Kinder setzen sich mit diesem Wort schon nicht mehr so gern auseinander. Große Kinder träumen ja auch nicht mehr so viel; in der Regel haben sie gar keine Zeit dazu. Außerdem sind die meisten Erwachsenen der Ansicht, daß es praktischere Mittel gibt, sich zu erlösen – sprich, mit dem Leben fertig zu werden –, sei es, indem sie bewußt versuchen, sich an dem zu erfreuen, was sie haben, statt ständig nach etwas zu streben, was sie ja vielleicht doch nie bekommen; sei es, weil sie irgendwann gelernt haben, sich immer wieder neue Ziele zu suchen und diese dann zu verfolgen, also unablässig in Bewegung zu bleiben.

Doch funktionieren all diese goldenen Regeln für ein zufriedenes Dasein nur so lange, wie das Leben uns wohlgesinnt ist.

Sobald das Schicksal uns schlägt, nimmt uns dieser Schlag die Kraft, die es braucht, sich mit dem zu beschäftigen, was man will, was man hat, was man sieht. Und dann müssen wir uns manchmal von der Wirklichkeit abwenden, um wieder etwas Luft zu holen, uns zu erholen; dann gilt es, den inneren Blick auf eine andere Welt zu richten, auf eine Welt, von der wir glauben können, daß sie besser ist als die, in der wir leben.

Dieses Buch entführt in eine solche Welt. Es erzählt Geschichten, die wie Bilder sind, gezeichnet mit der Feder meines Glaubens, ausgemalt mit den Buntstiften meiner Phantasie, und ich wünsche mir von Herzen, daß jeder, der sich entführen läßt in diese Welt, zumindest einen kleinen Teil des großen Friedens spürt, den ich bei meiner Arbeit empfunden habe.

Doch hätte ich mich nie getraut, diese Arbeit zu tun, wenn mir nicht all die vielen Kinder meines Lebens den Anstoß dazu gegeben hätten, die kleinen wie die großen. Und nicht zuletzt deshalb bin ich zutiefst dankbar dafür, daß ich ihnen so zahlreich begegnen durfte.

Los Angeles, 1. September 1997
Diana Beate Hellmann

Angela und Benedikt

Gottes Kinder sind für Gott Edelsteine,
die aber noch geschliffen werden müssen.
(Jes. 43,4)

Es war einmal vor langer, langer Zeit in den unendlichen Himmeln der Wahrhaftigkeit.

Gottvater lief schnellen Schrittes zum Palast der gläsernen Zeit. Es war schon Nachmittag, und er hatte es eilig, denn seine Kinder Angela und Benedikt standen kurz vor ihrer Abreise, und er wollte sie vorher unbedingt noch einmal sehen.

Der Palast der gläsernen Zeit war nicht etwa Gottes Zuhause. Der Vater wohnte überall, doch hatte er hier seinen Amtssitz. Dazu zählten die Bibliothek, die Große Treppe und vor allem der Saal der Sterne.

Seinen Namen verdankte dieser Saal seiner Kuppeldecke. Genau eintausend Sterne strahlten von ihr herab. Da es im Universum aber sehr viel mehr Sterne gab und sie alle mal die Ehre haben wollten, über dem Palast der gläsernen Zeit zu scheinen, wechselten die Sterne im Takt der Weltalter. Denn die Sterne hatten längst gelernt, was dem Rest von Gottvaters Welt bislang noch unbegreiflich schien: Daß das Licht des einzelnen zwar von unbestrittener Schönheit und Bedeutung war, daß es jedoch erst im Zusammenspiel mit allen anderen zu jenem Meer verschmolz, das seine Bestimmung erfüllen konnte.

Dieses glitzernde, funkelnde Zelt überspannte den Saal der Sterne, der selbst gebaut war wie ein Stern; jeder Zacken stand für einen Kontinent der Erde. In einer dieser Zacken, die in Engelskreisen ›Schweife‹ genannt wurden, war das Goldene Tor, eine riesige, prachtvolle Flügeltür.

Mit seinen eigenen Händen hatte der himmlische Vater dieses Tor geschaffen, lange bevor er den Rest der Welt erschuf, zu Anfang seiner Zeit nämlich, und das war lange vor Beginn aller Zeit. Damals war Gott noch mit sich allein gewesen. Er hatte seine Schöpfung erdacht und sie in Worte gekleidet, und um diese Worte niemals zu vergessen, hatte er sie auf jene Tür geschrieben.

Doch war die Tür nicht aus Papier und auch nicht aus Stein, sondern aus Liebe. Und er hatte nicht mit einer Feder geschrieben und auch nicht mit einem Bleistift, sondern mit Güte. Und so sah jeder, der seither auf das Goldene Tor blickte, nichts als ein wundervolles Relief, das strahlte und mit Hoffnung erfüllte. Daß es in Wahrheit aus Worten bestand, dieses Relief, das konnte nur der Vater selbst erkennen, wie auch nur er die Worte lesen konnte, die dort geschrieben standen – und das war gut so.

Gott betrat den Saal der Sterne.

»Meine Güte«, rief er im nächsten Moment laut und fröhlich aus, als er den kleinen Benedikt in all seiner Schönheit dastehen sah, »du bist ja schon hier!«

Benedikt lachte.

»Ach«, seufzte Gott und preßte das Kind ganz fest an sich, »am Ende ist es immer wieder das gleiche: Ich schicke euch gar nicht gerne fort!«

Das hörte Benedikt mit tausend Freuden. Gleich schmiegte er sich nur noch fester an seinen himmlischen Vater und meinte: »Dann laß uns doch einfach hierbleiben! Ich, für meinen Teil, bin nicht wild darauf, ein Mensch zu werden.«

Gott schmunzelte. Solche Sätze kannte er nämlich zur Genüge. Und weil er sie so gut kannte, wußte er natürlich auch, darauf einzugehen.

»Weißt du, Kind, ein Menschenleben ist nie ein Zucker-schlecken.«

»Meines mit Sicherheit nicht«, knurrte der Junge, »sonst wäre mein Lebensbuch nicht so dick!«

»Du wirst viel lernen in einem langen Leben.«

»Und viel leiden!« entgegnete Benedikt, und dabei klang seine Stimme ziemlich empört. »Warum, Vater? Warum hat man als Mensch Träume, wenn die sich doch fast alle nicht erfüllen? Warum sehnt man sich ständig nach Dingen oder anderen Menschen, um dann festzustellen, daß diese Dinge und Menschen die Sehnsucht nicht wert waren? Und warum – verrate mir das! –, warum freut man sich auf etwas wie ein Fußballspiel im Parkstadion...« Der Kleine hob den Zeige-finger. »... steht so wörtlich bei mir auf Seite 312...!« Er ließ die Hand wieder sinken. »Um dann zwei Tage vor dem Spiel so krank zu werden, daß man nicht hingehen kann? Warum?«

Gott hatte Mühe, ernst zu bleiben. »Die Antwort ist ganz einfach«, sagte er dann. »So ist das Leben auf Erden nun mal!«

Benedikt verzog das Gesicht. Er fand, daß das eine läppi-sche Antwort war, fast war sie seines Herrgottes unwürdig.

»Na ja«, meinte Gott daraufhin, »dann sage ich es an-ders: Bedenke, was du gewinnst, wenn du es gut machst. Das Leben!«

Benedikt seufzte. Er wußte nämlich nicht, ob es da etwas zu bedenken oder gar zu gewinnen gab, aber er wagte, es zu bezweifeln. Gut, nur Engel, die Flügel hatten, lebten im Pa-radies, die anderen wohnten in den Tälern der Unschuld, und es hieß, das Paradies sei der einzig erstrebenswerte Ort im Weltenreich. So hieß es, doch sprachen die Beflügelten nie darüber, wie es im Paradies zuging, und Benedikt befürchte-te, daß das eher ein schlechtes Zeichen war.

Gott lachte laut auf.

»Weißt du, Kind«, sagte er dann, »Mißtrauen ist ein tückisches Ding. Es bewahrt zwar vor so mancher Enttäuschung, doch glaube mir, es verschließt auch das Herz für die freudigen, schönen Dinge, die das Leben zu bieten hat. Und das gilt nicht nur auf Erden.«

Noch immer schaute Benedikt sehr skeptisch drein. »Das klingt zwar einleuchtend, lieber Vater«, meinte er dann, »nur –«

Bevor der kleine Benedikt seinen Satz zu Ende bringen konnte, wurde das Goldene Tor aufgestoßen, und ein völlig aufgelöstes Engelspärchen stürzte herein.

»So geht das nicht!« stöhnte der kleine Lukas und lehnte sich mit all seiner Körperkraft gegen den weit geöffneten Flügel der Tür.

»Nein, wirklich nicht!« bekräftigte die kleine Lilian und stemmte sich gegen den anderen Flügel.

Und dann meinten sie im Chor: »Wir haben zwar versprochen, nicht mehr so oft zu stören, lieber Vater, aber wenn du sehen würdest, was wir gerade gesehen haben, dann würdest du auch sagen –«

»Ruhe, ihr Zwengel!« keifte es da auch schon vom Korridor, der jenseits des Goldenen Tores gelegen war. »Still! Weg! Raus hier! Das ist ja nicht auszuhalten, wie ihr euch gebärdet!«

Im nächsten Moment erschien Cherub im Türrahmen. Er zitterte am ganzen Leibe, und seine sonst so eng am Kopfe liegenden, rotgoldenen Locken standen auch bereits leicht zu Berge.

»Verzeih, Vater!« jammerte er. »Aber die beiden sind eine Plage ...«

Cherub stimmte eines seiner Lieblingsklagelieder an. Dann holte er laut und tief Luft und brachte seine Ansprache zum Höhepunkt und zugleich auch zum Ende, indem er ihr körperlich Nachdruck verlieh:

Er schloß dramatisch die Augen, warf den Kopf in den

Nacken, streckte die Arme weit zur Seite – im nächsten Moment ließ er sie kraftlos niederfallen, dabei spitzte er die Lippen, und er öffnete zugleich auch seine Augen wieder, und die hatten nunmehr den kalten, fixen Blick einer Schlange, die ihr Opfer im Visier hielt. Mit diesem Blick bedachte er Lilian und Lukas.

Diese beiden waren eines von vielen Zwillingspärchen, die in den Himmeln der Wahrhaftigkeit lebten. Engelinge nannte Gott diese Geschöpfe im allgemeinen, doch diese beiden hier, die rief er Zwengel, weil sie nämlich immerzu versuchten, ihre kleinen Dickköpfe durchzusetzen.

Ohne Cherub und seinen Wortschwall auch nur einen Moment ernst zu nehmen, schlugen sie ihm die Flügel des Goldenen Tores vor der Nase zu, rannten zu Gottvater und bauten sich aufgeregt vor ihm auf.

»Wir wollen nun endlich auch geboren werden!«

»Ihr wißt, daß das nicht geht, Kinder!« Gottes Stimme klang ziemlich ermattet; er hatte diese Worte schon so oft gesagt, daß er es kaum mehr nachhalten konnte.

»Aber was wir gerade gesehen haben, Vater!« bohrten die Zwengel unverdrossen weiter. »Und hin und wieder kommen doch Zwillinge zur Welt, das wissen wir. Wir –«

»Hin und wieder schon!«

»Ja, und warum dürfen wir dann –«

»Ruhe, ihr Zwengel!« wiederholte nun der liebe Gott die Worte seines engsten Vertrauten, Cherub. »Und raus jetzt!« fügte er gleich auch noch hinzu. »Wir haben erst letztes Jahr über alles gesprochen, ich will jetzt nichts davon hören!«

Wenn Gottvater sich so klar ausdrückte, wie er es gerade getan hatte, mußte man sich fügen, das wußten die beiden. Und so senkten sie die Köpfe, drehten sich wortlos um und schlichen aus dem Saal der Sterne wie zwei kleine geprügelte Hunde.

Gott sah den beiden schmunzelnd nach, dann wandte er sich wieder Benedikt zu.

»Entschuldige die Unterbrechung!« sagte er zu ihm und sah ihn erwartungsvoll an; denn der Kleine hatte ihm vor der Störung ja wohl irgend etwas erklären wollen.

Jetzt seufzte er erst mal nur. »Weißt du, Vater«, meinte er dann, »eigentlich bin ich dankbar für jede Unterbrechung. Um ehrlich zu sein ...« Er faßte sich bei seinen eigenen Händen und preßte sie an seine Brust. »Am liebsten würde ich nicht nur alles unterbrechen, sondern gleich ganz abbrechen. Wie Angela das offenbar macht.«

Der himmlische Vater wurde hellhörig. »Ja«, meinte er gedehnt, »wo bleibt Angela? Es wird langsam Zeit!«

Angela hatte wieder einmal getrödelt. Dafür war sie bekannt. Wenn andere Engel eine Stunde für etwas benötigten – soweit man im Himmel überhaupt für so kurze Zeitspannen Begriffe hatte –, dann brauchte sie dafür mindestens zwei.

Auch in diesem Fall hatte sie viel unnötige Zeit damit vertan, darüber zu grübeln, ob sie ihr Lebensbuch nun lesen sollte oder nicht. ›Wege‹ hießen diese Bücher in Engelskreisen, und es gab über die Handhabung der Wege die unterschiedlichsten Meinungen.

Einige erzählten, es sei auf Erden hilfreich, den Weg gelesen zu haben, weil man sich dann auf vieles besser einstellen könnte. Andere behaupteten, daß Menschen, die zuvor ihren Weg gelesen hatten, zeit ihres Erdenlebens von Vorahnungen und Träumen geplagt wurden.

Angela hatte sich dieses Für und Wider genauestens durch den Kopf gehen lassen. Und nach reiflicher Überlegung hatte sie beschlossen, das Buch gar nicht erst aufzuschlagen, sich statt dessen vom Abenteuer des Lebens einfach überraschen zu lassen. Auf diesen Entschluß war sie jetzt zwar mächtig stolz, doch mußte sie feststellen, daß sie viel zu lange gebraucht hatte, ihn zu fällen. Sie war spät dran.

»Lebt wohl, Täler der Unschuld!« rief sie, und dann lief sie ein letztes Mal auf das strahlendweiße Tor zu, den Ein- und Ausgang ihrer bisherigen Heimat.

In der Ferne sah Angela zwei ihrer Engelfreunde unter einem prachtvoll blühenden Kirschbaum sitzen. Es waren Rabea, das Mädchen von nebenan, und Simon, der Junge vom Ende der Straße.

»Ich werde aber nicht wollen!« jammerte er und schlug dabei sein Lebensbuch gegen die Rinde der mächtigen Kirsche. »Das steht hier. Und deshalb wird unter Umständen etwas Schreckliches passieren, das steht hier auch!«

Rabea schlang ihre Arme um die Brust des verzweifelten Simon und versprach ihm, das unvermeidbar Scheinende zu verhindern.

Und Angela nahm dieses Bild zufrieden in sich auf. Es bestärkte sie in ihrer Überzeugung, es richtig gemacht und ihren Weg nicht gelesen zu haben.

Das beschleunigte und festigte ihren Schritt, und so erreichte sie schließlich schneller als erwartet das strahlendweiße Tor, blieb dort einen kurzen Moment stehen, warf einen letzten Blick zurück.

Eine ganze Ewigkeit hatte Angela in den Tälern der Unschuld gelebt, und es war ein schönes Leben gewesen, sie mochte keinen Augenblick davon missen. Unter anderem lag das daran, daß die Täler so wunderschön gelegen waren. Eingebettet in eine gigantische Gebirgslandschaft aus schneebedeckten Gipfeln und Gletschern, tiefblauen, majestätisch ruhenden Seen und seichten Hügeln aus saftig grünen Wiesen und dichten Tannenwäldern, erstreckten sie sich über die mit Abstand größte Fläche der Himmel der Wahrhaftigkeit, die unbeflügelten Engeln zugänglig war.

Auch das Wetter war hier so herrlich. Die Sonne schien jeden Tag, es regnete nie, es war nie zu kalt und nie zu warm.

»Ja«, seufzte Angela noch einmal voller Wehmut, »lebt

wohl, Täler der Unschuld!« Und dann atmete sie ganz tief durch und fügte voller Zuversicht hinzu: »Wenn ich wiederkomme, ziehe ich ins Paradies!«

Dann drehte sie ihrer Vergangenheit den Rücken zu und machte sich auf in ihre Zukunft. Fröhlich hüpfte sie über die kiesbedeckten Wege, die zum Palast der gläsernen Zeit führten.

Derweil machten Lilian und Lukas ihrem Spitznamen ›Zwengel‹ wieder alle Ehre. Wie so oft hingen sie über dem Brunnen des Lebens. Er war aus gewölktem Marmor und stand mitten im Innenhof des Palasts der gläsernen Zeit. Wer sich auf seinem breiten Rand niederließ, blickte zunächst in klares, himmelblaues Wasser. Doch schon beim nächsten Wimpernschlag veränderte sich dieses Bild. Dann hatte man plötzlich einen wundervollen Blick auf die gesamte Erde. Dann sah man die Meere und die einzelnen Kontinente, Gebirgszüge und Seen, Städte mit breiten Alleen, Dörfer, die nur über schmale, unwegsame Pfade zu erreichen waren, und vieles, vieles mehr.

Lukas' Blick tauchte gerade ein in eine große, lichtdurchflutete Dachgeschoßwohnung. Dort wohnte der Mann, der auf Erden sein Vater hätte sein können. Währenddessen umarmte Lilian mit ihrer Engelsseele die Frau, die ihre irdische Mutter hätte sein können – wenn Gott es nur gewollt hätte!

»Heute sehnt sie sich wieder mal ganz besonders nach uns«, seufzte sie.

»Und er fängt schon wieder an zu trinken«, entgegnete Lukas. »Weil er immer nur arbeitet und nicht weiß, wofür.«

»Wirklich?«

Die Engelinge rückten enger zusammen und verfolgten gemeinsam das weitere Geschehen.

»Oh, guck mal!« rief Lilian voller Mitgefühl. »Die Mama weint!«

»Bedaure sie dafür auch noch!« schimpfte ihr Bruder. »Sie heult doch nur, weil sie ihre Hoffnung verloren hat.«

»Sie ist eben zu oft enttäuscht worden.«

»Wie kann man mit Typen Mitleid haben, die uns nicht haben wollen? Das sind die doch gar nicht wert.«

»Davon hast du keine Ahnung, Lukas, und deshalb solltest du besser auch gar nicht erst darüber reden!«

»Tu ich ja auch nicht«, verteidigte Lukas sich und seine Geschlechtsgenossen. »Ihr Weiber seid es doch, die ständig von Liebe labern. Wir Männer lassen nicht Worte, sondern Taten sprechen.«

»Daß ich nicht lache!« ereiferte sich Lilian. »Wenn das so ist, Brüderchen, dann tu doch endlich was! Mach, daß die beiden da unten einander begegnen und uns zu sich holen!«

Lukas, der eben noch ganz selbstbewußt gewesen war, ließ plötzlich die Schultern hängen. Was seine Schwester da vorgeschlagen hatte, war genau das, was auch er sich mehr wünschte als alles andere. Doch solche Dinge lagen einzig und allein in der Hand des himmlischen Vaters.

»Hallo, Lilian! Hallo, Lukas!«

Schon von weitem hörten die Zwengel die fröhliche Stimme der kleinen Angela, und als sie aufblickten, sahen sie, wie das Mädchen unbeschwert vor sich hin hüpfte.

»Siehst du, was sie unter dem Arm hat?« knurrte Lukas.

»Ja«, seufzte Lilian und blickte voller Neid auf das Buch, das Angela mit sich trug.

»Hallo, Angela!« grüßten sie erst einmal überfreundlich. »Wie geht's denn?«

»Bin aufgeregt!« antwortete die Kleine und blieb stehen. Sie war ziemlich außer Atem. »Ich werde nämlich heute noch geboren«, keuchte sie.

»Ist es möglich? Na, dann hoffen wir, daß du nicht allzusehr leiden mußt.«

»Leiden?« Ans Leiden hatte Angela bisher noch gar keinen Gedanken verschwendet.

»Nun«, meinte Lukas mit wichtigem Gesicht, »es soll ziemlich weh tun.«

»Was?«

»Na, die Geburt!«

»Ja«, bekräftigte Lilian, »die Geburt!«

Schon wie die Zwengel dieses Wort ›Geburt‹ aussprachen, klang es bedrohlich, und das machte Angela angst. Sie dachte plötzlich, daß es vielleicht doch vernünftiger gewesen wäre, wenn sie ihren Weg gelesen hätte, und sie fragte sich, ob ihr genügend Zeit blieb, jetzt noch damit anzufangen. Die Antwort darauf war ein klares Nein, und so hockte sich Angela, immer noch leicht atemlos, zu den Zwengeln an den Brunnen des Lebens.

»Wißt ihr sonst noch irgend etwas über das Leben auf der Erde?«

Derweil lief Gott, der Herr, im Saal der Sterne auf und ab. Angela ließ auf sich warten, weil sie sich mit Lilian und Lukas verplauderte.

»Dumme Kinder!« brummte der himmlische Vater vor sich hin.

Endlich klopfte es an dem Goldenen Tor.

»Das wurde aber auch langsam Zeit!« rief Gott, während er Angela dabei zusah, wie sie die schweren Flügel aufstieß und eintrat.

»Weißt du nicht«, begrüßte er das Mädchen, »daß Pünktlichkeit zu den ganz wenigen Zeichen von Respekt gehört, die wir jedem erweisen sollten?«

Angela senkte schuldbewußt den Kopf.

»Das ist kein Tadel, mein Kind, sondern ein wohlmeinender Rat. Außer mir darfst du niemandem Zeit stehlen, denn du weißt nicht, wieviel Zeit dem anderen bleibt.«

Die Kleine blickte auf, dann nickte sie verständig.

Der Herrgott lächelte. »Also dann! Kommt her, ihr zwei!«

Der himmlische Vater setzte sich. Und kaum daß er saß, hob er Angela und Benedikt auf seinen Schoß, den Jungen links, das Mädchen rechts.

»Glaubt es mir«, sagte er dabei und strich den beiden übers Haar, »mir fällt die Trennung genauso schwer wie euch. Aber es muß sein.«

Angela fing an zu zittern.

»Ich will nicht«, wimmerte sie, »ich will kein Mensch werden. Lukas hat so schreckliche Dinge darüber erzählt.«

Gottvater seufzte. »Nun, Lukas ist nicht gerade der richtige Ansprechpartner, wenn es um das Leben auf der Erde geht.«

Benedikt unterdrückte nur mit Mühe ein Stöhnen, doch bekam der himmlische Vater es natürlich trotzdem mit und sah ihn entsprechend an.

»Ich weiß, Benedikt. Du hältst dich selbst für kompetent, weil du deinen Weg gelesen hast. Aber glaube mir, mit dem Augenblick deiner Geburt wirst du das meiste davon vergessen haben.«

Geburt! Angela mochte das Wort schon gar nicht mehr hören. Aber der Gedanke ließ sie nicht los.

»Tut das wirklich so weh?« fragte sie ihren himmlischen Vater. »Das Geborenwerden, meine ich.«

Gott seufzte. »Euren kleinen menschlichen Körpern wird es nicht weh tun«, sagte er dann. »Und trotzdem werdet ihr in dem Augenblick eurer Geburt laut weinen; ja, schreien werdet ihr! Da will ich euch nichts vormachen.«

Mit großen Augen sahen Angela und Benedikt ihren Vater an.

»Warum denn?« fragten sie dann im Chor. »Warum?«

Gott atmete tief durch. »Ich schicke euch nicht auf die Erde, damit ihr euch euer ganzes Leben lang nach dem Himmel zurücksehnt. Deshalb …« Es fiel ihm schwer, das so einfach auszusprechen, doch tat er es schließlich doch: »Deshalb werdet ihr euch mit dem Augenblick eurer Geburt an nichts mehr erinnern, weder an mich noch an das Leben hier.«

Für einen kurzen Moment war es totenstill im Saal der

Sterne. Dann hatten Angela und Benedikt das ganze Ausmaß dessen erfaßt, was Gott da gesagt hatte.

Das Mädchen schlug entsetzt die Hände vors Gesicht.

»Ich begleite euch, Kinder; das verspreche ich. Und ich halte euch auch, so lange ich kann. Doch in dem Augenblick, da ihr das Licht der irdischen Welt erblickt…« Der himmlische Vater machte eine bedeutsame Pause. »In diesem Augenblick werde ich euch loslassen«, fuhr er dann fort, »und ihr werdet euch vielleicht sogar *ver*lassen fühlen, bis…«

Er überlegte einen Moment, ob er weitersprechen sollte, entschied sich dann aber dagegen.

»Sag schon, Vater!« drängten sie ihn dann. »Du hast eine Überraschung, nicht wahr? Was für eine Überraschung? Was für eine?«

Doch Gott ließ sich nicht beirren.

»Wartet ab!« meinte er nur. »Eines Tages werdet ihr es wissen!« Und dabei strich er den beiden zärtlich übers Haar.

»Und jetzt los!« rief er dann. »Es wird Zeit. Deine irdische Mutter, Benedikt, liegt schon seit anderthalb Tagen in den Wehen. Und dein Vater, Angela, ist so unruhig, daß er am liebsten mit dem Kopf gegen die nächstbeste Wand rennen würde.«

Gott wollte die beiden von seinem Schoß heben, doch Angela und Benedikt krallten sich an seinen Knien fest.

»Was sind Wehen?« rief der Junge.

»Das hört sich schon so an, als täte es weh«, kreischte das Mädchen. »Und warum ist der Mann unruhig, Vater? Wovor hat er Angst?«

Gott lachte. »Richtige Angst hat er nicht, Angela, er ist eher…«

»Was sind das überhaupt für Leute?« jammerte die Kleine weiter.

»Wer?« fragte Gott. »Die Menschen?«

»Nein«, gab Angela gequält zurück, »Vater und Mutter?«

»Eltern sind das!« schrie Benedikt ihr ins Gesicht. »Hast du denn deinen Weg nicht gelesen?«

»Nein.«

Der Junge wollte daraufhin eine abfällige Bemerkung machen, doch fiel ihm nichts Passendes ein; denn ihm wurde plötzlich bewußt, daß er seinen Weg zwar gelesen hatte, trotzdem aber nicht allzuviel wußte, und das war eine schreckliche Erkenntnis.

Und so blickten Angela und Benedikt im nächsten Moment beide in die Augen ihres Schöpfers, fragend und fordernd.

Der seufzte. Aber sie hatten soeben ein Thema berührt, über das Gott nicht so ohne weiteres hinweggehen konnte; die eine oder andere Erklärung war er seinen Kindern einfach schuldig.

»Wegen Engeln wie euch und Fragen wie diesen verspäte ich mich, und die Menschen zweifeln an mir. Aber gut!«

Er lehnte sich zurück und preßte Angela und Benedikt fest an seine Brust.

»Wißt ihr«, sagte er dabei, »ich bin gerecht, das ist euch bekannt. Und deshalb habe ich den Menschen zu Anfang ihres Lebens die sogenannte Kindheit gegeben, eine Zeit, in der sie kleine Menschen sind, abhängig von den großen, eine Zeit, in der sie meinem Himmelreich zum Ausgleich aber auch noch sehr nahe sind.«

Angela verstand nicht, was das mit ihrer Frage zu tun hatte.

»Ich will doch nur wissen, was für Leute meine irdischen Eltern sind?« wiederholte sie deshalb vorsichtshalber noch einmal.

Gott atmete tief durch. »Nun«, meinte er dann, »das elfte Gebot für einen jeden Erwachsenen sollte es sein, die Kinder dieser Welt zu achten und sie ernst zu nehmen, sie liebevoll und aufmerksam zu beobachten und ihnen ebenso zuzuhören, um von ihnen zu lernen. Denn Kinder sind der Wahrheit des Lebens eben noch sehr viel näher. Paßt auf«, wurde er deutlicher, »von irdischen Eltern kann ein Kind nicht immer den nötigen Respekt verlangen. Denn Eltern sind schließlich auch nur große Menschen, die oft gar nicht Eltern werden wollten. Deshalb sind sie manchmal überfordert.«

Benedikt rollte entsetzt die Augen. Das Ganze hörte sich alles andere als vertrauenerweckend an und paßte damit haargenau zu dem, was er in seinem Weg gelesen hatte.

»Aber wenn –«

»Man tut als Kind also gut daran«, schnitt Gott ihm das Wort im Munde ab, »den Eltern das zu verzeihen, zumindest so lange, wie es nicht weh tut.«

»Und wenn es weh tut?« winselte Angela.

»Dann sollte das Kind begreifen, daß es die Eltern ja nur ehren muß. Vom Lieben ist nirgendwo die Rede. Letzten Endes sind Kinder nur Gäste im Leben ihrer Eltern.«

»Mhm«, meinte Angela. »Und warum hat man zwei Eltern? Ist einer nicht genug?«

Gott lächelte. »Im Vater liegt eines jeden Menschen Anbeginn, mein Kind. Er ist die Hand, die hält und beschützt und straft, und seine Werte werden euer Leben lang die euren bestimmen, ob ihr das später einmal wahrhaben wollt oder nicht.«

»Und was ist eine Mutter?« rief Benedikt. Mit dieser Person hatte er beim Lesen seines Weges große Schwierigkeiten gehabt.

Wieder lächelte der himmlische Vater.

»Tja«, seufzte er dann, »›Mutter‹ ist ein anderes Wort für die größte Liebe und zugleich den größten Haß, den Menschen zu fühlen imstande sind.«

Angela und Benedikt nickten andächtig.

»Man muß diese irdischen Eltern also ehren«, versuchte der Junge das Gelernte dann noch einmal zusammenzufassen, »und trotzdem aufpassen, daß sie nicht mit einem machen, was sie wollen?«

Gott nickte. »Und ihnen vergeben, wenn sie etwas machen, was man nicht will!« fügte er noch hinzu. »Den Eltern müßt ihr das vergeben. Den anderen Erwachsenen um euch her nicht!«

Angela sah den himmlischen Vater verwirrt an.

»Was ... was denn für ... für andere Erwachsene?« stammelte sie. »Sind da denn noch mehr?«

Benedikt brach in schallendes Gelächter aus.

»Natürlich sind da noch andere, du Träne!« rief er. »Da gibt es eine ganze Verwandtschaft, steht bei mir schon auf Seite 43, und das sind alles Leute, an denen du Dinge siehst, die du an dir selbst gern übersehen würdest.«

Die kleine Angela starrte Benedikt mit angstgeweiteten Augen an. Dann verzog sie ihr Gesichtchen und warf sich an die Brust ihres himmlischen Vaters.

»Wie soll ich das durchstehen ohne dich?« wimmerte sie.

Gott tätschelte liebevoll ihren Rücken. »Das schaffst du schon. Ganz so schlimm, wie Benedikt es darstellt, ist es nämlich nicht, mein Kind.«

»Und ob es das ist!« entgegnete der Junge mit lauter, fester Stimme. »Diese ganze Kindheit ist wie ein Sturzflug durch Zeit und Raum. Der Kopf wird uns durchgepustet, und wir wissen nicht, woran wir uns festhalten sollen, bis wir auf irgend etwas aufprallen, was sich Boden der Tatsachen nennt. Und dann fängt die Jugend an!« Benedikt rang dramatisch die Hände. »Man hat Babyspeck und Pickel, macht mangels Lebenserfahrung die blödesten Fehler, wird von keinem Älteren ernst genommen, muß für alles um Erlaubnis bitten, ständig dazulernen ... Das habe ich dreimal gelesen, und trotzdem kann ich immer noch nicht begreifen, was an dem Ding so erstrebenswert sein soll.«

Der himmlische Vater hatte Mühe, nicht zu grinsen.

»Ich muß feststellen, daß du deinen Weg wirklich sehr aufmerksam gelesen hast«, erklärte er dem Kleinen. »Womit soll ich dich also trösten?«

Der Junge spürte, daß sein Schöpfer Scherze mit ihm trieb.

»Du gibst den Menschen ja den Schlaf«, scherzte er mutig zurück, »das tröstet mich. Wir schlafen auf Erden, damit wir wenigstens mal kurze Zeit Ruhe vor dir haben. Vorausgesetzt, wir träumen nicht dabei!«

Nun mußte Gottvater doch lächeln.

»Träume können so wirklich sein wie das Leben, Benedikt. Das hast du doch sicher auch gelesen. Und vergiß nicht, eines Tages wirst du feststellen, daß dein Leben auf Erden auch nur eine Art Traum war. Und dann erwachst du zum wahren Leben.«

»Klar!«

»Du glaubst mir nicht?«

Benedikt wußte nicht, was er glauben sollte.

»Dieses Unternehmen da unten erscheint mir so schrecklich unübersichtlich«, klagte er. »Denken und fühlen und tun, aber nicht wissen, was man tun soll, und das Verkehrte denken, aber fühlen, daß es das Richtige ist … das macht einen ja ganz irre!«

Gott sah den Jungen ruhig an. »Des Menschen Gedanken sollten ihm heilig sein, Benedikt. Sie sind Briefe seiner Seele an seinen Verstand, geschrieben von mir, dazu bestimmt, ihn mit sich selbst vertraut zu machen, dem einzigen Menschen, dem er mit Gewißheit sein Leben lang verbunden ist.«

»Aber das wissen wir ja alles nicht mehr, wenn es erst mal losgegangen ist. Wir wissen ja gar nichts mehr, hast du gerade selbst noch – «

»Du wirst vieles fühlen«, schnitt Gott ihm das Wort ab. »Und der Mensch sollte seinen Gefühlen vertrauen; denn nur wenn er das tut, kann er sich so entwickeln, wie ich es will.«

Benedikt machte ein trauriges Gesicht. »Das werde ich aber auch vergessen.«

»Deine Seele wird dich rechtzeitig erinnern. Sie ist das Stück Himmel, das du zeit deines irdischen Lebens in dir trägst.«

»Spricht sie mit mir?«

Angela lag immer noch eng an der Brust ihres himmlischen Vaters, aber sie schluchzte zumindest nicht mehr.

»Spricht meine Seele mit mir?«

»Nicht so direkt!« antwortete Gott und strich dem Mädchen übers Haar. »Es ist ziemlich schwer zu erklären«, fügte er hinzu. »Es ist so etwas wie ... telefonieren!«

»Was? Angela darf bei dir anrufen und ich nicht?« Schon wieder war Benedikt empört; denn von einem solchen Luxus stand in seinem Lebensbuch wirklich kein Wort.

»Nicht so direkt«, wiederholte sich der liebe Gott, »aber in gewisser Weise. Angela wird mit mir sprechen können, über ihre Sorgen reden, mich – «

»Na, dann bin ich hier ja echt der Gelackmeierte!« Benedikts Empörung hatte ihren Siedepunkt erreicht. »Ich muß mich da unten herumquälen, und sie wird mit Handy geboren?«

Gott schmunzelte. »Ganz so ist es nicht, liebes Kind. Das Handy, von dem du sprichst, das nennen die Menschen Religion. Und – ach, du liebe Güte!« rief Gott da plötzlich aus. »Jetzt aber los!« mahnte er und schnappte sich seine beiden Engel im Nacken. »Länger dürfen wir eure irdischen Eltern aber nun wirklich nicht warten lassen.«

»Wieso?« meckerte Benedikt. »Was ist denn mit denen?«

»Deine Mutter«, antwortete Gott, »liegt jetzt schon seit zwei Tagen und zwei Nächten in den Wehen, und bei jedem Zwacken dachte sie, es wäre nun bald soweit, und jetzt hat sie plötzlich das Gefühl, daß es nicht weitergeht. Und warum? Weil wir hier große Reden schwingen!«

Ohne auch nur noch ein weiteres Wort zu verlieren, führte der himmlische Vater seine Kinder zum Goldenen Tor. Im nächsten Moment liefen sie auch schon durch einen langen Korridor in den Innenhof des Palasts, vorüber am Brunnen des Lebens, der immer noch von Lilian und Lukas mit Beschlag belegt wurde.

Von dort aus bogen sie scharf links ab. Rechts ging es nämlich zum Fahrstuhl der Züchtigung, dem einzigen Ort, der in den Himmeln der Wahrhaftigkeit noch gefürchteter war als der, an den Gott die kleine Angela und den kleinen Benedikt jetzt führte: die Gipfel des ewigen Lichts.

Diese Gipfel des ewigen Lichts waren die ziemlich mißverständliche Bezeichnung für das kristallene Plateau der Großen Treppe, dem einzigen Zugang zu den Himmeln. Heimkehrer mußten diese Treppe zu Fuß emporklettern; davon hatten Angela und Benedikt schon häufiger mal gehört. Abreisende hatten es da einfacher.

»Zuerst du, Benedikt!« sagte der himmlische Vater. »Und mach jetzt bitte keine weiteren Zicken!«

Der Junge schluckte und trat zaghaft in die Mitte des kristallenen Plateaus. Er wußte, was jetzt geschehen würde; man hatte ihm schon oft genug davon erzählt. Und tatsächlich! Ehe er sich versah, wurde es gleißend hell um ihn her, denn für einen kurzen Moment reichten Sonne und Mond einander die Hände, und kaum daß er sich dessen bewußt geworden war, stob er auch schon davon, hinein in das, was die Menschen auf der Erde das Leben nannten – weil sie es nicht besser wußten.

So geschah es vor langer, langer Zeit. Als Angela und Benedikt schon einige Stunden fort waren, stand Gottvater immer noch auf den Gipfeln des ewigen Lichts und blickte hinab.

Er liebte jedes einzelne seiner Kinder, und weil er sie so liebte, tat es ihm jedesmal wieder weh, wenn er ihnen das Leben auf Erden antun mußte. Doch konnten sie nur so von Ewigkeit zu Ewigkeit gelangen und ihre Bestimmung erfüllen, das Reich ihres himmlischen Vaters zur Vollendung zu führen.

Und deshalb würde es immer wieder geschehen – bis an das Ende aller Zeit.

DAS 2. KAPITEL

CELINE UND DANIEL

Der Gott, der Himmel und Erde
geschaffen hat, macht nichts Sinnloses,
auch dann nicht, wenn wir
den Sinn nicht gleich erkennen.
(Jes. 40,27.28)

Es war einmal vor langer, langer Zeit in den unendlichen Himmeln der Wahrhaftigkeit.

Gottvater hatte die letzten Tage fast ausschließlich im Saal der Sterne am Herz der Welt gesessen.

Das Herz der Welt – so nannte man in Engelskreisen den Schreibtisch des himmlischen Vaters. Denn Menschen brauchten ein Herz, um zu leben, und im gleichen Maße brauchte das Universum Gottes Schreibtisch; der war das Organ, durch das der Saft des Lebens in die Welt gepumpt wurde.

Nun, die letzten Tage hatte Gottvater vorwiegend an diesem Schreibtisch gearbeitet. Wenn er schon mal aufgestanden war, so wie jetzt, dann nur, um rasch in seine Bibliothek zu eilen.

So bescheiden das klang, so war diese Bibliothek in Wahrheit doch die prachtvollste, die man sich vorstellen konnte. So weit das Auge reichte, standen auf kristallenen Regalen goldene Bücher, und auf jedem der Millionen und aber Millionen seidener Buchrücken waren die Namen von Menschen geschrieben. Und sie waren nicht etwa mit Tinte geschrieben; nein, jeder einzelne Buchstabe bestand aus kostbaren Edelsteinen.

»Siehst du«, flüsterte Lukas seiner Schwester zu, »wenn wir geboren werden wollen, brauchen wir auch so ein Buch.«

»Psssttt!« zischte Lilian und war dabei puterrot im Gesicht, so sehr fürchtete sie sich, entdeckt zu werden.

Noch nie hatten Engel es gewagt, sich in Gottes Bibliothek zu schleichen; zumindest war nichts Derartiges bekannt. Die beiden waren die ersten, die sich das trauten und denen dieses Kunststück auch gelungen war.

»Hätte ich das mal bloß gelassen«, wimmerte Lilian jetzt. »Der Vater wird uns ganz bestimmt entdecken und bestrafen und –«

»Halt die Klappe, Lilian!«

»Psssttt!« wiederholte sich das Mädchen. »Leise!«

Der liebe Gott war an jenem Abend so in Eile und in Gedanken, daß er die beiden gar nicht wahrnahm. Ihn plagten nämlich große Sorgen.

Dabei ging es um Celine und Daniel. Ihrer beider Schicksal hing an einem seidenen Faden, und wie es aussah, würde nichts so reibungslos ablaufen, wie es ursprünglich geplant gewesen war.

So etwas kam schon mal vor. Die Menschen hatten zwar keinerlei Einfluß auf das, was ihnen im Verlauf ihrer Leben bestimmt war, doch eigneten sie sich während ihrer Zeit auf Erden eine enorme Widerstandskraft an, die zwar nur selten zum Guten gereichte, dafür aber um so beeindruckender war. Im vorliegenden Fall hatte Gott es ausgerechnet mit der stärksten dieser Kräfte zu tun. Die Menschen nannten sie Liebe – dabei wußten sie gar nicht, was das war.

»Deine eigene Schuld!« schimpfte der himmlische Vater mit sich selbst.

Er hatte nämlich schon seit langem vor, diese Halbwahrheiten, zu denen auch die menschliche Liebe zählte, noch mal in Ruhe zu überdenken.

Doch war ihm leider immer wieder etwas dazwischengekommen.

»Uff!« entfuhr es Lukas, als er und seine Schwester wieder allein in den verbotenen Hallen waren und zum Vorratslager vordrangen.

Noch nie zuvor hatte er so viel goldenes Papier gesehen, so viele Brillanten und Rubine und Smaragde und Saphire. Und dann waren da diese Ballen von strahlend weißer Seide, diese riesigen Fässer!

»Da ist bestimmt seine Tinte drin«, schlußfolgerte Lukas.

Lilian wurde ganz mulmig zumute, als sie das hörte.

»Was hast du vor, Bruder?«

Lukas schüttelte sich wie ein nasses Hündchen.

»Was sollte ich denn vorhaben?« knurrte er, als sei das wirklich eine haltlose Unterstellung.

Doch das Mädchen ließ sich nicht beirren. »Wenn du etwas vorhast, dann hat deine Stimme immer diesen eigenartigen Klang, Lukas, und dann –«

Es dauerte nicht lange, und Lukas hatte seiner Schwester einen Plan unterbreitet, der die Kleine so verschreckte, daß sie am liebsten schreiend davongelaufen wäre. Doch etwas hielt sie zurück. Auf der Erde nannte man dieses Etwas Übermut.

»Wie willst du das denn anstellen, ohne daß der Vater was merkt?« erkundigte sie sich trotzdem noch einmal.

Lukas verschränkte die Arme vor der Brust und machte ein wichtiges Gesicht.

»Die Blätter und das bißchen Seide könnten wir jetzt gleich mitnehmen«, meinte er dann. »Und dann besorgen wir uns ein geeignetes Gefäß und kommen morgen oder übermorgen noch mal her und füllen uns was von der Tinte ab.«

»Und was ist mit den Edelsteinen?«

»Darum kümmerst du dich, Lilian. Mädchen haben mehr Sinn für Glitzerkram als wir Männer. Und die Handschrift des Vaters ... die mach' ich locker nach. Wo er so deutlich schreibt, ist das wirklich das Wenigste.«

Lilian seufzte. Einerseits hatte sie große Angst vor allem, was verboten war. Andererseits gab es jedoch nichts, was sie sich mehr wünschte, als geboren zu werden. Und das hier schien der einzige Weg zu sein, es zu erreichen.

In jener Nacht arbeitete Gottvater noch mehr und noch schneller als in den Tagen zuvor.

Trotzdem reichte die Zeit nicht mehr aus. Bevor der himmlische Vater in den Büchern seiner Kinder Celine und Daniel die entscheidenden Änderungen hatte vornehmen können, stürzte ein völlig aufgebrachter Cherub zum Goldenen Tor herein.

»Vater, es ist alles außer Kontrolle!« stöhnte er. »Nichts funktioniert! Ich bin mit meiner Weisheit…«

Er sprach nicht weiter, denn Gott sah ihn mitleidig an, und Cherub kannte diesen Blick.

»Verzeih den Vergriff im Ausdruck!« entschuldigte er sich sogleich. »Ich weiß natürlich, daß von Weisheit bei mir keine Rede sein kann; nur…«

Gottvater lächelte milde. Auch wenn er es sich nur selten anmerken ließ, hatte er doch oftmals Mitleid mit Cherub. Der Ärmste war sein engster Vertrauter, und das war eine äußerst schwierige Rolle.

Um daran nicht zu verzweifeln, spielte Cherub den sicheren, selbstbewußten Wächter der Himmel – freilich nur mit mäßigem Erfolg. Um mit alldem überhaupt fertig werden zu können, hatte der Gute, der immer schon leicht dicklich gewesen war, im Laufe der Zeit einen runden Wanst bekommen, und Cherubs Naschen war schon lange ein Grund für heimlichen Spott.

Und das tat Gott in verschiedener Hinsicht leid – vornehmlich zwar für diejenigen, die da spotteten, bedingt aber auch für Cherub.

»Wenn ich mich also auch nicht weise nennen darf, ohne rot dabei zu werden, lieber Vater, so würde ich mich aber doch als besonnen bezeichnen, wenn du mir diese Selbsteinschätzung erlaubst.« Noch immer war Cherub außer sich vor lauter Aufregung. »Denn Besonnenheit ist eine kluge Mischung aus Mut und Pessimismus, nur nützt mir das in diesem Fall hier überhaupt nichts. Ich meine –«

»Schon gut«, sagte Gott und winkte Cherub näher heran. »Ich weiß, worum es geht, und werde mich gleich selbst um alles kümmern. Schick du mir bitte nur sämtliche Schutzengel aus, die auf Bereitschaft sind!«

»Das hab' ich ja schon getan«, jammerte Cherub. »Aber gegen Daniel ist einfach nicht anzukommen. Das mußt du dir ansehen, um es zu glauben!«

Der himmlische Vater seufzte. Und dann erhob er sich von seinem Schreibtisch und begleitete den aufgebrachten Cherub zu den Gipfeln des ewigen Lichts.

»Aufstehen, Daniel, es ist sieben Uhr!«

Unten auf der Erde begann ein ganz normaler Tag. Daniel wurde von der Stimme seiner Mutter geweckt, und wie jeden Morgen entlockte ihm das lediglich ein Grunzen. Ansonsten scherte es ihn nicht, er drehte sich einfach auf die andere Seite.

Daniels Mutter war entnervt, wie jeden Morgen um diese Zeit. Celine mußte immer schon um fünf Uhr aufstehen, anders schaffte sie es nicht, Haushalt, Kind und Beruf unter einen Hut zu bringen. Sie nützte die zwei Stunden, um Wäsche zu bügeln, wichtige Korrespondenz zu erledigen oder das Abendessen vorzukochen, und wenn das erledigt war, fühlte sie sich jeden Morgen so erschöpft, daß sie am liebsten wieder ins Bett gegangen wäre. Doch war daran natürlich nicht zu denken, im Gegenteil! Jetzt stand ihr das Schlimmste erst noch bevor: Daniel!

»Es ist zehn nach sieben, Daniel. Du hast nur noch eine halbe Stunde!«

Der Junge tat so, als würde er die Stimme seiner Mutter gar nicht hören. Ihr allmorgendliches Gehetze war ihm zuwider, und außerdem diente es nur dazu, ihn an einen Ort zu treiben, den er verabscheute: die Schule!

»Tu nicht so, als würdest du noch schlafen, Daniel! Hast du wenigstens deine Schultasche gepackt?«

Daniel stöhnte. Diese Frage wurde ihm seit vier Jahren jeden Morgen gestellt, und er fand sie lächerlich. Daniel packte niemals seine Schultasche. Das machte keinen Sinn für ihn.

»Wenn du jetzt nicht auf der Stelle aus dem Bett kommst, dann versohl' ich dir so den Hintern, daß du nicht mehr sitzen kannst!«

Verschlafen öffnete Daniel die Augen und gähnte. Langsam kam ein bißchen Leben in seine Mama. Da fühlte er sich gleich schon nicht mehr ganz so allein.

Es war wunderschönes Wetter, als Daniel an jenem Herbstmorgen das Haus verließ. Die Sonne schien, der Himmel war wolkenlos, und das versöhnte den Kleinen ein wenig mit seinem Schicksal.

Er schwang sich auf sein Fahrrad und fuhr los.

»Bring auf dem Heimweg eine Flasche Milch mit!« rief seine Mutter ihm noch nach.

»Ja, ja«, brummte er und überlegte, ob er das nicht besser sofort wieder vergaß.

Wer Milch brauchte, sollte sie sich eigentlich selbst besorgen, so sah er die Sache. Andererseits … Er beschloß, die Entscheidung auf sich zukommen zu lassen.

Daniel setzte seinen Walkman auf und schaltete die Musik so laut, wie es eben möglich war. Das erhöhte den Reiz beim Fahrradfahren. Er konnte dann nämlich nur noch den Teil des Verkehrs wahrnehmen, den er sah. Etwaiges Hupen hörte er nicht und auch keine Sirenen oder gar das warnende Geschrei irgendwelcher Erwachsenen, und das fand Daniel aufregend.

Als er die Schule erreichte, war es zehn nach acht. Der Unterricht hatte also schon vor zwanzig Minuten begonnen, und das auch noch mit Mathematik. Die würde Daniel sowieso nie brauchen in seinem Leben, davon war er überzeugt, und das wenige, was er brauchte, das konnte er bereits. Immerhin konnte er ausrechnen, daß diese dumme Schulstunde bereits fast zur Hälfte um war und es sich somit nicht lohnte, noch hinzugehen.

Daniel beschloß, die verbleibende Zeit bis zum Beginn der nächsten Stunde zu genießen.

Die Landstraße, die zum alten Steinbruch hinausführte, wurde morgens kaum befahren. Es kam höchstens mal ein Lastwagen. Doch an jenem Morgen nützten auch noch zwei junge Leute aus dem Nachbardorf die abgelegene Wegstrecke. Sie wollten sich ein neues Auto kaufen und den Wagen vorher mal so richtig probefahren.

Daniel glaubte, seinen Augen nicht zu trauen. Es passierte in der Kurve, in der einzigen Kurve, die es auf dieser Straße gab. Plötzlich war da dieses rote Auto, so plötzlich, daß er glaubte, nicht mehr ausweichen zu können …

»Siehst du, Vater, was ich meine?«

Cherub war außer sich vor Erregung. Am deutlichsten war das daran zu erkennen, daß er sich dann immer auf seine Zehenspitzen stellte und auf- und niederwippte.

»Dieser Daniel braucht nicht nur ein ganzes Geschwader von Schutzengeln«, ereiferte er sich, »der braucht auch endlich einen Zaun um sich herum, der Satansbraten. Er – «

»Cherub!«

»Verzeih, Vater«, winselte er sogleich. »Aber ich bin wirklich am Ende mit den Nerven.«

Das sah Gott ein. »Deshalb werde ich mich jetzt auch

selbst um alles kümmern«, sagte er. »Sieh du nur zu, daß alles für das Fest vorbereitet wird.«

»Aber das schaffen wir nicht in so kurzer Zeit, Vater.«

»Ihr müßt es schaffen!«

Cherub seufzte. Dieser ständige Streß, dem er ausgesetzt war, wurde langsam unerträglich. So griff er, während er zum großen Festsaal eilte, unter sein weites, weißes Kleid und zog einen der Schokoladenriegel hervor, die er dort immer versteckte. Er brauchte jetzt einfach ein bißchen zusätzliche Energie.

Daß Daniel immer zu spät kam, war weder für seine Lehrer noch für seine Mitschüler etwas Neues. Doch diesmal kam er gleich anderthalb Stunden zu spät und machte auch noch ein fröhliches Gesicht dabei.

»Und?« stellte sein Klassenlehrer ihn zur Rede.

»Unser Auto ist nicht angesprungen«, log er daraufhin wie aus der Pistole geschossen.

Der Lehrer stöhnte. »Was soll das, Daniel? Ihr habt doch gar kein Auto.«

»Aber meine Oma hat eines. Und die ist heute nacht krank geworden, deshalb mußten wir zu ihr.«

»Krank geworden?« wiederholte der Lehrer. »Ich denke, deine Oma ist seit fünf Jahren tot.«

Daniel atmete tief durch. »Stimmt!« sagte er dann. »Aber ich habe ja auch noch eine andere Oma. Und die kennen Sie gar nicht, weil sie nämlich nicht hier in der Nähe wohnt, sondern in Australien.«

»Aha«, seufzte sein Lehrer. »Und da wart ihr heute nacht?«

Daniel überlegte einen Moment, ob er weiterreden sollte, doch war ihm das eigentlich zu anstrengend.

»So ähnlich«, meinte er deshalb nur und setzte sich unter dem schallenden Gelächter seiner Klassenkameraden auf seinen Platz.

Der Lehrer bat lautstark um Ruhe. »Es geht nicht an, daß ihr das auch noch witzig findet!«

Dann wandte er sich Daniel zu, stützte beide Hände auf das Pult des Kleinen und sah ihn durchringend an:

»Warum mußt du immerzu lügen, Daniel?«

Der Junge zuckte gelangweilt mit den Achseln. Dabei hätte er mit wenigen Worten antworten können. Zum einen log er nicht einfach, sondern er erfand Ausreden, und das waren Lügen, die besonderer Mühe bedurften; zum anderen mußte er diese Ausreden erfinden, weil seine Wahrheit niemand akzeptiert hätte. Denn die Wahrheit war, daß Daniel einfach keine Lust hatte, zur Schule zu gehen, und schon gar nicht, pünktlich zur Schule zu gehen.

»Holt bitte eure Hausaufgaben hervor!«

Damit ging das alltägliche Drama dann gleich weiter.

»Ich hab' mein Heft vergessen!« rief Daniel, als sei das die natürlichste Sache der Welt.

Der Lehrer mußte an sich halten. »Du vergißt dein Heft jeden zweiten Tag. Woran liegt das?«

Daniel grinste. So zerstreut er vielleicht auf andere auch wirken mochte, so hatte seine Lebensführung in Wahrheit doch sehr viel System. Er vergaß seine Hefte nämlich nicht, er schleppte sie vielmehr nicht unnötigerweise herum. Das tat er nur, wenn er seine Hausaufgaben gemacht hatte, und die machte er nur, wenn er Lust dazu hatte ...

»Junge, Junge«, zischte sein Lehrer ihm leise zu, »du wirst auch bei uns nicht alt werden!«

Solche Äußerungen kannte Daniel zur Genüge. Er ging mit seinen zehn Jahren zwar erst in die dritte Schulklasse, weil er einmal sitzengeblieben war, doch hatte er bereits zweimal die Grundschule gewechselt, weil man ihm auf den anderen Schulen mit ähnlichen Drohungen gekommen war.

So etwas schüchterte ihn schon lange nicht mehr ein. Daniel schüchterte gar nichts ein. Er hatte noch nie im Leben Angst gehabt, nicht einmal vor der hohen Eiche auf dem Schulhof.

Das bewies er sich in der großen Pause gleich noch einmal. Obwohl es verboten war, auf diesen Baum zu klettern, und obwohl er die Sirenen der Feuerwehr hörte, bevor er überhaupt den Gipfel erreicht hatte, genoß er jeden einzelnen Augenblick des Emporkletterns. Das Laub roch so wunderbar, und die Äste des gewaltigen Baumes waren wie große, starke Arme, und wenn man erst die Krone der Eiche erreicht hatte, war man dem Himmel ganz nah, so nah, daß es einem ein Gefühl von Freiheit bescherte. Ja, es war fast so wie im alten Steinbruch ... nicht ganz, aber doch immerhin fast.

»Was hast du jetzt wieder angestellt, Daniel!«

Celine war gerade im Büro ihres Chefs gewesen, als der Anruf kam. Damit die Peinlichkeit auch nur ja bis ganz nach oben vordrang! Wieder bestellte man sie zur Schule, denn wieder hatte ihr Sohn etwas verbrochen.

»Ich kann bald nicht mehr«, brach sie vor dem Direktor in Tränen aus. »Ich habe alles versucht, im Guten wie im Bösen. Aber das Kind gehorcht einfach nicht.«

Der Direktor, ein noch junger Mann mit Nickelbrille, empfand echtes Mitgefühl mit der Frau. Sie war bestimmt schon Ende Vierzig, und wie er gehört hatte, war sie alleinerziehend. Das an sich wäre sicher schon schwierig genug gewesen, mit einem derart schwierigen Kind erschien es jedoch fast unmöglich.

Der junge Herr Direktor räusperte sich.

»Nun«, meinte er dann, »Daniel ist nicht dumm, ganz sicher nicht. Er ist einfach nur faul. Und vor allem eigensinnig. Vielleicht ... vielleicht sollten Sie mal mit ihm zu einem Arzt gehen.«

Celine blickte erschüttert auf. »Meinen Sie etwa, zum Psychiater?«

Der junge Herr Direktor nickte.

»Aber so etwas können wir uns nicht leisten.«

Auf dem Heimweg sprachen Mutter und Sohn zunächst kein einziges Wort. Celine wußte zu genau, daß das nichts bringen würde. Ihrem Daniel war nicht beizukommen, und so war das immer schon gewesen. Abrupt blieb Celine stehen.

»Weißt du eigentlich, wie weh mir das tut?« stöhnte sie laut auf und hatte dabei Tränen in den Augen.

Daniel hatte eine Ahnung, was jetzt kam.

»Ich habe alles für dich getan, Daniel. Alles. Wenn es dich nicht gäbe, hätte ich schon lange aufgegeben. Nur deinetwegen habe ich immer wieder gekämpft. Damit du es mal besser hast als ich. Damit du es zu etwas bringst.«

Daniel hatte Mühe, sich zusammenzunehmen. Er kannte diese Ansprache auswendig, so oft hatte er sie schon gehört. Gleich würde seine Mutter ihm vorjammern, worauf sie seinetwegen alles verzichtet hatte.

»Und glaube nicht, mein Junge, daß mir diese Selbstaufopferung Spaß gemacht hat.«

Da hatten sie es schon.

»Ich habe das alles nur deinetwegen getan, Daniel. Und was tust du?«

Daniel stand da und starrte sie an.

»Sprich wenigstens mit mir!« flehte Celine daraufhin und während sie das aussprach, rollten ihr die ersten Tränen übers Gesicht. »Warum sprichst du nicht? Warum lachst du nie? Warum hast du noch nie geweint?«

Auf diese Fragen hätte Daniel ihr selbst dann keine Antwort geben können, wenn er gewollt hätte.

»Gott im Himmel!« rief Celine aus. »Was muß geschehen, damit dieses Kind demütig wird?«

Daniel rollte die Augen.

»Ich weiß«, seufzte Celine daraufhin. »Du denkst: Laß die blöde Alte nur reden!«

Im nächsten Moment wischte sie sich die Tränen vom Gesicht. Es hatte ja doch alles keinen Zweck. Also atmete sie tief durch.

»Ich liebe dich«, flüsterte sie dann. »Aber ich kann und darf nicht mit ansehen, wie du dir mit deinem Trotz dein Leben zerstörst. Wenn du also so weitermachst, Daniel, dann wird mir nichts anderes übrigbleiben … als dich in ein Erziehungsheim zu geben.«

Erziehungsheim! Dieses Wort hörte Daniel nun schon seit Jahren.

»Wenn schon!« meinte er nur dazu.

Und dann schob er sein Fahrrad weiter die Straße hinunter, als ginge ihn die ganze Sache gar nichts an. Daniel war gleichgültig, wo er lebte. Hauptsache, man ließ ihn in Ruhe und benützte die Worte ›Erziehungsheim‹ und ›Ich liebe dich‹ nicht in einem Satz.

Celine mußte zurück zu ihrer Arbeit. Vor Daniels Geburt war sie Stewardeß bei einer Fluggesellschaft gewesen. Später hatte sie sich dann etwas anderes suchen müssen, und so arbeitete sie seither als Fremdsprachenkorrespondentin bei einer kleinen Firma. Es wurde nicht sonderlich gut bezahlt, aber es war sicheres Geld, und das allein zählte.

»Wage es nicht, aus dem Haus zu gehen!« sagte sie im Hinausgehen zu ihrem Sohn und hielt ihn dabei am Arm.

»Wieso denn nicht?«

Daniel schüttelte sich so heftig, wie er eben konnte. Er mochte es gar nicht, festgehalten zu werden.

»Das fragst du noch?« keifte seine Mutter. »Geh in dein Zimmer und mach deine Hausaufgaben!«

»Hab' keine auf!« log er.

»Dann räum dein Zimmer endlich mal auf.«

»Mir ist es ordentlich genug!«

Er sah, wie die Hand seiner Mutter hochfuhr, sah, wie sie auf seine Wange zuschnellte – da knallte es auch schon.

»Ist das die einzige Sprache, die du verstehst?«

Schon wieder war seine Mutter den Tränen nah, dabei hatte er doch die Ohrfeige bekommen, und nicht sie.

»Ich verstehe gar keine Sprache«, antwortete Daniel, und dabei sprach er ganz leise, ungewöhnlich leise.

»Das scheint mir allerdings auch so«, tobte Celine. »Du hörst nur, was du hören willst, und hören willst du am liebsten gar nichts!«

Daniel sah sie ruhig an. Da sagte sie nun ausnahmsweise mal die Wahrheit, und er durfte sie nicht einmal dafür loben, sonst hätte er sich vermutlich die nächste Ohrfeige eingehandelt.

»Ab in dein Zimmer! Sofort!«

Ausnahmsweise tat Daniel mal, was man von ihm verlangte, allerdings tat er es nicht aus Gehorsam, sondern weil ihm selbst danach war.

Stunden wie diese hatte es schon oft in seinem jungen Leben gegeben, er konnte sie gar nicht mehr alle zählen. Dann lag er angezogen auf seinem Bett, starrte an die Zimmerdecke und fragte sich, was er eigentlich wollte. Doch fand er niemals eine Antwort darauf.

Daniel hatte keine Wünsche. Und er hatte auch noch nie Wünsche gehabt. Er nahm, was man ihm gab, aber er freute sich nur selten über diese Dinge, denn er empfand überhaupt nur selten Freude. Eigentlich war ihm alles lästig, die Mutter, die Schule – Freunde hatte er keine. Und er wollte auch keine. Er spielte lieber allein. Und am liebsten spielte er im alten Steinbruch.

Der alte Steinbruch! Daniel brauchte nur daran zu denken, und gleich schlug sein Herz höher und schneller. Solange er zurückdenken konnte, war dieser Steinbruch das einzig Besondere in seinem Leben gewesen, der einzige Ort, an den es ihn zog, weil er nur dort jenes merkwürdige Gefühl vollkommener Freiheit empfand, nach dem er sich immer so sehr sehnte.

Seufzend blickte Daniel auf die Uhr. Es war schon nach vier, seine Mutter würde also bald schon wieder nach Hause kommen. Und wenn er dann nicht da war, gab es nur neuen Ärger.

Andererseits würde es natürlich so oder so Ärger geben, ob er da war oder nicht. Ja, Daniel konnte sich im Grunde ausmalen, wie der Abend verlaufen würde. Erst wurde noch einmal alles aufgewärmt und durchgekaut, dann gab es eine Strafpredigt, unter Umständen auch Schläge, neue Drohungen, Verbote ...

Die Milch! Die Milch war Daniels große Chance. Seine Mutter hatte ihn am Morgen gebeten, welche zu besorgen. Das würde er jetzt auf dem Weg zum Steinbruch eben tun, und wenn seine Mutter dann wirklich früher nach Hause kam als er, konnte er behaupten, er habe nur die Milch holen wollen!

Anders als am Morgen spielten jetzt viele Kinder auf der Landstraße, die zum alten Steinbruch führte. Sie alle kannten Daniel, aber keines nahm ihn zur Kenntnis. Er galt allgemein als Einzelgänger, und viele hatten auch Angst vor ihm, weil er immer so wild war.

Daniel selbst wußte, welchen Ruf er hatte, und es störte ihn nicht. Als er kleiner gewesen war, hatte er noch versucht, mit den anderen klarzukommen. Doch war das nicht gerade erfüllend gewesen. Man konnte dann nicht mehr tun, was man selbst wollte, sondern mußte ständig Rücksicht darauf nehmen, was der andere wollte, und mehr noch, was der andere durfte. Und der durfte meist nur bis soundsoviel Uhr draußen spielen, oder er mußte zwischendurch nach Hause, um kleinere Geschwister zu hüten; man hatte also auch wieder keine Ruhe. Nein, Daniel spielte am liebsten allein.

Der alte Steinbruch lag außerhalb der Stadt, und es war natürlich verboten, das Gelände zu betreten. Deshalb standen überall große Schilder, und es gab jede Menge Stacheldraht.

Aber das hatte Daniel noch nie interessiert. Er kam seit Jahren in jeder freien Minute her, und man hatte ihn noch nie dabei erwischt, denn er wußte eben, wie er es anzustellen hatte.

Wie immer versteckte er sein Fahrrad hinter Büschen. Dann krabbelte er unter dem stachligen Drahtzaun hindurch, kletterte zwei kleine Hügel hinauf und einen weiteren wieder herunter, und dann, ja, dann tat sich die ganze Pracht auch schon in voller Schönheit vor ihm auf.

Der alte Steinbruch sah aus wie ein riesiges Gebirgsmassiv. Es hätte überall sein können, im Himalaja ebenso wie in den Rocky Mountains. Deshalb spielte Daniel hier auch immer wieder verschiedene Spiele. Mal tat er so, als wäre er ein alter Indianer, der seinen Stamm vor den Siedlern beschützen mußte, mal mimte er den erfahrenen Bergsteiger, der eine Gruppe in Not geratener Touristen zur nächsten Hütte rettete. An jenem Herbsttag dachte er sich etwas völlig Neues aus.

Daniel war auf der Flucht. Er hatte in Notwehr einen Menschen getötet, aber niemand wußte, daß es Notwehr gewesen war. Jetzt waren alle hinter ihm her, und er mußte ihnen entkommen und sich irgendwo verstecken.

Ja, das war ein gutes Spiel. Daniel steigerte sich so hinein in seine Rolle, daß er bald schon alles andere darüber vergaß.

Celine packte hastig ihre Sachen zusammen. Es war zwar noch keine halb sechs, und es lag auch noch jede Menge Arbeit auf ihrem Schreibtisch, doch konnte sie sich einfach nicht darauf konzentrieren. Da war so eine Unruhe in ihr. Eigentlich war es weit mehr als Unruhe, es war Angst, Panik.

Als sie nach Hause kam, wandelte sich diese Panik sogleich in nackte Wut: Daniel war nicht da. Trotz ihres ausdrücklichen Verbots hatte er es gewagt, das Haus zu verlassen, und sie schwor sich, ihn dafür dermaßen zu verprügeln, daß er –

Es war, als würde die Wut ebenso schnell wieder verrauchen, wie sie sich entzündet hatte. Und sie ließ eine Asche namens Verzweiflung zurück.

Daniel war ein schwieriges Kind. Er ließ niemanden an sich heran, nicht einmal seine Mutter. Deshalb war er zugleich auch ein sehr einsames Kind, und dieses einsame Kind war heute wieder einmal beschimpft und bestraft und bedroht worden. Was, wenn er sich etwas antat? Man hörte so oft, daß Kinder Selbstmord begingen.

Daniel war schweißnaß, nicht nur vor Anstrengung, sondern auch vor Angst. Immerhin waren sechs ausgewachsene Kerle hinter ihm her, und die hatten alle Pistolen. Aber er würde sich schon zu helfen wissen.

Der einzige Fluchtweg, der schwierig genug erschien, um die anderen davon abzuhalten, ihm zu folgen, war die steile Wand, der Daniel schon vor langer Zeit den Namen Nordwand gegeben hatte. Bisher hatte er es immer vermieden, dort zu klettern, weil die Wand glatt war und es kaum Möglichkeiten gab, sich irgendwo festzuhalten. Aber jetzt, da es um sein Überleben ging, durfte es an so einer Kleinigkeit nicht länger scheitern.

Daniel machte sich auf den Weg. Dabei spürte er, daß sein Herzschlag immer schneller und lauter wurde; ja, er hörte ihn deutlich in den Ohren, so aufregend und anstrengend war dieser Abstieg ins Ungewisse.

Einmal rutschte er weg. Es passierte gleich im oberen Drittel, und Daniel dachte schon, daß er nun für seinen Übermut bestraft würde. Doch dann war da plötzlich diese Felsspalte. Sie war zwar klein, und die Steine drum herum waren auch schon ziemlich verwittert, doch erfüllte die Spalte trotzdem ihren Zweck. Daniel hatte wieder Halt; ja, er hatte sogar genug Halt, um mal für einen Moment auszuruhen und die ganze Szenerie bewußt in sich aufzunehmen.

Und diese Szenerie war gigantisch! Um ihn her war nichts als kahles Gestein, der Wind blies ihm ins Gesicht wie ein mächtiger Atem aus purem Leben, und es wurde langsam dunkel, so daß sich die Sonne glutrot färbte, und das sah wundervoll aus. Einfach wundervoll!

Daniel atmete tief durch. Diese Sehnsucht nach Freiheit, die immer so laut in ihm tobte, diese Sehnsucht tat ausnahmsweise gar nicht so weh wie sonst. Es war eher, als wäre Daniel ihrer Erfüllung plötzlich ein entscheidendes Stück näher gekommen.

Gottvater stand immer noch auf den Gipfeln des ewigen Lichts. Und er blickte hinab auf den kleinen Daniel, der da einsam und verlassen in diesem riesigen Steinbruch gegen sich selbst kämpfte. Zehn Jahre hatte der Junge nun diesen Kampf gekämpft, jetzt war es gut.

Und so hob der himmlische Vater seine Arme und hielt sie über Daniel, just in dem Moment, da das Kind die Felsspalte loslassen wollte, um weiterzuklettern.

»Daniel!«

Der Kleine erschrak so sehr, als er seinen Namen hörte, daß nicht viel gefehlt hätte, und er wäre abgestürzt.

»Beweg dich nicht, Daniel, ich hole Hilfe!«

Trotz seiner mißlichen Lage konnte Daniel den Kopf weit genug drehen, um zu sehen, woher die Stimme kam. Wessen Stimme es war, wußte er sowieso. Seine Mutter hatte sich vom Nachbarn zur Schutthalde bringen lassen, die im Tal des alten Steinbruchs lag. Da stand sie nun und blickte zu ihm hinauf.

»Verdammt!« knurrte Daniel.

Wenn er ganz schnell so zurückkletterte, wie er gekommen war, und wenn er dann ganz, ganz schnell über Schleichwege nach Hause fuhr, dann konnte er später einfach behaupten, gar nicht der gewesen zu sein, für den seine Mutter ihn gehalten hatte. Ja, er konnte sagen, daß er im Keller gewesen wäre, als sie nach Hause kam. Oder so ähnlich.

»Ja, mein Kind!« flüsterte Gott, als er sah, wie Daniel versuchte, den Rückzug anzutreten.

Und dann streckte er seine Hände aus, weit, ganz weit, Daniel brauchte nur noch danach zu greifen.

Daniel erschrak nicht einmal. Er spürte, daß seine Füße plötzlich den Halt verloren, und er spürte, daß er stürzte, aber es schreckte ihn nicht. Vielmehr glitt ein Strahlen über sein Gesicht, das spürte er; denn er flog, ja, er flog … und erst als die Schutthalde unter ihm schon zum Greifen nahe schien, erst da schloß Daniel die Augen.

Doch blieb der erwartete Aufprall aus. Vielmehr schien er plötzlich zu schweben, und um ihn her war alles dunkel und still. Das war verwirrend.

»Hab keine Angst, mein Kind!« hörte er da auf einmal eine Stimme sagen.

Es war eine fremde Stimme, und doch war sie ihm so vertraut, wie nichts zuvor es je gewesen war.

»Wer bist du?« fragte Daniel.

»Noch kannst du die Antwort nur erahnen«, antwortete die Stimme. »Kennen wirst du sie erst, wenn wir einander in die Augen blicken.«

»Aber dazu ist es zu dunkel hier«, rief Daniel.

»Was du für Dunkelheit hältst, mein Kind, das ist in Wahrheit nur ein großes Tor. Und du stehst zu nah davor, als daß du es noch erkennen könntest.«

»Dann sag mir, wo man es aufmacht, das Tor!«

»Dazu müßtest du die Hände freihaben, mein Junge!«

Celine zitterte am ganzen Körper.

»Ich bin hier, Liebling«, schluchzte sie, »ich bin bei dir.«

Endlich, nach all diesen Minuten der völligen Regungslosigkeit, endlich hatte Daniel sich bewegt, und jetzt schien er sogar die Augen zu öffnen.

Wie durch dichte Nebel blickte Daniel in das Gesicht seiner Mutter.

Er liebte dieses Gesicht, er liebte diese Frau, das hatte er immer getan. Doch hatte auch immer etwas zwischen ihnen gestanden, und dieses Etwas war seine Sehnsucht gewesen, diese schmerzliche Sehnsucht nach Freiheit.

»Wahre Freiheit gibt es nur leider nicht auf Erden...«, sagte da die fremde Stimme.

Sofort machte Daniel seine Augen wieder zu, denn er war sicher, daß er mit geschlossenen Augen viel, viel besser hören konnte.

»... wie es auch keinen irdischen Frieden gibt«, sprach die Stimme weiter. »Das sind alles nur Worte, und die Sehnsucht nach diesen Worten heißt in Wahrheit Heimweh.«

»Heimweh?« wiederholte Daniel und spürte dabei, wie sich alles in ihm zusammenkrampfte.

»Ja, mein Kind. Denn Heimweh bedeutet, in der Gegenwart eine Geborgenheit zu suchen, von der jeder Mensch weiß, daß er sie in der Vergangenheit irgendwann einmal besessen hat.«

Daniel erzitterte. Der Klang dieser Worte versetzte ihn in eine Art von Rausch. Ihm war, als würde sein Innerstes nach außen brechen und all diese Ketten sprengen, in denen er sich gefangen fühlte.

Doch waren da auch die Hände seiner Mutter, die ihn hielten. Und sie waren warm und weich.

»Ich will nicht undankbar sein«, wimmerte Daniel.

»Undankbarkeit«, antwortete die Stimme sogleich, »ist aber doch keine schlechte Eigenschaft, mein Kind, sondern eine Entscheidung.«

»Aber wir müssen doch dankbar sein.«

»Wer sagt das?«

»Das hab' ich das erste Mal im Kindergottesdienst gehört, da war ich noch keine vier!«

Die Stimme lachte, und es war ein liebevolles Lachen.

»Aber Dankbarkeit ist ein Bedürfnis«, sagte sie dann, »keine Verpflichtung. Hat man dir das im Kindergottesdienst nicht beigebracht?«

Daniel schluckte. Von Bedürfnissen war in seinem Leben nur selten die Rede gewesen, von Verpflichtungen dafür um so mehr.

»Und ich habe nie gehorcht«, flüsterte er.

»Gehorsam ohne Vertrauen wäre ja auch Dummheit gewesen, mein Kind. Und du hast eben nie vertraut.«

»Aber warum denn nicht?«

Aus der Ferne hörte Daniel das anschwellende Heulen von Sirenen. Zum zweitenmal an diesem Tag kam seinetwegen die Feuerwehr.

»Was sagst du, Liebling? Ich versteh' dich nicht. Sag es noch einmal, bitte!«

Celine war verzweifelt. Sie erinnerte sich plötzlich, wie sie ihren Sohn vor wenigen Stunden erst geschlagen und angebrüllt hatte, als ob dies die einzige Sprache wäre, die er verstünde. Jetzt war sie es, die seine Sprache nicht verstand.

»Bitte, sag es noch einmal!«

Celine schluchzte, die Angst, der Schmerz und die Verzweiflung in ihr wurden mit jedem Augenblick größer. Sie durfte ihr Kind nicht verlieren! Das durfte Gott ihr nicht antun! Daniel war das einzige, was sie noch hatte.

Wie er jetzt dalag, blutend und verkrümmt, schien alles, was einmal wichtig erschien, nur noch lächerlich zu sein.

Gib das schöne Händchen! Sitz gerade! Iß deinen Teller leer!
Plötzlich war Celine, als hätte sie ihren Jungen mit alldem immer nur unnütz gequält. Dabei hatte er ihr täglich aufs neue mit allen ihm zur Verfügung stehenden Mitteln zu zeigen versucht, daß er diese Dinge nicht brauchte.

»Gott, hilf mir!« schluchzte Celine. »Wenn er wußte, daß ihm das hier bestimmt war, wenn er wußte, daß er nur so ein kurzes Leben hatte, dann vergib mir! Ich dachte, ich müßte ihn für ein langes Leben erziehen, ich wußte es nicht besser. Vergib mir, und gib uns noch eine zweite Chance! Bitte!«

Daniel atmete tief durch.

»Wird sie eine Antwort bekommen?« flüsterte er in seine Dunkelheit.

Die Stimme seufzte. »Weißt du«, sagte sie dann, »jedesmal, wenn die Menschen glauben, ich würde schweigen, ist es in Wahrheit so, daß sie nur nicht wagen, auf jene innere Stimme zu hören, die sie für ihre eigene halten.«

Daniel erzitterte. Nun wußte er, mit wem er da sprach; nur wagte er nicht einmal, das Wort ›Gott‹ auch nur zu denken, geschweige denn auszusprechen. Denn es war das falsche Wort, das wußte er. Man nannte die Stimme anders, wenn man mit ihr sprach, er wußte nur nicht, wie.

»Ich habe immer auf meine innere Stimme gehört«, flüsterte er deshalb nur, ganz leise, kaum hörbar.

»Das weiß ich«, bekam er zur Antwort. »Deshalb haben dich die Menschen ja auch für eigensinnig gehalten. Dabei ist Eigensinn nur der lange Arm der Seele, mit dem man nach den Sternen greifen kann.«

Wieder atmete Daniel tief durch. Ja, genau das war es gewesen, was er ein Leben lang gewollt hatte: nach den Sternen greifen! Und nur beim Spielen in dem alten Steinbruch hatte er das Gefühl gehabt, diesem Ziel nahe zu sein. Er hatte ihn wie ein geheimnisvoller Magnet angezogen, dieser Steinbruch, und jetzt –

»Warum bin ich eigentlich gefallen?« fragte er da auch schon. »Ich bin hier doch schon so oft geklettert, und dabei ist nie etwas passiert. Warum jetzt?«

»Wer sagt denn, daß du gefallen bist, mein Kind?«

Inzwischen war der Rettungswagen eingetroffen. Endlich kümmerte man sich um Daniel. Um den Sanitätern nicht im Weg zu sein, hockte Celine ein wenig abseits zwischen zerdrückten Konserven und anderem Unrat und versuchte zu beten.

Ihr Leben war so leer gewesen. Sie war Stewardeß geworden, um interessante Menschen und vor allem die Welt kennenzulernen, aber am Ende hatte sie zumeist übellaunigen Leuten Kaffee und belegte Brötchen serviert. Doch dann war sie Daniels Vater begegnet.

Die Affäre mit dem verheirateten Mann hatte gerade mal drei Tage gedauert. Auf einem Einsatz nach Australien war es gewesen. Und als sie ihn zwei Monate später ausfindig machte, um ihm mitzuteilen, daß ihre Begegnung nicht ohne Folgen geblieben war, hatte er nur kommentarlos den Telefonhörer aufgelegt.

Mit Daniels Geburt hatte sich Celine dann eine völlig neue Welt eröffnet. Ihr Leben war plötzlich sinnvoll geworden, denn da war nun dieses kleine Wesen, für das sie sorgen mußte, weil es sie brauchte. Selbstaufopferung hatte sie das genannt. Jetzt schämte sie sich dafür. Denn jedesmal, wenn sie zu Daniels Gunsten auf etwas verzichtet hatte, hatte sie sich selbst dabei in Wahrheit nur um etwas bereichert, um den trügerischen Glauben nämlich, eine perfekte Mutter zu sein. Und diese perfekte Mutter hatte es für ihr Recht gehalten, ein perfektes Kind zu verlangen.

Ja, ein perfektes Kind! Das war Celines großes Ziel gewesen. Da sein Vater ihn abgelehnt hatte, sollte Daniel nun den Rest der Menschheit erobern. Er sollte es allen zeigen, sollte der lebende Beweis dafür sein, daß Celine alles richtig gemacht hatte.

Tränen schossen Celine in die Augen. Als Daniel sein erstes Zeugnis heimbrachte, war sie vor Wut fast explodiert. Jetzt war sie dankbar, daß man nicht für alles im Leben Zeugnisse bekam. Es wäre schrecklich gewesen, wenn sie schwarz auf weiß hätte lesen müssen, was für eine Mutter sie war: Einfühlungsvermögen – *mangelhaft*, Vertrauen – *ungenügend*, Egoismus – *sehr gut*!

Daniel spürte nicht, daß ihn die Sanitäter auf einen weichen Untergrund legten. Er spürte es nicht, er sah es nur – so, wie er sah, daß seine Mutter sich wieder zu ihm setzte und neuerlich seine Hände umschlang.

»Nicht!« wollte er sagen, brachte aber keinen Ton heraus.

»Es ist nicht entscheidend, was sie tut«, erklärte ihm da auch schon die Stimme, »entscheidend ist, was du tust!«

Daniel seufzte. Er hätte seiner Mutter gern noch so viel gesagt, doch dazu fehlte es ihm an Kraft. Außerdem würde sie vielleicht auch so verstehen, spätestens wenn sie sein Fahrrad fand. Er hatte ihr nicht nur die Milch besorgt, er hatte auch noch etwas anderes gekauft, die Pralinen, die sie so gerne aß. Ein ganzes Pfund hatte er ihr gekauft, und das, obwohl sie ihm das Taschengeld in den letzten Monaten immer wieder gekürzt hatte, so daß am Ende kaum noch etwas übriggeblieben war.

»Ich liebe sie«, hauchte Daniel.

Die Stimme aus dem Dunkel seufzte. »Das Wort Liebe, mein Kind, wird auf Erden fast ebenso häufig mißbraucht wie mein Name.«

»Aber sie liebt mich. Das hat sie immer gesagt.«

»Nun«, meinte die Stimme daraufhin, »wer auch nur ein einziges Mal in seinem Leben etwas gefühlt hat, was er für Liebe hält, der hat zumindest einen schwachen Vorgeschmack auf das bekommen, was ihn jenseits des menschlichen Lebens erwartet.«

Als Daniel diese Worte vernahm, spürte er wieder diesen eigenartigen Rausch. Und diesmal war das, was da in ihm tobte, noch stärker, noch verheißungsvoller; er konnte es einfach nicht mehr ertragen.

So riß er ein letztes Mal die Augen auf. Mit weit geöffneten Augen starrte er in das Gesicht seiner Mutter, aber das einzige, woran er denken konnte, war diese fremde, so vertraute Stimme. Zu ihr wollte er. Ganz zu ihr, und das, obwohl sie ihn immerzu ›mein Kind‹ oder ›mein Junge‹ nannte, denn er hatte doch einen Namen, und es störte ihn sehr, daß die Stimme den nicht zu kennen schien.

»Nimm mich weg von hier!« stieß Daniel lautlos aus. »Hol mich zu dir!«

»Das kann ich nicht, mein Kind. Ich nehme niemals etwas weg. Das kommt den Menschen nur so vor, weil alles, was sie auf Erden verlieren, eine Leere in ihnen hinterläßt, die sie nicht mit neuem Leben füllen können. Wohl aber mit einem Stück Himmel.«

»Aber wie soll ich denn zu dir kommen, wenn du mir nicht dabei hilfst.«

»Du kennst die Antwort!«

Und Daniel kannte die Antwort tatsächlich. Ja, plötzlich war ihm alles so klar, daß er gar nicht mehr darüber nachzudenken brauchte, er mußte es nur noch tun. Und so nahm er all die Kraft zusammen, die er noch hatte, und löste seine Kinderhände aus denen seiner Mutter. Dann schloß er die Augen.

Im nächsten Moment passierte etwas Merkwürdiges mit ihm. Er war ganz sicher gewesen, daß er die Augen geschlossen hatte, doch mußte das wohl ein Irrtum gewesen sein.

Vor ihm tat sich eine gewaltige Treppe aus purem Licht auf, und sie strahlte nicht nur, sie wärmte auch. Daniel kannte diese Treppe. Er hatte sie schon einmal gesehen, er wußte nur nicht mehr, wann und wo das gewesen war.

Erstaunt blickte er an sich hinunter. Er lag zwar völlig verkrümmt da, doch war sein Körper unversehrt. Die Stimme hatte also recht gehabt, und er war gar nicht gestürzt.

Langsam und vorsichtig stand er auf. Daniel wußte einfach, daß er diese Treppe emporsteigen mußte. Nur durfte er das nicht tun, bevor nicht etwas ganz Bestimmtes geschehen war, auch das wußte er genau.

Daniel streckte sich. Ganz gerade stand er da, die Hände an den Hosennähten, den Kopf weit in den Nacken gelegt, den Blick demütig nach oben gerichtet. Ja, Daniel empfand zum erstenmal in seinem Leben Demut, und es war früh genug, davon war er überzeugt. Denn ein Mensch, der anderen Menschen gegenüber demütig war, verlor damit nur den Respekt vor sich selbst. Demut gebührte nur einem, dann machte sie reich und glücklich, und dieser eine –

»Daniel!«

Der Junge erbebte. So gewaltig war das Gefühl, das sich in diesem Augenblick seiner bemächtigte.

»Daniel!«

Glückseligkeit nannte man dieses Gefühl, denn es war das geschehen, worauf ein jeder sein ganzes Menschenleben lang wartete.

»Daniel!«

Die Stimme hatte ihn bei seinem Namen gerufen. Und so setzte der kleine Daniel vorsichtig seinen Fuß auf die unterste Stufe dieser so verheißungsvollen Treppe aus Licht und Wärme.

»Vater!« durchfuhr es ihn da auch schon. Das war das Wort, das ihm bisher nicht eingefallen war. »Vater!«

Und da traten auf einmal dicke Tränen in Daniels Augen. Er, der zum Leidwesen aller niemals geweint hatte, er konnte plötzlich weinen; denn nun wußte er, was geschehen war.

»Geschaaaafft!« schrie es da auch schon aus ihm heraus, und dann rannte er die Treppe hinauf, so schnell er eben konnte.

»Ich hab' es geschafft, Vater, es ist vorbei, ich bin frei, frei, frei, endlich frei …«

So geschah es vor langer, langer Zeit. Mit weit geöffneten Armen stand Gottvater auf den Gipfeln des ewigen Lichts. Und als Daniel sich jubelnd an seine Brust warf, preßte er den Kleinen ganz fest an sich, so glücklich war er, sein Kind endlich wieder zu Hause zu haben.

Und so wird es immer wieder geschehen. Bis an das Ende aller Zeit.

Das 3. Kapitel

Emilia und Frederic

Gotteskräfte müssen wir haben,
um im Diesseits die Dinge
so zu besorgen, daß sie Ewigkeitswert
bekommen.
(Mt. 10,1)

Es war einmal vor langer, langer Zeit in den unendlichen Himmeln der Wahrhaftigkeit.

Gottvater hatte einen langen, aber auch sehr besonderen Tag hinter sich. Es war einer jener Tage gewesen, die er selbst Kleinodien nannte.

Davon gab es nur wenige, doch zierten diese wenigen seine Schöpfung um so mehr. Die Menschen auf der Erde hatten etwas erlebt, was sie später einmal Geschichte nennen würden, und zum gleichen Zeitpunkt hatte jeder einzelne Mensch in seiner persönlichen kleinen Welt einen unvergeßlichen Teil seiner eigenen Geschichte weitergelebt.

Solche Tage liebte der himmlische Vater. Nicht, weil sie so selten waren, wohl aber, weil er seinem Ziel dann für eine kleine Weile ganz nahe war: Seine Kinder erfuhren sich nicht nur in ihrer Einzelwesenheit, sie genossen diese Erfahrung auch und teilten sie mit anderen, so daß eine geheimnisvolle Einheit entstand, und diese machte ihrem Schöpfer die Vollendung spürbar.

Gott liebte diese Momente. Zum Abschluß jenes besonderen Tages machte er einen ausgiebigen Spaziergang, geradewegs der Sonne entgegen.

Diese Sonne war trotz all ihrer Größe und Kraft immer eine schüchterne Dame geblieben. Sie kannten einander seit Anbeginn der Zeit, und dennoch errötete sie jedesmal wieder, wenn sie ihren himmlischen Vater erblickte.

»Guten Abend!« hauchte sie auch jetzt.

»Guten Abend, meine Liebe!« antwortete Gott und lächelte.

»Wo darf ich Platz nehmen?« erkundigte er sich mit sanfter Stimme, statt einfach von seinem Recht als Herr der Welt Gebrauch zu machen.

Die Sonne stieß einen Laut der Verzückung aus.

»Wo immer du willst!« erwiderte sie.

Wenn ihr himmlischer Vater ein Kleinod vollbracht hatte, kam er immer zu ihr, setzte sich auf einen Sonnenstrahl und blickte hinab auf seine Erde.

»Und wenn ich mir erlauben darf, dir zu gratulieren ...!?«

»Darfst du!« gab Gott lachend zur Antwort, und alsdann ließ er sich auf einem der vielen sprühenden Lichtkegel nieder.

Zur Zeit war gerade ein ganz besonders gut gelungener Teil seiner Schöpfung deutlich zu sehen. Er lag in Europa, im südlichen Frankreich, und die Menschen nannten ihn die Côte d'Azur.

Auf den Strandpromenaden der kleinen und größeren Küstenstädte waren viele Leute unterwegs. Sie blickten zum Firmament empor und genossen das Abendrot.

»Für heute ist es gut, meine Kinder!«

So sprach Gott, der Vater, und dann ließ er langsam, aber bestimmt, seinen langen, weiten, mitternachtsblauen Mantel über jenen Sonnenstrahl gleiten, auf dem er da gerade saß.

Und so wurde es dunkel an der Côte d'Azur.

»Ich wäre überglücklich, wenn du noch länger verweiltest«, erklärte die Sonne hastig.

»Das hatte ich auch vor, meine Liebe!«

»Dann bleib ruhig sitzen, Vater. Du brauchst nicht aufzustehen, ich werde mich ein wenig drehen.«

»Das ist nett von dir.«

Gott schätzte die Beflissenheit seiner Freundin, es ihm stets so angenehm wie möglich zu machen.

So lag bald die portugiesische Stadt Lissabon im Abendrot, und wenig später geschah das gleiche über den Azoren, und dann in St. John's, der Hauptstadt von Neufundland.

Langsam aber sicher wurde die Sonne unruhig. Der Vater gab ihr nur selten die Ehre, so daß seine Anwesenheit an sich schon ausreichte, um sie in eine gewisse Unruhe zu versetzen. Da er aber noch nie so lange bei ihr geblieben war wie an jenem Abend, steigerte sich ihre Unruhe allmählich ins Unermeßliche, ließ Gottes friedvolle Beharrlichkeit doch darauf schließen, daß er an jenem ohnehin schon so besonderen Tag noch weiteres Besonderes vorhatte, und sie, die Sonne, womöglich dazu auserkoren war, dem Wunder beizuwohnen.

»Wenn du irgendwelche Wünsche hast«, wisperte sie da auch schon, »dann brauchst du natürlich nur – «

»Habe ich, meine Liebe«, fiel der Vater ihr ins Wort. »Laß mir doch bitte in New York ein bißchen mehr Zeit als sonst! Geht das?«

»Selbstverständlich.«

Auf dem Broadway standen die Autos wie jeden Tag um diese Zeit Stoßstange an Stoßstange. Die Luft stank nach Benzin und war von lautem Hupen erfüllt, denn jeder wollte so schnell wie möglich nach Hause. Am Steuer eines der vielen Wagen saß Frederic.

Mit Schmunzeln dachte Gott an die Zeit vor seiner Geburt zurück. Wie so viele vor und nach ihm hatte der kleine Frederic die Himmel der Wahrhaftigkeit nur äußerst ungern verlassen, doch hatte er, anders als jeder andere vor und nach ihm, keine heillose Angst vor dem bevorstehenden Menschenleben gehabt, sondern handfeste Einwände dagegen.

»Ich will beispielsweise nicht – «

»Was willst du nicht, Frederic?«

»Nun, ich habe hier schriftlich festgelegt, daß ich nicht …«

Viele, viele Stunden hatten Vater und Kind damit verbracht, Dinge abzusprechen und auszuhandeln; ja, Gott konnte sich noch bestens an all die vielen Notizen und Vermerke und Anträge erinnern, die Frederic ihm vorgelegt hatte.

In gewisser Weise war das Vorarbeit gewesen. Denn Frederic war in New York City auf die Welt gekommen, wo er als Rechtsanwalt und Notar Karriere gemacht hatte.

Inzwischen war der Kleine sechsundfünfzig Menschenjahre alt. Er war Teilhaber in einer großen Kanzlei, und er hatte eine liebe Frau und einen erwachsenen Sohn, der seinerseits Jura studierte.

Frederic liebte sein Leben. Er liebte sein Heim und seine Familie, und er wäre gern hundert Jahre alt geworden …

Wie immer, wenn er abends im Stau stand, stopfte Frederic seine Pfeife. Das war ein ihm liebgewordenes Ritual. Dann schob er seine Lieblingsmusik in das Kassettendeck: Tschaikowskys *Symphonie Pathétique*.

Ja, es war alles wie immer. Frederic lauschte den vertrauten Klängen, und er wartete gebannt darauf, daß nun gleich das Leitmotiv erklingen würde, jene Stelle, die nicht nur seinen Ohren Genuß bereitete, sondern seinem gesamten Körper und seiner Seele.

Frederic stand mit seinem Wagen mitten auf dem Times Square, als die geliebte Melodie erklang. Doch war irgend etwas plötzlich anders als sonst.

Gleich beim ersten Ton spürte er es. Da war auf einmal so ein schrecklicher Schmerz in seiner Brust, ein Schmerz, der im nächsten Moment seinen linken Arm erfaßte, so daß er das Steuerrad nicht mehr halten konnte. Und Frederic bekam auch plötzlich keine Luft mehr; er wollte schreien, brachte aber keinen Ton heraus, und es war auf einmal auch so gleißend hell um ihn her.

»Komm, Frederic! Es ist Zeit heimzukehren!«

Mit weit geöffneten Augen starrte Frederic in das Licht, aus dem diese Worte zu ihm drangen.

»Nein!« stieß er aus. »Meine Frau!«

»Für Emilia ist gesorgt, mein Sohn!«

»Aber – «

»Fürchte dich nicht!«

Frederic wußte gar nicht, wie ihm geschah. Er kannte diese Stimme, die da zu ihm sprach. Er kannte sie besser als alles andere, besser als Musik und als Paragraphen und als den abendlichen Verkehr auf dem New Yorker Broadway. Und dennoch! Da war doch auch noch seine Familie, und er –

Die Schmerzen in Frederics Körper wurden unerträglich. Alle Kraft wich aus seinen Füßen, aus seinen Beinen; ja, ehe er sich versah, bestand Frederics ganzes Ich nur noch aus seinen Augen, und die starrten in dieses alles überstrahlende Licht.

»Es ist soweit!« sagte die vertraute Stimme. »Laß dich umarmen!«

Mit letzter Kraft hob Frederic seine Arme.

»Was ist denn mit dem?« schimpfte ein Mann, der gerade verärgert um Frederics Wagen herumlaufen mußte, weil der immer noch mitten auf dem New Yorker Times Square stand. »Ist der besoffen?«

»Guck mal, wie der mit den Händen gegen die Windschutzscheibe schlägt«, rief ein anderer Mann. »Der hat bestimmt Drogen genommen.«

Frederic hörte das alles schon nicht mehr. Er streckte seine Arme dem gleißenden Licht entgegen und spürte im nächsten Moment eine Wärme, wie er sie zeit seines Menschenlebens nicht mehr gespürt hatte. Sie hüllte ihn ein in selige Geborgenheit, und so schloß er verzückt die Augen und ließ es geschehen – das, wovon man auf der Erde so viel sprach und so wenig wußte.

Er sah Emilia, seine Frau, wie sie ihm am Morgen den Abschiedskuß auf die Wange gab.

Er sah sich neben ihr im Kreissaal sitzen und erlebte noch einmal, wie sein geliebter Sohn geboren wurde.

Da war der Augenblick, in dem er feierlich seinen Doktorhut bekam.

Noch einmal spürte er Emilias Lippen auf den seinen. Sie waren beide noch jung, und sie saßen auf einer Wiese im Central Park, und er hatte ihr gerade den viel zu teuren Verlobungsring an den Finger gesteckt.

Da war auf einmal seine Mutter: Sie nahm ihn in die Arme und tröstete ihn, weil er beim Schlittschuhlaufen im Rockefeller Center so böse hingefallen war.

Und dann war da sein Vater. »Hoppe, hoppe, Reiter ...«, sang er und ließ den kleinen Frederic auf seinen Knien auf- und niederschaukeln.

Plötzlich war es schrecklich hell; es schmerzte in den Augen. Und dann wurde es dunkel und eng, und dann ...

»Willkommen zu Hause!«

Frederic hatte das Gefühl, als würde er aus einem Traum erwachen. Langsam öffnete er die Augen. Er stand auf der Großen Treppe; er erkannte sie gleich wieder. Und oben auf dem gläsernen Plateau des ewigen Lichts stand sein himmlischer Vater mit weit ausgebreiteten Armen.

Frederic war fassungslos. Er kam sich plötzlich so dumm vor, und das erfüllte ihn mit einer gewissen Scham, doch waren da auch noch andere Gefühle in ihm, allen voran eine unbeschreibliche Glückseligkeit, wieder daheim zu sein.

Langsamen Schrittes erklomm er die Große Treppe, und dabei fragte er sich bei jeder Stufe, wie er wohl jemals mit der Erkenntnis fertig werden sollte, daß er Gott mehr liebte als seine Familie, ja, als sein eigenes Leben.

Dann hatte er die Gipfel des ewigen Lichts erreicht und umarmte seinen Vater.

»Mein liebes Kind!« sagte der nur.

Und Frederic hätte gern eine Menge darauf geantwortet.
Doch brachte er nur einen einzigen Satz heraus:

»Ich bin so glücklich ...«

Frederics Heimkehr sorgte in den Himmeln bald schon für
ziemliche Aufregung. So schnell und reibungslos er auch
nach Hause gekommen war, so sehr machte ihm sein plötz-
licher Abschied von den Menschen im nachhinein doch zu
schaffen. Er hatte zu Lebzeiten stets vorbildlich für Frau und
Kind gesorgt; insbesondere seiner Emilia war er niemals etwas schuldig geblieben. Nun hatte er sie da unten allein gelassen, ohne Gruß, ohne ein letztes Wort.

Das setzte Frederic so sehr zu, daß er eine folgenschwere
Entscheidung traf.

»Bitte, lieber Vater«, sagte er und kniete dabei vor Gottes
Thron, »ich möchte auf meine Flügel verzichten, bis Emilia
und ich wieder vereint sind. Dann können wir gemeinsam ins
Paradies gehen.«

So etwas hörte Gottvater zwar nicht alle Tage, doch kam
es hin und wieder schon vor.

»Ist dir denn bewußt, was das bedeutet, Frederic?«

»Ich glaube schon.«

»In die Täler der Unschuld kannst du nicht zurück, das
muß dir klar sein.«

Es war Frederic klar. Er hatte im Verlauf seines Menschenlebens seine Unschuld verloren, und somit hätte er
unter den anderen Engeln nur Unfrieden oder zumindest
Verwirrung gestiftet.

In die Herberge konnte er auch nicht ziehen. Dort leb-
ten nur Engel, die ihre Unschuld verloren, sich aber keine
Flügel damit verdient hatten, und deren Übergangsdasein
war aufrüttelnd genug, da bedurfte es nicht noch weiterer
Erschütterungen durch die Anwesenheit eines freiwillig
Unbeflügelten.

Nein, Frederic wußte, was ihm bevorstand. Er würde auf unbestimmte Zeit ein obdachloser Engel sein, der auf die Güte der anderen angewiesen war.

Er lächelte. »Sie werden mich bestimmt nicht hungern und dürsten lassen, Vater. Bei den vielen Festen bleibt doch immer etwas übrig.«

Gott seufzte. »Überleg es dir gut, mein Kind! Ich kann dir nur raten.«

Doch Frederic brauchte nicht zu überlegen. Emilia war der Inbegriff seines Menschenlebens gewesen, und deshalb sollte sie auch an seiner Seite sein, wenn das eigentliche Leben begann.

Damit stand sein Entschluß fest. Und damit fingen die Schwierigkeiten an.

Als Engel ohne Flügel, aber mit einem vollendeten Leben, das Flügel wert gewesen war, durfte Frederic sich ausschließlich im Palast der gläsernen Zeit aufhalten. Und dort war er überall im Weg.

Schlief er auf den Korridoren, stolperte Cherub über ihn.

Da suchte er sich lieber ein anderes Plätzchen zum Verweilen.

Vor der Bibliothek konnte er sich nur leider auch nicht aufhalten, weil er dann den himmlischen Vater behindert hätte. Die Gipfel des ewigen Lichts waren ohnehin gesperrt, und seine Zelte auf dem Gelände um den Fahrstuhl der Züchtigung aufzuschlagen, brachte selbst er nicht fertig.

Dort war nämlich schrecklich oft Gedränge, vor allem an den Freitag- und Sonntagnachmittagen. Dann schrie jeder jeden an, als könne man das, was zu sagen war, nicht auch leise sagen, und es wurde geschubst und geknufft und gelästert; denn wer zu Herrn S. mußte, war eben nervös.

Nein, das damit einhergehende Geschrei konnte und wollte Frederic nicht ertragen, und so entschied er sich schließlich, bis zu Emilias Heimkehr am Brunnen des Lebens zu verweilen. Nur zog er sich damit natürlich den Zorn von Lilian und Lukas zu.

»Daß *wir* nahsehen«, beschwerten sich die Zwengel beim lieben Gott, »das ist etwas anderes. Wir sind schließlich immer noch nicht geboren worden, so daß das Nahsehen das einzige ist, was wir haben. Frederic aber ...«

Nun, Frederic schürte die Eifersucht von Lilian und Lukas. Obwohl er noch keine Flügel trug, konnte er seine Emilia nämlich auf der Erde nicht nur beobachten.

»Er fühlt sich auch in ihre Träume«, meckerte Lukas. »Dann wacht sie morgens auf und hat das Gefühl, er wäre in der Nacht bei ihr gewesen.«

»Ja«, blies Lilian in das gleiche Horn wie ihr Bruder, »und dann reden sie miteinander, so komisches Zeug wie ›Mach du das so und so, Emilia!‹ und ›Ja, Frederic, ich weiß, du würdest es genauso machen!‹ Und dann schickt er ihr Zeichen.«

»Genau«, keifte Lukas, »Vögel, die um die und die Zeit auf der Fensterbank in der Küche sitzen, Sonnenstrahlen, die sie wie Küsse von ihm empfindet, gestern hat er sogar – «

Er stockte, blickte sich ängstlich über die Schulter, zuerst über die rechte, dann über die linke, stellte zu seiner Erleichterung fest, daß da außer Lilian niemand hinter oder neben ihm stand, und dann holte er neuerlich Luft und erklärte seinem Schöpfer in aufgeregtem Flüsterton:

»Das organisiert natürlich alles Cherub für ihn. Der Frederic besticht den Dicken mit Schokoladenriegeln, und die erbettelt er sich von Engeln, die – «

»Schluß jetzt!« machte Gottvater der Petzerei ein Ende. »Ich habe genug gehört.«

Er verschränkte die Arme vor seiner Brust und blickte eine ganze Weile sehr nachdenklich auf Lilian und Lukas nieder.

»Verratet mir lieber mal, was euch an Frederics Verhalten so ärgert«, bat er dann.

»Na, er belagert unseren Brunnen und nimmt uns die Sicht!« ereiferte Lukas sich.

»Ja, Vater, wir sehen nur noch die blöde Emilia«, stimmte Lilian mit ein, »und nichts mehr von dem, was wir sehen wollen.«

»Und was wollt ihr sehen?«

Da waren die Zwengel auf einmal ganz stumm. Auf diese Frage ihres himmlischen Vaters waren sie nicht vorbereitet gewesen.

»Och…«, zögerte das Mädchen.

»Alles Mögliche…«, wand sich der Junge.

»Was halt gerade so los ist…«, wanden sie sich im Duett.

»Aha!«

Mehr sagte Gottvater nicht dazu. Er sagte nur ›Aha!‹ Den Rest dachte er sich. Lilian und Lukas beschwerten sich in letzter Zeit nicht mehr so oft über ihr Los. Das war ihm schon seit längerem aufgefallen. Irgend etwas stimmte also nicht. Dafür, daß er mit dieser Einschätzung richtig lag, sprach auch, daß die beiden so erschöpft wirkten. Am Leben in den Tälern der Unschuld konnte das unmöglich liegen. Das mußte andere Gründe haben.

»Ich werde über alles nachdenken!« entließ der himmlische Vater seine Zwengel.

Und da sie nicht die leiseste Ahnung von dem hatten, was ihm so alles durch den Kopf ging, überschütteten sie ihn dafür mit ihrem Dank.

»Es ist ja nicht so, daß wir Frederic nichts gönnen!«

»Ganz und gar nicht, lieber Vater!«

Gott lächelte. Ja, um Frederic mußte er sich auch kümmern. Das wurde offenbar höchste Zeit.

Wie immer saß Frederic am Brunnen des Lebens und sah seiner Emilia dabei zu, wie sie auf Erden versuchte, ohne ihn weiterzuleben.

Da trat unerwartet der himmlische Vater zu ihm.

»Guten Morgen, Frederic!« Liebevoll strich er Frederic über den Kopf.

»Guten Morgen, Vater!« gab der seufzend zurück.

»Bedrückt dich etwas?«

»Mich nicht. Aber sie …«

Gemeinsam sahen Gottvater und Frederic dabei zu, wie Emilia in ihrem gemütlichen New Yorker Wohnzimmer weinend über alten Fotoalben saß. Sie war in der Zwischenzeit siebenundsechzig Jahre alt, und ihr Haar war grau geworden. Auf der Erde waren fünfzehn Jahre vergangen, seit Frederic sie so plötzlich und unerwartet verlassen hatte. Und noch immer schmerzte sie der Verlust wie am allerersten Tag.

Dabei hatte ihr das Leben nach seinem Tod durchaus schöne Dinge beschert. Ihr Sohn hatte geheiratet, die Schwiegertochter hatte zwei entzückende Enkelkinder geboren, und Emilia hatte eine Menge lieber Freunde, die in ihrem Alltag für alle möglichen Arten von Freude und Ablenkung sorgten.

Doch glücklich war sie trotzdem nicht. Frederic fehlte ihr.

»Und trotzdem kann ich sie dir noch nicht nach Hause holen«, sagte Gott und umfaßte Frederics Schultern.

»Warum nicht? Du siehst doch, wie sie leidet!«

Der himmlische Vater lächelte. »Dein Sohn wird sehr bald einer Frau begegnen, die ihm den Kopf verdreht. Er wird sich scheiden lassen. Und dann brauchen deine Enkelchen niemanden so sehr wie ihre Großmutter. Sie wird zu Hause auf sie warten, wenn sie aus der Schule kommen; denn ihre Mutter wird arbeiten müssen. Deine Emilia wird es sein, die das Studium der Kleinen bezahlt. Mit anderen Worten: Sie hat noch einen sehr langen Weg vor sich, noch über zwanzig Menschenjahre …«

Frederic war zutiefst enttäuscht, als er das vernahm.

»Und daran kann man nichts ändern?« flüsterte er und sah Gott flehentlich dabei an.

Wieder lächelte der himmlische Vater. »Wirklich ändern

kann ich nichts«, sagte er dann. »Doch wenn du mit jeder Faser deiner Seele überzeugt bist, daß Emilias Sehnsucht nach dir größer ist als ihre Lust am irdischen Leben…«

»Was dann?«

Gott atmete tief durch. »Dann kann ich sie schon einmal rufen, Frederic. Das tue ich oft. Mit vielen meiner Kinder.«

Der Engel war so erstaunt über diese Eröffnung, daß er es nicht verbergen konnte.

»Und wie machst du das?« rief er deshalb sofort aus.

Doch Gott antwortete ihm nicht auf diese Frage. Statt dessen versetzte er seinem Engel einen liebevollen Stups auf die Nase und meinte:

»Überlege es dir gut, Frederic! Es ist eine große Herausforderung für die Menschen, wenn ich sie vor der Zeit rufe. Wenn du dich entschieden hast, dann sage mir Bescheid!«

Doch Frederic brauchte keine Bedenkzeit. Er war felsenfest davon überzeugt, daß Emilia ihn auch jetzt noch mehr liebte und brauchte als alles andere auf der Welt, und so traf er seine Entscheidung sofort, ohne weiter darüber nachzudenken.

»Gut«, seufzte Gott. »So sei es denn!«

Im nächsten Moment schritt der himmlische Vater auch schon die Große Treppe hinab, legte dann langsam die Hände um seinen göttlichen Mund, und zuletzt holte er ganz tief Luft und rief:

»Emiiiliaaa!«

Es war ein Sonntag im Dezember, als Emilia morgens beim Duschen einen Knoten in ihrer rechten Brust entdeckte. Am Vortag war der noch nicht dagewesen, davon war sie überzeugt. Doch jetzt war er ganz deutlich zu spüren.

Gleich am nächsten Tag ging sie zum Arzt. Und bereits eine Woche später war sie operiert worden, und saß nun in diesem Bett, und vor ihr stand dieser junge Doktor im weißen Kittel und sagte:

»Es tut mir sehr leid, aber ich muß Ihnen leider mitteilen, daß Sie Krebs haben.«

Man nahm Emilia die rechte Brust ab, und sie bekam Bestrahlungen, damit der Krebs nicht wiederkam. Doch er kam trotzdem wieder. Ein paar Jahre später war er auch in ihrer linken Brust, und diesmal reichten Operation und Bestrahlungen nicht mehr aus. Diesmal mußte sie monatelang zahllose Medikamente nehmen, und die machten sie bisweilen kränker, als der Krebs selbst es tat.

Doch Emilia beklagte sich nie. So unangenehm und belastend die Krankheit für ihren Körper auch war, so wohltuend war sie für ihre Seele.

»Ihr könnt das sicher nicht verstehen«, sagte sie eines Tages zu ihren Enkelkindern, »aber ich habe sie nie als eine Strafe empfunden, eher als Herausforderung. Der Krebs hat mich endgültig gelehrt, den Tod als Maß aller Dinge zu sehen. Verglichen mit dem Tod ist alles andere eine Kleinigkeit. Wenn ich Angst vor ihm bekam, weil er so ein ungewisses, unbekanntes Ding ist, dann hat mich diese Angst zugleich auch beflügelt, die Dinge des Lebens zu schätzen und zu genießen, die alle so bekannt sind, so gewiß.«

Emilia lächelte. »Und als die Schmerzen kamen, begann eine neue Zeit. Sie verwandelten meine Angst in Hoffnung darauf, dieser Zustand möge bald ein Ende nehmen, und das ungewisse Ding namens Tod ist mir seither ein Halt. Heute genieße ich die Gewißheit, bald sterben zu dürfen. Vor allem, um dann für immer bei eurem Großvater zu sein.«

Frederic kamen die Tränen, als er das vernahm. Und es geschah nur sehr, sehr selten, daß Engel weinten.

Gottvater trat zu ihm und sagte: »Dazu hast du auch allen Grund. Du hast deine Zeit als Mensch in aller Fülle genützt, denn du hast einen anderen Menschen so gut kennengelernt, daß es dir möglich war, in seine Seele zu blicken. Dafür will ich dich belohnen.«

Frederic konnte sein Glück kaum fassen. Und wenn er auch nicht wußte, was Gott nun mit ihm vorhatte, so ergriff er doch vertrauensvoll seine Hand und folgte ihm zur Großen Treppe.

Auf der Erde feierten sie Emilias achtundachtzigsten Geburtstag. Die ganze Familie war gekommen: der Sohn mit seiner zweiten Frau, die Schwiegertochter, die niemals wieder geheiratet hatte, die Enkel, die ihrerseits sowohl Ehepartner als auch schon wieder Kinder hatten.

Und trotzdem war es ein ganz ruhiges Fest. Emilia lebte seit geraumer Zeit in einem Pflegeheim. Sie war viel zu schwach, um das Bett noch verlassen zu können, und die Krankheit, die einstmals in ihrer rechten Brust begonnen hatte, war nunmehr in ihrem gesamten Körper.

»Jetzt wird es nicht mehr lange dauern«, flüsterte sie, als sie die ganze Familie so vollzählig versammelt sah. »Das hier ist bestimmt mein letzter Geburtstag.«

»Sprich nicht so!« rügte ihr Sohn gleich.

»An so etwas darfst du nicht einmal denken, Mutter!« jammerte die geliebte Schwiegertochter, während die ungeliebte die Augen rollte. Sie haßte Sentimentalitäten.

Doch Emilia wußte es. Da war in letzter Zeit eine Müdigkeit in ihr, die sie nie zuvor gekannt hatte. Sie war verlockend, diese Müdigkeit, aber noch konnte sie sich ihr nicht voll und ganz ergeben. Irgend etwas fehlte noch ... und Emilia hatte keine Ahnung, was dies sein könnte.

Auch in der Nacht ihres achtundachtzigsten Geburtstages vermochte sie die fremde Müdigkeit nur für kurze Zeit so zu übermannen, daß sie in einen tiefen Schlaf fiel. Es war ein wundervoller Schlaf. Er bescherte ihr immer wieder den gleichen Traum, in dem sie eine geheimnisvolle Treppe sah, die geradewegs ins Licht führte, in ein Licht, das so schön und so verheißungsvoll war, daß sie am liebsten darauf zugeflogen wäre.

Doch sie konnte nicht.

Etwas hielt sie zurück.

Denn etwas fehlte.

Und so wachte sie nach kurzer Zeit schon wieder auf.

Es war kurz vor Mitternacht, und draußen war es stockfinster. Mit vor Schwäche zitternder Hand knipste Emilia die Nachttischlampe an und trank einen Schluck Wasser. Da klopfte es plötzlich an der Zimmertür.

Emilia mochte es gar nicht glauben. Um diese Zeit kamen doch keine Besucher mehr.

Aber es klopfte gleich noch einmal.

»Herein…«, rief Emilia, ganz leise, fast ein bißchen ängstlich.

Langsam wurde die Tür geöffnet, und mit jedem Millimeter, den sie sich öffnete, wurde es heller und heller im Raum, so hell, daß es am Ende schien, als wäre lichter Tag und nicht tiefe Nacht.

Emilia konnte gar nichts dazu sagen. Das Ganze war so unfaßbar, so unglaublich, so…

»Hallo, mein Liebling!«

Emilia kannte die Stimme, die das sagte, und sie kannte auch diesen jungen Mann, der da plötzlich mitten im Zimmer stand.

»Frederic?« stieß sie aus.

»Ja, Emilia. Ich bin's!«

»Frederic!«

Er war so jung und so schön, gerade so, wie er gewesen war, als sie einander kennengelernt hatten, damals, vor mehr als sechzig Jahren.

»Und ich bin eine alte Frau«, sagte Emilia mit trauriger Stimme.

»Das bist du nicht.«

»Natürlich bin ich das, Frederic. Schau mich an!«

Er lächelte. »Nein«, sagte er dann, »schau du dich an!«

Er trat ans Bett und zog die weiße Decke weg, die ihren

Körper bis jetzt verhüllt hatte. Dann reichte er ihr beide Hände, und sie griff sofort danach. Und erstaunlicherweise machte es ihr da auf einmal gar keine Mühe mehr, sich aufzurichten, die Beine aus dem Bett zu schwingen und aufzustehen.

»Das habe ich seit Monaten nicht mehr gekonnt«, sagte sie, mehr zu sich selbst als zu Frederic.

Der führte sie zum verspiegelten Kleiderschrank, der am anderen Ende des Zimmers an der Wand stand.

»Und nun sag mir, was du siehst, Emilia!«

Die Frau im Spiegel war jung und schön. Ihr langes, braunes Haar war zu einem Nackenknoten verschlungen, und sie trug Schuhe mit hohen Absätzen und ein –

»Aber das ist ja das Kleid, das ich bei unserem ersten Rendezvous getragen habe!« entfuhr es ihr.

Zärtlich strich Frederic mit den Händen über Emilias Gesicht.

»Das hier ist ja auch unser erstes wirkliches Rendezvous«, sagte er dann.

Und bevor sie weitere Fragen stellen konnte, küßte er sie.

Die Schwester, die in jener Nacht im Pflegeheim ihren Dienst versah, hörte auf einmal eigenartige Geräusche. Sie kamen aus Emilias Zimmer, und so ging sie hinein, um nach dem rechten zu sehen.

Der Anblick, der sich ihr bot, erschreckte sie maßlos. Mit weit aufgerissenen Augen, Arme und Beine von sich gestreckt, lag Emilia da, und sie atmete so merkwürdig, so laut, und das Einatmen war so kurz, das Ausatmen dafür aber so furchterregend lang.

»Was hat sie denn?« fragte Emilia und befreite sich für einen kurzen Moment aus Frederics Umarmung.

Aus den Augenwinkeln hatte sie die junge Krankenschwester hereinkommen und wieder herausstürzen sehen.

Frederic lächelte sanft. »Der Tod erschreckt die Lebenden nun mal…«

»Der Tod?« wiederholte Emilia mit tonloser Stimme, und dann glitt ihr Blick zum Bett herüber.

Da lag ihr vom Leben und von der Krankheit verbrauchter Körper. Achtundachtzig Jahre lang hatte ihre Seele in ihm gewohnt. Und jetzt hatte er überhaupt keine Bedeutung mehr für sie.

»Das ist der Tod?« fragte sie Frederic, als könnte sie es immer noch nicht glauben.

Er nickte.

»Heißt das, daß ich jetzt sterbe?«

Verzückt sah Frederic seine Emilia an. Sie schien überhaupt keine Angst zu haben, im Gegenteil. Sie war von einer Glückseligkeit erfüllt, die er mit jeder Faser seines Wesens spüren konnte.

Noch in der gleichen Nacht betraten sie Hand in Hand den Saal der Sterne. Gottvater wartete schon auf sie, und er war sicher gewesen, daß sie ihm in dieser so bedeutungsvollen Stunde strahlend und glücklich entgegentreten würden. Doch hielten sie statt dessen ihre Köpfe gesenkt und wagten nicht aufzublicken.

»Hat euch das Wiedersehen nicht beglückt?«

Frederic atmete schwer.

»Doch, es war wundervoll«, sagte er dann, »vielen Dank, Vater.«

»Dann kommt und setzt euch zu mir!«

Ganz fest hielten Emilia und Frederic einander bei den Händen, hoben langsam die Augen, sahen einander fragend an. Dann lächelte Emilia, und im nächsten Moment blickte sie zaghaft in jenen Schweif des Saals der Sterne, in dem die zinnoberroten Samtvorhänge hingen.

So aus der Ferne sahen sie ganz harmlos aus, diese Vorhänge, doch war bekannt, daß sich das sehr schnell ändern konnte. Hinter diesen Vorhängen war nämlich der Spiegel der Erkenntnis verborgen, und schon so mancher hatte zu berichten gewußt, daß ein einziger Blick in diesen Spiegel ausreichen konnte, um –

»Emilia, mein Kind! Verschwende keine Zeit darauf, dich zu fürchten! Du würdest es ja doch nicht ändern können. Das gilt im Himmel wie auf Erden!«

Kaum daß Gott das ausgesprochen hatte, atmeten beide Engel tief durch. Und dann liefen sie auf ihn zu und setzten sich auf den Schoß ihres himmlischen Vaters, wie dieser es gewollt hatte.

»Weißt du«, hob Frederic zu sprechen an, »als ich damals heimkam, habe ich nur an Emilia gedacht, an nichts sonst. Erst jetzt gehen mir auch noch viele andere Dinge durch den Kopf, vor allem, was für ein Mensch ich war.«

»Und was für ein Mensch warst du, Frederic?«

»Er war ein guter Mensch«, antwortete Emilia für ihren Mann. »Ich bin diejenige, um die es hier jetzt geht. Und ich fürchte, daß Frederic ein viel zu großes Opfer für mich gebracht hat. Er hat damals auf seine Flügel verzichtet, weil er auf mich warten wollte, aber ich glaube nicht, daß ich mir meine Flügel verdient habe, so daß sein Opfer vermutlich völlig sinnlos war.«

Gott seufzte. »Und was bringt dich zu dieser Ansicht, Emilia?«

Für einen Moment schloß sie die Augen. Dann holte sie tief Luft.

»Ich war niemals gläubig«, sagte sie. »Ich bin nie in die Kirche gegangen. Es gab nicht einmal eine Bibel in meinem Haus!«

Gottvater lächelte. »Nun«, meinte er, »die Kirche hätte dir sicher bei dem hier auch nicht helfen können. Die muß sich viel zu sehr um ihr eigenes Überleben sorgen, als daß sie sich noch um das Überleben ihrer Schäfchen kümmern könnte. Und was die Bibel angeht…«

Er seufzte. »Die heißt nicht umsonst das Buch der Bücher. Die meisten beruhigt sie, weil sie ihnen auf alle Lebensfragen zu antworten scheint. Leider beunruhigt sie kaum jemanden, weil…« Wieder seufzte Gott. »Weil kaum ein Mensch erkennt, daß da vor seiner Zeit Leute lebten, die sich noch die Mühe gaben, sich mit mir auseinanderzusetzen, statt gedankenlos wiederzukäuen.«

Gottvater blickte nachdenklich vor sich hin, schüttelte traurig den Kopf, dann wandte er sich wieder Emilia und Frederic zu.

»Die Moral der Ungläubigen«, sagte er zu ihnen, »ist oftmals der Anstand. Und diese Moral macht sie zumeist über viele Gläubige erhaben. Wenn ihr zwei euch also selbst beurteilen müßtet, was würdet ihr sagen?«

Verwirrt sahen die beiden einander an.

»Wir können uns nicht selbst einschätzen«, sagte Frederic dann. »Das darfst du nicht verlangen, Vater. Dazu müßten wir uns ja selbst kennen, und Selbsterkenntnis ist eine der schmerzlichsten Schulen, die das Leben zu bieten hat. Keiner von uns ist so, wie er gern wäre.«

Gott schmunzelte. »Sehr kluge Antwort! Und was meinst du, Emilia?«

Sie überlegte eine ganze Weile. Dann lehnte sie ihren Kopf gegen die Schulter ihres himmlischen Vaters und schloß die Augen.

»Weißt du«, sagte sie leise, »wenn man so lange auf der Erde war wie ich, kann man gar nichts mehr beurteilen. Ich weiß zwar, daß ich das eine oder andere getan habe, was nicht richtig war, und ich weiß auch, daß ich das eine oder andere getan habe, was vielleicht richtig war. Aber sicher bin ich mir nur, daß die wirklich großen Sünden die waren, derer man sich als Mensch so gar nicht bewußt ist. Weil man sie so ganz beiläufig begeht, tagaus, tagein, in all den vielen unbedeutenden Augenblicken des Alltags.«

Gott sah sie eingehend an, und dabei war sein Blick ganz

sanft. »Mir scheint, mein Kind, du hast eine ganze Menge Lebenserfahrung gesammelt.«

Emilia lächelte. »Das ist ja das einzig Gute an menschlichem Alter, Vater. Es ist Geißel und Gnade. Die Geißel besteht in den Falten auf dem Gesicht und auf der Seele, und die Gnade besteht darin, daß einen diese Falten nicht mehr stören.«

Gott lachte. »Da spricht die Lebenserfahrene ja fast schon wie eine Lebenskünstlerin!«

»Na ja«, entgegnete Emilia, »was das Leben wirklich ist, habe ich nie so richtig begriffen, auch jetzt noch nicht. Vermutlich erfaßt man es nur, wenn man bekommt, was man sich wünscht, zur rechten Zeit und am rechten Ort.«

Was das anging, konnte Gott ihr nur beipflichten. Und so ergriff er Emilias linke Hand und Frederics rechte und legte sie in seine Hände, blickte andächtig darauf.

»Seid ihr bereit?«

Emilia und Frederic konnten kaum fassen, daß der himmlische Vater ihnen diese Frage stellte.

»Wir wären bereit«, antworteten sie deshalb im Chor und sahen Gott dabei ganz ungläubig an.

Er nahm es zur Kenntnis. Und dann küßte er sie auf die Stirn, zuerst Emilia, dann Frederic, und anschließend hob er die beiden von seinem Schoß und stand auf.

In einem der Schweife des Saals der Sterne stand eine riesige Truhe. Ihr Name war Schrein der Ewigkeit, und sie war aus einem tiefschwarzen, kostbar glänzenden Holz, in das die gesamte Geschichte der Menschheit geschnitzt war.

Gottvater hob den schweren Deckel und holte zwei Paar Flügel heraus. Dann schloß er die Truhe wieder und schritt zu seinem Thron. Der war aus purem Gold und überwölbt von einem Baldachin aus Seide, die bedruckt war mit allen Farben der Himmel und der Erde.

»So kommt denn her, meine Kinder!«

Emilia und Frederic konnten ihr Glück kaum fassen.

»Wir bekommen wirklich unsere Flügel?« flüsterten sie.

»Aber so gute Menschen sind wir doch gar nicht gewesen.«

»Sagen wir so«, meinte der himmlische Vater dazu, »ihr habt euch an der Menschlichkeit versucht, gesiegt hat die menschliche Natur, und das ist immerhin schon was! Sehr viel sogar!«

Und so knieten Emilia und Frederic nieder vor Gottes Thron. Ergriffen schlossen sie die Augen, und ergriffen lauschten sie, wie ihr Schöpfer jene Worte sprach, auf die ein jeder so lange wartete und so inständig hoffte:

»Kinder der Unschuld, das wart ihr vor dem Fall. Ihr habt euer Schicksal getragen, und so möge zum Lohn der Zauber, ein Mensch zu sein, von heute an auf ewig in euch weiterleben!«

Mit diesen Worten schenkte der himmlische Vater seinen Kindern die Flügel der Unsterblichkeit und damit das ewige Leben. Und das geschah vor langer, langer Zeit.

Doch wird es immer wieder geschehen. Bis an das Ende aller Zeit.

GREGOR UND HENRIK

Die für uns nicht sichtbare Seite
der Wolke ist immer hell!
(1. Mose 9,14.16)

Es war einmal vor langer, langer Zeit in den unendlichen
Himmeln der Wahrhaftigkeit.

Gregor und Henrik saßen beim Frühstück, der eine über
Heringsfilets in Sahnesauce und dampfenden Pellkartof-
feln, der andere über ofenwarmen Blätterteighörnchen, die
vor jedem Bissen zuerst in weiche Butter und dann in haus-
gemachte Aprikosenmarmelade getaucht wurden. Das waren
auf Erden ihre Lieblingsspeisen gewesen. Und alle Gäste
der Herberge bekamen für die Dauer ihres Aufenthalts ihre
irdischen Lieblingsgerichte serviert, so auch Gregor und
Henrik.

Für die Bewohner der Herberge galt das nicht, nur für
ihre Gäste, denn der Unterschied zwischen den einen und
den anderen war gewaltig. Deshalb lebten sie auch in ge-
trennten Wohnbereichen.

Den Gästen stand das Untergeschoß der Herberge zur
Verfügung, ein in sich abgeschlossener Trakt, der jenseits der
riesigen Eingangshalle hinter einer Schwingtür lag, die sich
auf geheimnisvolle Weise nur den Gästen öffnete. Bewohnern blieb sie gnadenlos verschlossen.

Die Gäste der Herberge beschwerten sich über nichts. Sie
wußten, daß sie ihren Zustand selbst verschuldet hatten, sie
wußten, daß dieser Zustand nur vorübergehend war, und sie
wußten vor allem, daß es ihnen um ein Vielfaches besser ging
als den Bewohnern der Herberge.

»Hör dir nur an, was die da oben wieder für einen Krach machen!« sagte Gregor seufzend, während er mit der Gabel sein letztes Stück Pellkartoffel in den Rest der Sahnesauce drückte.

»Es ist Freitag«, entgegnete Henrik und tupfte die Serviette auf seine von Marmelade klebenden Lippen, »die Aufregung schlägt Purzelbäume.«

Sie lächelten einander an, stumm und dennoch vielsagend, ging ihnen beiden in diesem Augenblick doch der gleiche Gedanke durch die Köpfe, der nämlich, daß ihre Entscheidung die richtige gewesen war.

Im gleichen Moment klopfte es an der Zimmertür, und noch bevor Gregor und Henrik darauf reagieren konnten, stand Cherub auch schon mitten im Raum.

Sein Büro war im Gästetrakt der Herberge, deshalb war keiner hier sicher vor ihm. Er tauchte zu jeder Tages- und Nachtzeit auf, hatte ständig irgendwelche Fragen oder Vorschläge oder gar Aufträge.

»Habe ich euch erschreckt?« flötete der Wächter der Himmel und spitzte alsdann seine Lippen, wippte auf den Zehenspitzen, die Hände auf dem Rücken verschränkt.

Wieder warfen Gregor und Henrik einander einen vielsagenden Blick zu, wenngleich diesmal aus ganz anderen Gründen.

»Was willst du?« fragten sie dann betont kühl.

Cherub wußte, daß er in den Himmeln nicht gerade beliebt war. Da sein himmlischer Vater und er selbst es besser wußten, hätte er blendend mit seinem schlechten Ruf leben können, wenn da nicht diese eine, so verflixte Sache gewesen wäre: Cherub war unsicher.

Sein Körper war das Kreuz seines Daseins. Er war dick, und er wußte, daß er dick war, und er haßte sich dafür, und je größer dieser Haß wurde, desto mehr Süßigkeiten und Fettgebackenes stopfte er in sich hinein, ganz so, als wolle er sich durch weitere Gewichtszunahme für das bereits bestehende Übergewicht bestrafen.

Und das gelang ihm auch. Mit jedem Pfund, das er zulegte, wuchs seine Unsicherheit weiter, und jedesmal, wenn er sich ihrer Schmerzhaftigkeit bewußt wurde, erkannte er zugleich auch die Ausweglosigkeit seiner Lage. Gut, er hielt hin und wieder schon mal eine Diät und nahm zehn Pfund ab, um anschließend dann flugs wieder fünfzehn Pfund zuzunehmen. Doch hätte ihm selbst eine kometenlange Fastenkur nicht dauerhaft helfen können. Die Erlösung wartete nur am Ende eines einzigen Weges, und wie dieser aussehen würde, das wußte Cherub zu genau, als daß er sich dafür hätte entscheiden können.

So zog der Wächter der Himmel es vor, seine Unsicherheit stumm zu ertragen und zugleich lauthals zu überspielen, und das tat er natürlich auch an jenem Morgen, da er so unerwartet vor Gregor und Henrik stand.

»Tut nicht so, als wüßtet ihr das nicht!« pfiff er die beiden an. »Es ist mal wieder soweit. Neues Spiel – neues Glück?«

Bei den beiden letzten Worten grinste er dermaßen überheblich, daß Gregor und Henrik ihn am liebsten mit dem Gesicht gegen die erstbeste Wand geschlagen hätten.

»Wann sollen wir kommen?« fragten sie statt dessen.

»Heute abend! Ihr könnt also noch in Ruhe packen.«

Cherub hob die Hand zum Gruß, und dann drehte er sich um und ging, und dabei wippten seine kurzen breiten Flügel über seinem kleinen, feisten Körper.

Gregor und Henrik zählten in zweierlei Hinsicht zu einer besonderen Gruppe von Engeln.

Zum einen waren sie zwei Jungen, und es gab viele Paare dieser Art, die so seit Ewigkeiten zusammenlebten, Jungen wie Mädchen.

Zum anderen hatten sie beide schon einmal auf der Erde gelebt. Das war zwar lange her, doch erinnerten sie sich trotzdem noch sehr, sehr gut daran, waren ihre Menschenleben doch keineswegs so verlaufen, wie der himmlische Vater das gern gesehen hätte.

Gregor hatte im Namen Gottes Menschen getötet. Er hatte seine persönlichen Überzeugungen für so bedeutsam gehalten, daß er sie unbedingt mit dem Rest der Welt teilen mußte. Dabei war er in Wahrheit nicht überzeugt genug gewesen von seinen Überzeugungen, denn sonst hätte er ja allein für sie einstehen können. Solche Leute nannte man Fanatiker. Sie benützten das Wort Freiheit, um den Menschen Ketten anzulegen, und verstanden sich dann als Anführer von Mehrheiten. Gregor war ein solcher Anführer gewesen.

Henrik war auch ein Held gewesen. Doch hatte er zu Lebzeiten nicht gewußt, daß Heldentum nur so lange Gottes Wille war, wie es dem Menschen passierte, einfach so. Henrik hatte sich sein scheinbares Heldentum zuerst erkämpft und später sogar erlitten, und so war es zu Märtyrertum entartet, und Märtyrer hatten keine allzu große irdische Lebenserwartung.

Für die Ewigkeit in den Himmeln hatte es bei Henrik aber auch nicht gereicht, denn er hatte während seines Menschenlebens einer Gruppe von Leuten zugehört, die der Überzeugung gewesen waren, den einzig wahren Glauben zu haben. Gemeinden nannte man solche Gruppen auf der Erde, und wie alle Mitglieder seiner Gemeinde hatte auch Henrik sich über andere Menschen erhaben gefühlt.

Als Gregor und Henrik seinerzeit heimgekehrt waren in die Himmel der Wahrhaftigkeit, waren sie zunächst noch voller Zuversicht gewesen. Doch dann hatte Gott von ihnen verlangt, in den Spiegel der Erkenntnis zu blicken.

Wie waren sie da erschrocken! Erst als der himmlische Vater so gnädig gewesen war, die zinnoberroten Samtvorhänge wieder zuzuziehen, fanden sie zurück zu ihrem inneren Frieden.

Und dann hatten sie die große Wahl, so nannte sich das:

Sie konnten sich ihrer Selbsterkenntnis stellen, indem sie entweder für gewisse Zeit zu Herrn S. gingen, oder aber sie erklärten sich bereit, zu einem späteren Zeitpunkt noch einmal geboren zu werden.

Gregor und Henrik hatten sich für letzteres entschieden. Und nun war es soweit, diesen schweren Weg zu gehen.

Gottvater konnte nicht umhin, betroffen zu lächeln, als er Gregor und Henrik an jenem Abend Hand in Hand in den Saal der Sterne kommen sah. Gefallene Engel rührten ihn immer ganz besonders. Anders als die anderen wußten diese Kinder, wie schwierig das Unternehmen war, das sie da vor sich hatten, wie viele Gefahren es barg, und wie lange sich so ein Erdenleben hinziehen konnte.

»Du schickst uns fort, Vater?« fragten sie und wagten nicht mehr zu atmen.

»Ja, meine Lieben, das muß ich.«

Der Atem, den Gregor und Henrik angehalten hatten, brach aus ihnen heraus. Und dann holten sie neuerlich Luft, beide zugleich, und seufzten, so laut, daß es den himmlischen Vater erbarmte.

»Habt keine Angst!« beruhigte er sie. »Ihr werdet für nichts bestraft, was einmal war. Es gibt keine Strafen. Sie sind eine Erfindung von Menschen, nicht meine.«

Gregor und Henrik hätten das zwar von Herzen gern geglaubt, doch konnten sie es zum gegenwärtigen Zeitpunkt nicht glauben, und dementsprechend sahen sie einander auch an. »Werden wir lange fort sein?« erkundigten sie sich.

Gott überlegte einen Moment, ob er den beiden die ganze Wahrheit sagen sollte.

»Du, Gregor«, sagte er dann, »du wirst sehr lange fort sein! Ich brauche dich, damit du das große Geschenk weiter erforschst, das ich der Welt gemacht habe. Und da du damit schon Erfahrungen hast, bist du bestens dafür geeignet.«

Gregor senkte beschämt den Kopf.

»Ich fühle mich für nichts geeignet, lieber Vater.«

Gott sah ihn mitleidig an.

»Um so besser ist es«, meinte er dann, »daß du deine Eignung nicht einschätzen mußt. Überlaß dich also ganz mir, und ich halte dich für eine vortreffliche Wahl.«

»Aber was sollte ich denn ausrichten können?«

»Nun«, seufzte Gott, »mir ist zu Ohren gekommen, daß es wegen des großen Geschenkes auf der Erde weiterhin Schwierigkeiten gibt. Jede Religion ist überzeugt, die einzig Seligmachende zu sein, und statt in Frieden nebeneinander zu leben, schlagen die Menschen nach wie vor aufeinander ein. Wenn nicht mit Taten, dann mit Worten! Bekehren nennen sie das. Und das muß ein Ende haben.«

Gregor schluckte.

»Ich danke dir für dein Vertrauen«, stammelte er dann, »aber werde ich denn überhaupt in der Lage sein – «

»Du wirst zumindest Zeichen setzen, mein Kind.«

So sprach Gott, und dann sah er in Henriks Gesicht, ganz lange, voller Liebe.

»Und was wird mit mir?« wimmerte der daraufhin.

Henrik hatte zunächst gar nicht gewagt, diese Frage zu stellen, und er wagte es auch jetzt nur zaghaft, er sprach zumindest sehr leise.

Gott lächelte ihn an. »Mit dir habe ich auch etwas Besonderes vor«, sagte er dann. »Aber laßt uns zuerst Gregor auf die Reise schicken. Man wartet unten sehr auf ihn!«

Hand in Hand in Hand machten sie sich auf zu den Gipfeln des ewigen Lichts. Dabei sprachen sie kein Wort, doch wußte der himmlische Vater auch so, wie es in den Seelen seiner Kinder aussah.

»Vielleicht«, erklärte er ihnen schließlich, »vielleicht ist es euch ja ein Trost zu wissen, daß ihr einander auf Erden begegnen werdet.«

Sie hatten gerade den Brunnen des Lebens erreicht, als

Gott ihnen das sagte. Und er sagte es ganz beiläufig, so, als habe es gar keine große Bedeutung.

»Werden wir einander erkennen?« fragten Gregor und Henrik im Duett und bekamen ganz feuchte Augen dabei.

Gottvater lächelte. »Nun … einer von euch wird das Gefühl haben, daß ihr einander kennt. Und er wird nicht erklären können, warum er dieses Gefühl hat. Es wird sein –«

Mitten im Satz hielt Gott inne, denn es hätte nicht viel gefehlt, und er wäre rückwärts in den Brunnen des Lebens gestürzt. Und das nur, weil Zwengel Lukas mit voller Geschwindigkeit aus einem der Torbögen geschossen und direkt mit seinem himmlischen Vater zusammengestoßen war.

»Na, ist es denn die Möglichkeit!« schimpfte Gott.

Lukas riß entsetzt Augen und Mund auf. »Entschuldige!« winselte er dann.

»Was heißt: Entschuldige!« schimpfte Gott weiter. »Ein bißchen aufpassen müßt ihr schon! Und gerade du, Lukas!« fuhr der Schöpfer mit seiner Schelte fort. »Kein Tag vergeht, an dem ich dich nicht ermahnen muß!«

Das stimmte leider. Erst am Vorabend hatte der himmlische Vater seinen Zwengel dabei erwischt, wie er um die Tür zur Bibliothek herumschlich.

»Und jetzt das hier! Was soll das?«

Lukas senkte den Kopf und trat verlegen von einem Fuß auf den anderen. Er wußte nicht, was er sagen sollte; er wußte nicht, was er tun sollte; er wußte nicht einmal, was er denken oder fühlen sollte.

Da kam Lilian ihm zur Hilfe. Bisher hatte sie sich bewußt im Schatten des Torbogens zurückgehalten.

»Er schläft so schlecht in letzter Zeit«, entschuldigte sie ihren Bruder beim lieben Gott.

Und das war nicht einmal eine Lüge. Die letzten Wochen hatten Lilian und Lukas fast ausschließlich recherchiert. Das allein wäre schon anstrengend genug gewesen, doch hatte Lilian in den Nächten zumindest geschlafen, während ihr

Bruder zumeist dagesessen hatte, um ihre neuesten Untersuchungsergebnisse schriftlich festzuhalten.

»Und deshalb ist er so unkonzentriert, der Lukas.«

Der himmlische Vater traute dieser Erklärung zwar nicht so ganz, gab sich vorerst aber damit zufrieden.

»Wenn es so ist…«, brummte er, »dann … dann geht jetzt mal nach Hause und ruht euch ein bißchen aus. Damit so etwas nicht wieder passiert!«

Mit diesen Worten entließ er die Zwengel aus der Strafpredigt, faßte Gregor und Henrik wieder bei den Händen und schritt mit den beiden weiter in Richtung der Gipfel des ewigen Lichts.

»Puuuhhh!«

Lukas atmete ganz tief durch, als er und seine Schwester wieder allein waren.

»Das ist ja gerade noch mal gutgegangen.«

»Da sagst du was!« Lilian war so aufgeregt, daß sie am ganzen Körper zitterte. »Hast du sie wenigstens?«

Lukas grinste. »Klar!«

Und dann zog er die goldene Feder aus seinem Gewand, die er dem himmlischen Vater bei ihrem angeblich so zufälligen Zusammenstoß entwendet hatte.

»Nun kann es losgehen: Ich schreibe uns die Bücher unserer Menschenleben!«

Gregors Menschwerdung verlief schnell und reibungslos.

»Bin ich jetzt an der Reihe?« fragte Henrik.

Gott lächelte ihn an. »Setz dich erst einmal her zu mir!« sagte er dann und legte einen seiner mächtigen Arme um Henriks Schultern.

Das war äußerst ungewöhnlich. Und Henrik wußte es. Deshalb wurde er nur noch unruhiger, als er es ohnehin schon gewesen war.

Kein Engel, gleichgültig ob beflügelt oder unbeflügelt,

durfte sich auf den Gipfeln des ewigen Lichts aufhalten. Man kam an diesen Ort, um gleich wieder zu gehen, rasten konnte man anderswo, nicht hier.

Und dennoch erzählte man sich in Engelskreisen hinter vorgehaltener Hand Geschichten über angebliche Ausnahmen, doch waren diese Geschichten allesamt derart unglaublich…

»Ich habe in der Tat etwas ganz Besonderes mit dir vor!« machte Gottvater dem Gedankengewitter in Henriks Hirn ein Ende.

Der Kleine schluckte. Und dann rutschte er ängstlich und erwartungsvoll auf den Schoß seines Schöpfers.

»Was denn, Vater?«

Der liebe Gott preßte den kleinen Henrik ganz fest an sich.

»Weißt du«, sagte er dann, »dich werde ich nur ganz kurze Zeit fortlassen.«

»Wirklich?«

Henrik konnte seine Freude darüber nicht verbergen. Er hatte bewußt seinen Weg nicht gelesen, das hatte Gregor auch nicht getan, um so mehr freute es ihn, daß der Vater sie dennoch mit einem gewissen Rüstzeug versah, schon gar, wenn es sich bei diesem Rüstzeug um eine derart frohe Botschaft handelte. Je schneller man das da unten hinter sich hatte, desto besser!

»Dabei sind deine irdischen Eltern ganz wunderbare Menschen«, fuhr Gott fort. »Sie wünschen sich seit Jahren ein Kind, und bis jetzt blieb ihnen dieser Wunsch unerfüllt.«

Gleich strahlte Henrik nur noch mehr. Auf Erden ein Wunschkind zu sein, war nämlich das Beste, was einem passieren konnte. Das war bekannt.

Im nächsten Moment verfinsterte sich der Blick des Kleinen aber auch schon.

»Warum bleibe ich denn nur kurze Zeit bei den Leuten, wenn sie sich so auf mich freuen?«

Gott atmete schwer. »Deine Eltern wünschen sich ein gesundes Kind, Henrik. Aber du wirst sehr schwer krank zur Welt kommen. Und schon bald...«

Er sprach nicht weiter. Er hätte es dem Kleinen ja doch nicht so erklären können, als daß der es geglaubt hätte. Er mußte es leben, um es zu glauben.

»Du wirst übrigens wie beim letztenmal zur Welt kommen«, sagte er deshalb nur noch.

Henrik erinnerte sich genau daran, wie es bei seiner ersten Menschwerdung gewesen war. Deshalb fürchtete er sich jetzt auch nicht. Er spürte, wie seine Engelsseele hineingepreßt wurde in diesen winzigen Kindskörper, und im nächsten Moment fühlte er auch plötzlich diesen Körper, fühlte die Schmerzen, die es bereitete, durch diesen engen, dunklen Schlauch gedrückt zu werden. Henrik war so erleichtert, es geschafft zu haben, daß er erst einmal in Ruhe ausatmete.

»Ein Junge!« rief ein Mann, der einen grünen Kittel trug und dessen Gesicht zu zwei Dritteln hinter einer ebenfalls grünen Maske verborgen war.

»Lebt er?« fragte die Stimme einer Frau.

»Aber natürlich.«

»Warum schreit er dann nicht?«

»Machen Sie sich keine Sorgen! Nicht alle neugeborenen Kinder schreien!«

Beim letztenmal hatte man Henrik unmittelbar nach der Geburt auf den Bauch seiner Mutter gelegt, daran erinnerte er sich genau. Diesmal wurde er von dem Mann im grünen Kittel weitergereicht an einen anderen Mann im grünen Kittel, und der legte ihn auf einen harten, kalten Untergrund und fing an, an ihm herumzufummeln.

»Was soll das?« rief Henrik. »Das ist doch falsch, was der da macht. Ich will zu meiner Mutter.«

»Ruhig, Henrik! Ganz ruhig!«

Erst als Henrik die Stimme seines himmlischen Vaters hörte, erst da wurde ihm klar, daß hier nichts so war wie bei seiner ersten Geburt.

»Was ist los? Warum kann ich mit dir sprechen? Warum erinnere ich mich an alles? Hören die Leute hier, was ich sage?«

»Nein, Henrik!« antwortete Gott. »Keiner hört uns.«

»Aber was hat das zu bedeuten?«

Henriks Eltern waren außer sich vor Kummer und Schmerz. Ihr Kind hatte während der Geburt nicht genügend Sauerstoff bekommen und war nun schwerstbehindert. Es würde niemals sprechen, niemals laufen, niemals lachen können. Es würde zeit seines Lebens Pflege brauchen.

»Es ist nicht recht, daß man solche Babys am Leben erhält«, sagten manche. »Das ist doch gar kein Leben, das ist doch ein einziges Dahinvegetieren.«

»Was reden die für einen Blödsinn?« schimpfte Henrik jedesmal, wenn er derartiges vernahm.

»Laß sie nur reden!« beruhigte Gottvater ihn dann. »Sie haben halt keine Ahnung. Und außerdem hast du ja deine Eltern!«

Und auf die konnte der kleine Henrik sich wirklich verlassen. Obwohl er so ganz und gar nicht dem Kind entsprach, das sich die beiden ursprünglich so sehnlich gewünscht hatten, taten sie alles, um Henriks Leben so schön wie möglich zu machen.

So war einer von ihnen beispielsweise immer bei ihm. Und dieser eine fütterte ihn dann, wusch ihn, setzte ihn in etwas, was sich anfangs Kinderwagen und später dann Rollstuhl nannte, und in diesem Etwas fuhren sie Henrik herum, mal in den Park, mal durch den Wald. Einmal fuhren die Eltern mit dem großen, sperrigen Gefährt sogar zum Meer und schoben es dort durch den weichen Sand, was ungemein anstrengend war. Henrik genoß sein Leben.

Aber die anderen Menschen hatten keine Ahnung, wie wunderbar jene Welt war, in der Henrik lebte. Für die Augen der Leute war er nur ein schwerstbehindertes Kind, das auf nichts reagierte, was sie für die Wirklichkeit hielten.

Die Wahrheit sah jedoch ganz anders aus. Wenn Henrik scheinbar teilnahmslos in seinem Rollstuhl saß, machte seine Seele die schönsten Ausflüge. Anders als ein gesunder Mensch, hatte er nämlich die Fähigkeit behalten, seinen irdischen Körper zu verlassen, wann immer es ihm beliebte.

Die einzige, die so etwas zu ahnen schien, war seine irdische Mutter.

»Wer weiß, in was für einer Welt er ist«, sagte sie manchmal leise vor sich hin. »Wer weiß …?«

Henrik war gerade erst dreizehn Jahre alt, als er schwer erkrankte. Die Leute sprachen davon, daß seine Nieren versagen würden, und keiner gab ihm eine Chance, das zu überleben.

In ihrer Verzweiflung brachten die Eltern ihr Kind von einem Arzt zum anderen, und am Ende sogar zu einem Mann, der hinter vorgehaltener Hand Wunderheiler genannt wurde.

Der Raum, in dem er seine sogenannten Wunder vollbrachte, war klein und dunkel, nur erhellt vom Lichtschein einiger Kerzen.

»Was wird das denn, wenn es fertig ist?«

Henrik hatte kein allzu großes Verständnis für den Hokuspokus, den man hier mit ihm veranstalten wollte.

»Warte nur ab!« beruhigte ihn sein himmlischer Vater.

Gott hatte das noch nicht ganz ausgesprochen, als ein großer, dunkelhaariger Mann den Raum betrat. Und kaum daß dieser Mann den Raum betreten hatte, war es dort um ein Vielfaches heller als vorher.

»Gregor!« rief Henrik da auch schon. »Gregor, das bist ja du!«

Gregor sah das Kind, das verkrümmt auf dem Sofa lag, und im gleichen Moment durchflutete ihn ein Gefühl, das er in dieser Form noch nie zuvor erlebt hatte. Es war ein Gefühl von Liebe und Vertrautheit, von Schmerz und Hilflosigkeit, von Erinnerung und Vorfreude, alles zugleich und trotzdem jedes für sich ganz deutlich.

»Hörst du mich?« sprach er leise zu dem Kleinen.

»Natürlich höre ich dich, Gregor! Aber hörst du mich auch?«

Gregor hörte den kleinen Henrik nicht. Doch strich er ihm liebevoll über die Stirn.

»Mir ist, als würden wir einander kennen«, flüsterte er.

»Und ob wir uns kennen! Weißt du es denn nicht mehr?«

Gregor seufzte. Es schien so vieles zwischen Himmel und Erde zu geben, was man zwar fühlen, aber nicht erklären konnte. Und es galt, sich damit abzufinden.

»Für deine Eltern bin ich die letzte Hoffnung«, sagte er mit trauriger Stimme. »Und diese letzte Hoffnung muß ich ihnen nun auch noch nehmen.«

»Wieso?« rief Henrik, aber Gregor hörte ihn natürlich immer noch nicht.

»Gott will dich zurückhaben«, sagte er mit trauriger Stimme. »Das spüre ich ganz deutlich. Und es ist nun an ihnen, dich loszulassen.«

»Was redest du denn da, Gregor? Nimm mich lieber in den Arm und halt mich fest!«

Als hätte Gregor diese letzten Worte des kleinen Henrik wirklich gehört, verspürte er auf einmal den innigen Wunsch, dieses todkranke Kind, das da auf seinem Sofa lag, fest zu umarmen und an sich zu pressen.

»Das ist gut, Gregor! Wunderbar ist das!«

Wenige Tage später starb der kleine Henrik in den Armen seiner Mutter. Und Henriks Seele kehrte endgültig heim in die Himmel der Wahrhaftigkeit.

Als er die Große Treppe hinaufkletterte, glaubte er, seinen Augen nicht zu trauen. Sein Schöpfer saß da, mitten auf dem kristallenen Plateau, wie er bei Henriks Abreise dagesessen hatte.

»Warst du die ganze Zeit über hier, Vater?«

Der Herrgott lächelte. »Kinder, wie du eines warst, erfahren immer eine besondere Behandlung.«

Henrik umarmte seinen himmlischen Vater. »Ich bin so froh, wieder hierzusein. Nur...«

Im ewigen Licht, das Gottvater und seinen kleinen Engel einhüllte, konnten sie deutlich die Welt erkennen, die Henrik unten zurückgelassen hatte. Seine Eltern waren untröstlich über seinen Tod, und das, obwohl ihnen jeder erklärte, es wäre doch so das beste für den kleinen Jungen gewesen.

»Sie werden wohl niemals darüber hinwegkommen«, seufzte Henrik.

Gott blickte nachdenklich vor sich hin.

»Ja und nein, mein Kind«, sagte er dann.

»Wie?«

Gleich blickte Gott nur noch nachdenklicher drein, und dann traf er seine Entscheidung.

»Was so besonders begonnen hat, soll auch besonders enden«, sprach er, und dann bat er Sonne und Mond, ein bißchen näher zusammenzurücken.

Kaum daß dies geschehen war, erstrahlte Morab. Er war der hellste Stern in Gottes Sammlung, und das war sogar schon den Menschen auf der Erde aufgefallen. Deshalb hatten sie ihm einen Namen gegeben: Tagsüber hieß er Morgenstern, nachts hieß er Abendstern.

Henrik erzitterte. Das war eine ganz besondere Ehre. Denn wenn Morabs Strahl ganz genau in der Mitte zwischen dem Licht der Sonne und dem Licht des Mondes auf die Erde fiel, dann konnte man in die Zukunft blicken. Und nur ganz wenigen Engeln wurde jemals die Gnade zuteil, in die Zukunft zu sehen.

Da sah er diese beiden Menschen, die auf Erden seine Eltern gewesen waren, und er sah, daß sie an dem Schmerz über seinen Tod nicht verzweifelten, sondern vielmehr ein großes, wunderschönes Haus bauten, in dem liebe Menschen fortan behinderte Kinder pflegten.

Und zur Belohnung dafür –

»O Vater, ist das schön!« jubelte Henrik. »Sie werden noch einmal ein Kind bekommen!«

»Ja«, sagte der himmlische Vater andächtig, »wenn sie schon gar nicht mehr daran denken, werden sie noch einmal ein Kind bekommen. Und das wird gesund sein und bis zu ihrer Heimkehr bei ihnen bleiben ...«

So geschah es vor langer, langer Zeit. Henrik bekam seine Flügel, denn er hatte sie sich redlich verdient. Was so viele wollten und was nur so wenigen gelang, weil sie es erzwingen wollten, das war seine Bestimmung gewesen, und er hatte sie erfüllt. Für die Dauer eines kurzen Menschenlebens waren Himmel und Erde eins gewesen, untrennbar miteinander verbunden durch ein einzelnes Kind und sein scheinbar so eingeschränktes Sein, das in Wahrheit das uneingeschränkte Sein schlechthin gewesen war, und deshalb die Welt ein bißchen zum Guten hatte verändern können.

Und so wird es immer wieder geschehen. Bis an das Ende aller Zeit.

Das 5. Kapitel

Isabelle und Jonas

Wie in einem fremden Land werden
wir Wege geführt, die wir noch nie
gegangen sind, aber der Herr ist der
einzige, den wir dort kennen.
(Ps. 36,6.11)

Es war einmal vor langer, langer Zeit in den unendlichen Himmeln der Wahrhaftigkeit.

Im Palast der gläsernen Zeit herrschte größte Aufregung. Zur Mittagszeit wurden dreihundertundsechs Heimkehrer erwartet – alle zur gleichen Zeit, um Schlag dreizehn Uhr neun –, und obwohl so etwas häufiger vorkam, hatte außer Gottvater niemand ausreichend Erfahrung und Übung und vor allem Nächstenliebe, um dem Ereignis gelassen entgegenzusehen.

Auch Cherub hatte alle Hände voll zu tun. Wenn mehr als zwanzig Heimkehrer auf einmal erwartet wurden, galt es vorher, am oberen Teil der Großen Treppe ein Geländer anzubringen.

Das war eine Vorsichtsmaßnahme. Es war nämlich in der Vergangenheit schon mal vorgekommen, daß Heimkehrer bei dem Ansturm auf die Gipfel des ewigen Lichts gestolpert und gestürzt waren. Und das hatte schwerste Verwicklungen und Verwirrungen nach sich gezogen!

Tagelang war Gottvater in seiner Bibliothek verschwunden geblieben, um Wege entsprechend umzuschreiben, und als die Verunfallten dann endlich nach Hause gekommen waren, hatten sie sich trotzdem so laut beschwert, daß man es in sämtlichen Himmeln hören konnte.

»In einem Koma habe ich gelegen! So nennen die das auf der Erde.«

»Klinisch tot! haben sie mich genannt.«

»Mein Körper steckte voller Schläuche.«

»Mir klingt das Piepsen der vielen Apparate noch jetzt in den Ohren.«

Nein, so etwas durfte sich nicht wiederholen.

Zwengel Lukas stand lässig auf dem kristallenen Plateau der Großen Treppe, die Arme in die Lenden gestützt, auf den Lippen ein schadenfrohes Grinsen.

»Na, daß man dich mal richtig arbeiten sieht«, frotzelte er.

»Was tust du denn hier?«

Cherub war im ersten Moment weniger empört als vielmehr entsetzt, den Kleinen hier zu sehen.

»Du weißt, daß du hier nichts verloren hast! Du hast noch keine Flügel.«

»Und?«

Die Selbstsicherheit, die Lukas an den Tag legte, störte den Wächter der Himmel ungemein.

»Und du wirst vermutlich auch niemals Flügel bekommen!« kläffte er Lukas an. »Schleich dich also!«

»Von dir laß ich mir gar nichts sagen, du kleiner, fetter Knirps!«

Das war zuviel. Das tat weh.

»Nun, Lukas, besser klein und fett zu sein, als ein halber Engeling!«

Und Cherub war froh, daß ihm diese Boshaftigkeit gerade noch rechtzeitig eingefallen war. Denn sie zeigte Wirkung.

Lukas' Grinsen, das eben noch selbstsicher, um nicht zu sagen überheblich gewirkt hatte, verblaßte. Damit, daß er nur ein halber Engel war, also ein Engel ohne Flügel, damit hätte er ja vielleicht gerade noch fertig werden können. Nur ein halber Engeling zu sein machte ihn jedoch fertig. Das hieß schließlich, abhängig zu sein – und in seinem Fall auch noch, abhängig zu sein von einer Frau!

Es hieß zwar in den Himmeln der Wahrhaftigkeit, mit den Männern und den Frauen sei es wie mit den Hühnern und den Eiern – keiner außer Gott wisse, wer oder was zuerst dagewesen wäre, und deshalb gehe das Krähen und Gackern weiter bis zum Ende aller Zeit –, aber Lukas wollte Erklärungen. Vor allem wollte er diesem vermaledeiten Geschlechterproblem zu Leibe rücken, zu seinen Gunsten natürlich – er war schließlich ein Mann.

Lilian hockte mal wieder über dem Brunnen des Lebens. Die Frau, die ihre irdische Mutter hätte sein können – wenn Gottvater es gewollt hätte –, war gerade dabei umzuziehen.

»Sie macht das alles allein«, seufzte das Mädchen. »Schleppt Kisten, streicht Wände, als hätte sie nichts anderes zu tun!«

»Hat sie ja auch nicht!« knurrte Lukas und setzte sich zu seiner Schwester. »Und was treibt er?«

Lilian seufzte. Der Mann, der auf Erden ihr Vater hätte sein können – wenn Gottvater es nur gewollt hätte! –, war in betrunkenem Zustand gegen einen Baum gefahren und lag seitdem im Krankenhaus.

»Es geht ihm aber schon wesentlich besser«, seufzte das Mädchen.

»Vermutlich haben sie ihn endlich mal ausgenüchtert.«

Lukas' Ton gefiel Lilian nicht.

»Was bist du denn plötzlich so garstig? Geht es mit unseren Wegen doch nicht so gut voran, wie du immer behauptest?«

Lukas wurde nervös. Er haßte es, von Lilian durchschaut zu werden. »Hervorragend komme ich damit klar«, blaffte er Lilian an, »ganz hervorragend. Ich frage mich nur, ob es wirklich klug ist, sich auf den Säufer und diese frustrierte Tussi da einzulassen.«

Lilian sah ihn entsetzt an. »Wie nennst du die beiden?«

»Beim Namen!« motzte Lukas und stampfte mit den Füßen auf, um seinen Worten Nachdruck zu verleihen.

»Frauen wie die da nennt man auf Erden ›frustrierte Tussis‹, das habe ich gehört. Und solche Männer nennt man Alkoholiker. Und Alkoholiker sind so was wie Feuerschlucker, denen keiner applaudiert. Weil niemand die Flammen sieht, die aus ihrem Rachen lodern. Und diese Leute machen keine halben Sachen, Lilian. Die ertränken auch noch den allerletzten Funken Glut. Bis alles zu Asche zerfällt. Meinst du nicht, wir könnten auch noch ein Paar bessere Eltern finden?«

Lilian sah ihren Bruder eine ganze Weile stumm an.

»Pfui!« rief sie dann.

Mehr hatte sie dazu nicht zu sagen.

Sollte Lukas doch allein mit seiner schlechten Laune zurechtkommen! Und vor allem mit seinem Mangel an Treue und Anhänglichkeit!

Isabelle und Jonas konnten es nur noch mit Humor nehmen! Da waren sie nun seit sechzehn Jahren verheiratet, hatten erst jetzt endlich Zeit und Geld, ihre Hochzeitsreise anzutreten, und nachdem sie wochenlang alles minutiös geplant hatten, ging nun, da es darauf ankam, alles schief, was nur eben schiefgehen konnte.

Mit dem Wecker hatte es angefangen. Er war für sechs Uhr morgens gestellt gewesen, hatte aber aus irgendeinem Grund nicht geläutet.

»Du hättest eben eine neue Batterie einlegen sollen!« schimpfte Jonas, als er um halb acht endlich im Badezimmer stand und sich rasierte.

»Tu nicht so, als würdest du immer an alles denken!« schimpfte Isabelle zurück.

Isabelle und Jonas reisten zum erstenmal in ihrem Leben in die Karibik. Dort war es angeblich tagsüber sehr heiß, abends indes empfindlich kühl, und da man ihnen das so gesagt hatte, hatten sie Unmengen an Gepäck.

Sie hatten die Koffer auch mehrmals vorher gewogen, damit sie nur ja nicht schwerer waren, als die Fluggesellschaft es erlaubte, und das war weitsichtig gewesen. Allerdings hatten sie nicht ausprobiert, ob das Gepäck in seiner bestehenden Form auch in ihr Auto paßte, und das erwies sich nunmehr als kurzsichtig.

»Das mußt du alles noch mal umpacken, Isabelle.«

»Wie denn? Dafür haben wir doch gar keine Zeit mehr.«

»Was weiß denn ich? Nimm irgendwas raus!«

»Was denn, Jonas? Was ist deines Erachtens irgendwas?«

»Von mir sind bestimmt nur zwei Hosen und drei Hemden dabei«, schimpfte er, »der Rest gehört sicher alles dir!«

»Wenn du selbst eingepackt hättest, wüßtest du, was du mithast«, entgegnete sie, nicht weniger wütend.

Es dauerte eine ganze Stunde länger als ursprünglich geplant, bis Isabelle und Jonas endlich abfahrbereit waren – und dann sprang das Auto nicht an.

»Also …«

»Das kann doch nicht wahr sein!«

Jetzt bloß nicht durchdrehen, sagte Jonas zu sich selbst. »Am besten, ich gehe noch mal rauf und rufe uns ein Taxi.«

Das Taxi kam prompt, und sie fuhren sofort los Richtung Flughafen, nur gerieten sie auf der Autobahn in einen Stau und das auch noch an einer so unglückseligen Stelle, daß sie nicht abfahren konnten, sondern warten mußten.

»Da hilft nur noch Beten«, wimmerte Isabelle.

»Ich weiß nicht …«, entgegnete Jonas. »Mir scheint da irgendwie der Wurm drin zu sein …«

Gottvater konnte den Lärm keinen Augenblick länger ertragen. Da saß er an seinem Schreibtisch im Saal der Sterne, versuchte, sich zu konzentrieren, aber seine Engel machten ein derartiges Getöse, daß das einfach nicht möglich war.

»So nicht!« befand er daraufhin, stand auf, wollte seine Feder wie gewohnt einstecken – im letzten Moment entschied er sich, sie lieber dazulassen, und legte sie bewußt mitten auf die strahlend weiße Alabasterplatte des Herzens der

Welt. So konnte sie ihm wenigstens nicht wieder verlorengehen, wie das kürzlich geschehen war.

Cherub hatte später die gesamten Himmel danach abgesucht, was Gott dem Wächter der Himmel hoch anrechnete, aber die Feder hatte sich trotzdem nicht wiedergefunden.

Das war zwar nicht schlimm – nicht die Feder war etwas Besonderes, sondern die Hand, die sie führte –, doch wollte der himmlische Vater vermeiden, daß sich dergleichen wiederholte.

Festen Schrittes ging Gott zum Goldenen Tor.

»Natürlich!« brummte der Schöpfer, während er durch den Korridor zum Innenhof eilte.

Der Rabatz kam von der Rackerrutsche, und was seine Kinder an diesem so besonderen Tag dort aufführten, konnte er sich bildhaft vorstellen. Die Rackerrutsche war ein Teil des göttlichen Amtssitzes, der eigentlich einen sehr viel poetischeren oder zumindest eleganteren Namen verdient gehabt hätte. Diese Rackerrutsche war nämlich ein majestätisches Gebilde aus Frostrauch, das dazu diente, gewissen Engeln zu ermöglichen, aus den Himmeln hinab zur Erde zu gleiten, um dort in Notlagen einzugreifen.

Nun nannte der himmlische Vater seine Engel gern schon mal ›Racker‹, und das war der Grund für diesen Namen.

»Was macht ihr denn für einen Lärm, Kinder?«

Obwohl der liebe Gott sich bemühte, seiner Stimme einen erbosten Klang zu geben, spürten die Engel wohl, daß er von ihrer Fröhlichkeit angetan, wenn nicht gar angesteckt war.

Gott wußte natürlich sofort, was seine Kleinen da veranstalteten. Wenn viele Heimkehrer auf einmal erwartet wurden, kam das immer wieder vor.

»Ihr wißt doch genau, daß das eigentlich nicht nett ist.«

»Zu mir war auch keiner nett«, kicherte Celine, »und sieh, es hat mir nicht geschadet.«

»Außerdem sind sie doch bald hier«, meinte Daniel, »und dann wissen sie doch eh' Bescheid!«

Gott atmete schwer. »Sicher, aber laßt ihnen für die kurze Zeit, die sie noch haben, ihren Frieden, Kinder!«

»Was denn für einen Frieden?«

Es war der kleine Gregor, der das fragte, und Gott konnte nicht umhin zu schmunzeln. Gerade glitten Angela und noch ein paar andere Engel die Rutsche hinab. Im nächsten Moment waren sie auch schon auf der Erde, auf dem Flughafen einer großen Stadt.

Angela schwebte geradewegs zu dem Schalter, an dem der Flug nach Puerto Rico abgefertigt wurde. Und während ihre Engelsfreundin dafür sorgte, daß die nette junge Frau hinter dem Schalter plötzlich ganz schrecklich niesen mußte, drückte Angela ein paar Knöpfe und –

»Kinder, nun laßt es aber gut sein!« rief der himmlische Vater und klatschte dabei laut in die Hände. »Was zuviel ist, ist zuviel!«

»Sie wollen die Heimkehrer doch nur ein bißchen vorbereiten!« entschuldigten Emilia und Frederic das Benehmen der anderen Engel.

Sie selbst machten nicht mit, sie schauten nur zu, nicht, weil das Spektakel unter ihrer Würde gewesen wäre, wohl aber, weil sie zu viele andere Dinge im Kopf hatten. Eines ihrer Enkelkinder war unter den Heimkehrern, die da so bald erwartet wurden, und Frederic hatte den Kleinen im Leben nie gesehen. Emilia hatte ihm indes jahrelang die Mutter ersetzt, und so fieberten die beiden aus völlig verschiedenen Gründen dem gleichen Ereignis entgegen.

»Ihr wißt aber doch, daß das nicht hilft«, wandte Gott ein. »Die einen werden ein drohendes Unheil befürchten, weil da, wo der Glaube aufhört, immer der Aberglaube anfängt; die anderen werden meinen, es hätte schon so viel Unheil gegeben, daß noch mehr gar nicht möglich ist; und – «

»Bitte, Vater!« fiel Frederic seinem Schöpfer ins Wort.
»Es macht ihnen doch soviel Spaß!«

Gott seufzte.

Er konnte seinen Engeln nur selten etwas abschlagen –
viel zu selten, wie Cherub auch jetzt mal wieder befand, das
stand ihm deutlich im Gesicht geschrieben. Mißmutig wippte er auf seinen Zehenspitzen, die Arme vor der Brust verschränkt, den Kopf leicht gesenkt, den Blick aufwärts, mal auf
seinen Schöpfer, mal auf dessen wilde Kinderschar gerichtet.

Gott lächelte. »Weißt du, Cherub«, meinte er, »Begeiste-
rungsfähigkeit ist und bleibt die Mutter allen Lebens.«

Cherub erstarrte. Mit einem Schlag wippte er nicht mehr
ungeduldig auf den Zehenspitzen und schloß die Augen.

»Ich halte mich keineswegs für nicht begeisterungsfähig«,
wehrte er sich dann gegen die versteckte Kritik seines himmlischen Vaters, »eher für korrekt und vor allem für beherrscht.«

Gott lachte. »Aber Unbeherrschtheit ist doch auch etwas
Wunderbares, Cherub! Schau dir die Menschen an! Wenn
die ihre Unbeherrschtheit herauslassen, lüften sie ihre Seelen.
Meinst du nicht, das täte dir auch mal gut?«

»Ich bin nun mal keine schadenfrohe Natur!« erwiderte er
pikiert. »Wer sich am Leiden anderer ergötzt, hat meines Erachtens einen ziemlich merkwürdigen Humor.«

Mit diesen Worten drehte sich der Wächter der Himmel
um und ging.

Derweil nahm der Tumult an der Rackerrutsche unüber-
sehbare Ausmaße an. Gottvater hatte nur mal einen Moment
weggesehen, um Cherubs würdevollen Abgang zu verfolgen,
und schon waren gleich zehn Engel auf einmal auf die Rutsche geklettert.

»Nein! Nein! Nein!« rief er gerade noch rechtzeitig und
schlug dabei so fest in seine Hände, daß es sogleich totenstill
um ihn her wurde.

Alle starrten ihn an.

»Jetzt ist unwiderruflich Schluß!« erklärte der himmlische

Vater. »Gregor ist der einzige, der jetzt noch mal rutschen darf, und ich verlasse mich auf dich, Gregor: Entschädige mir diese armen Menschen da unten für das Chaos, das ihnen in den letzten Stunden widerfahren ist! Versuch es zumindest!«

Isabelle und Jonas standen kurz vor einem Nervenzusammenbruch. Nur zehn Minuten vor ihrem geplanten Abflug hatten sie den Flughafen erreicht, um dort festzustellen, daß ihr Abflug sich verspätete, weil sämtliche Computersysteme und Gepäckbänder ausgefallen waren.

So mußten die beiden – ebenso wie die zweihundertundneunzig übrigen Passagiere des Fluges nach Puerto Rico – ihre schweren Koffer selbst schleppen.

»Folgen Sie bitte den Hinweisschildern!« säuselte eine junge Dame von der Fluggesellschaft. »Sie werden Ihr Gepäck dann später vor der Maschine vorfinden und müssen es dort identifizieren!«

»Was denn sonst noch?« fluchte Jonas.

»Ansonsten erlauben wir uns, Sie auf ein Getränk einzuladen ...«

Das war das erste Angenehme, was Isabelle und Jonas an diesem Tage widerfuhr. Völlig entkräftet ließen sie sich in dem Restaurant nieder, in das man sie schickte, und dort tranken sie erst einmal ein Glas eisgekühlten Champagner.

»Hunger hätte ich eigentlich auch«, meinte Isabelle.

»Na, dann iß doch was, Schatz! Immerhin haben unsere Flitterwochen doch fast schon angefangen.«

Sie sah ihn an, wie sie es schon lange nicht mehr getan hatte. Für kurze Zeit waren sechzehn Ehejahre vergessen, und Jonas sah die junge Isabelle, in die er sich seinerzeit so verliebt hatte.

»Na, ich weiß nicht, ob ich das riskieren kann, mit dir in die Flitterwochen zu fahren«, raunte sie ihm zu.

»Spricht irgend etwas dagegen, junge Frau?«

»Wer weiß, was du so alles mit mir vorhast ...«

Jonas griff nach ihrer Hand und hielt sie ganz fest.

»Du weißt doch«, flüsterte er dann zurück, »Flitterwochen sind eine Zeit, die Ehepaare nur dann unbeschwert genießen können, wenn sie es tunlichst vermeiden, einander näher kennenzulernen.«

Sie lachte, beugte sich vor und küßte die Hand ihres Mannes, ganz sanft. Im nächsten Moment stand Jonas auf und ging zum Buffet. Er wollte Isabelle eine Portion Räucherlachs besorgen, den aß sie so gern.

Um Schlag zwölf Uhr fünfunddreißig saßen alle Passagiere des Fluges nach Puerto Rico angeschnallt auf ihren Plätzen. Die Ladeluke der Maschine war immer noch geöffnet, denn es stand auch immer noch dieser eine Koffer auf dem Rollfeld. Der war bisher noch nicht identifiziert worden. Oder doch?

Der junge Mann, der für das Verladen des Gepäcks verantwortlich war, wußte es plötzlich nicht mehr genau.

Aber es war nur ein kleiner Koffer. Er war klein und braun und überhaupt nicht auffällig.

»Was ist mit dem?« riefen zwei Kollegen auf einmal.

»Kann rein!« antwortete der junge Mann, ohne noch einen weiteren Moment zu zögern.

Damit war seine Schicht für diesen Tag beendet. Er konnte jetzt nach Hause gehen.

Um zwölf Uhr siebenundfünfzig rollte die schwere Boeing 747 zur Startbahn hinaus. An Bord waren vierzehn Besatzungsmitglieder und zweihundertzweiundneunzig Passagiere, und zwei davon waren Isabelle und Jonas.

»Ich kann dir gar nicht sagen, wie aufgeregt ich bin«, flüsterte sie.

»Vielleicht hätten wir eher mal fliegen sollen«, flüsterte er zurück.

»Besser spät als nie, Jonas!«

Sie sahen einander tief in die Augen, und dann küßten sie sich – wie es sich für Hochzeitsreisende gehörte.

Um Punkt dreizehn Uhr sechs hob die Boeing 747 vom Boden ab.

»Unsere Flugzeit nach Puerto Rico wird heute genau zehn Stunden und zwölf Minuten betragen«, sagte der Erste Offizier noch.

Dann war da plötzlich dieser ohrenbetäubende Knall, und im nächsten Moment war die ganze Kabine auch schon voller Rauch.

»Was ist das?« schrie Isabelle.

»Halt dich fest an mir!« schrie Jonas zurück.

Und mit Isabelle und Jonas schrien dreihundertundvier andere Menschen. Sie schrien und kreischten und weinten, denn das Flugzeug, das gerade erst abgehoben hatte, raste mit mörderischer Geschwindigkeit auf den Boden zu ...

Unten auf der Erde sah es aus, als stürze ein gigantischer Feuerball vom Himmel. Und schon kurze Zeit später gab man in den Nachrichten bekannt, daß eine Bombe, die vermutlich in einem der Gepäckstücke verborgen gewesen war, den Absturz ausgelöst hatte.

»Dreihundertundsechs Menschen fanden auf grausame Weise den Tod.«

»Wenn die wüßten!« lachte Isabelle, während sie am Arm ihres Mannes die Große Treppe hinaufstieg. »Wenn die wüßten, wie das wirklich war!«

Denn in Wirklichkeit hatte keiner der Passagiere den Aufprall gespürt. Es war vielmehr so gewesen, daß sich der Rauch in der Kabine auf einmal ebenso schnell wieder gelichtet hatte, wie er gekommen war, und dann war es plötzlich ganz hell geworden. Wo eben noch das Cockpit gewesen war, tat sich jetzt ein lichtdurchfluteter Gang auf, und eine vertraute Stimme rief:

»Willkommen daheim, meine Lieben!«

Und dann waren sie alle von den Sitzen aufgestanden, einer nach dem anderen. Einige mußten sich natürlich vordrängeln, aber das war ja immer so, dafür blieben andere aber auch freiwillig noch ein bißchen zurück, so auch Isabelle und Jonas.

»Ich wußte, daß es ein Jenseits gibt«, flüsterte sie ihrem Mann ergriffen zu. »Ich habe zumindest immer daran geglaubt.«

»Ja«, flüsterte er zurück, »das hast du. Und ich danke dir dafür, daß du unsere Kinder in diesem Glauben aufgezogen hast. Das wird ihnen jetzt sehr helfen.«

Die Kinder! Isabelle durfte sich gar nicht vorstellen, wie denen jetzt zumute war.

»Mach dir darüber keine Gedanken«, meinte Jonas und ergriff ihre Hand. »Solange eine Mutter lebt, ist das Kind ein Teil von ihr. Und ist sie gestorben, dann wird sie ein Teil ihres Kindes.«

Isabelle lächelte. Ihr wurde plötzlich bewußt, daß es bedeutungslos war, ob und von wem man auf Erden geliebt wurde. Was zählte, war nur, wen man geliebt hatte, und in diesem Bewußtsein hielt sie Jonas' Hand ganz fest.

So folgten sie den anderen, erreichten die Große Treppe, und mit jeder Stufe, die sie sich den Gipfeln des ewigen Lichts näherten, kamen ihre Erinnerungen zurück.

Die Wiedersehensfreude war groß in den Himmeln der Wahrhaftigkeit, und entsprechend verlief auch das anschließende Fest. Alle dreihundertundsechs Heimkehrer hatten ihre Flügel bekommen, und so floß der süße Most der Unsterblichkeit in Strömen.

Gott war zufrieden mit sich und den Seinen. Und weil er so zufrieden war, unternahm er am frühen Abend seinen in diesen Fällen üblichen Spaziergang auf den Nebeln des Friedens.

»Guten Abend, Vater!« hauchte seine Freundin, die Sonne, und sank auf die Knie.

»Guten Abend, meine Liebe.«

»Darf ich dir gratulieren? Das war heute ein ganz besonderes Kleinod.«

»Danke«, entgegnete Gott. »Darf ich dich denn in diesem Zusammenhang noch um einen ganz besonderen Gefallen bitten?«

»Aber selbstverständlich, lieber Vater! Nimm Platz, wo immer du willst!«

Doch der liebe Gott wollte nicht sitzen, nicht an diesem so besonderen Abend. Er wollte etwas anderes. Er wollte, daß seine Freundin, die Sonne, einen ihrer Gespielen herbeirief, den Regen.

»Geht und spannt einen Bogen über die Stadt, in der heute das Unglück geschehen ist!«

So sprach er zu den beiden.

»Denen, die offene Augen haben, soll er offenbaren, daß es Brücken gibt in meinem Reich!«

Sonne und Regen machten sich sofort auf, Gottes Wunsch zu erfüllen.

Unfälle und Katastrophen! Keine andere Form der Heimkehr zeigte den Menschen deutlicher, daß allein Gottes Wille zählte, daß einzig er entschied, wann und wie seine Kinder zu ihm zurückkehrten. Dort unten wurde dieser Akt seiner Schöpfung leider viel zu oft mißverstanden.

Doch in diesem Augenblick war das Wunder klar zu erkennen. Denn in diesem Augenblick zierte den Abendhimmel der schönste Regenbogen, den die Welt jemals gesehen hatte.

So geschah es vor langer, langer Zeit. Und so wird es immer wieder geschehen, bis an das Ende aller Zeit.

DAS 6. KAPITEL

KAI UND LEONIE

Gott wird uns erst zum Trost,
wenn wir ihm vertrauen können,
ganz persönlich und herzlich,
wie Kinder ihrem Vater vertrauen.
(2. Sam. 14,17)

Es war einmal vor langer, langer Zeit in den unendlichen Himmeln der Wahrhaftigkeit.

Leonie war zutiefst enttäuscht. Sie hatte sich ihre Heimkehr anders vorgestellt. Daß all ihre Engelfreunde die Milchstraßen säumen und ihr zujubeln würden, von einem großen Fest mit Musik und Tanz und himmlischem Essen, davon hatte sie geträumt.

Statt dessen war sie jetzt ganz allein. Und so allein, wie sie war, konnte sie die einzelnen Stufen der Großen Treppe nur mit äußerster Mühe bewältigen, denn ihr Gepäck war schlichtweg zuviel und vor allem viel zu schwer.

»Ist denn hier keiner, der einem hilft?«

Atemlos und schweißnaß blieb Leonie stehen und blickte empor zu den Gipfeln des ewigen Lichts.

»Hallo?« keuchte sie. »Hallo?«

Doch nichts geschah. Da kam keine Antwort, und da kam erst recht keine Hilfe, doch hörte Leonie hinter sich plötzlich Schritte, und als sie sich daraufhin verschreckt umdrehte –

»Na, du hast mir jetzt ja gerade noch gefehlt!«

Kai mochte seinen Augen nicht trauen. Eine ganze Ewigkeit hatte er mit Leonie in den Tälern der Unschuld zusammengelebt und anschließend nichts so sehr genossen wie den Umstand, daß sie einander im Verlauf ihrer Menschenleben nicht begegnet waren.

»Das kannst du laut sagen!«

Leonie hob verächtlich die Brauen, als sie das hörte.

»Immer noch der alte Rüpel!« tönte sie dann. »Hilf mir lieber, das Zeug hier raufzuschleppen!«

Kai lachte laut und bitter auf. »Wie denn? Soll ich es mir etwa zwischen die Zähne klemmen?«

Verständnislos schüttelte er den Kopf.

»Dusselige Kuh!« murrte er dann. »Du siehst doch, daß ich selbst genug Kram habe. Und jetzt stehst du mir auch noch im Weg!« blaffte er Leonie an. »Laß mich vorbei, oder geh weiter!«

Leonie entschied sich für letzteres. Und nach geschlagenen zwei Stunden, die in diesem Fall auf Erden so etwa drei Tagen und drei Nächten entsprachen, hatten Kai und Leonie die Gipfel des ewigen Lichts endlich erreicht.

»Tja...«, seufzte Cherub, der sie auf dem kristallenen Plateau erwartete, »was soll ich da sagen?«

Kai und Leonie hörten das gespielte Mitgefühl, das in seiner Stimme schwang, und sahen einander vielsagend an.

»Herzlich willkommen?« säuselte Cherub da auch schon weiter. »Würde irgendwie unpassend klingen, nicht wahr?«

»Bemüh dich nicht!« zischte Leonie. Sie hatte den Wächter der Himmel noch nie leiden können.

»Nimm uns lieber was ab!« schlug Kai vor.

Cherub grinste und wippte wieder mal auf seinen Zehenspitzen.

»Tut mir leid«, flötete er, »aber Gepäckträgerdienste zählen nicht zu meinen Aufgaben. Die anderen, lieber Kai, kommen ohne Gepäck!«

Cherub klatschte in die Hände: »Kommt jetzt, ihr zwei! Wie ich die Sache sehe, haben wir einen ziemlich weiten Weg vor uns!«

Nicht nur Kai und Leonie mußten sich ins Unvermeidbare fügen, Gottvater erging es nicht anders. Und bei dem kam das äußerst selten vor, nur, wenn es für ihn galt, sich seiner mit

Abstand unangenehmsten Aufgabe zu stellen: der Bewirtung von und Auseinandersetzung mit Herrn S.

Treffen mit diesem Herrn standen eigentlich jedes Jahr auf dem göttlichen Terminplan. Doch hatte der himmlische Vater in der Vergangenheit immer wieder gute Gründe gefunden, die leidigen Zusammenkünfte in letzter Minute abzusagen. An diesem Nachmittag fiel dem lieben Gott einfach keine rettende Ausrede mehr ein, und so konnte er nur noch seufzen. Ja, Gott seufzte.

Im nächsten Moment klopfte es auch schon an dem Goldenen Tor. Und wie es klopfte! Dieses Klopfen war dermaßen laut und penetrant, das konnte nur Herr S. sein.

Wieder seufzte Gottvater. »Herein!«

Es kam, was kommen mußte.

»Sie habe ich heute wirklich nicht erwartet«, seufzte der himmlische Vater.

»Aber wir waren doch verabredet«, maulte Herr S., »das kannst du doch unmöglich vergessen haben.« Er duzte den himmlischen Vater wie alle, die ihn kannten, wengleich es aus seinem Mund wie eine Mischung aus Anbiederung und Herabsetzung klang.

Gott aber läßt seiner nicht spotten. »Ich habe heute noch viele wichtige Termine, Herr S., die sich ganz überraschend ergeben haben. Dadurch –«

»Ich bin auch ein wichtiger Termin! Wir müssen nämlich endlich mal ein paar neue Bedingungen aushandeln.«

»Was denn für Bedingungen?«

Dieses Wort hörte Gottvater überhaupt nicht gern, schon gar nicht aus dem Mund von Herrn S.

»Ich habe mich damals viel zu schnell auf Dinge eingelassen, die unabsehbar waren«, entgegnete dieser sogleich. »Und jetzt stehe ich da und bin immer der Dumme.«

»Sie sind der Dumme?« wiederholte Gott. »Aber das sind Sie doch schon von Haus aus! Sie sind der Dumme, Herr S., und Sie werden auch immer der Dumme bleiben, und Sie dürfen sich glücklich schätzen, daß das außer uns beiden keiner weiß. Ich könnte es schließlich auch an die große Glocke hängen …«

Mit seinem letzten Wort blickte er Herrn S. geradewegs ins Gesicht.

Der schaute zunächst ziemlich erschüttert drein, doch dann, nach einem tiefen Durchatmen, kehrte die alte Schläue in seinen Blick zurück.

»Das würdest du niemals tun«, meinte er. »Das würde dir das ganze Geschäft kaputtmachen. Ohne meinen schlechten Ruf wäre dein guter auch nur noch die Hälfte wert.«

Gott mußte an sich halten. »Vergessen Sie nie, wer und was Sie sind!«

Herr S. senkte beleidigt den Kopf. Ja, er wußte selbst, daß auch er nur eines von vielen Kindern Gottes war. Ja, ihm war völlig klar, daß auch er nur tat, was er sollte und durfte.

»Heißt das, daß du mich nur geschaffen hast, um mich zu erniedrigen?« winselte er.

Gottvater seufzte. Es war in der Tat nicht einfach, die Rolle von Herrn S. zu beschreiben, nicht einmal für ihn.

»Die Menschen wissen genau, daß mein Wirken nur vorübergehend ist«, eiferte sich Herr S. »Und genau das ist etwas, was ich neu mit dir aushandeln will. Es ist nämlich äußerst unbefriedigend, die Leute immer nur für so kurze Zeit zu quälen. Ich will endlich mal was Dauerhaftes!«

Gott lachte. »Wie können Sie etwas Dauerhaftes verlangen, wo Sie persönlich nicht imstande sind, etwas Dauerhaftes zu vollbringen?«

Herr S. wurde vor Wut ganz grün im Gesicht. »Aber das liegt eben an den Bedingungen!« erklärte er noch einmal. »Weil sie schon in den Ansätzen nicht stimmen!«

Herr S. begann, ein dickes, vergilbtes Papierbündel zu entrollen.

»Wie lange bitte ich dich schon, mir die Wege deiner Bälger zu geben, bevor sie geboren werden? Wie lange? Ich will, daß das jetzt endlich Gesetz wird, es muß in den Heiligen Plan aufgenommen werden, damit ich es schriftlich habe. Was meinst du, um wieviel einfacher meine Arbeit wäre, wenn ich wüßte, was du deiner Bagage vorausbestimmt hast?«

Gottvater verzog keine Miene. »Es reicht mir schon, wieviel Einfluß Sie auf meine Kinder haben, solange sie Menschen sind«, sagte er.

»Aber ich habe ihn eben nur, solange sie Menschen sind. Und ich will mehr! Ich will –«

»*Herr S.!*« Gottvater fiel ihm zwar lautstark ins Wort, doch sah er sein Gegenüber dabei äußerst mitleidig an. »Zum einen habe ich heute wirklich keine Zeit für solche Auseinandersetzungen, und zum anderen …«

Er sah Herrn S. geradewegs in die kleinen dunklen Augen.

»Seien Sie froh«, fuhr er fort, »daß ich Ihnen überhaupt Leute schicke. Ich könnte den Fahrstuhl der Züchtigung schließlich auch stillegen …«

Herr S. knirschte mit den Zähnen.

»Droh mir nicht immerzu!« knurrte er dann und zupfte sich dabei an seiner Krawatte. »Das kannst du dir gar nicht leisten. Dazu habe ich viel zuviel gegen dich in der Hand.«

Wieder mußte Gottvater an sich halten, diesmal weniger ob der Dreistigkeit seines Gegenübers, weit mehr wegen des Wahrheitsgehaltes dieser Dreistigkeit.

Der himmlische Vater mußte sich eingestehen, daß er Herrn S. wirklich oft bedrohte, und wenn der Mickerling klüger gewesen wäre, als er es glücklicherweise war, hätte er daraus ableiten können, wie sehr sein Schöpfer ihn fürchtete.

Diese Furcht war leider auch begründet. Herr S. besaß nämlich etwas, was Gott …

»Vielleicht hätten wir da wirklich das eine oder andere neu auszuhandeln«, lenkte der himmlische Vater im nächsten Moment auch schon ein. »Nur nicht heute!«

Cherub lief und lief und lief. Und Kai und Leonie folgten ihm, weil ihnen nichts anderes übrigblieb. Ihre ohnehin nicht gerade gute Laune wurde dabei allerdings mit jedem Schritt schlechter.

»Was meinst du, wohin er uns bringt?« flüsterte Leonie.

»Interessiert mich einen Dreck. Hauptsache, wir kommen bald an!«

»Also, weißt du…«

Mehr fiel Leonie im Moment nicht dazu ein. Kai hatte zwar immer schon einen Hang zum Flegelhaften gehabt, doch schien sich dies im Verlauf seines Menschenlebens dermaßen ausgeprägt zu haben, daß Leonie sich davon distanzieren wollte. Außerdem war sie nicht gewillt, sich von Kais bolleriger Art in unangebrachte Zuversicht wiegen zu lassen. Sie beide hatten keinen Grund, zuversichtlich zu sein, das hatte Leonie aus Cherubs wenigen Worten deutlich heraushören können. Ihrer beider Heimkehr war eher ungewöhnlicher Natur, und Gott allein wußte, was ihnen noch so alles bevorstand.

»Meinst du, er bringt uns in die Hölle?« hauchte Leonie.

»Quatsch!« entgegnete Kai sofort. »Wir haben doch noch nicht mit dem Vater gesprochen.«

»Vielleicht hat sich da ja zwischenzeitlich etwas geändert.«

Mißtrauisch blickte Kai in Leonies Gesicht. »Du mußt ja eine Menge auf dem Kerbholz haben, wenn du solche Angst hast.«

»Quatsch!« meinte nun Leonie. »Aber man weiß ja nie, wie der Vater es einem auslegt.«

»Wie er einem was auslegt?«

Statt Kai eine Antwort zu geben, sah Leonie ihn nur an. Und dann lächelte sie.

Kai nahm es zur Kenntnis, dieses Lächeln. Es war ein überhebliches Lächeln, eines, wie man es sonst nur bei Menschen fand.

»Das darf ja wohl nicht wahr sein.«

Kai hörte diese Worte aus Leonies Mund, und er sah auch, daß sie plötzlich kreidebleich war und mit weit geöffneten Augen vor sich hin starrte, doch dauerte es einen Moment, bis er begriff, worauf dieser plötzliche Stimmungswechsel zurückzuführen war.

»Was?« fragte er noch.

Statt ihm eine Antwort zu geben, streckte sie nur kraftlos die Hand nach vorne aus, und so wandte Kai langsam den Kopf.

Sie hatten ein strahlendweißes Tor erreicht. Und dieses Tor war nicht nur Leonie, sondern auch Kai bestens bekannt. Eine ganze Ewigkeit waren sie tagaus, tagein durch dieses Tor gegangen, immer und immer wieder. Cherub hatte sie also in die Täler der Unschuld gebracht – wenn auch auf dem umständlichsten Weg.

»Nein, das darf wirklich nicht wahr sein«, meinte deshalb nun auch Kai. Und im gleichen Moment ließ er sein gesamtes Gepäck fallen.

Auch Leonie war fassungslos. Sie zitterte inzwischen so sehr, daß sie kaum noch Luft bekam.

»Er bringt uns in die Täler der Unschuld!« keifte sie entsprechend kurzatmig. »Geht das nicht in dein männlich verkümmertes Spatzenhirn? Die Tä-ler der Un-schuld!«

Kai sah sie mitleidig an.

»Und?« Wenn er ein Spatzenhirn hatte, hatte sie überhaupt keines.

Leonie schlug ihre Hände vors Gesicht.

»Noch einmal eine Ewigkeit voller Langeweile halte ich nicht aus«, wimmerte sie. »Glaub mir das! Ich halte das nicht aus …«

Leonie war auf einmal, als habe sie nicht mehr die geringste Kraft. Und so sank sie auf die Knie und schluchzte auf das Erbarmungswürdigste.

Doch erbarmte sich natürlich keiner. Cherub war schon so lange in diesem Geschäft, daß er weit schlimmere Gefühlsausbrüche erlebt hatte.

»Was regst du dich denn so auf?« meinte Kai nur. »Ich kann mir Schlimmeres vorstellen.«

Leonie, die immer noch auf dem Boden kniete, hörte diese Worte zwar, doch eine Beruhigung war es nicht, ganz und gar nicht. Langsam hob sie den Kopf und blickte Kai ins Gesicht.

»Kannst du wirklich?« flüsterte sie dann. »Ich nicht, Kai! Und deshalb gehe ich auf keinen Fall da rein, um nichts in der Welt. Ich will nicht wieder ewig vor mich hin dämmern. Das habe ich nämlich nicht verdient. Dafür habe ich mich nicht –«

»Was du verdient hast, und was nicht, wird sich wohl erst noch herausstellen.«

Kai sagte das ohne jede Gemütsregung, und das erschütterte Leonie. Vor allem aber ärgerte es sie.

Hastig stellte sie sich wieder auf ihre Füße und grabschte nach ihren Sachen.

Dann sah sie Kai fest in die Augen.

»Vergiß nicht, daß für dich das gleiche gilt!« zischte sie ihm zu.

Er lächelte. »Ich weiß, Leonie. Aber ich habe nichts zu befürchten.«

»Wie schön, daß du dir da so sicher bist.«

Kai lächelte nur noch mehr. »Ich habe keinen Grund, nicht sicher zu sein.«

»Warum bist du dann hier, mit mir? Warum sind wir nicht beim Vater?«

Auf diese Frage wußte Kai auch keine Antwort, und er wollte auch keine wissen. Dafür beunruhigte ihn etwas anderes: Die Täler der Unschuld waren malerisch gelegen, das Wetter war schön dort, die Häuser waren es ebenfalls, und da all diese Häuser gleich waren, gab es keinen Neid – allerdings lebten die meisten Engel zu zweit in diesen Häusern. Was, wenn er zu einer Ewigkeit mit Leonie verdammt wäre. Alles! Nur nicht das!

»Nun kommt schon!« tönte Cherub, bevor Kai weiter darüber hätte nachdenken können. »Ihr habt es ja gleich geschafft.«

Während Kai und Leonie tatsächlich nur mehr einen Steinwurf von ihrem Bestimmungsort entfernt waren, drehte sich das leidige Gespräch zwischen dem himmlischen Vater und Herrn S. wieder mal im Kreise.

Herr S. wollte mehr Einfluß, denn er war überzeugt davon, nicht oft genug Gelegenheit zu haben, Seelen für sich zu gewinnen.

»Die Leben deiner Menschen sind dazu einfach zu kurz. Und ich habe ja auch gewisse Ansprüche. Und deine dummen Menschen können die kaum erfüllen. Ich möchte jetzt endlich mal so richtig zum Zuge kommen!«

Der himmlische Vater ersparte sich dazu einen Kommentar. Herr S. kam nämlich weit häufiger zum Zuge, als er sich dessen bewußt war. Und Gott zog vor, ihm das nicht zu sagen.

Es gab zwar vergleichsweise wenige Gläubige auf der Erde, doch hatte Herr S. auf die meisten von ihnen gewaltigen Einfluß. Da waren zum Beispiel all die vielen Menschen, die an ihren himmlischen Vater glaubten und ihn deshalb immerzu mit Wünschen behelligten. Sie baten um dies, und sie baten um jenes. Doch hatte Gottvater die Wege seiner Kinder voller Liebe und vor allem voller Weisheit vorausbestimmt. Waren sie erst einmal Menschen, konnten diese Wege nicht mehr geändert werden.

Manchmal aber mischte sich Herr S. in diese Fälle ein. Dann erfüllte er die innigen Wünsche, und die Menschen mußten es ausbaden und beklagten sich dann später auch noch beim Vater.

»Wissen Sie, Herr S., ich muß jetzt leider darauf bestehen, daß Sie – «

»Erst bestehe ich!« fiel der Kleine dem himmlischen Vater ins Wort.

»Für heute reicht es wirklich.«

»Aber wir haben doch noch gar nichts ausgehandelt!«

»Es gibt ja auch nichts zu handeln.«

»Dann hast du mir nicht zugehört. Ich habe es dir doch gerade lang und breit erklärt: Ich will – «

»Herr S.!«

Gottvater hatte wirklich keine Zeit an jenem Nachmittag, zumindest keine Zeit für solchen Blödsinn. So lehnte er sich weit vor, stützte die Arme auf seine Knie, barg das Gesicht in seinen Händen und flehte dabei zu sich, es möge ihm irgendein rettender Gedanke kommen, der Herrn S.' Geschwafel ein Ende machen konnte. Schließlich atmete er tief durch.

»Wissen Sie«, erklärte er, »ich denke, daß Sie mehr als genug Einfluß haben. Mehr wäre für alle Teile ungesund.«

Empört sprang Herr S. auf.

»Das sagst du jedesmal!« schimpfte er und fing an, nervös auf und ab zu gehen. »Dir reicht es, aber mir reicht es nicht. Und manchmal geht es eben auch um mich. Nicht immer nur um dich.«

Mit hoch erhobenem Zeigefinger baute sich Herr S. vor seinem Schöpfer auf. »Ich will wenigstens neue Strafmaße!« krächzte er. »Und ich will in Zukunft wissen, wann ich neue Kundschaft bekomme! Du schickst sie mir immer so, wie es dir gerade in den Kram paßt. Und ich kann dann zusehen, wie ich klarkomme. Glaubst du eigentlich, es wäre einfach, die Hölle zu leiten?«

Der himmlische Vater schmunzelte. Und dann umfaßte er Herrn S.' hochgestreckten Zeigefinger mit seiner großen, mächtigen Hand und hielt ihn ganz fest.

»Was meinen Sie, wie schwierig es erst ist, den Himmel, die Erde und die Hölle zu leiten?«

Gott sagte das ganz leise, ganz ruhig, und dabei hielt er Herrn S. unvermindert fest im Griff, so lange, bis dieser demütig seufzte.

»Gut«, meinte Gottvater daraufhin, »in einem Punkt werde ich Ihnen entgegenkommen. Sie bekommen in Zukunft eine kurze Mitteilung, bevor ich Ihnen meine Leute schicke.« Endlich ließ er Herrn S. los.

»Und hier gleich die erste: Bereiten Sie sich noch heute auf zwei Neuzugänge vor. Vielleicht sogar vier…«

»*Vier?*« Herr S. konnte sein Glück kaum fassen. »Vier auf einen Streich?«

Der himmlische Vater lächelte.

»Wie schön, Sie mal begeistert zu sehen«, meinte er dann. »Und damit das auch anhält, Herr S., darf ich Sie jetzt bitten zu gehen.«

Zur gleichen Zeit, da Gottvater diese Worte sprach, erreichten Kai und Leonie ihre neue Bleibe.

»Da wären wir!« tönte Cherub, und die Schadenfreude, die bei diesen Worten in seiner Stimme schwang, war nicht zu überhören.

»Aber das Haus ist ja schon bewohnt«, kreischte Leonie sogleich. »Du willst uns doch wohl nicht zumuten, mit anderen zusammenzuleben? Mit Fremden?«

Cherub stieß einen Laut aus, als wolle er nunmehr ein Lied anstimmen.

»Ihr habt eine separate Einliegerwohnung ganz für euch!« ließ er es dann aber doch nur bei einem gesprochenen Satz bewenden.

»Und wie groß ist die?« Kai brauchte Fakten. Er wollte Quadratmeterzahlen, am besten auch noch Kubikmeterangaben. Wieviel Luft blieb ihm – das war die Frage!

»Was weiß denn ich?« stöhnte Cherub. »Und was interessiert es mich? Ich sollte euch hier abliefern, und das habe ich getan.«

Die sogenannte Einliegerwohnung entpuppte sich als Zumutung.

»Hier bleibe ich nicht!« keifte Leonie, und dabei warf sie auch noch ihr letztes Gepäck von sich, als könne sie ihren Worten mit dieser Geste zusätzliche Aussagekraft verleihen. »Keine Sekunde bleibe ich hier!«

»Hab dich nicht so!« Cherub konnte es nicht leiden, wenn Engel sich aufführten, als wäre ihr Einzelschicksal von Bedeutung.

»Es ist ja vermutlich nicht für ewig«, meinte Kai dann.

»Der Vater wird euch sicher bald empfangen und danach werden dann sicher andere Arrangements getroffen …!« brachte Cherub hervor.

Im nächsten Moment wandte Kai sich Cherub zu. »Wem gehört dieses Haus?«

Der Wächter der Himmel antwortete prompt: »Lilian und Lukas.«

»Den Zwengeln?«

»Ach so!«

Mit einem Schlag fühlte Leonie Erleichterung. Von Engelingen wußte man, daß sie oft viele, viele Ewigkeiten in den Tälern der Unschuld lebten und dann plötzlich verschwanden – ohne jemals geboren worden zu sein …

»Dann wird das Haus frei«, fuhr sie deshalb fort, » und wir haben es ganz für uns …«

Noch am gleichen Abend wurden Kai und Leonie in den Saal der Sterne befohlen. Gott empfing sie an dem Goldenen Tor, und er nahm sie zur Begrüßung fest in die Arme und drückte sie liebevoll an sich.

Trotzdem fühlten Kai und Leonie sich gar nicht wohl in ihrer Haut. Irgend etwas stimmte nicht.

Der himmlische Vater seufzte. »Das fühlt ihr, nicht wahr?«

Für einen kurzen Moment standen die beiden starr da. Dann verschränkte Kai die Arme vor der Brust und senkte den Kopf, und Leonie, die das durch die Augenwinkel beobachtete, überlegte kurz, ob sie es ihm gleichtun sollte, entschied sich dann aber dagegen.

Sie umschlang mit den Händen ihre zerbrechlich zarte Taille, legte den Kopf weit in den Nacken und lächelte ihr süßestes Lächeln.

»Wie meinst du das, lieber Vater?«

Gott sah sie nachdenklich an. »Weißt du das nicht?« fragte er sie dann.

Im nächsten Moment sah er zu Kai herüber, der unverändert dastand.

»Und wie ist es mit dir, mein Kind? Weißt du, wovon ich spreche?«

Kai atmete tief durch. »Nein«, meinte er dann, ohne sich von der Stelle zu rühren, »ich bin mir keiner Schuld bewußt.«

»Hmm«, seufzte Gott, »das erstaunt mich. Zumindest bei dir.«

Er blickte wieder auf Leonie nieder, legte seine Hände auf ihre Wangen und meinte: »Bei dir erstaunt es mich weniger.«

Das Mädchen schluckte. Einerseits hätte sie gern gewußt, weshalb der himmlische Vater das sagte. Andererseits fürchtete sie, die Antwort könne unangenehm ausfallen, und so zog sie es vor, nicht nachzufragen und statt dessen unschuldig mit ihren langen Wimpern zu klimpern. Mit diesem Augenaufschlag hatte sie auf Erden immer Erfolg gehabt.

Doch seufzte Gottvater daraufhin nur noch einmal. Und als sei dieser Seufzer noch nicht genug gewesen, meinte er auch neuerlich: »Hmm!«

Dann ließ er ab von Leonie, senkte den Kopf, drehte beiden Kindern Rücken zu, und schritt bedächtig auf jenen Schweif des Saals der Sterne zu, den alle heimkehrenden Engel am meisten fürchteten.

Kais Gedanken begannen zu rasen. Er sah, wie sein himmlischer Vater auf die so verhängnisvollen zinnoberroten Samtvorhänge zuging, und das durfte nicht sein. Da mußte es doch einen Ausweg geben. Es mußte ihm irgend etwas Rettendes einfallen. Sofort.

»Ich kann mir denken, was du mir zur Last legen willst!« Kai war selbst erstaunt, als er sich das sagen hörte. Und wie ruhig er es sagte – das erstaunte ihn am meisten.

Er räusperte sich. »Ich kann mir das wirklich denken«, sagte er dann noch einmal, »aber ich kann alles erklären.«

Gottvater drehte sich langsam um und blickte Kai fest in die Augen.

»Erklären?« wiederholte er dann. »Was gibt es denn da zu erklären, Kind?«

»Nun, es war eben Krieg«, entgegnete Kai, »und deshalb hatte ich keine Wahl. Entweder ich tötete, oder aber ich wurde getötet.«

»Das war wirklich eine schwierige Situation«, warf Leonie hastig ein.

Sie hatte zwar keine Ahnung, warum Kai plötzlich so geständnisfreudig war, doch wollte sie sich seinem Stimmungswandel für den Fall anschließen, daß sich dieser als vorteilhaft erwies.

Der himmlische Vater atmete tief durch. »Wie willst du das beurteilen, Mädchen? War da, wo du gelebt hast, auch Krieg?«

»Das nicht, lieber Vater«, säuselte sie dann, »aber wir haben natürlich vom Krieg gehört, und – «

»Denk du über dein eigenes Leben nach!« fiel der himmlische Vater ihr ins Wort. »Damit hast du genug zu tun, Leonie. Glaube es mir!«

Beschämt wich Leonie dem Blick ihres Schöpfers aus. Nur wußte sie nicht, wohin sie schauen sollte, wenn nicht in sein Gesicht.

Derweil wandte Gottvater sich wieder Kai zu.

»Weißt du«, erklärte er dem, »es geht hier auch gar nicht um den Krieg oder ums Töten, es ist vielmehr – «

»Nun hör aber auf!«

Kai hatte die kurze Unterbrechung, die Leonie ihm beschert hatte, dazu genützt, eine Entscheidung zu treffen. Und er hatte sich dazu entschieden, sich hier um nichts in der Welt einschüchtern zu lassen.

»Natürlich geht es darum«, tönte er nun wie ein Schulmeister, »um nichts anderes. Aber dafür lasse ich mich nicht zur Rechenschaft ziehen. Wenn du nämlich nicht willst, daß Menschen auf andere schießen, und wenn du nicht willst, daß sie Bomben werfen und chemische Waffen einsetzen, dann darfst du es eben gar nicht erst zu Kriegen kommen lassen, Vater. Genau das tust du aber immer wieder, du – «

»Die Menschen brauchen Kriege«, fiel Gott dem kleinen Kai ruhig ins Wort. Er war zwar erstaunt über den Mut, den der Junge bewies, doch wollte er sich von diesem Erstaunen nicht zu einer langweiligen Grundsatzdebatte verleiten lassen. »Und du weißt, wie nötig sie die brauchen.«

Kai spürte zwar, daß er im Begriff war, einen Schritt zu weit zu gehen, doch wollte er es darauf ankommen lassen. Zu viel stand für ihn auf dem Spiel.

»Sagen wir so«, führte er deshalb aus. »Ich dachte immer, es sei so, wie du sagst, doch bin ich mir nach meinem Leben nicht mehr sicher. Ich meine, warum glauben die Menschen nur noch an den Teufel, wenn die Bomben fallen?«

»Tun sie das?«

Kai schluckte. Er hatte heftigen Widerspruch erwartet, mit einer Gegenfrage hatte er indes nicht gerechnet, schon gar nicht mit dieser.

»So in etwa«, gab er deshalb erst mal nur zurück. »Sie glauben zumindest, daß du sie vergessen oder verlassen hast, und sie sehen nicht mehr ein – «

»Nun laß es gut sein, Kind! Wenn es draußen kalt ist«, brachte Gott das Thema zum Ende, »dann genießen es die Menschen, im Haus vor einem warmen Feuer zu sitzen. Und wenn Kriege herrschen, wenn nur noch die Gewalt zu regieren scheint, dann halten sie plötzlich zusammen, sind füreinander da und haben offene Augen für die Schönheit meiner Welt. Aus Kriegsgebieten bekomme ich die wenigsten Sorgenkinder, während –«

Er stockte und blickte zu Leonie herüber.

»Während ich unter meinen Sorgenkindern erstaunlich viele Schönheitsköniginnen habe!«

Leonie wußte sofort, daß diese Worte ihr galten. Aber sie beschloß, so zu tun, als berühre es sie nicht, und meinte so beiläufig wie möglich:

»Ich war nie eine Schönheitskönigin.«

»Du hättest aber eine sein können.«

»Ich konnte aber doch nichts dafür, daß ich so gut aussah. Das hast du doch so gewollt.«

Gott öffnete den Mund, als wolle er seufzen, doch tat er es nicht, und das versetzte Leonie einen Stich ins Herz. Sie hätte es zwar nicht erklären können, doch war es genau so; ja, der unterdrückte Seufzer ihres Schöpfers bereitete ihr körperliche Schmerzen, und im nächsten Moment hörte sie sich leise sagen:

»Wo Dummheit und Unsicherheit sich paaren, da wird der Hochmut geboren.«

Und Gott lächelte.

Dummheit! Als Kai dieses Wort hörte, wurde er mit einem Schlag ganz nervös. Die Dummheit war nämlich der größte Feind seines Erdenlebens gewesen.

»Und sie muß eine deiner wohl zweifelhaftesten Gnaden sein«, beklagte er sich deshalb jetzt.

Gott schmunzelte. »Wie das?«

»Nun«, meinte Kai, »geistige Beschränktheit kann man sich selbst mit größter Mühe nicht aneignen. Ich habe das nämlich versucht, lieber Vater, das darfst du mir glauben. Geistige Beschränktheit rechtfertigt schließlich alles auf Erden, einfach alles, und sie entschuldigt auch alles. Sie ist wie eine Mauer, härter als Beton, und an dieser Mauer rennen sich ein paar wenige die Köpfe ein.«

»Und du glaubst, daß ich dafür verantwortlich bin?«

Kai wußte nicht, was er glauben sollte. Und er haßte es, etwas zu vermuten. Er war eben Realist.

»Schön, daß du das zugibst«, meinte Gott dazu. »Die Realisten sind nämlich die eigentlichen Träumer in meiner Welt. Schließlich seid ihr überzeugt von dem, was ihr seht und hört und wißt.«

Kai wurde ganz elend zumute. Ja, es war schon erschütternd, was man als Mensch so alles für wirklich und wahrhaftig hielt.

»Du weißt, mein Junge, daß ich viel von Vertrauen halte. Und ich finde es auch immer wieder wunderbar, wenn meine Kinder während ihrer Menschenzeit ihresgleichen vertrauen. Doch weißt du auch, daß es am allerwichtigsten ist, sich selbst zu vertrauen. Denn nur, wer das kann, vertraut damit auch mir, und wer – «

»Ich weiß! ›Ich‹ ist alles, was einem auf Erden wirklich gehört, aber genau daraus willst du mir jetzt ja wohl einen Strick drehen. Ich war egoistisch, das gebe ich zu, nur – «

»Es geht hier doch nicht um Egoismus!« Langsam aber sicher wurde der himmlische Vater ungeduldig.

»Vielleicht nicht um Egoismus im einzelnen, wohl aber um Sünden im allgemeinen, und ich – «

»Sünden?«

Nun war Gottes Geduldsfaden gerissen. Sünden war ein Wort, das all seine Kinder während ihrer Zeit auf Erden auf die eine oder andere Weise aufschnappten. Und sie führten es bei ihrer Heimkehr auch alle an, das war seit Ewigkeiten so.

»Ich kann es einfach nicht mehr hören!« schimpfte der himmlische Vater. »Es gibt keine Sünden, wie oft muß ich das noch sagen? Die Sünde ist eine Erfindung der Menschen.«

Fassungslos sah Kai seinen Schöpfer an. Er hatte ihn noch niemals aufgebracht gesehen.

»Ist das wahr?« flüsterte er.

Gott beruhigte sich sofort wieder. »Natürlich!« sagte er.

»Aber es gibt doch Dinge, die man als Mensch tut oder vielleicht auch nur denkt – «

Gott hob die Hände. Und diese Gebärde war so deutlich, daß Kai verstummte; etwas, wofür der himmlische Vater ihm dankbar war.

Ihm blieb nicht mehr genug Zeit, dieses Thema zu vertiefen, denn nun war es auch schon soweit: Es ertönte ein ohrenbetäubendes Geräusch, ein Ton, der selbst den himmlischen Vater für einen kurzen Augenblick zusammenzucken ließ.

»Das ist der Große Alarm«, sagte er dann ruhig, so ruhig, als sei dies die natürlichste Sache von der Welt.

»Laßt euch nicht einfallen, einfach zu gehen!« rief er Kai und Leonie noch zu.

Im nächsten Moment war er auch schon an dem Goldenen Tor, um nach draußen zu eilen.

Auf den Palastkorridoren herrschte ein einziges Chaos. Tausende und aber Tausende von Engeln schwirrten aufgeregt umher, und sie alle stellten die gleichen Fragen:

»Was ist passiert? Was hat das zu bedeuten? Was tun wir jetzt?«

Dabei konnten sie überhaupt nichts tun. Daß der Große Alarm ertönte, bedeutete, daß etwas Entsetzliches passiert war, und wenn so etwas passierte, war Gottvater der einzige, der helfen konnte.

Und der lief schnellen Schrittes zu den Gipfeln des ewigen Lichts.

Lilian und Lukas hatten alles dafür gegeben, wenn es möglich gewesen wäre, die Zeit noch einmal zurückzudrehen und alles ungeschehen zu machen. Doch war es dazu jetzt zu spät. Sie konnten nicht mehr vor, und sie konnten nicht mehr zurück, und der Große Alarm dröhnte so laut in ihren Ohren, daß es schmerzte.

»Irgend etwas ist schiefgegangen«, stammelte Lukas mit letzter Kraft.

»Hätte ich dir bloß nie vertraut«, wimmerte Lilian.

Dabei hatte alles so gut angefangen! In der vorangegangen Nacht war Lukas mit ihren Wegen fertig geworden, und Lilian hatte sie gelesen und war daraufhin so begeistert gewesen, daß sie keinen Moment länger hatte warten wollen.

»Oder müssen wir noch warten, Lukas?«

»Unten ist alles vorbereitet. Von daher können wir sofort weg!«

Und so waren sie denn aufgebrochen zu dem, was ihr größtes Abenteuer hatte werden sollen.

Hand in Hand traten Lilian und Lukas auf das kristallene Plateau der Großen Treppe. Im Chor baten sie Sonne und Mond, ihres Amtes zu walten. Und tatsächlich wurde es sogleich gleißend hell um sie her, und dann war da plötzlich dieses Zauberwerk aus Nebeln und aus Sternen, und der heftige Wind der Endlichkeit kam auf und saugte sie auf und nahm sie mit sich…

Kaum daß es begonnen hatte, nahm das Abenteuer auch schon ein jähes Ende, Lilian und Lukas stürzten unaufhaltsam ins Leere. Dabei schrien sie, und dann ertönte der Große Alarm.

Im nächsten Moment hatten sie das Glück, die unterste Stufe der Großen Treppe zu erfassen, gerade noch so eben – das war ein Glück, das sie sich selbst gar nicht so recht erklären konnten.

»Wer weiß, ob es überhaupt ein Glück ist!« schnaufte Lukas.

»Ich … ich kann mich nicht mehr halten«, weinte Lilian.

»Na, vielleicht ist das dann dein Glück…«

Nun, Gottvater ließ seine Zwengel natürlich nicht hängen. So etwas tat er nie, nicht einmal in einem so besonderen Fall wie diesem. Er ließ sie aber eine ganze Weile zappeln und beobachtete sie dabei. Dann veranlaßte er Cherub, der wippend neben ihm auf dem kristallenen Plateau stand, eine Truppe Schutzengel auszusenden.

»Und jetzt?« winselten die zwei, als sie wieder in Sicherheit waren.

Zitternd und bebend standen sie vor ihrem himmlischen Vater, und sie schämten sich so sehr für das, was sie getan hatten, daß sie gar nicht wagten, ihn anzusehen.

»Jetzt?« wiederholte Gott.

Dann lächelte er. »Jetzt geht ihr mit Cherub und wartet, bis ich euch rufe.«

Der himmlische Vater sagte das ganz freundlich, so freundlich, daß Lilian und Lukas es gar nicht fassen konnten. Und dann drehte er ihnen auch schon den Rücken zu und ging, und dabei winkte er und meinte:

»Zuerst muß ich mich nämlich noch um zwei andere Racker kümmern!«

Natürlich hatten Kai und Leonie insgeheim gehofft, ihr Schöpfer hätte sie und damit auch all das vergessen, was mit ihnen zu tun hatte, nur war das halt wieder mal ein klassischer Irrtum gewesen.

»So, Kinder! Jetzt wird es ernst!«

Gottvater fiel im wahrsten Sinne des Wortes mit der Tür ins Haus, und er lief auch geradewegs auf die zinnoberroten Samtvorhänge zu. Wie es aussah, hatte der Vater es jetzt auf Leonie abgesehen und nicht mehr auf Kai, denn er sah sie so durchdringend an, daß sie in die Knie ging. Kai hatte also genau das Richtige getan.

»Ich weiß auch, was du mir zur Last legen willst«, hauchte sie. »Aber ich sagte dir ja bereits, lieber Vater: Ich konnte ja nichts dafür, daß ich ein so schönes Gesicht hatte. Du hattest es mir geschenkt, und ich … nun, ich gebe zu, daß ich es hin und wieder eingesetzt habe, um etwas zu bekommen, was ich … na ja, was ich sonst vielleicht nicht so ohne weiteres bekommen hätte.«

Sie blickte auf und sah in Gottes Augen. Und sie hoffte sehr, in seinem Blick Verständnis zu entdecken.

Doch war davon nichts zu sehen. Er schaute sie jedoch liebevoll an, das fiel ihr auf, und daraus schlußfolgerte sie, daß sie zumindest auf dem richtigen Weg war. Langsam erhob sie sich aus der Hocke.

»Und das wirst du mir nicht zum Vorwurf machen«, sagte sie dann. »Denn es war ja schließlich nicht meine Schuld, daß die Menschen sich von einem schönen Gesicht so beeindrucken lassen. Das ist vielmehr ihre Natur, und die …«

Sie sprach bewußt nicht weiter.

Gott lächelte. »Ich glaube, da irrst du dich gewaltig«, sagte er dann. »Die meisten Menschen sind nicht so dumm, einem Gesicht allzugroße Bedeutung beizumessen. Es ist ja nur der vordere Teil eines Kopfes.«

Leonie schluckte. Sie hatte immer nur diesen vorderen Teil gehabt, um den hinteren war es nie sonderlich bestellt gewesen. Daß die Bedeutung dieses Teils jetzt von Gott so heruntergespielt wurde, gefiel ihr gar nicht.

»Nun«, meinte sie da auch schon, »vielleicht sind die meisten weniger meinem Gesicht erlegen, als vielmehr meinem Charme. Ich meine –«

Gott lachte laut. Es fiel ihm schwer, sich wieder zu fassen.

»Charme«, sagte er dann, »ist eine Gabe, mein Kind. Charme ist die Kunst, in anderen Menschen ein Stück von sich selbst zu entdecken, und sie das voller Liebe und manchmal auch voller Humor spüren zu lassen.«

Nachdenklich sah er Leonie an.

»Und nun, da du das weißt«, fragte er dann, »würdest du da das, was dich auf Erden ausmachte, immer noch Charme nennen?«

Leonie biß sich auf die Lippen, so sehr schämte sie sich plötzlich. Nein, charmant war sie wirklich nie gewesen, eher …

»Eingebildet war ich. Eitel. Manchmal auch gemein.«

Leonie konnte plötzlich nicht mehr anders. Es brach aus ihr heraus, als müßte es das tun, als könnte es einfach nicht darinnen bleiben, weil tief in ihrem Inneren auf einmal kein Platz mehr dafür war.

»Ehebruch habe ich begangen«, stammelte sie leise vor sich hin. »Und gelogen habe ich. Gelogen und betrogen. Ich habe nie etwas ehrlichen Herzens getan, nicht einmal dann, wenn ich eigentlich zu lieben glaubte. Es war alles Berechnung. Es mußte immer was für mich herausspringen, sonst war es nichts wert. Nur ...«

Mit ihren großen Engelaugen sah Leonie ihren himmlischen Vater an.

»Was?« fragte der.

Sie atmete tief durch. »Ich habe das alles nicht absichtlich getan, Vater.«

Gott lächelte. »Weißt du, mein Kind, wenn plötzlich Bomben fallen, wer fragt da noch, ob es absichtlich oder zufällig passiert?«

Leonie war es auf einmal eiskalt.

»Komm her, mein Kind!«

»Ich kann nicht.«

»Aber du brauchst dich nicht zu fürchten.«

»Jeder fürchtet sich vor dem Spiegel.«

»Vorher schon.«

»Ich habe aber doch schon alles zugegeben, Vater. Was soll ich denn noch ...«

Leonie war nur mehr ein Häufchen Elend. Zitternd stand sie da, das Körperchen verkrümmt, die Hände so fest gefaltet, daß die Knöchel weiß hervortraten.

Gottvater seufzte. »Um euer aller Lieblingswort Sünde zu benützen: Eitelkeit ist keine, Leonie. Eitelkeit ist lediglich einer von vielen menschlichen Drahtseilakten. Solange sie mit Selbstachtung vergleichbar ist, die für die anderen Menschen sichtbar wird, solange hilft die Eitelkeit, Balance zu halten. Entartet sie zur Selbstüberschätzung, wie das bei dir der Fall war, strauchelt der Mensch sehr leicht; deshalb fühlst du dich jetzt so elend. Aber glaub mir, es gibt weit ärgere Fälle als dich, Menschen, deren Eitelkeit zur Selbstverleugnung wird. Und die straucheln nicht mehr, die stürzen ab.«

Leonie hatte aufmerksam zugehört. Doch sie fühlte sich deshalb nicht besser.

»Faul war ich auch immer«, flüsterte sie.

Gott lachte. »Daß es bis zu mir heraufstank!« sagte er. »Aber Faulheit ist auch keine Sünde, Leonie, und das gleiche gilt für Ehebruch, für Lüge und Betrug.«

Flüchtig blickte er zu Kai herüber.

»Auch für Egoismus«, fügte er dann hinzu. »Schließlich ist der die einzige Charaktereigenschaft, die allen Menschen gleichermaßen eigen ist. Nur bekämpfen sie den Egoismus auf Erden vorzugsweise bei den anderen und nur selten bei sich selbst. Ich sagte es doch bereits: Es gibt keine Sünden.«

»Warum soll sie dann in den Spiegel gucken?«

Das waren die ersten Worte, die Kai sprach, seit Gottvater in den Saal der Sterne zurückgekehrt war.

»Das wird sie gleich selbst herausfinden«, gab der Schöpfer ihm ruhig zur Antwort, und dann streckte er Leonie die Hand entgegen.

»Komm jetzt, Mädchen, es wird Zeit.«

Leonie hatte Angst. Trotzdem faßte sie sich ein Herz. Ganz langsam und vorsichtig tappte sie auf ihren himmlischen Vater zu.

Der Weg zu ihm schien endlos zu sein, dabei waren es eigentlich nur ein paar Schritte. Leonie hatte das Gefühl, ihr ganzes Leben noch einmal leben, ja, sogar ihren Tod noch einmal sterben zu müssen.

»Das kommt dir nur so vor«, sagte Gott, als sie endlich vor ihm und damit zugleich auch vor den Samtvorhängen stand.

Und dann umfaßte er mit einem Arm ihre Schultern, und sie spürte seine Wärme, seine Kraft, all diese Liebe, die sie so lange entbehrt hatte. Und weil sie das spürte, schwand ihre Angst, und sie sah ruhig dabei zu, wie ihr himmlischer Vater mit der anderen Hand die schweren Vorhänge aufzog.

Im nächsten Moment blickte Leonie in den schönsten Kristallspiegel, den sie jemals gesehen hatte. Er war so klar, daß sie am liebsten in ihm versunken wäre, und kaum, daß ihr das bewußt wurde, da versank sie auch schon darin. Ein letztes Mal machten sich ein paar wirre Ängste in ihr breit. Sie fürchtete, nun all das Schlechte zu sehen, was sie im Laufe ihres Menschenlebens getan hatte; ja, noch mehr fürchtete sie, nicht die Leonie im Spiegel zu sehen, deren berückend schönen Anblick sie gewohnt war, sondern die Leonie, die sich hinter dieser Fassade verborgen hatte, und das wäre womöglich eine häßliche, nahezu widerwärtige Person gewesen.

Doch Leonie sah nichts von alldem. Sie sah etwas ganz anderes. Im so klaren Spiegel der Erkenntnis sah sie ein Kind, das Kind, das sie vor langer Zeit auf Erden selbst einmal gewesen war. Pianistin hatte dieses kleine Mädchen werden wollen. Dafür hatte sie tagaus, tagein geübt, und sie war auch gut gewesen, sehr gut sogar. Nur hatten ihre Eltern nicht genug Geld gehabt, die Ausbildung auf Dauer zu bezahlen.

»Warum habe ich mir das Geld nicht selbst verdient?«

»Dazu warst du zu stolz.«

»Aber ich hätte kellnern können. Oder putzen.«

»Du hast es aber vorgezogen aufzugeben, Leonie!«

Voller Entsetzen starrte Leonie in den Spiegel. Ja, sie hatte aufgegeben. Sie hatte das Klavier aus ihrem Leben verbannt und dem Geld Tür und Tor geöffnet; denn nur darum schien es zu gehen im Leben, um Geld!

»Mein Gott«, flüsterte sie jetzt.

»Ich bin bei dir, mein Kind.«

»Ich habe meinen Traum verraten, Vater. Ich habe nicht dafür gekämpft, sondern einfach aufgegeben, und damit habe ich die Gaben verspottet, die du mir geschenkt hattest.«

»Richtig«, erwiderte Gottvater. »Und deshalb stehst du nun hier.«

»Und jetzt?«

Der himmlische Vater lächelte und strich ihr das Haar aus der Stirn.

»Jetzt hast du zwei Möglichkeiten«, sagte er. »Entweder du gehst für eine Weile zu Herrn S. und lernst deine Lektion –«

»Auf gar keinen Fall!« fiel Leonie ihrem Schöpfer in die Rede. »Ich mag den Typ nicht, der ist so ... Auf keinen Fall!«

Gott lächelte nur noch mehr. »Dann bleibt dir keine Wahl. Dann mußt du alles noch einmal machen.«

»Noch einmal leben? Als Mensch?« Leonie war gar nicht wohl bei dieser Vorstellung. »Wie denn? Das würde ich doch niemals aushalten können. Wenn ich für alles büßen muß, was ich –«

»Von Buße ist hier keine Rede, Kind. Nachholen wirst du. Das Versäumte nachholen.«

Kai, der die ganze Szenerie aufmerksam verfolgt hatte, saß inzwischen mit gekreuzten Beinen auf dem Boden. Leonies Schicksal hatte ihn mitgenommen. Wenngleich der Spiegel der Erkenntnis offenbar längst nicht so schlimm war, wie das im allgemeinen behauptet wurde, war Kai heilfroh, daß ihm diese Prozedur erspart geblieben war. Das Zuschauen hatte ihm schon völlig gereicht.

»Aber was wird jetzt aus mir?«

Diese Frage brannte ihm so sehr auf der Seele, daß sie ihm auch prompt über die Lippen glitt.

Gott seufzte. »Darauf kann ich dir keine Antwort geben, Junge. Das kannst du nur selbst tun.«

»Um das zu können, müßte ich mich ja selbst einschätzen«, sagte er deshalb, »und das geht schon auf der Erde nur in den seltensten Fällen. Hier sicher gar nicht.«

Gottvater stellte sich hinter die kleine Leonie und umschlang mit beiden Armen ihre Schultern, ein Anblick, der Kai neidisch machte.

»Und warum geht das deines Erachtens nicht?«

Kai schluckte. »Na ja«, sagte er dann und zwang sich, seinen Neid zu vergessen, und sich statt dessen ganz auf seinen Verstand zu verlassen, »das hat … das hat auch was mit Spiegeln zu tun. Wenn man davorsteht und die rechte Hand hebt, dann hebt das Spiegelbild die linke Hand, und somit bildet man sich im Grunde sein Leben lang immer nur ein, sich im Spiegel sehen zu können. In Wahrheit sieht man sich immer nur seitenverkehrt, und nur die anderen Menschen sehen einen richtig.«

Er atmete tief durch. »Und weil das so ist«, brachte er seine Ansprache dann zu Ende, »können einen auch nur die anderen einschätzen. Also müßtest du die alle herholen, und die müßten mir dann sagen, was sie von mir gehalten haben, und aus dem könnte ich dann … aber das ist natürlich nicht möglich.«

Gottvater lächelte. »Es ist vor allem nicht nötig, Kai. Es gibt da nämlich eine sehr viel einfachere Möglichkeit.«

Kai hörte diese Worte zunächst nur, es dauerte eine ganze Weile, bis er aufstand und auf jene zinnoberroten Samtvorhänge zuging, die der Vater inzwischen wieder zugezogen hatte.

»Ist das sein Geheimnis?« flüsterte Kai. »Ist er deshalb so ein besonderer Spiegel, weil man sich darin mit den Augen der anderen sieht?«

Gottvater atmete tief durch. »Das ist eines seiner Geheimnisse«, antwortete er dann, »eines von sehr, sehr vielen.«

Kai war Soldat gewesen, nicht weil man ihn dazu gezwungen hatte, nein, es war sein freier Wunsch und Wille gewesen. Es entsprach seiner Natur, sich dem Wohle einer Sache unterzuordnen, Befehle zu befolgen, um dann selbst Befehle erteilen zu können. In einem solchen Leben hatte alles eine Ordnung, und wo Ordnung herrschte, konnte man sich auf das Wesentliche konzentrieren, und das war immer der nächste Befehl.

Als sein himmlischer Vater die Samtvorhänge aufzog,

rechnete Kai mit schrecklichen Bildern. Doch da waren keine. Da war nur diese Frau, eine Frau, die Kai vor langer, langer Zeit einmal gekannt hatte und deren Antlitz ihm jetzt so klar aus dem Spiegel entgegenblickte, daß er es im ersten Moment gar nicht fassen konnte.

»Sie erwartete ein Kind von mir«, flüsterte er. »Und ich wollte kein Kind. Ich wollte sie auch nicht heiraten, das hätte mir mein Leben kaputtgemacht.«

»Ich weiß.« Gottvater hielt den kleinen Kai ebenso fest umschlungen, wie er Leonie gehalten hatte.

»Hat sie das Kind gekriegt?«

Die Bilder im Spiegel verschwammen, und Kai sah einen ausgewachsenen Mann von mindestens schon vierzig Jahren. Er lebte in einem großen Haus, das einen wunderschönen Garten hatte. Da waren drei kleine Kinder, die spielten in diesem Garten, und sie riefen den Mann Papa und bestanden darauf, daß er nicht nur den Rasen, sondern auch ihre kleinen Körper mit dem Gartenschlauch sprengte, und dann lachten sie alle.

Ja, sie lachten alle, nicht nur der Mann und die Kinder, es lachte auch die junge Frau, die da auf der Bank unter der Eiche saß. Und sie saß nicht allein auf dieser Bank, neben ihr saß eine alte Frau und strickte …

»Ist sie das?« Kai starrte in den Spiegel, daß seine Augen brannten. »Vater, das ist sie, nicht wahr?«

»Ja, Kai.«

»Und der Mann ist mein Sohn?«

»Ja, Kai.«

»Aber … der hat es ja richtig zu was gebracht.«

Gott schmunzelte. »Nun, vor allem ist er ein zufriedener Mensch geworden. Obwohl er niemals einen Vater hatte. Obwohl seine Mutter seinetwegen niemals ein eigenes Leben führen konnte.«

Kai erschrak. Und dann wandte er den Blick ab von jenem so geheimnisvollen Spiegel.

»Und deshalb stehe ich hier?« stieß er aus. »Weil ich sie im Stich gelassen habe?«

»Nein, mein liebes Kind!«

Der himmlische Vater umfaßte Kais Gesicht mit beiden Händen. Und dann zwang er ihn mit sanfter Gewalt, noch einmal in den Spiegel zu blicken, ein letztes Mal.

Wieder verschwammen die Bilder. Und wieder sah Kai das Gesicht der Mutter seines Sohnes. Jetzt war es wieder ein junges Gesicht, nicht ganz so jung wie zu der Zeit, da sie einander gekannt hatten, aber immer noch jung.

Sie war in einer Kirche. Und sie kniete und betete, lautlos. Doch dann öffnete sie auf einmal die Augen und lächelte, mehr noch, sie strahlte über das ganze Gesicht.

»Gott im Himmel«, sagte sie dann, »ich danke dir. Nach all diesen Jahren kann ich ihm vergeben. Von ganzem Herzen. Aus tiefer Seele. Ich vergebe ihm.«

Das Bild fror ein, und Kai war so verwirrt, wie er es noch nie zuvor gewesen war.

»Sie hat mir … sie hat mir vergeben?« stammelte er. »Aber warum stehe ich dann hier?«

Sein himmlischer Vater hielt ihn nur noch fester als bisher. »Deshalb stehst du hier«, sagte er dann.

Kai wollte es nicht glauben. Er drehte sich um und blickte aufgeregt zu seinem Schöpfer empor, denn das alles machte keinen Sinn für ihn. Die Frau hatte ihm verziehen, warum also …?

»Ja, Kai, das ist eines meiner großen Geheimnisse«, sprach Gott mit sanfter Stimme. »Was der Mensch auf Erden vergibt, das gibt er zugleich auch ab. Und ich nehme es an.«

Sie sprachen noch lange in jener Nacht, Gottvater, Kai und Leonie hatten einander noch sehr, sehr vieles zu sagen. Und es waren natürlich auch Entscheidungen zu treffen.

Leonie beschloß, es mit dem Leben auf Erden noch einmal zu versuchen. Kai zog es vor, Bekanntschaft mit Herrn S. zu machen, das entsprach mehr seinen Veranlagungen.

So gingen sie am Ende nicht nur innerlich, sondern auch äußerlich unterschiedliche Wege.

So geschah es vor langer, langer Zeit. Gott sah ihnen nach, als sie den Palast der gläsernen Zeit im Morgengrauen verließen. Und dabei mußte er zwangsläufig schmunzeln, denn er freute sich schon jetzt auf die verdutzten Gesichter, welche diese beiden eines Tages machen würden – eines Tages, wenn sie sich nichts sehnlicher wünschen würden, als für immer zusammenzubleiben; eines Tages, wenn sie reif waren für die Ewigkeit.

Und so wird es immer wieder geschehen. Bis an das Ende aller Zeit.

Das 7. Kapitel

Max und Nora

Gottes Ziel mit uns ist Herrlichkeit,
darum das Abschleifen unserer Ecken
und Kanten!
(Hos. 6,3-6)

Es war einmal vor langer, langer Zeit in den unendlichen Himmeln der Wahrhaftigkeit.

Lilian und Lukas litten um die Wette. Eine ganze Woche war bereits vergangen, und der himmlische Vater hatte sie immer noch nicht zu sich gerufen.

Das war unerträglich. Die Engelinge wußten schließlich, was sie getan hatten, und sie hätten sich gern dafür entschuldigt – und gerechtfertigt.

Schon nach wenigen Tagen beherrschten sie ihre Ansprachen im Schlaf, doch beruhigte sie das nicht, es machte sie vielmehr immer unsicherer.

All diese vielen Worte schienen nämlich wie neue Kleider zu sein. Die meisten sahen nur so lange gut aus, wie sie auf dem Bügel hingen, und die wenigen, die sich als kleidsam erwiesen, durften nicht allzuoft anprobiert werden, weil sie sonst gar zu schnell abgetragen wirkten.

»Ich kann mir schon selbst nicht mehr glauben«, klagte Lukas.

»Wie soll der Vater uns dann glauben?« wimmerte Lilian.

Und so trafen die beiden schließlich die Entscheidung, gar nicht erst zu versuchen, irgendwelche fadenscheinigen Erklärungen abzugeben, sondern sich lieber gleich ihrer Bestrafung zu stellen.

»Wer weiß, wie die aussieht?« winselte Lilian leise vor sich hin. »Ich darf es mir gar nicht vorstellen, Lukas. Wer weiß, was er mit uns macht…«

»Weil du nicht nachdenkst, Lilian! Denk doch mal logisch! In die Hölle schicken kann der Vater uns nicht. Das könnte er nur, wenn wir Flügel hätten. Es sei denn, es gibt da Ausnahmen. Aber hast du schon mal von Engelingen gehört, die in die Hölle gekommen sind?«

Lilian schüttelte den Kopf. »Nein, aber – «

»Siehst du!« fiel Lukas ihr gleich wieder ins Wort. »Es hätte sich nämlich herumgesprochen, wenn es so was schon mal gegeben hätte. Nur …«

Er stockte für einen Moment, sprach dafür anschließend aber um so schneller weiter.

»Wie will er uns dann bestrafen, der Vater?« grübelte er. »Rausschmeißen? Die Geschichte mit dem Apfel habe ich noch nie geglaubt, Lilian. Die stimmt doch nie im Leben. Unser Herrgott schmeißt doch keinen aus den Himmeln. Schon gar nicht wegen ein bißchen Obst. Sonst hätte er uns doch auch abstürzen lassen. Nicht wahr?«

Diesmal nickte das Mädchen, und dann stieß sie einen herzergreifenden Seufzer aus.

»Weißt du, Lukas, viel mehr als die drohende Strafe quält mich – «

»Vielleicht werden wir zur Strafe ja geboren«, spekulierte Lukas.

Lukas konnte bald gar nicht mehr aufhören mit seinen Selbstgesprächen, und Lilian hätte sich am liebsten die Ohren zugehalten. Sie fand es beschämend, daß ihr Bruder offenbar so gar keine Reue verspürte.

Sie selbst war ausschließlich von Reue erfüllt. So stand sie schließlich eines Morgens auf von ihrem Höckerchen und verließ das Haus. Ohne ein Wort.

Das war an einem Freitagnachmittag. Und Lukas, der zu diesem Zeitpunkt gerade ein Butterbrot aß, weil schon lange nichts anderes mehr im Haus war, wurde von Lilians plötzlichem Aufbruch dermaßen überrascht, daß er in Panik geriet. Man hatte in den Himmeln der Wahrhaftigkeit zwar noch nie gehört, daß Engel sich das Leben genommen hatten, doch hatte man ja auch noch nie von Engeln gehört, die sich selbst ihre Wege schrieben. Lukas wußte nicht einmal, ob es überhaupt möglich war, daß Engel Selbstmord begingen, und alles, was er wußte, sprach dagegen. Doch hatte er gerade erst schmerzlich erfahren müssen, daß das, was er wußte, im Vergleich zu dem, was er nicht wußte, offenbar verschwindend gering war, und so beschloß er, seine Ängste ernst zu nehmen.

Er warf das angebissene Butterbrot auf den Eßtisch und stürmte aus dem Haus, um Lilian zu retten.

Da es Freitagnachmittag war, erwies es sich jedoch schon als äußerst schwierig, ihr überhaupt zu folgen. In dem wüsten Durcheinander verlor Lukas seine Schwester schon bald aus den Augen.

»Entschuldigung. Darf ich mal? Darf ich da mal gerade durch? Entschuldigung, ich muß da unbedingt…«

Erst zu spät sah Lukas ein, daß sein höfliches Bitten ebensowenig Sinn hatte wie sein Drängeln und Schubsen. Die Warteschlangen vor dem Fahrstuhl der Züchtigung wurden immer länger und breiter und dichter, denn an den Freitagnachmittagen gesellten sich zu den zahlreichen Engeln, die über längere Zeit zu Herrn S. mußten, auch immer noch all die vielen Wochenendreisenden, die das Gros seiner Kundschaft ausmachten.

Lukas war verzweifelt. Das half ihm nur leider auch nicht weiter. Es nützte ihm nicht einmal, seine Geschichte zu erzählen, denn keiner hätte ihm geglaubt.

Die Engel, mit denen er es hier zu tun hatte, waren schließlich Bewohner der Herberge. Und die waren mit allen irdischen Wassern gewaschen. Was sie im Leben nicht selbst erfahren hatten, das lernten sie dort nachträglich voneinander: der Schläger vom Feigling, der Moralapostel vom Zügellosen, der Genügsame vom Gierhals. Gegen diese Leute kam so ein Zwengel nicht an.

Also blieb Lukas nichts anderes übrig, als zu warten.

»Mist!« entfuhr es ihm.

Und die Frau hinter ihm fing an zu lachen.

»Tut mir leid«, entschuldigte er sich daraufhin sofort.

»Ach was!« meinte die Frau, die sich als Nora vorstellte. »Irgendwie müssen wir alle doch mal Luft ablassen. Wenn wir das nicht täten, würden wir ja verrückt, nicht wahr?«

Nach einer kurzen Pause fragte Nora: »Sag einmal, wärest du wohl so nett und würdest mir kurz den Platz hier freihalten? Ich warte nämlich auf meinen Mann. Nicht, daß er wieder gestürzt ist! Wärst du wohl so freundlich?«

Lukas nickte demütig. Inzwischen war ihm nämlich fast alles egal.

Nora war heilfroh, diesem Kind begegnet zu sein. Sie konnte es vor lauter Aufregung nämlich kaum noch aushalten und hatte schon die ganze Zeit überlegt, wie sie es wohl am besten anstellen könnte wegzukommen. Doch hatte sie nur die Möglichkeit gehabt, aus der Warteschlange auszuscheren, das ganze Gepäck mitzuschleppen – nein, da war es so doch wesentlich einfacher.

Nora lief so schnell, wie sie eben konnte. Sie war nervös. Immerhin war es das erste Mal, daß sie zu Herrn S. mußten, und wenn es auch nur übers Wochenende war, so verursachte das trotzdem Bauchschmerzen. Aber das reichte ihrem Mann ja offenbar noch nicht. Er mußte ihr nun auch noch Kopfschmerzen bereiten.

Nora versuchte, sich ein Bild von dem zu machen, was da passiert sein mochte, und ihre Vorstellungen waren alle gleichermaßen grausig.

Als sie die Herberge verlassen hatte, saß Max mit ein paar anderen in der Runde beim Kartenspiel. Natürlich hatte er versprochen, sofort nachzukommen, aber das war jetzt drei Stunden her.

Wer weiß, dachte Nora. Vielleicht war das Kartenspielen

in der Herberge verboten, und der Vater hatte ihren Max dafür bestraft. Vielleicht hatte er aber auch einen weiteren Unfall gehabt; denn, was das anging, war er ja in letzter Zeit ziemlich anfällig. Es konnte allerdings auch sein …

Nora betrat die Herberge durch den Haupteingang. Der war gewaltig. Zwei mächtige Granitsäulen stützten einen riesigen Granitblock, auf dem in großen Buchstaben das Wort ›Haupteingang‹ geschrieben stand. In sehr, sehr kleiner Schrift stand darunter, daß es darüber hinaus keine weiteren Zugänge gab.

Durch das Portal gelangte Nora in die Halle. Sie war ungeheuer weitläufig, und im Moment war sie ausnahmsweise mal leer, so daß sie um so größer wirkte.

Im allgemeinen wimmelte es hier von Engeln, die in kleinen Grüppchen zusammenstanden und einander vorjammerten, daß sie sich anders entschieden hätten, wenn sie besser informiert gewesen wären. Dabei schauten sie dann neidisch zu dieser merkwürdigen Schwingtür herüber, die von der Halle zum Gästetrakt führte.

Von der Mitte der Halle führte eine steile Treppe mit gefährlich ausgetretenen Stufen in das erste und zugleich auch einzige Stockwerk der Herberge.

Nora stand noch mit einem Fuß auf dem Treppenabsatz, als sie bereits losbrüllte.

»Maaax!!!«

Als sie auch beim zweitenmal keine Antwort bekam, machte sie sich auf den Weg zum einzigen großen Schlafsaal.

»Maaax!!! Das darf ja wohl nicht wahr sein, Max! Na, ich glaube es ja nicht!«

Schon von weitem regte Nora das Bild, das sich ihr bot, dermaßen auf, daß sie sich zwangsläufig ans Herz faßte. Das war so eine liebe, alte Gewohnheit.

»Du bringst mich noch irgendwann um!« kreischte sie deshalb auch gleich. Nora brüllte, daß die hohen Wände des Schlafsaales erbebten. Max blieb indes unbeeindruckt. Der schlief. Er schlief, und er schnarchte, und er schien sich dabei äußerst wohl zu fühlen.

»Ich werde mir deinetwegen keinen Ärger einhandeln«, brüllte Nora weiter und fing an, ihren Mann zu schütteln. »Hast wieder zuviel Bier getrunken, wie? Du verdammte Rotnase, du! Komm jetzt! Los!«

Sie boxte so lange auf ihn ein, bis er schließlich bemerkte, daß da irgendwas nicht stimmte, und dann blinzelte er, erst einmal, dann noch einmal, und als er fand, er hätte genug geblinzelt, drehte er sich auf die andere Seite und wollte weiterschlafen.

»Wir müssen zu Herrn S., mein Lieber. Bis Sonnenuntergang müssen wir da sein, und die Sonne geht in einer halben Stunde unter, und es sind noch dreihundert Engel vor uns.«

»Na, dann kommen wir eben ein bißchen später?«

»Bist du so dumm, oder tust du nur so? Wir gehen hier doch nicht zu einer Geburtstagsfeier! Los jetzt!«

Als Max und Nora endlich den Palast der gläsernen Zeit erreichten, herrschte vor dem Fahrstuhl der Züchtigung immer noch ziemliches Gedränge. Nur der Kleine, dem Nora ihr gesamtes Gepäck anvertraut hatte, der war natürlich verschwunden.

»Siehst du«, zischte sie Max zu, »du kannst dich auch hier auf keinen verlassen. Hoffentlich ist nichts weg.«

»Guck besser eben nach!« meinte er.

»Soll ich?«

»Natürlich! Wenn was fehlt, beschwer ich mich.«

Ja, im Beschweren war ihr Max schon immer ein Meister gewesen. Was das anging, hatte Nora sich immer auf ihn verlassen können, und so kniete sie nieder und fing an, ihre Sachen durchzusehen.

»Sie sind dran!« sagte derweil ein kleiner alter Mann zu Max und wollte ihn in Richtung des Fahrstuhls schieben.

»Geht ihr nur alle schon mal vor!« gab der zurück und

stemmte dabei beide Hände in die Hüften. »Wir haben es nicht eilig.«

»Keiner von uns hat es eilig hier«, schimpfte ein anderer, während er sich mit Gewalt in den Fahrstuhl quetschte. Er war ein kleiner, dünner Engel mit spärlichem Haupthaar.

»Wer jemals da unten war, hat es nie wieder eilig!« fügte seine Frau hinzu.

»Guck dir diese Idioten an, Nora! Guck dir bloß mal an, wie...«

Das Wort erstarb Max auf den Lippen, so eindringlich sah Nora ihn an.

Max räusperte sich. »Ist was gestohlen?« fragte er dann.

»Nein!« Nora zischte mehr, als daß sie sprach. »Und das hier ist weder der Ort noch die Zeit, sich über andere lustig zu machen, Max. Hast du mich verstanden?«

Für Max und Nora war es nicht nur die erste Reise zu Herrn S., sie hatten auch noch gar keine rechte Zeit gehabt, sich darauf einzustellen. Das fiel ihnen auf, als sie jetzt sahen, wie schnell sich die noch verbliebene Warteschlange auflöste. Alles war so schrecklich schnell gegangen.

Letzte Woche waren sie noch ein glückliches Paar gewesen, das stolz auf einundvierzig Ehejahre zurückblickte. Dann war Max auf die Leiter gestiegen, um die neuen Gardinenröllchen aufzuziehen, und weil er wieder mal heimlich Bier getrunken hatte, war ihm schwindlig geworden, und er war gestürzt.

Nun, Nora hatte sich noch am gleichen Abend fürchterlich mit dem Rechtsanwalt gestritten. Ihres Erachtens hatte sie durch den Unfalltod ihres Mannes Anspruch auf die doppelte Summe seiner Lebensversicherung, aber irgend etwas schien mit dieser Versicherung nicht zu stimmen; ja, es schien, als habe Max sie nicht ordnungsgemäß bezahlt.

Noch bevor diese Angelegenheit geklärt war, wurde Max beerdigt. An dem Tag war es ungewöhnlich kalt, und es regnete und stürmte, und prompt zog Nora sich eine Erkältung zu. Sie erinnerte sich auch noch ganz deutlich an diese dunkle Nacht, in der sie plötzlich schweißgebadet aufwachte und das Gefühl hatte, keine Luft mehr zu bekommen.

Ehe sie sich versah, waren Max und sie dann wieder vereint gewesen, und dann standen sie Hand in Hand vor dem Vater, und der ...

Nun, der fragte mehrmals, was sie beide mit ihrem Leben gemacht hätten, und sie antworteten mehrmals: »Na ja ...«, und darüber hinaus fiel ihnen bei bestem Willen nichts ein. Nicht einmal der Blick in den Spiegel der Erkenntnis brachte einen Hauch von Erleuchtung, und dem himmlischen Vater erging es wohl ebenso.

Danach sollten Max und Nora dann die Große Wahl treffen, und da sie auf keinen Fall noch einmal geboren werden wollten, standen sie jetzt hier, reisefertig für ein Wochenende in der Hölle.

Obwohl Max und Nora zu der letzten Gruppe gehörten, die an jenem Freitagnachmittag abwärts fuhr, und diese Gruppe an und für sich nur noch sehr klein war, schien der Fahrstuhl aus den Nähten zu platzen. Jeder schubste jeden, als wäre nicht genug Platz, doch war der wahre Grund für das Drükken und Schieben ein anderer. Breite Holzleisten lagen auf dem Fußboden, die man im Halbdunkel nicht sehen konnte. Man bemerkte erst, daß es sie gab, wenn man über eine gestolpert und dem Vordermann in den Rücken gefallen war, und ehe man sich dafür entschuldigen konnte, fügte einem der Hintermann auch schon das gleiche zu.

Verwirrt hielten Max und Nora sich aneinander fest, doch wurde das offenbar nicht gern gesehen.

»Stellen Sie sich bitte mit dem Rücken zur Wand, und beachten Sie die Abstände!«

Die Stimme, die das sagte, drang aus einem Lautsprecher, der sich unter der Decke des Fahrstuhls befand, und es war eine eigenartige Stimme, sie klang so krächzend beleidigt.

»Was denn für Abstände?« brummte Max.

»Was weiß denn ich?« gab Nora zurück.

»Na, die da!« fauchte die junge Frau, der Max schon zweimal in die Hacken getreten war.

Nora wurde immer verwirrter. An den Seitenwänden des Fahrstuhls waren auch überall so komische Holzleisten, wie sie jetzt feststellte, und diese schienen auf geheimnisvolle Weise beweglich zu sein. Im nächsten Moment verschoben sie sich und rasteten genau an der Stelle ein, die Nora zu Lebzeiten ungern, aber notgedrungenermaßen ihre breiteste Hüftstelle genannt hatte.

»Max? Ist das bei dir auch so, Max?«

Doch Max gab ihr keine Antwort, er blickte empor zur Fahrstuhldecke.

Der dort eingelassene Lautsprecher war so klein, daß es Max überraschte, wieviel Volumen er trotz allem hatte. Neben dem Lautsprecher war eine Vielzahl dieser unheimlichen Leisten zu sehen, und kaum daß Max das wahrgenommen hatte, verschoben sich die Dinger auch schon, die eine so, die andere so, und –

»Bitte jetzt nicht mehr bewegen, meine Herrschaften, wir sind abfahrbereit!«

Im nächsten Moment schloß sich nicht nur die Tür des Fahrstuhls, es fielen auch schwere Holzplanken aus den Deckenleisten. Krachend fielen sie zu Boden, eine ging unmittelbar vor Maxens Nase nieder.

»Verdammt!« schrie er voller Entsetzen und blickte zu Nora herüber, die direkt neben ihm stand.

Im gleichen Augenblick schnellten auch rechts und links von ihm Platten aus der Wand, und diese waren so eng an seinem Körper, daß er sich kaum noch bewegen konnte.

»Nora? Hörst du mich, Nora? Nora!!!«

Er bekam keine Antwort. Dafür drang aber neuerlich das krächzende Stimmchen aus dem Lautsprecher.

»Herzlich willkommen im Fahrstuhl der Züchtigung. Ihre voraussichtliche Reisezeit wird etwa eine halbe Stunde betragen. Genießen Sie währenddessen unser umfangreiches Unterhaltungsprogramm…«

Das Krächzen ging über in ein hämisch klingendes Kichern, und Max wurde es immer unwohler in seiner Haut.

Dieses Unbehagen nahm in der Folge noch zu, denn das angekündigte Unterhaltungsprogramm blieb aus. Da war nichts, und das verleitete zum Nachdenken. Und Max haßte es nachzudenken. Aber nun konnte er nicht mehr verhindern, daß seine Gedanken ausschließlich darum kreisten, womit er all diese Unbilden verdient hatte.

Gut, er hatte zu Lebzeiten gern schon mal einen über den Durst getrunken, und er hatte auch immer viel zu gern gespielt, sowohl mit Karten, als auch mit so mancher Dame. Doch war er daneben stets ein treusorgender Ehemann gewesen. Er hatte Nora und die Kinder zumindest immer durchgebracht, und er hatte sich auch für sie eingesetzt; ja, wer seiner Familie in irgendeiner Form zu nahe getreten war, der hatte seine Fäuste zu spüren gekriegt. Schön, er hatte hin und wieder gelogen. Aber richtige Lügen waren das eigentlich gar nicht gewesen…

Bei ihrer Ankunft in der Unterwelt waren Max und Nora dann erst einmal angenehm überrascht. Die Landung war sanft gewesen, die vermaledeiten Holzplanken waren in die geheimnisvollen Leisten zurückgefahren, so daß man endlich wieder etwas besser Luft bekam

Nora war zwar noch etwas kurzatmig, aber das würde sich schon noch legen, davon war sie überzeugt.

»Hauptsache, wir beide sind wieder zusammen. Nicht wahr, Max?«

Max nickte nur. Ja, auch er war heilfroh, endlich aus diesem Käfig heraus zu sein.

Während die anderen aus ihrer Gruppe offenbar wußten,

wohin sie zu gehen hatten, blieben Max und Nora erst mal vor dem Fahrstuhl stehen. Sie wollten schließlich nichts falsch machen.

Da kam plötzlich dieser Mann. Er kam aus einem der vielen Gänge, die von der Halle abgingen, und er war klein und schmächtig, wohl aber äußerst elegant gekleidet.

Herr S. grinste über das ganze Gesicht. »Nora und Max, nicht wahr?«

Die beiden nickten.

»Wie schön!«

Herrn S.' Grinsen war inzwischen so breit, daß seine Mundwinkel bis zu den Ohrläppchen zu reichen schienen. Im nächsten Moment klappte sein ganzes Gesicht zusammen, und er spitzte die Lippen.

Ohne sich vorzustellen, bot er Max und Nora an, ihnen ihr Gepäck abzunehmen, und nachdem sie auch das mit einem Nicken bejaht hatten, erkundigte er sich noch überfreundlich, ob es ihm denn dann wohl auch gestattet sei, sie zu ihren Zimmern zu geleiten.

»Sicher«, entfuhr es Nora mit nahezu letzter Kraft.

»Wieso *Zimmern*?« entfuhr es Max. »Wohnen wir denn nicht zusammen?«

Herr S. gab ihm keine Antwort darauf. Er schnappte sich aber die gesamten Sachen, die Max und Nora mitgebracht hatten. Und die beiden fanden es erstaunlich, wie scheinbar mühelos er das ganze Zeug bewältigte. Das hatten sie dem mickerigen Kerlchen gar nicht zugetraut.

Der Korridor, der sich vor ihnen auftat, war lang und schmal. Wie schon in der Halle waren sowohl die Tapeten als auch der Teppichboden von unterschiedlichem Rot, und auch hier war die Beleuchtung nur spärlich. Alle paar Meter gingen rechts und links Türen ab, und auf jeder dieser Türen prangte ein metallenes Schild, in das jeweils ein Name eingraviert war. Es schien also alles bestens organisiert zu sein.

»Nette Anlage!« meinte Max deshalb auch schon nach kurzer Zeit, nicht, weil er es so empfand, sondern weil er meinte, es könne nicht schaden, so etwas zu sagen.

»Vor allem schön sauber«, erwiderte Nora sofort. »Was meinst du, was das für eine Arbeit ist, so was zu putzen?«

Die beiden sahen einander vielsagend an, und dann flüsterte Max: »Der Typ ist offenbar auch ganz passabel.«

Nora nickte beipflichtend. »Vor allem hat er einen schicken Anzug an. Der ist bestimmt – «

»Er ist in der Tat maßgeschneidert!« fiel Herr S. ihr ins Wort. »Und vielen Dank für die Komplimente!«

Max und Nora schluckten. Immerhin hatten sie geflüstert. Ja, die letzten Worte hatten sie so leise geflüstert, daß sie selbst sie kaum verstehen konnten, und daß der elegant gekleidete Herr sie trotzdem gehört und verstanden hatte, gab ihnen zu denken.

Wenn der Typ mit den Koffern übersinnliche Fähigkeiten hatte, war es sicher klug, sich gut mit ihm zu stellen.

»Hören Sie, junger Mann!« Max bemühte sich, so charmant und so unbefangen wie eben möglich zu wirken.

»Junger Mann?«

Herr S. mußte an sich halten. Er hatte schon viele Speichellecker erlebt, aber die hier waren unsägliche Exemplare.

Er blieb stehen und drehte sich zu Max und Nora um. »Sprechen Sie mit mir?«

»Natürlich!« Nora lachte, als sei das eine völlig überflüssige Frage gewesen.

»Wir hätten da eine Bitte«, meinte Max.

»Ach ja?«

»Wir würden nämlich gern zusammen wohnen, meine Frau und ich.«

»Ach ja?« wiederholte Herr S.

»Das tun wir oben auch, und ich sehe hier an den Namensschildern, daß …«

Er geriet ins Stocken, und Nora hatte Mühe, darüber

nicht die Nerven zu verlieren. Ihr Mann war leider immer schon gern ins Stocken geraten, wenn es wichtig wurde.

»Wir waren auf Erden ja auch ein Ehepaar«, warf sie deshalb ein, »einundvierzig Jahre lang. Und so was bindet natürlich.«

»Ach ja?«

»Ja.« Nora versuchte, so selbstverständlich wie eben möglich zu wirken.

»Wir haben eine ziemlich glückliche Ehe geführt«, fügte sie deshalb rasch noch hinzu. »Wir waren überhaupt ziemlich glückliche Menschen. Nicht wahr, Max?«

Bevor Max antworten konnte, stieß Herr S. einen merkwürdigen Laut aus. Er bekundete eindeutig Ungläubigkeit, dieser Laut.

»Ach ja?« tönte er dann noch einmal. »Warum sind Sie dann hier?«

Nun, das wußten Max und Nora ja auch nicht. Sie war zumindest immer eine treusorgende Ehefrau gewesen. Sie hatte zwar jeden Monat etwas vom Haushaltsgeld in die eigene Tasche gesteckt und davon teure Kleider und Schuhe gekauft, die sie ihrem Max als Sonderangebote untergejubelt hatte, aber sie hatte stets gründlich geputzt und gewaschen und gekocht und gebügelt, und sie hatte ihrem Mann drei wunderbare Kinder geschenkt, die … na ja, ein paar Probleme hatten sie schon, diese Kinder, aber das war ja normal, die hatte jeder, und so was lag mit Sicherheit nicht an der Erziehung.

Nein, Max und Nora wußten wirklich nicht, warum sie hier waren. Aber es ging ihnen alles Mögliche durch den Kopf, während sie hinter Herrn S. weiter durch den langen, gleichförmigen Korridor gingen.

»Nun«, meinte dieser vor einer der vielen Türen, »Doppelzimmer gibt es bei uns leider nicht. In der Hölle logiert jeder für sich.«

Nora hatte zu Lebzeiten immer in einer Art Puppenstube gelebt. Ihr Heim hatte stets vor Sauberkeit und Ordnung geglänzt, die Blumen und Pflanzen auf ihren Fensterbänken gediehen so prächtig, daß all ihre Freundinnen sie darum beneideten.

Das Zimmer, in das der elegant gekleidete Herr Nora nun führte, war klein, eng und muffig. Auf dem Teppichboden lag nämlich allerlei Unrat, das Bett war offenbar seit Wochen nicht frisch bezogen worden, und auf dem Nachttisch stand ein längst vertrockneter Blumenstrauß.

»Nett hier«, log Nora, während sie dem elegant gekleideten Herrn deutete, ihre Sachen neben der Tür abzustellen.

Der grinste. »Es freut mich immer, wenn es meinen Gästen gefällt.«

Nora erstarrte. Der mächtige Herr S. konnte doch unmöglich dieses unscheinbare Männlein sein!

Diese Erkenntnis versetzte Nora in Angst und Schrecken: Sie starrte ihn an in all seiner Mickerigkeit, und im gleichen Moment wandelte sich Noras gesamte bisherige Vorstellung vom Bösen der Welt. Dieses Böse war wie Herr S., das wurde ihr mit einem Schlage klar. Und das allein machte es schon gefährlich.

Nora schluckte. »Darf ich mich denn noch von meinem Mann ... oder sehen wir einander später?«

Wieder grinste der Herr im Cut. »Besser, Sie verabschieden sich!«

Nora atmete tief durch. Dann ging sie schleppenden Schrittes zu ihrer Zimmertür und hielt Max ihre Hand entgegen.

»Bis Sonntag abend, Schatz!«

»Ja«, erwiderte Max. Mehr brachte er nicht heraus.

Währenddessen war im Palast der gläsernen Zeit endlich Ruhe eingekehrt.

Lilian war schon ziemlich lange am Brunnen des Lebens.

Sie kniete auf seinem Rand, die Hände im Schoß, und sie sah sich mit bewußt offenen Augen an, was sie und ihr Bruder mit ihrer verantwortungslosen Handlung angerichtet hatten.

Der Mann, der auf Erden ihr Vater hatte werden sollen, drohte zu sterben. Und die Frau, die auf Erden ihre Mutter hatte werden sollen, die mußte ertragen, wie etwas in ihr starb.

Daran waren Lilian und Lukas schuld. Das hieß, eigentlich war allein Lilian schuld daran, war sie doch von jeher die vernünftigere von ihnen beiden gewesen. Sie hätte niemals auf die größenwahnsinnige Idee ihres Bruders eingehen dürfen. Sie hätte ihn vielmehr davon abbringen müssen. Unbedingt.

Lukas erschrak nicht schlecht, als er plötzlich die große, warme Hand spürte, die sich da um seine Schultern legte. Da war ein Mauervorsprung zwischen dem Fahrstuhl der Züchtigung und dem Brunnen des Lebens, und er hatte sich ganz tief darin verborgen, damit Lilian ihn nur ja nicht entdeckte. Sie hatte ihn auch nicht entdeckt. Nur Gott sah eben alles.

»Guten Abend, Vater!«

Lukas zitterte am ganzen Leibe, als er diese Worte sprach, so groß war seine Angst.

Der himmlische Vater lächelte ihn liebevoll an.

»Guten Abend, mein Kind«, entgegnete er dann, und dabei klang seine Stimme so sanft, daß Lukas es zunächst gar nicht glauben konnte.

Fragend blickte er zu seinem Schöpfer empor.

»Was ist?« wollte der wissen.

Lukas schluckte. Im nächsten Moment spürte er, wie Gott ihm übers Haar strich.

»Bist du … bist du …«

»Was, Lukas?«

Lukas atmete tief durch.

»Bist du denn nicht böse mit uns?« fragte er dann, und dabei zitterte seine Stimme ebenso wie der Rest seines Körpers.

Daraufhin lächelte der himmlische Vater nur noch mehr. Doch eine Antwort gab er Lukas nicht, er meinte lediglich: »Komm, mein Junge! Laß uns zu deiner Schwester gehen!«

Lilian sank wimmernd auf die Knie, als sie ihren Schöpfer erblickte. Und obwohl sie zwei lange Wochen kein einziges Wort geredet hatte, schien sie das Sprechen noch nicht verlernt zu haben, denn es sprudelte nur so aus ihr heraus: »Vergib mir, Vater, bitte! Ich habe das nicht gewollt. Wir haben das beide nicht gewollt. Aber es tut uns leid. Schrecklich leid tut es mir. Wir wollten doch nur sein wie alle anderen, und jetzt ...«

Der liebe Gott beugte sich zu der kleinen Lilian herab, griff unter ihre Ärmchen und hob das Mädchen alsdann hoch und stellte es auf seine Füße.

»Du weißt doch genau, daß ich es nicht mag, wenn ihr vor mir kniet, Lilian. Ich kann euch dann so schlecht in die Augen sehen.«

»Verzeih!« bat die Kleine gleich noch einmal um Entschuldigung.

»Außerdem seid ihr meine Kinder. Wenn es mir gefallen würde, euch vor mir am Boden zu sehen, wäret ihr meine Sklaven.«

»Es tut mir wirklich leid«, schluchzte Lilian.

Gottvater seufzte und setzte die Kleine neben sich an den Brunnen des Lebens.

»Weißt du«, sagte er dann zu ihr, »es ist immer einfacher, um Vergebung zu bitten als um Erlaubnis. Das ist die eine Sache. Die andere ist jedoch, daß auch ich nur verzeihen kann, was vermeidbar gewesen wäre.«

Er blickte zu Lukas, der vor ihnen stand und seinen himmlischen Vater mit großen Augen ansah.

»Alles andere, so wie das hier«, sagte Gott zu ihm, »alles andere muß selbst ich ... einfach hinnehmen.«

Für einen Moment wagte Lukas nicht zu atmen. Dann faßte er sich ein Herz.

»Was bedeutet das?« fragte er leise.

Der himmlische Vater lächelte. »Euer Schicksal, meine Kinder«, erklärte er den beiden, »ist nur in einem sehr geringem Maße das, was ihr aus eurem Leben macht. Hauptsächlich ist euer Schicksal das, was *ich* aus eurem Leben mache.«

»Hast du … hast du von Anfang an gewußt, was wir vorhatten?« stotterte Lukas da auch schon.

Gott nickte.

»Und warum hast du uns dann nicht zurückgehalten?«

»Keiner möchte ein Opfer sein«, antwortete der himmlische Vater, »es ist jeder lieber ein Täter – das gilt auch für Engelinge.«

Lilian erhob sich vom Brunnen des Lebens. Den Mund und die Augen weit geöffnet, stand sie vor ihrem Schöpfer und sah ihn an.

»Aber was ist denn mit diesen beiden armen Menschen unten auf der Erde?« hauchte sie dann. »Warum hast du denn nicht wenigstens die vor uns verschont?«

Gleich schmunzelte Gott noch einmal. Und dann tippte er Lilian plötzlich ganz kurz mit dem Zeigefinger auf die Nasenspitze.

»Meine Wege mögen zwar unergründlich scheinen, liebes Kind – aber sei versichert, sie sind es nicht. Ich habe den Durchblick noch nie verloren.«

Der himmlische Vater verweilte noch geraume Zeit bei Lilian und Lukas, und das tat den beiden sichtlich gut. Nach all den vielen Ängsten und durchwachten Nächten war es doppelt herrlich, auf Gottes Schoß zu sitzen und sich bei ihm geborgen zu fühlen.

Aber irgendwann mußte das unangenehme Thema dann doch mal angesprochen werden. Irgendwann ließ es sich einfach nicht mehr vermeiden. Und so nahm Lukas all seinen

Mut zusammen und stellte schließlich die eine so bedrohliche Frage:

»Was wird denn jetzt mit uns?«

Gott reagierte prompt.

»Das weißt du nicht?« gab er zurück. »Aber du hast dir doch so viele Gedanken darüber gemacht.«

Lukas knirschte mit den Zähnen und senkte den Kopf. »Die haben nur zu nichts geführt, lieber Vater...«

Lilian seufzte. »Wie bei ihm fast nichts zu etwas führt!« meinte sie dann. »Höchstens zu Katastrophen!«

»Aber Lilian!« Mit gespielter Empörung schüttelte Gottvater den Kopf. »Seit wann machst du denn deinen Bruder schlecht? Denk dran, wenn du damit anfängst, kannst du dich selbst nicht mehr so gut fühlen.«

Bevor Lilian über diese Worte nachdenken konnte, tauchte Cherub in der Ferne auf.

»Entschuldige die Verspätung!« rief er schon von weitem und wirkte dabei noch hektischer als sonst. »Aber ich konnte diese blödsinnigen Geräte nicht finden!«

Der Wächter der Himmel zog irgend etwas hinter sich her, was Lilian und Lukas noch nie gesehen hatten.

»Und als ich sie endlich gefunden hatte, Vater, da konnte ich sie nicht einschalten.«

Cherub stieß einen herzergreifenden Seufzer aus.

»Warum müssen wir diesen irdischen Kram nur mitmachen?« jammerte er. »Ich hasse dieses elektronische Zeitalter!«

Gott hob die Zwengel von seinem Schoß. Wie es schien, brauchte Cherub seine uneingeschränkte Aufmerksamkeit.

»Daß du damit zurechtkommst!« stöhnte der, während er schweißgebadet vor seinem Vater zum Stehen kam. »Wo du doch noch sehr viel älter bist als ich!«

Cherub schüttelte den Kopf, als könne er das wirklich nicht verstehen, setzte eine Leidensmiene auf, und widmete sich alsdann dem merkwürdigen Etwas, das er mitgebracht hatte. Es entpuppte sich als ein wüstes Gewirr aus Kabeln und kleinen schwarzen Kästchen, die der Wächter der Himmel vor sich ausbreitete.

»Laß mich das machen!« sagte Gott, und im nächsten Moment griff er auch schon mitten in diesen Salat aus Kabeln und Kästchen.

»Der ist für Lilian«, sagte er, »und der ist für Lukas. Das ist ein sogenannter Piepser. Der kommt an so einen Gürtel hier …«

Der Vater zeigte genau, wie es gemacht wurde.

»Und den tragt ihr ab jetzt. Und wenn ihr ein Piepsen hört, so eines …«

Gott drückte auf einen kleinen Knopf, und es ertönte ein unangenehm schriller Ton. »Wenn ihr das hört, Kinder, dann lauft ihr zu Cherub.«

»Und dann?« Lukas nahm seinen Gürtel und sein Kästchen und legte es sich um.

»Ach«, stöhnte Cherub derweil, »dann habe ich Aufträge für euch. Und diese Aufträge haben Nummern, die da irgendwo eingespeichert werden müssen, und ich weiß nicht, wo und wie und – «

»Sie müssen einfach nur in diesen Laptop hier eingespeichert werden«, fiel Gottvater seinem überforderten Wächter der Himmel ins Wort. »Das ist ein tragbarer Computer. Cherub sagt euch dann, welche Nummer euer Auftrag hat, und ihr gebt diese Nummer ein, und dann könnt ihr den Auftrag auch schon vom Bildschirm ablesen. Habt ihr alles verstanden?«

Die Zwengel starrten ihn an. Dann sahen sie einander kurz an, atmeten tief durch:

»Ich habe mir ja manches vorstellen können …«, meinte Lukas.

»Das schaffen wir nie«, wimmerte Lilian.

»Aber darauf wäre ich nie gekommen, Vater.«

»Das bringen wir nicht!«

Der himmlische Vater lächelte. »Keine Angst, Lilian, es

sind schon ganz andere brauchbare Schutzengel geworden. Ein, zwei Jahre, und ihr habt den Bogen raus.«

Lukas schloß die Augen. Da hatte er sich nun so viele Gedanken und Sorgen gemacht, aber daß es ihn und seine Schwester derart hart treffen würde, das hatte er nicht für möglich gehalten.

Schutzengel! Das war das Schlimmste, was einem in den Himmeln der Wahrhaftigkeit passieren konnte. Selbst in der Hölle war das Leben sicher noch angenehmer.

Nun, was das anging, hätten Max und Nora sicherlich so einiges zu sagen gehabt. Doch hatten diese beiden derzeit andere Probleme.

Im Gegensatz zu Nora konnte Max mit seiner Unterbringung zufrieden sein. Das Zimmer war groß und hell, das Mobiliar schien sogar neu zu sein, und nirgendwo lag etwas herum. Nur war der elegant gekleidete Herr gerade erst gegangen, als es an Maxens Tür klopfte.

»Ja?«

Tante Käthe! Solange Max zurückdenken konnte, hatte er seine Tante Käthe gehaßt wie die Pest. Sie war die Schwester seiner Mutter gewesen, und da sie unverheiratet geblieben war, hatte sie mit in Maxens Elternhaus gewohnt. Das Übel daran war ihre scheinbare Allgegenwärtigkeit gewesen. Aber das eigentlich Unerträgliche an Tante Käthe war ihr ununterbrochenes Geschwätz.

Die Erinnerung daran war nach all den Jahren noch immer so lebendig in Max, daß ihm ein entsetztes »Wo kommst du denn her?« entfuhr.

Doch im nächsten Moment schalt er sich auch schon für diese Worte. Denn wenn überhaupt jemals etwas absehbar gewesen war, dann der Umstand, daß Tante Käthe in der Hölle enden würde.

Merkwürdigerweise gab sie ihm auf seine Frage gar keine Antwort. Sie hob lediglich mißbilligend die Brauen, wie sie das immer schon so gern getan hatte, und dann schob sie sich an Max vorbei ins Zimmer.

»Heute ist Freitag, Max«, erklärte sie dabei. »Das heißt, daß du das Treppenhaus putzen mußt. Das gehört sich so.«

»Was? Was denn für ein – «

»Das Treppenhaus muß dienstags und freitags geputzt werden«, fuhr Tante Käthe ihm über den Mund. »Was sollen sonst die Leute denken? Und die Blätter vor der Garage mußt du auch fegen. Es reicht nämlich nicht, wenn man das nur hin und wieder mal macht. Das muß regelmäßig getan werden, regelmäßig! Was meinst du, was passiert, wenn einer auf dem Laub ausrutscht? Dann müssen wir nämlich dafür aufkommen!«

Max stand da, den Türknauf immer noch in der Hand, und er starrte Tante Käthe an, die schnurstracks auf sein Bett zuging und es sich dort gemütlich machte. Als wolle sie sich häuslich niederlassen!

Als sei die Vorstellung nicht schon grausig genug, glitt Max im nächsten Moment auch noch der Türknauf aus der Hand, und die schwere Holztür fiel krachend ins Schloß. Eine Eingebung sagte ihm, daß das nicht zufällig passiert war. Trotzdem versuchte er sofort, die Tür wieder zu öffnen – natürlich vergeblich.

»O nein!« stieß er aus. »Nicht das!«

»Nun jammere nicht herum, Junge, das ändert auch nichts«, meinte Tante Käthe. »Die Dinge ändern sich schließlich nicht, nur weil du den Kopf in den Sand steckst. Dieses Laub ist eine Gefahrenquelle…«

So ging es weiter, Stunde um Stunde, Tag und Nacht. Tante Käthe blieb Max erhalten, sie teilte nicht nur das Zimmer mit ihm, sie wurde auch niemals müde, sie schwieg nur, wenn sie aß.

Mithin wären die drei Mahlzeiten, die man in der Hölle pünktlich auf die Minute serviert bekam, so etwas wie eine vorübergehende Erlösung für Max gewesen – wenn er während dieser Mahlzeiten nicht wiederum ganz andere Probleme gehabt hätte.

Die beiden riesigen silbernen Deckelschüsseln, die feinen Damastservietten, das wirkte alles so stilvoll. Doch als er dann den Deckel der ersten Schüssel hob, drehte es ihm den Magen um:

Selleriesalat und Kümmelbrot!

Das war auf Erden das einzige gewesen, was Max niemals hatte herunterbringen können.

»Dafür sind Sie hier ja auch in der Hölle«, griente der elegant gekleidete Herr, als Max das äußerte. »Wir bieten hier kompletten Service.«

Nun, den Eindruck hatte Nora auch. Nachdem sie sich zunächst entsetzt in ihrer Wochenendbehausung umgeschaut hatte, beschloß sie, Ordnung zu machen. So etwas konnte sie. Um es sich so nett wie möglich zu gestalten, war ihr noch selten etwas zu mühsam gewesen.

Dem Schmutz hier war jedoch nicht beizukommen. Wenn sie dort einen Krümel aufhob, lagen hinter ihr gleich schon wieder zwei neue, und als wäre das nicht schon Strafe genug gewesen, ertönte plötzlich auch noch Musik. Es war irgendein englischsprachiger Singsang, und abgesehen davon, daß Nora dem grundsätzlich nichts abgewinnen konnte, war die Musik viel zu laut. Und das hatte Nora noch nie ertragen können. Sie hatte immer schon empfindliche Ohren gehabt. Sie hörte durch zwei Wände hindurch, was die Nachbarn in ihrem Schlafzimmer zu bereden hatten.

Und obwohl die Musik so schmerzhaft laut war, hörte sie auch jetzt die Stimmen von nebenan.

»Wenn sie je dahinterkommt, daß er sie betrügt, bringt sie ihn um!« sagte eine Frau.

»Von wegen«, gab ein Mann zurück, »dazu ist Nora viel zu sehr auf ihren Vorteil bedacht. Ausziehen würde sie ihn, bis aufs Hemd, ihm die Kinder wegnehmen, das Haus – «

»Aber der Max ließe sich doch seine Kinder nicht nehmen! Der würde doch eher ...«

Nora bemerkte erst jetzt, daß die Härchen auf ihren Armen und Beinen zu Berge standen. Die Leute da nebenan, die sprachen über sie! Und da ihre Kinder inzwischen längst erwachsen waren und selbst Familien hatten, konnte es sich bei diesem Gespräch nur um eines handeln, das in Wahrheit in der Vergangenheit stattgefunden hatte.

Max hatte sie also betrogen! Und sie hatte es nicht gewußt! Das Schlimmste daran war jedoch, daß sie selbst jahrelang andere Frauen darauf hingewiesen hatte, daß sie betrogen wurden ...

»Womit habe ich das verdient?« kreischte sie da auch schon und trommelte mit den Fäusten gegen die Wand.

Die Antwort folgte prompt, war jedoch wenig erfüllend. Aus einem winzigen Lautsprecher, der unter der Decke von Noras Zimmer angebracht war, schallte das krächzende Stimmchen des elegant gekleideten Herrn:

»Das fragen Sie noch, meine Teuerste?«

»Aber ich war immer ehrlich mit den Leuten!«

»Ach ja?«

»Ich habe sogar Anzeige erstattet, als der Nachbar sich vor mir entblößt hat.«

»Ach ja!« stieß die Stimme aus, als hätten Noras Worte eine lange verloren geglaubte Erinnerung zurückgebracht.

»Der Vater von den drei Kindern, die gegenüber wohnten, nicht wahr? Hat seine Frau nicht kurz darauf Selbstmord begangen ...?«

Nach zwei Tagen und zwei Nächten trafen sich ein total erschöpfter Max und eine völlig verweinte Nora vor dem Fahrstuhl der Züchtigung. Zuerst sprachen sie kein Wort, sie sahen einander nur an, mißtrauisch und enttäuscht.

»Stell dir vor«, machte sie dann den Anfang, »ich muß in der Nacht mit fremden Männern mein Bett teilen ...«

»Sind vermutlich die, von denen du immer phantasiert hast«, gab er barsch zurück.

»Hör auf, Max! Ich habe dich nie betrogen, das weißt du.«

Er schluckte und senkte den Kopf. Wie es schien, war nicht nur er hinter ein paar Geheimnisse gekommen.

Max verzog das Gesicht. »Quatschen deine Kerle?«

»Kein Wort.«

»Dann sei dankbar, Nora, und halt die Klappe! Ich habe Tante Käthe am Hals, und was die mir so alles vorlabert … ich weiß ja, daß ich nie ein guter Zuhörer war. Aber muß man dafür denn gleich so schwer bestraft werden?«

Nora fing an zu wimmern. »Ich bekomme immer nur heiße Milch mit Haut serviert … nichts zu essen … immer nur diese Milch …«

Max schluckte. »Dann wirst du auf deine alten Tage ja endlich ein billiges Mädchen«, knurrte er. »Schade, daß du damit nicht früher angefangen hast. Kein Wunder, daß wir nie genügend Geld hatten!«

»Du hast es gerade nötig, mir Vorwürfe zu machen!« fiel Nora ihm ins Wort. »Machst mir ständig vor, du hättest beim Kartenspielen oder an den Automaten gewonnen, und zahlst in Wahrheit deine Lebensversicherung nicht, du Mistkerl. Du –«

Entsetzt hielt Nora inne und blickte in die weit geöffneten, ebenfalls Entsetzen spiegelnden Augen ihres Mannes.

»Merkst du es?« flüsterte er. »Merkst du, was mit uns geschieht?«

Sie spürte, daß ihr die Tränen kamen. »O mein Gott!«

Herr S. knirschte mit den Zähnen, so laut, daß es in der ganzen Hölle deutlich zu hören war. Er haßte es, wenn in seinen vier Wänden nach dem Vater gerufen wurde. Das war nämlich ungehörig und überflüssig zugleich!

Während Max, Nora und all die vielen anderen Wochenendreisenden an jenem Sonntagnachmittag in die Himmel der Wahrhaftigkeit zurückkehrten, eilte Herr S. in sein Büro.

Der Raum war groß und ganz in Schwarz gehalten. Er setzte sich an seinen Schreibtisch aus funkelndem Stahlrohr und suchte nach einem Blatt Papier.

Davon lagen viele herum, Unmengen, aber sie waren alle schon beschrieben oder schmutzig, oder aber es stand eine leere Tasse, oder ein voller Aschenbecher darauf – Herr S. haßte Ordnung, sie beschnitt seine Kreativität.

Endlich fand er, was er suchte, gleich in mehrfacher Ausfertigung. Die Blätter waren zwar vergilbt und zerknittert, aber das machte nichts. Herr S. nahm seinen dicken Rotstift.

›Klage‹ schrieb er nieder, gleich in die oberste Zeile, und dann unterstrich er dieses Wort so oft, bis das ganze Blatt voll war.

Ja, Herr S. würde klagen, denn er hatte endlich einen berechtigten Grund zur Klage:

Gott hatte gelogen. Das war's! Gott hatte ihm vier Neuzugänge versprochen, und er hatte nur einen bekommen. Und das Entscheidende daran war, daß es sich dabei zum Teil um eine vorsätzliche Lüge gehandelt hatte. Wie Herr S. in der Zwischenzeit herausgefunden hatte, wären zwei der versprochenen Neuzugänge nämlich Engelinge gewesen, und Engelinge konnten nicht in die Hölle kommen.

Ja, Gottvater hatte vorsätzlich gelogen, er hatte ihn, Herrn S., wissentlich hinters Licht geführt, und das durfte nicht hingenommen werden!

›Strafe‹ schrieb Herr S. auf das nächste Blatt. Und auch dieses Wort unterstrich er so oft, bis die Striche die ganze Seite füllten. Dann drehte er sie um – und sah, daß das hier gar kein gewöhnliches Papier war, sondern vielmehr seine persönliche Kopie des Heiligen Plans.

Die hatte er schon lange vermißt und gesucht, und wenn auch ein paar Seiten fehlten, so hatte sie sich jetzt doch zumindest endlich wiedergefunden, und das auch noch durch Zufall. Herr S. liebte Zufälle. Sie waren sein tägliches Brot.

Genüßlich lehnte er sich zurück in seinen großen, schwarzen Ledersessel. Nun wußte er plötzlich, wie er seinen

Schöpfer bestrafen würde; der Zufall hatte ihm eine geniale Idee beschert, und Ideen waren von jeher kleine Gedanken, die oftmals große Folgen hatten.

So geschah es vor langer, langer Zeit. Herr S. nahm sich vor, die Welt zu verändern. Und so wird es immer wieder geschehen. Bis an das Ende aller Zeit.

DAS 8. KAPITEL

OLIVIA UND PATRICK

Das erste, was dir nötig fehlt, ist,
daß Gott dich besiegt.
Nur als ein von Gott Besiegter hast
du teil am Sieg Gottes.
(Jer. 20,7-11)

Es war einmal vor langer, langer Zeit in den unendlichen Himmeln der Wahrhaftigkeit.

Lilian und Lukas waren aufgeregt. Obwohl der Weg, den Cherub sie führte, nicht gerade vertrauenerweckend aussah, folgten sie ihm gern, hatte der Wächter der Himmel ihnen doch angekündigt, daß sie gleich zum erstenmal in ihren Engelleben die Rackerrutsche sehen würden. Wie es schien, hatte ihre Bestrafung also durchaus auch eine angenehme Seite.

»Blödsinn!« meinte Cherub dazu und blieb mitten auf dem Weg stehen. »Aber wie sollt ihr es besser wissen, wo ihr vermutlich noch nie darüber nachgedacht habt? Keiner von euch denkt freiwillig!«

Er tat einen tiefen Seufzer.

»Es ist keine Auszeichnung für einen Schutzengel, die Rackerrutsche zu benützen«, dozierte er dann, »es ist vielmehr seine Pflicht. Dafür ist die Rutsche nämlich da, und zwar ausschließlich dazu...«

Er stockte, weil Lilian und Lukas auf einmal kreidebleich waren und vom Scheitel bis zur Sohle zitterten. Und wie sie sich aneinanderklammerten!

»Was ist denn mit euch los?«

Die Zwengel wagten nicht zu antworten.

Der Weg, der zur Rackerrutsche führte, war schmal, ein bißchen zu schmal, wie Lilian und Lukas befanden. Außerdem war es kein richtiger Weg, das hatten sie auf Anhieb gesehen. Doch erst als Cherub plötzlich stehengeblieben war, fiel den Engelingen auf, warum es kein richtiger Weg war: Der Boden bewegte sich nämlich, er schwebte.

»Meine Güte!« stöhnte der Wächter der Himmel. »Das sind die Nebel des Friedens, auf denen wir hier wandeln. Sagt nicht, davon habt ihr auch noch nie was gehört!«

Die Zwengel starrten ihn fassungslos an.

»Na, da habe ich ja einen schönen Haufen Arbeit vor mir. Wenn ihr euch nach all den Jahren nicht einmal in den Himmeln auskennt, wie wollt ihr euch da jemals auf der Erde … ach, was bin ich mal wieder geschlagen!« Kopfschüttelnd und seufzend setzte Cherub seinen Weg fort.

Lilian und Lukas folgten ihm, vorsichtig zwar, aber immerhin.

»Nebel des Friedens?« wiederholte das Mädchen, an den Bruder gewandt. »Hast du gewußt, daß es die gibt?«

»Gehört hab' ich schon mal davon.«

Lilian rollte die Augen. Gehört hatte auch sie schon so manches. Nur nützte einem das Gehörte herzlich wenig, wenn man sich nichts darunter vorstellen konnte.

Wie sie bald schon feststellten, galt das nicht nur für die Nebel des Friedens.

An der Rackerrutsche blieben sie stehen. Lilian und Lukas waren beeindruckt.

»Doch jetzt Schluß mit Bewundern und Träumen«, meinte Cherub. »Jetzt wird gearbeitet. Setzt euch, und hört mir zu! Vorab ein paar Grundsätzlichkeiten!«

Es folgte eine schier endlose Ansprache. Darin ging es zunächst einmal um die Auftragsbögen, die Cherub den Zwengeln am Vortag gleich stapelweise ins Haus geschleppt hatte. Jetzt hatten sie natürlich keinen einzigen davon bei sich und ernteten dafür gleich die erste Rüge.

»Was im Ansatz nicht stimmt, kann auch in der Ausführung nichts werden! Daß mir so etwas also nicht wieder vorkommt!«

Obwohl Lilian und Lukas keines der Formblätter vor sich

hatten, wurde ihnen erklärt, wie sie mit selbigen zu verfahren hatten.

»Auftragsbeginn linke Spalte oben«, begann Cherub, nachdem er tief Luft geholt hatte, »Auftragsende darunter, Namen und Beschreibungen der Schützlinge in alphabetischer Reihenfolge beides Mitte rechts, darunter Ort, an dem die Rettung stattfand, Art der Rettung und Beschreibung der Auftragsausführung, letzteres auf der Rückseite. Und ich rate euch, in Schönschrift zu schreiben, denn was ich nicht lesen kann, muß noch einmal neu geschrieben werden; ich dulde da keine Schlamperei. Und ausführliche Berichte will ich haben, das heißt jedoch nicht, daß ich Romane will. Es muß schon alles kurz sein, nur – noch etwas möchte ich gleich jetzt klären …«

Bisher hatte Cherub so schnell gesprochen, daß Lilian und Lukas schon die Köpfe schwirrten. Nun war er auf einmal wieder ganz ruhig.

»Es liegt mir fern, die Worte unseres göttlichen Vaters in Abrede zu stellen«, erklärte er, »aber ich nehme mir die Freiheit, sie etwas zu deuten. Schutzengel zu sein mag zwar aus seiner Sicht als Strafe gelten, doch ist es aus meiner Sicht eine Ehre. Und ich erwarte von Schutzengeln, daß sie ihre Arbeit auch genau so sehen: als eine Ehre! Habt ihr verstanden?«

Lilian und Lukas nickten. Doch war es eher ein demütiges als ein verständiges Nicken. Es stürmte auf einmal so vieles auf sie ein, daß sie keinerlei Hoffnung hatten, auch nur einen Bruchteil davon behalten zu können, doch zogen sie es vor, diese Selbsteinschätzung für sich zu behalten.

Der Wächter der Himmel griff unter sein weites seidenes Kleid und führte zwei Umschläge zutage.

»Hier, Lilian, der ist für dich. Bombay, Landkarte liegt bei, Anweisungen bekommst du, wenn du unten bist!«

»Wie?« Die Kleine war völlig verwirrt.

»Nun steh schon auf und rutsche! Los!«

»Aber warum denn ich? Ich bin doch –«

»Mädchen sind im allgemeinen etwas aufnahmefähiger«, stöhnte Cherub. »Im allgemeinen zumindest. Nun mach schon!«

»Aber –«

Ehe Lilian sich versah, griff Cherub nach ihren Händen, mit denen sie den kleinen, weißen Umschlag umklammerte, zog sie hoch, und im nächsten Moment spürte sie auch schon die eisige Kälte der Rutsche unter sich.

»Nein, ich … ich muß doch erst noch … wie soll ich denn … *aaaaaah!*«

Lilian konnte es gar nicht fassen. Eben war sie noch mit atemberaubender Geschwindigkeit durch Raum und Zeit gerast, jetzt stand sie mit beiden Füßen auf trockenem Lehm; eben waren da noch Sterne und Nebel um sie her gewesen, jetzt war da diese enge, menschenüberfüllte Gasse.

»Nicht dumm herumstehen!« hörte sie Cherub rufen, so laut und so deutlich, als stehe er neben ihr und schreie ihr direkt ins Ohr. »Du bist da auf einem Markt, Lilian. Geh zum ersten Stand auf der rechten Seite!«

»Aber was soll ich –«

Sie schlug sich die Hand vor den Mund, so entsetzt war sie, als dieser kleine Junge da plötzlich vor ihr stand und sie anstarrte.

»Nun lauf schon, Lilian! Und kümmere dich nicht um die anderen, die können dich weder sehen noch hören; das Kind starrt aus Prinzip!«

Lilian tat, was Cherub da von ihr verlangte, doch kostete es sie ziemliche Überwindung. Der Lehmboden unter ihren Füßen war schrecklich heiß und widerlich dreckig, und es stank so erbärmlich in dieser engen Gasse, daß Lilian sich schon nach wenigen Schritten die Nase zuhielt.

»Siehst du das Essen, das da auf der Platte liegt?«

»Ja«, antwortete Lilian mit zusammengekniffenen Nasenflügeln.

»Der Mann hinter dem Stand wird die Platte gleich hochheben. Tritt hinter ihn!«

Lilian kletterte unter dem Stand hindurch, um an die Stelle zu gelangen, an der Cherub sie haben wollte.

»Der Mann heißt Sati, Lilian. Wenn er die Platte hochhebt, rufst du ihn! Verstanden?«

»Sati?« wiederholte Lilian.

Im gleichen Moment zuckte der Mann hinter dem Stand dermaßen zusammen, daß offenbar allen im Umfeld ein gehöriger Schrecken durch die Glieder fuhr.

»Gott, mach mich stark!« keifte Cherub in den Himmeln. »Wenn er die Platte anhebt, sollst du ihn rufen, habe ich gesagt.«

Nun, Lilian fühlte sich elend genug, sie wollte ihren Zustand nicht noch verschlimmern. Wie es schien, hatte sie schon einen Fehler gemacht, auf einen zweiten durfte sie es also nicht ankommen lassen. Als der Mann zu jener Platte mit dem ekelig aussehenden Essen griff, da schrie Lilian so laut, wie sie es ihres Erachtens noch nie zuvor in ihrem Engelleben getan hatte:

»*Saaaatiiiii!*«

Im nächsten Moment herrschte völliges Chaos. Der arme Mann namens Sati erschrak so unsäglich, daß er die Platte mit dem Essen von sich warf, und sofort stürzten sich zwei Hunde auf die Nahrung, und diese Tiere schienen dermaßen ausgehungert zu sein, daß sie dabei nicht nur um den größten Happen, sondern auch noch gegeneinander kämpften.

Entsetzensstarr stand Lilian da. Wenn dies das Leben war, dann war sie dankbar dafür, nie geboren worden zu sein. Doch wenn das hier der Aufgabenbereich eines Schutzengels war, dann haderte sie schon jetzt mit ihrem Schicksal. Sie hatte geglaubt –

»Wunderbar, Lilian, das hast du sehr schön gemacht. Nun mach brav die Augen zu, geh schön tief in die Knie, und spring hoch, einfach hochspringen!«

Lilians Entsetzen war so profund, daß sie Cherubs Anweisungen befolgte, ohne auch nur einen weiteren Gedanken zu verschwenden. Und siehe da, im nächsten Moment – sie war gerade erst gesprungen –, da hatte sie auch schon das Gefühl zu schweben, und als sie die Augen öffnete, sah sie wieder die herrlichen Sterne und Nebel um sie her.

»So, und jetzt gehst du schön nach Hause, holst dir deinen Auftragsbogen und trägst dort ein, was du gerade erledigt hast.«

»Was?« Lilian war völlig außer Atem. »Aber was hab' ich denn erledigt?« keuchte sie, während sie sich erschöpft am Fuß der Rackerrutsche niederließ.

»Du hast sehr viele Menschen davor bewahrt, an Typhus zu erkranken«, erwiderte Cherub, als könne er die dumme Frage gar nicht verstehen. »Das Essen war verseucht.«

»Typhus?« Mit dem Wort konnte Lilian nun ja überhaupt nichts anfangen.

»Das ist eine sehr schlimme Krankheit«, erklärte Cherub, »sie kann zu einer Epidemie werden. Aber laß jetzt erst noch deinen Bruder seinen Einstand geben«, meinte er weiter, »und dann gebe ich euch eure Lehrbücher, und wir reden weiter.«

»Lehrbücher?«

Die Zwengel hatten es ja geahnt: Diese Schutzengel-Nummer artete zu immer mehr Arbeit aus.

Noch am gleichen Abend hatte sich diese Befürchtung bereits bewahrheitet. Statt wie sonst gemütlich im Garten zu sitzen und den Sonnenuntergang zu genießen, hockten Lilian und Lukas inmitten von Blättern und Büchern mit rauchenden Köpfen in ihrem Wohnzimmer und schrieben die Berichte.

Dabei hatte Lukas sich noch gar nicht von seinem ersten Einsatz erholt.

Nach Bad Lipperode hatte es ihn verschlagen, ins letzte Haus vor dem Ortsausgang. Und da hatte er dann eine Ewigkeit damit verbracht, eine junge Frau daran zu hindern, beim Fensterputzen auf die äußere Fensterbank zu treten.

»Und der Dicke spricht ja so schnell«, beklagte Lukas sich jetzt bei seiner Schwester. »Da keift er mir ›Mamufen‹ ins Ohr, bestimmt zwanzigmal. Immer wieder ›Mamufen‹, und ich ruf natürlich auch fleißig ›Mamufen‹, aber nix passiert. Die Frau steigt auf die Leiter, nimmt den Eimer, stellt ihn raus auf die Fensterbank, und ich: ›Mamufen, Mamufen, Mamufen ...‹«

Lukas atmete tief durch.

»Da meint der Dicke ›Mama anrufen‹! Und kaum spricht er es einmal richtig aus, so daß ich es auch richtig wiederholen kann, da hat die Kleine so einen Geistesblitz, läßt den Wassereimer auf dem Fensterbrett stehen, geht zum Telefon und führt ein dreistündiges Dauergespräch. Danach hatte sie dann keine Lust mehr zum Putzen.«

Lilian lachte. »Sei froh, daß du dich nicht mit so was wie Typhus rumschlagen mußt.«

»Beneide mich besser nicht, Schwesterchen!«

Daraufhin seufzten sie im Duett. Und dann widmeten sie sich wieder ihrer Arbeit. Viel Ruhe fanden sie allerdings nicht dazu, denn schon kurz darauf klopfte es einmal kurz an ihrer Haustür, und im nächsten Moment stürzte Cherub auch schon herein.

»Hier!« rief er fröhlich. »Damit euch der Lesestoff nicht ausgeht!«

Er drückte sowohl Lilian als auch Lukas je ein Buch in die Hand, und das waren beides ganz besondere Bücher, denn sie waren groß und wunderschön und ...

»Das sind ja ...«

»Aber das sind ja ...«

Gleich stöhnte Cherub noch einmal. »Ja, das sind Wege, und ihr lest sie bitte bis morgen früh. Beide. Jeder von euch.«

Cherub kletterte über die Stapel von Büchern zur Haustür zurück und winkte im Hinausgehen: »Man sieht sich!«

Zuerst waren Lilian und Lukas so entsetzt, daß sie wechselweise einander in die Gesichter und auf die Wege in ihren Händen starrten. Als nächstes erlaubten sie sich den Luxus, sich mal so richtig aufzuregen – darüber, daß das Ausbeutung von straffällig gewordenen Engelingen sei und man sich im Grunde beim Vater beschweren müsse.

Das tat gut. Dann setzten sie sich nieder und begannen zu lesen, was Cherub ihnen da gerade gebracht hatte. Und dazu brauchten sie gerade mal eine Stunde. Die ganze Aufregung war also umsonst gewesen. Nach nur einer Stunde war die Angelegenheit erledigt, denn die Lebensbücher von Olivia und Patrick waren dünn.

Olivia war unlängst achtzehn Jahre alt geworden. Das war gebührend gefeiert worden, mit einem rauschenden Ball und über dreihundert geladenen Gästen. Olivia war nämlich nicht irgendwer, sie stammte aus außergewöhnlichem Hause.

Ihr Vater war Bankier. Und das war sein Vater auch schon gewesen und dessen Vater ebenso. Olivias Mutter war eine ehemalige Filmschauspielerin, eine schöne und kluge Frau, die sich nach ihrer Heirat mit der gleichen Intensität und Liebe, die sie vorher für ihren Beruf aufgebracht hatte, für wohltätige Zwecke einsetzte.

Olivias Mutter war also vierundzwanzig Stunden am Tag beschäftigt, und beim Vater sah es nicht anders aus, und so war das immer schon gewesen. Morgens um sieben verließ er das Haus, abends um sieben kam er wieder heim, aber nicht, um es sich anschließend gemütlich zu machen, o nein, nur um sich umzuziehen. Danach galt es nämlich, entweder im eigenen Haus Gäste zu empfangen oder aber in anderen Häusern als Gast empfangen zu werden.

Es war also ein sehr verplantes Leben, das Olivias Eltern da führten, und in gewisser Weise hatte es in diesem Leben für das kleine Mädchen nie einen richtigen Platz gegeben. Sie hatte zwar gleich mehrere Kinderzimmer gehabt – eines zum Schlafen, eines zum Spielen, eines zum Arbeiten –, doch waren ihre Eltern nur selten zu Hause gewesen. Statt dessen hatten sich Angestellte um Olivia gekümmert.

Gerade fünfzehnjährig war sie dann ins Internat gekommen; das gehörte sich so für Kinder aus ihren Kreisen. Und als sie drei Jahre später wieder heimkam, schlug der Vater vor, sie solle nun zur Universität gehen und studieren. Und so ging Olivia morgens zur Universität und abends auf Bälle und Empfänge.

Sie beklagte sich nie darüber. Doch hatten ihre Eltern das auch gar nicht anders erwartet, denn Olivia hatte sich noch nie beklagt. Als ihre Altersgenossen in der Trotzphase gewesen waren, hatte ihr Töchterchen zu allem verständig genickt. Jetzt, da die anderen zum Teil unmögliche Freunde oder Freundinnen und bereits nach einem Semester zweimal den Studiengang gewechselt hatten, war Olivias Ruf tadellos, und sie widmete sich intensiv dem anstehenden Lehrstoff. Nur wurde sie darüber immer dünner, immer blasser, und sie wurde bald auch noch schweigsamer, als sie es ohnehin schon immer gewesen war. Und so befanden die Eltern eines schönen Tages, es sei nun Zeit für eine längere Erholungspause.

»Wie wäre es mit einer Reise nach Rom oder Paris?« schlug der Vater vor. »Es wäre ohnehin gut für dich, dir mal den Louvre oder die Sixtinische Kapelle anzusehen.«

»Nein«, meinte seine Frau, »das ist doch auch wieder nur anstrengend. Ein Kuraufenthalt in der Schweiz. Das halte ich für das einzig Richtige. Nicht wahr, Olivia?«

Olivia atmete tief durch. Und dann äußerte sie zum erstenmal in achtzehn Lebensjahren eine eigene Meinung. Gehabt hatte sie zwar schon häufiger mal eine, doch hatte sie die niemals kundgetan. Das war jetzt eine Premiere.

»Seid mir nicht böse, ich weiß, daß ihr es gut meint ... aber ich möchte zu Hause bleiben, hier, in meiner ganz gewohnten Umgebung. Nur würde ich gern mal eine Zeitlang einzig und allein meinen Bedürfnissen nachgehen!«

Olivias Mutter riß die Augen auf. »Wie meinst du das?«

»Das hört sich ja an, als würden wir dich zu allem zwingen!« Auch Olivias Vater konnte sein Entsetzen kaum verbergen.

»Aber nein.« Fast mitleidig sah Olivia ihre Eltern an. »Ich möchte nur mal für ein paar Wochen keine Partys, keine Bälle, keine Uni und keine Bücher, sondern aufstehen, wann es mir paßt, spazierengehen, einfach mal rumhängen.«

Olivias Eltern konnten diesen eigenartigen Wunsch zwar überhaupt nicht nachvollziehen, doch zwangen sie sich, so zu tun, als könnten sie es doch, und alsdann wurde der Familienrat geschlossen und Olivia in das entlassen, was sich fortan persönlicher Freiraum nannte.

Aus den paar Wochen, welche dieser ursprünglich dauern sollte, wurden rasch ein paar Monate. Das fiel Olivias Eltern nur erst viel zu spät auf, weil sie in der Zwischenzeit einfach zu sehr mit sich selbst beschäftigt waren. Ihnen fiel auch nicht auf, daß ihre Tochter weiterhin an Gewicht verlor und noch blasser wurde, ja, manchmal sogar regelrecht krank aussah.

Olivia selbst fiel es übrigens auch nicht auf. Sie begriff erst, was wirklich mit ihr los war, als sie Patrick begegnete.

Patrick stammte auch aus außergewöhnlichem Hause. Seinen Vater hatte er nur flüchtig gekannt, denn der hatte die Familie, die aus der Mutter und drei weiteren Kindern bestand, eines Abends mit der Erklärung verlassen, er müsse noch Zigaretten holen. Und er war nie zurückgekommen. Dabei war er nicht etwa fortgelaufen, um irgendwo unter Palmen ein neues Leben zu beginnen; nein, Patricks Vater war auf dem Weg zum Zigarettenautomaten von einem gerade mal dreizehnjährigen Jungen erschossen worden.

Da Patricks Vater zum Zeitpunkt seines Todes noch relativ jung gewesen war, bekam die Mutter nur eine geringfügige Rente, und an eine Wiederverheiratung brauchte sie auch nicht zu denken, da es halt nur wenige Männer gab, die eine Frau mit vier Kindern nahmen. Also mußte Patricks Mutter zusehen, wie sie anders über die Runden kam, und da sie nie einen Beruf erlernt hatte, war das doppelt schwierig. Was blieb, war eigentlich nur das Nähen, denn darin war sie recht geschickt.

Patrick war der Älteste unter den vier Geschwistern. Mit der Schule hatte er frühzeitig aufhören müssen, um für die Familie dazuzuverdienen. Also lernte er bei einem Schreiner, brachte seine Lehre zu Ende, war danach jedoch arbeitslos.

Das war ein entsetzlicher Zustand. Er hatte Zeit, aber kein Geld, und je mehr Zeit ein Mensch hatte, desto mehr Geld hätte er eigentlich auch gebraucht.

Doch stand Patrick mit diesem Problem nicht allein. Da waren viele in seiner Nachbarschaft, die ein ähnliches Schicksal hatten, und all diese Jugendlichen taten sich zusammen und versuchten, aus ihrer Lage das zu machen, was sie für das Beste hielten. Wer kein Geld verdienen konnte, mußte es sich halt auf andere Weise besorgen.

Patrick und seine Freunde stahlen Autos. Und sie stahlen nicht etwa irgendwelche Autos, nein, nur ganz bestimmte Marken und Baujahre und Farben, das war genauestens vorgegeben. Sie stahlen sie, lieferten sie beim Auftraggeber ab, teilten sich den dafür bezahlten Betrag und hatten wieder ein paar Tage Spaß – oder das, was sie darunter verstanden.

Dieser Spaß war nämlich verhängnisvoll, das wußten die Jungen sogar. Sie wußten es, wie jeder es wußte, und ließen dennoch nicht davon ab; denn wer einmal damit angefangen hatte, der konnte nicht mir nichts, dir nichts wieder damit aufhören.

Davon wußte auch Olivia ein Lied zu singen. An einem schwülen Spätsommertag stieg sie in den Zug. Normalerweise wäre sie mit dem Chauffeur ihres Vaters gefahren oder mit ihrem neuen Cabriolet.

An jenem Spätsommertag war das nur einfach nicht möglich gewesen, dazu war sie viel zu zittrig, viel zu ängstlich und viel zu schwach. Und ein Taxi hatte sie nicht rufen können, weil sie dazu nicht mehr genug Geld hatte. Das Geld, das sie noch hatte, brauchte sie nämlich für andere Dinge, und bevor sie die nicht hatte, konnte sie auch nicht zur Bank gehen, denn dort hätte man sicher bemerkt, wie zittrig und ängstlich und schwach sie war, und ihren Vater gerufen. Also nahm Olivia den Zug.

Die Fahrt schien ewig zu dauern. Vielleicht kam Olivia die Fahrt aber auch nur so langwierig vor, weil sie mit jeder Minute nervöser wurde. Und diese Nervosität trieb ihr den Schweiß zuerst auf die Stirn und dann auch über den übrigen Körper. Es war ein kalter Schweiß; er war so kalt, daß Olivia glaubte, darunter erfrieren zu müssen, und das hätte sie möglicherweise noch ertragen können, wenn sie dieser Junge, der ihr schräg gegenübersaß, nicht ununterbrochen so angestarrt hätte.

Patrick war ganz sonderbar zumute. Er empfand Mitleid beim Anblick dieses dürren, kaputten Mädchens, das ihm da gegenübersaß. Doch war das kein Mitleid mit dem Mädchen, es war vielmehr Mitleid mit sich selbst. Diese Rothaarige mit der schneeweißen Haut und den schwarzen Rändern unter den Augen war einwandfrei auf Entzug, das sah er ihr auf Meilen an.

Und im gleichen Zustand wäre er gewesen, wenn sie nicht letzte Nacht noch diesen Auftrag ausgeführt hätten. Das Geld, das ihm dafür zustand, hatte er gar nicht erst kassiert. Der Typ, für den er die Autos knackte, und der Typ, der ihm seinen Stoff besorgte, waren ein und derselbe. Und da er ihm seinen Anteil an dem Bruch überlassen hatte, würde er jetzt gleich seinen restlichen Stoff bekommen – gleich, nur noch ein paar Haltestellen.

Damit war gesichert, daß es ihm zumindest in den nächsten paar Tagen nicht so ergehen würde wie dem Mädchen da.

Als der Schaffner kam, sprang er auf und lief in Richtung Ende des Zuges. Für Fahrkarten hatte er sein Geld noch nie verschwendet.

Die Kneipe war dunkel, und die Musik war laut. Es roch so sehr nach Bier und Zigarettenqualm, daß Patrick die Luft anhielt. Direkt neben der Theke war eine Tür. ›Notausgang‹ stand in Leuchtbuchstaben darüber, und das war eine zutreffende Bezeichnung.

Patrick öffnete die Tür und betrat einen schmalen Korridor.

»Da bist du ja endlich! Nächstes Mal warte ich nicht so lange!«

»Ich mußte die letzten zwei Haltestellen zu Fuß gehen.«

»Pech, aber nicht mein Problem!«

Patricks Dealer war wütend. Und weil er wütend war, gab er Patrick auch weniger Stoff, als verabredet gewesen war.

»Dann gib mir Geld zurück.«

»Kann ich nicht, wir können es ja verrechnen.«

»Darauf kann ich mich nicht einlassen, Mann. Leute wie du vergessen zu schnell.«

»Und Leute wie du dürfen die Schnauze nicht aufmachen! Du weißt doch, Patrick: Bettler haben keine Wahl!«

Die Toilette war klein, aber sauber. Zielstrebig ging Patrick auf die erstbeste Tür zu. In der Zwischenzeit wurde es eilig bei ihm, er brauchte schleunigst einen Schuß.

»Heh! Was treibst du dich denn hier rum?«

Olivia kniete vor der zugeklappten Toilette, den eng zusammengerollten Barscheck noch in der Hand. Statt zu erschrecken, zog sie in aller Ruhe die Nase hoch, erst dann drehte sie sich um.

»Wieso?«

»Das ist der Männerpott!«

»Oh!« Olivia rappelte sich hoch. »Tut mir leid.«

Sie blickte den Jungen genauer an, der da im Türrahmen stand und sie angiftete. Es war der Junge aus dem Zug. Er war nur jetzt ganz rot im Gesicht, da tanzten unzählige Flecken auf seinen Wangen, und er zitterte auch am ganzen Körper, und in den Händen hielt er einen Gummischlauch.

»Viel Glück!« sagte Olivia und drängte sich vorbei.

Als Patrick einige Zeit später wieder in die Kneipe kam, sah er, daß das rothaarige Mädchen an der Theke saß und etwas trank.

»Was ist das, was du da trinkst?«

»Champagner.«

»Wow! Wird der schlecht, wenn ich mich danebensetze und ein Bier bestelle?«

Olivia lächelte. »Du kannst zwei Bier bestellen.«

Es war noch vor Sonnenaufgang, Lilian und Lukas hatten gerade mal anderthalb Stunden geschlafen. Da ertönte dieses schauerliche Geräusch, dieses schrille Piepsen.

Und da sie vergessen hatten, welchen Knopf man drücken mußte, um diesen Unheilston abzuschalten, gab es nur noch eines: Lilian und Lukas sprangen aus ihren Betten und rannten los, geradewegs zur Rackerrutsche, wo Cherub sie bereits ungeduldig erwartete.

»Wo bleibt ihr denn?« hechelte er schon von weitem und war vor lauter Aufregung ganz rot im Gesicht. »Ich warte und warte ...«

Die Engelinge rannten so schnell, daß es schien, als würden ihre Füße kaum den Boden berühren.

Atemlos erreichten Lilian und Lukas ihren Peiniger von Gottes Gnaden.

»Wir ...«

»... wir haben ...«

»... so schnell gemacht ...«

»... wie wir eben konnten!« keuchten sie.

»Ihr könnt springen und rennen, so schnell ihr wollt«, ließ

Cherub die Zwengel wissen, »es ginge immer noch schneller, das weiß ich!«

Dann holte er tief Luft und meinte: »So! Ihr habt die Wege von Olivia und Patrick gelesen, aufmerksam, hoffe ich.« Er stockte. »Wo sind übrigens die Berichte von gestern? Sie lagen nicht bis Mitternacht auf meinem Schreibtisch, und was ich nicht bis Mitternacht – «

Lilian schlug sich entsetzt die Hände vor den Mund, Lukas senkte betreten das Haupt.

»Vergessen!« schlußfolgerte Cherub, und dann schüttelte er mehrmals hintereinander den Kopf, setzte eine zutiefst enttäuschte Miene auf, und um selbige zu unterstreichen, schnalzte er dabei auch noch unablässig mit der Zunge.

Lukas preßte seine Schwester ganz fest an sich.

»Ich wünsche dir wirklich nichts Schlechtes«, meinte er dann, »aber wenn du unseren Job hier machen müßtest, Cherub, dann würdest du auch – «

»Ich habe Ärgeres hinter mir als Schutzengel-Einsätze!« fiel Cherub dem kleinen Lukas ins Wort.

Bisher war er erstaunlich ruhig gewesen. Auch jetzt schien er ausnahmsweise weder empört noch hektisch zu sein, vielmehr bedächtig, zugleich aber auch bestimmt.

Doch Lilian und Lukas fiel erst nachträglich auf, daß Cherub so ganz anders reagiert hatte, als es eigentlich von ihm zu erwarten gewesen wäre, und Lilian machte noch eine weitere Feststellung.

»Ich habe noch nie überlegt, warum Cherub ist, was er ist«, sinnierte sie. »Und wie er es geworden ist. Hast du eine Ahnung, wie alt er ist, Lukas?«

»Es heißt, er sei fast so alt wie der Vater.«

Dann sahen sie einander lange an und kamen dabei schweigend zu der gleichen Erkenntnis: Cherub schien ein paar Geheimnisse zu haben, doch fiel ihnen das, wie gesagt, erst im nachhinein auf. Für den Augenblick hatten sie anderes im Sinn.

»Das einzige, was ihr grundsätzlich wissen müßt, ist, daß ein Schutzengel auf Erden alles bewegen kann, was er will, vorausgesetzt, er macht sich vorher klar, warum er es will«, erklärte Cherub.

Und dann fügte er hinzu:

»Es täte den Menschen gut, sich ebenfalls an dieses Prinzip zu halten, das würde uns so manches ersparen. Aber was will man machen? Nun, zur Sache: Wenn ihr also bei einem Einsatz beispielsweise eine Tür öffnen wollt, die scheinbar geschlossen ist, so braucht ihr euch lediglich vorzustellen, daß diese Tür sich öffnet, und es wird geschehen. Auf diese Weise könnt ihr alles bewegen, was sich bewegen muß, damit ihr euren Auftrag erledigen könnt. Doch bitte ich euch herzlich, sehr präzise dabei vorzugehen. Ich hasse es, wenn meine Leute schlampen.

Nehmt euch also bitte in acht«, fuhr er fort, »und tobt vor allem nicht unnötig herum. Nur weil jemand ein paar Minuten länger in seinem Haus bleiben soll, um nicht überfahren zu werden, braucht ihr nicht gleich einen Riesendurchzug zu veranstalten, der Gardinen und Glasscheiben zerstört.«

Er seufzte. Ja, er hatte da schon die schrecklichsten Dinge erlebt. Vielleicht sollte er mal in Erwägung ziehen, sie niederzuschreiben. Das konnte ein himmlischer Bestseller werden.

»Eine andere Möglichkeit, Menschen abzulenken«, sprach er da auch schon weiter, »ist heutzutage das Telefon. Ich halte zwar sonst nicht viel von all dem modernen Kram da unten, aber das ist eine Erfindung, die uns vieles erleichtert. Man kann Menschen damit aufhalten und auf ganz andere Gedanken bringen, und um ein Telefon zum Läuten zu bringen, braucht sich ein Schutzengel wiederum nur vorzustellen, daß es läutet.«

»Und wer ruft dann an?« fragte Lukas.

Cherub zuckte mit den Achseln. »Zumeist niemand. Falsch verbunden oder so. Daß jemand anruft, um ein richtiges Gespräch zu führen, könnt ihr nur erreichen, wenn der Anrufer eure Auftragsperson ist. Anders geht das nicht. Aber das ist ein Thema für sich, und darüber reden wir ein andermal. Jetzt wird es nämlich ernst.«

Der Wächter der Himmel hob sein langes, weites Kleid und holte zwei Bögen Papier hervor.

»Das hier ist euer Auftrag!« tönte er und drückte Lilian und Lukas je einen der Papierbögen in die Hand. »Ihr seht, daß da deutlich geschrieben steht, was ihr zu tun habt, und so wird das in Zukunft immer sein. Was indes nie wieder so sein wird … das Blatt bitte wenden …«

Er machte eine kurze Pause, damit die Zwengel das auch tun konnten, doch war es wirklich nur eine kurze Pause.

»… ihr werdet nie wieder so wie hier geschrieben sehen, wie ihr diesen Auftrag ausführen sollt. Das müßt ihr euch in Zukunft selbst ausdenken. Im Fall Olivia und Patrick habe ich das jetzt für euch gemacht. Es dürfte also alles ganz einfach sein, vorausgesetzt, ihr stellt euch beim Lesen nicht dümmer an, als ihr seid.«

Lukas, der bis dahin auf sein Blatt konzentriert gewesen war, blickte zornig auf.

»Was soll das denn schon wieder heißen?« schimpfte er.

Cherub atmete tief durch.

»Am besten, ich berufe mich da auf ein Wort des Vaters«, meinte er dann, »das er mir damals mit auf den Weg gegeben hat und das mir noch heute bei allem sehr hilfreich ist. Es heißt: ›Lebe und lerne, nicht nacheinander, sondern zugleich, und du wirst lernen zu leben!‹«

Dann klatschte Cherub plötzlich in die Hände.

»Los, jetzt! Auf die Rutsche, und ab mit euch! Und laßt euch nicht einfallen, nach eurem Einsatz nicht sofort zu springen! Ihr wärt nicht die ersten Schutzengel, die ich unmittelbar nach einem Einsatz gleich in den nächsten rutschen lasse. Da werdet ihr traurige Geschichten über wunde Hinterteile hören, so unangenehm kann ich da werden. Ich kann es nämlich nicht vertragen, wenn meine Leute hinterher noch unten herumhängen«, tönte er dabei weiter. »Nur um sich begeistert anzusehen, was sie für ihren Verdienst halten. Stolz ist nämlich ein tückisches Ding. Das, worauf wir meinen, stolz sein zu können, ist uns immer – und zwar ausschließlich – vom Vater gegeben, und damit ist es ausschließlich sein Werk. Haben die Menschen auch noch nie begriffen! Fertig?«

Die Engelinge nickten.

»Dann wollen wir jetzt alles noch mal kurz durchgehen, damit ihr mir auch nur ja nichts verkehrt macht!«

Auf der Erde waren in der Zwischenzeit einige Wochen ins Land gezogen. Es war Herbst geworden, und die Bäume verloren zusehends ihre Blätter, schon bald würden sie gänzlich kahl sein. Der Anblick kargen Geästs erfüllte Olivia mit einer gewissen Genugtuung. Dem vormals so prachtvollen Baum schien es auch nicht anders zu ergehen als ihr.

Vielleicht war es aber auch vielmehr ein Gefühl von Zugehörigkeit, in das sich jede Menge Hoffnung mischte: Der Baum war nackt und dennoch nicht kläglich, eher wirkte er nur noch majestätischer als vorher, denn er wußte vermutlich, daß er nur durchzuhalten brauchte, und er würde wieder Laub bekommen.

»Hast du immer schon so komisches Zeug gedacht?« fragte Patrick lachend, als sie das äußerte.

Sie lachte mit ihm. »Nein, das kam erst, als ich anfing, komisches Zeug zu schnupfen.«

Seit ihrer ersten Begegnung waren Olivia und Patrick unzertrennlich. Es gab in der Stadt ein kleines Hotel, das Olivia von Kindheit an kannte, weil ihr Vater sich dort mit seinen jungen Geliebten getroffen hatte – bis die Mutter dahintergekommen war. Seither beging er seine Ehebrüche andernorts, und so hatten Olivia und Patrick das Hotel zu ihrem Treffpunkt auserkoren.

Sie zahlte für alles, er besorgte den Stoff, gemeinsam hatten sie ihren Spaß. Ihre Beziehung hatte also eine geordnete Grundlage, doch war das nicht der einzige Grund für die Harmonie, die zwischen den beiden herrschte.

Olivia hatte schon auf dem Internat angefangen, Drogen zu nehmen. Anfangs war es nur aus Neugierde passiert; sie hatte wissen wollen, wie das war. Außerdem taten es alle. Doch hörten die anderen alle wieder damit auf.

»Ich habe das nicht geschafft«, erzählte sie Patrick gleich bei ihrer ersten Begegnung. »Ich wollte auch gar nicht aufhören. Ich sah nicht ein, warum.«

»Armes, reiches Mädchen, wie?«

Sie lachte. »Es ist Scheiße, wenn du auf die Welt kommst und schon alles hast«, sagte sie dann. »Wozu sollst du dich dann noch plagen? So gescheit wie mein Vater bin ich nicht, so schön wie meine Mutter bin ich auch nicht, womit hätte ich sie also je beeindrucken sollen?«

Patrick stieß einen Seufzer aus. »Solche Probleme hätte ich gern gehabt!«

»Armer Junge, der nie eine Chance hatte, wie?«

Nun war es Patrick, der lachte. »Nun«, meinte er, »es ist schon beschissen, wenn du auf die Welt kommst und weißt, daß du nie was haben wirst. Wozu sollst du dich dann noch abplagen?«

Durch diese kurze, scheinbar belanglose Unterhaltung war ihnen gleich zu Anfang ihrer Beziehung bewußt geworden, daß sie einander unter normalen Umständen niemals begegnet wären, weil ihre Lebensräume dazu einfach zu unterschiedlich waren. Es war allein ihrer gemeinsamen Sucht zu verdanken, daß ihre Wege sich gekreuzt hatten, und das wiederum hatte dazu geführt, daß zwei völlig verschiedene Menschen schnell erkannten, daß sie gar nicht so verschieden waren.

»Weißt du«, seufzte Olivia, »sie sagen immer, Hunger sei die größte Geißel der Menschheit, und ich sehe erst jetzt, daß sie recht haben. Hunger ist nämlich ganz gerecht verteilt. Die einen hungern nach Brot, die anderen nach Erfüllung.«

»Du hast Sprüche drauf!«

»Ich weiß. Aber tu bitte nicht so, als würdest du sie nicht verstehen.«

Olivia wußte genau, warum sie das sagte. Sie hatte von Anfang an gespürt, daß Patrick zwar ungebildet, aber keineswegs dumm war. Er war vielmehr außerordentlich gescheit, doch schien es seinem Selbstbild zu widersprechen, dazu auch zu stehen.

»Du gefällst dir als armer Prolet«, erklärte sie ihm. »Du hast Angst, wenn du daran was änderst, könnten deine Kumpels dich nicht mehr mögen.«

Patrick schlug sofort zurück. »Und wovor hast du Angst? Ich sage nur: Klamotten! Du läufst immer rum, als hätte dich der Präsident zum Essen eingeladen.«

Nun, es fiel Olivia nicht schwer, daran etwas zu ändern. In der Folge bestand ihre gesamte Garderobe nur noch aus einem Paar Jeans und zwei Pullovern, die sie wechselweise trug, bis sie aussahen, als würden sie ihr gleich vom Leibe fallen.

»Dein Kleiderschrank könnte endlich mal was Neues gebrauchen!« klagte ihre Mutter.

»Mir reicht, was ich habe.«

»Warum ziehst du es dann nicht an?«

»Weil ich mich so besser fühle.«

»Das ist aber nicht gerade attraktiv, Olivia!«

»Ich hab' eben anderes im Kopf, Mama.«

»Aber deshalb brauchst du doch nicht so herumzu-laufen.«

»Hör bitte auf, ich brauche Ruhe!«

Olivias Mutter seufzte. Sie hatte zwar den Eindruck, daß ihre Tochter schon lange genug Ruhe gehabt hatte, und sie hatte nicht gerade den Eindruck, daß das Kind sich erholt hatte, seit sie nur noch zu Hause oder auf unbekannten Wegen unterwegs war, doch gab es halt eine Zeit im Leben junger Menschen, da man sie einfach machen lassen mußte, was sie wollten. Das gehörte auch dazu.

»Nimm nur nicht noch mehr ab, Olivia! Das kannst du dir wirklich nicht leisten.«

»Was redest du denn? Ich habe allein letzte Woche zwei Pfund zugenommen, siehst du das denn nicht?«

»Du mußt ihnen nur sagen, was sie sehen sollen«, erzählte Olivia ihrem Patrick noch am gleichen Tag, »und prompt sehen sie, was du sagst.«

»Echt?«

»So sind meine Eltern immer schon gewesen. Es war schon als Kind einfach für mich, ihnen irgend etwas einzureden, denn ich war ihnen ja nie wichtig genug, als daß sie sich selbst Gedanken über mich gemacht hätten. Darum waren sie dankbar, wenn ich mir welche machte, dann konnten sie die vertreten oder dagegen angehen.«

Es war an einem Samstagmorgen, in dem kleinen Hotel in der Stadt. Patrick saß auf der Bettkante und setzte sich gerade eine neue Spritze. Es ging ihm gar nicht gut, aber er wußte ja, daß es jetzt gleich besser werden würde.

Olivia kniete sich vor ihn auf den Fußboden. »Hast du mir auch was mitgebracht?«

»Klar!« Dabei wies er auf den Tisch unter dem Fernsehapparat.

»Brav, mein Lieber.«

Patrick war im Moment nicht in der Lage zu folgen. Seine Arme waren entzündet, auch an seinen Oberschenkeln und auf dem Bauch war kaum mehr eine heile Stelle zu finden, und so mußte er sich die Spritze wieder mal unter die Zunge setzen. Und das haßte er.

Olivia hatte sich ernsthaft bemüht, das Tütchen vorsichtig zu öffnen, doch wollte das einfach nicht gelingen. So riß sie es schließlich zornig auf, und prompt verstreute sie dabei einen Teil des so kostbaren weißen Pulvers.

»Scheiße!« rief sie. »Aber du mußt eh nachher noch mal los, mehr besorgen. Wir haben heute nämlich noch große Dinge vor, wir zwei …«

Bei den letzten Worten drehte sie sich um, und erst da sah sie, daß Patrick ausgestreckt auf dem Bett lag und mit weit geöffneten Augen an die Zimmerdecke starrte.

Olivia kannte diesen Blick. Sie kannte ihn zumindest gut genug, um ihn zu hassen. Er weckte Einsamkeit in ihr, ein Gefühl, das ihr bestens vertraut war.

Hastig griff sie nach ihrer Tasche, holte ihr Scheckbuch heraus, riß eines der kleinen Papierchen vom Block und rollte es geübt zusammen. Es hätte zwar weitaus praktischere Mittel gegeben, an den Stoff zu kommen, doch war diese hier die mit Abstand unauffälligste. Man konnte den Scheck hinterher zerreißen oder sogar benützen und trug nichts mit sich herum, was Verdacht hätte wecken können.

»Meine Eltern haben mich nie ernst genommen«, erklärte sie, nachdem sie das kostbare weiße Pulver aufgesogen hatte. »Ich hatte schon als ganz kleines Mädchen Depressionen, aber sie hielten das nur für ein Zeichen von Langeweile.«

Sie zog den Inhalt ihrer Nasenflügel so hoch, wie es eben möglich war.

»Und weil es ja nichts als Langeweile war, mußte ich dann solche Dinge tun wie Hausaufgaben machen oder mein Zimmer aufräumen oder meiner Mutter bei irgendwas helfen. Also behielt ich Anflüge von Langeweile ganz schnell für mich«, meinte sie und lief zum Bett hinüber. »Zumal man mir auch noch einredete, nur dumme Menschen hätten Langeweile, und dumm wollte ich nicht sein.«

Sie legte sich zu Patrick, ganz dicht neben ihn, und sie umfaßte seine Brust, lauschte dem Schlag seines Herzens.

»Langeweile kenn' ich auch«, sagte der nach einer ganzen Weile.

Er starrte zwar noch immer an die Zimmerdecke, aber zumindest kam langsam wieder Gefühl in seinen Körper.

»Ihre Saat sind Enttäuschung oder Wut«, flüsterte er mit schwerer Zunge, »und ihre Frucht ist Gewalt.«

»Heh!« Olivia gab ihm einen Kuß auf die Wange. »Du kannst ja richtig poetisch sein.«

»Wenn ich will!«

Sie seufzte. »Ich bin meiner Langeweile immer irgendwie beigekommen, heimlich natürlich. Als Kind habe ich genascht, später geraucht, dann gesoffen –«

Sie lachte laut auf. »All das, was den einen Freude macht, Patrick, nennen die anderen Laster.«

»Sie behaupten ja auch, Leid mache hart und stark. Mich hat es nur einsam gemacht.«

Olivia spürte, daß ihr die Tränen kamen.

»Mich auch«, hauchte sie mit letzter Kraft. »Und deshalb lasse ich auch kein Leid mehr an mich ran. Ich will Spaß haben am Leben! Alles will ich, alles!«

Sie fing an zu weinen; mehr noch, sie schluchzte, daß es bald schon ihren ganzen Körper schüttelte.

Obwohl er kaum Kraft hatte, sich um sich selbst zu kümmern, versuchte Patrick, sich so zu drehen, daß er Olivia in die Arme nehmen konnte. Doch das gelang ihm nicht. Noch war sein Körper wie der eines Fremden, als hätte er nicht den geringsten Einfluß auf ihn.

»Gleich ist alles gut«, flüsterte er Olivia zu, »nur noch ein ganz kleines bißchen, und alles ist gut …«

Die Nacht war kalt. Es war so kalt, daß viele in der Stadt von nichts anderem sprachen als davon, daß es bloß nicht regnen möge, weil der Regen sonst mit Sicherheit überfröre. Andere standen niesend und hüstelnd da und behaupteten, es liege Schnee in der Luft.

»Früher Frost!« lautete das Wort der Stunde.

Olivia und Patrick hörten das Gerede an jeder Ampel aufs neue. Und daneben hörten sie an diesem Abend immer wieder, wie unvernünftig es doch wäre, bei solchem Wetter mit offenem Verdeck zu fahren, und daß man einfach nur jung und dumm sein müsse, um derart unvernünftig zu sein.

»Warum kümmern die sich nicht um ihren eigenen Dreck?« fluchte Patrick.

»Mittelmäßigkeit vereint das Gros der Menschen miteinander«, erwiderte Olivia und lachte abfällig. »Und das macht sie stark. Sie nützen ihre Mittelmäßigkeit als Waffe gegen jeden, der anders ist als sie.«

Patrick warf seiner Freundin einen bewundernden Blick zu. Er fand es toll, wie sie mit Worten umgehen konnte. Er war ein ähnlicher Künstler, allerdings mit seinen Händen, und genau das wollte er ihr in dieser Nacht beweisen.

»Aufgeregt?« flüsterte er ihr ins Ohr.

Sie nickte. Daß und wie man Autos knackte, hatte sie bisher schließlich nur im Film gesehen. Jetzt stand ihr das Erlebnis live bevor.

»Und hinterher fahren wir zu mir nach Hause und machen es uns gemütlich, ja?«

»Logo!«

Patrick war noch nie bei Olivia gewesen, und wer wußte schon, wann ihre Eltern das nächste Mal übers Wochenende verreisen würden?

»Fahr an der nächsten Kreuzung rechts ab! Hier, Mensch, paß auf!«

Lilian und Lukas erschraken nicht schlecht, als der kleine Sportwagen so plötzlich um die Ecke schoß. Sie waren gerade erst angekommen und hatten noch gar keine Zeit gehabt, sich auf den Notsitz zu kauern. Nun hockten sie auf dem eingerollten Verdeck des Autos und hatten keinerlei Halt.

Prompt schrie Lilian.

»Psssst!« fuhr ihr Bruder sie an. »Du weißt, daß wir das nicht sollen!«

Im nächsten Moment stieß Olivia einen merkwürdigen Ton aus. Er klang wie ein schmerzerfüllter Seufzer.

»Kennst du das, wenn es dir plötzlich in den Ohren klingelt?« fragte sie Patrick, während sie mit einer Hand das Steuer hielt, mit der anderen ihr linkes Ohr rieb.

»Klar, klingelt es rechts, redet jemand schlecht von dir. Klingelt es links, redet jemand gut von dir.«

»Siehst du«, lachte Olivia, »ich bin eben beliebt.«

Den ganzen Nachmittag hatten Olivia und Patrick damit verbracht, ein geeignetes Objekt zu finden. Für diese Fälle bekam Patrick von seinem Auftraggeber eine Liste mit Namen und Anschriften von Personen, deren Wagen in Frage kamen. So fuhren sie jetzt zum zweitenmal an diesem Tag die Strecke ab.

»Perfekt! Laß mich an der Ecke raus, und warte da, bis ich losfahre!«

Olivia nickte.

»Wir treffen uns dann in der Kneipe, okay?«

Wieder nickte Olivia. Da war plötzlich eine Erregung in ihr, wie sie sie noch nie zuvor in ihrem Leben erlebt hatte.

»He!« sagte sie. Er wandte den Kopf. »Ich liebe dich!«

Patrick lächelte sie an. »Ich dich auch!«

Während Patrick in der Dunkelheit verschwand, zündete Olivia sich eine Zigarette an.

Lukas atmete tief durch. Jetzt kam es darauf an. Olivia hatte das Feuerzeug ganz fest in der Hand, so fest, daß er sich gar nicht vorstellen konnte, wie er es jemals schaffen sollte –

»Nicht zweifeln, Lukas! Denk dran, was Cherub uns gesagt hat!«

Noch einmal atmete Lukas tief durch, und dann, dann stellte er sich vor, wie Olivia das Feuerzeug aus den Fingern glitt und so unter den Sitz rutschte, daß sie es nicht mehr fassen konnte.

Es war ein Wunder! Das funktionierte! Schon Augenblicke später versuchte eine fluchende Olivia, sich so zwischen Lenkrad und Sitz zu klemmen, daß sie das unmöglich Scheinende vielleicht doch erreichen könnte, aber dieser Versuch mißlang.

»Das hätten wir also schon mal«, meinte Lilian und las weiter, was da auf der Rückseite ihres Einsatzplans geschrieben stand.

»Sie fährt dann gleich zur Tankstelle und kauft da nicht nur ein neues Feuerzeug, sondern außerdem noch jede Menge Alkohol. Mmh!«

»Dann sitzen wir hier jetzt erst mal dumm rum?« vergewisserte Lukas sich.

»Wir könnten uns zur Abwechslung ja mal ein bißchen umsehen. Oder?«

Olivias Zustand war schier unbeschreiblich. So etwas hatte sie noch nie erlebt. Da war eine Begeisterung in ihr, die war kaum mehr auszuhalten, denn alles hatte reibungslos geklappt. Patrick war mit dem geklauten Wagen schon längst über alle Berge, und sie fühlte sich, als habe sie einen nicht unbeträchtlichen Anteil am Erfolg des Unternehmens. Das steigerte ihre innere Erregung nur noch mehr, und deshalb befand sie, das müsse gebührend gefeiert werden.

»Haben Sie auch Champagner?« fragte sie den Jungen in der Tankstelle.

»Natürlich, im Kühlregal.«

»Ich meine richtigen Champagner, französischen?«

»Ich sage doch, junge Frau: im Kühlregal.«

Olivia machte sich auf den Weg zu diesem Regal, war dabei aber nicht allzu großer Hoffnung. Sie hätte natürlich zu einer der vielen Flaschen greifen können, die ihre Eltern im Keller hatten, doch pflegte ihr geiziger Vater über diese Bestände genauestens Buch zu führen.

»Das ist hier alles nur billiger Sekt«, rief sie dem Jungen an der Kasse zu. »Nur damit Sie für die Zukunft Bescheid wissen.«

Trotzdem nahm sie eine Flasche davon, doch brauchte sie nur auf das Etikett zu schauen, um sich vorstellen zu können, wie das Zeug wohl schmecken würde. Sie hatten es im Internat immer getrunken. Es war so süß, daß einem ganz schnell schlecht davon wurde, und dagegen half nur eines: Man mußte ein wenig Wodka zuschütten.

So nahm Olivia im Vorübergehen auch noch eine Flasche Wodka und eine Flasche Cognac mit, der in Wahrheit auch nur billiger Weinbrand war. Man konnte ja nie wissen. Es gab Leute, die sich daraus Cocktails mixten und das mochten, und immerhin war es möglich, daß Patrick zu diesen Leuten gehörte; so genau kannte sie ihn schließlich auch noch nicht.

»Guck mal, Lukas, bunte Bilder!«

»Das sind Zeitungen, Lilian.«

»Ja?«

Lilian machte ihre Probe aufs Exempel. Sie stellte sich vor, daß die angebliche Zeitung auseinanderklappte, und tatsächlich schien es im nächsten Moment, als führe da ein Windstoß durch den Kassenraum der Tankstelle, und Lilians Vision wurde Wirklichkeit.

»Doch nur bunte Bilder!« belehrte sie ihren Bruder. »Sieh selbst!«

»Das nennt man Illustrierte. Habe ich gestern erst nachgelesen.«

»Was gehen die Menschen dann jahrelang zur Schule? Um nackte Frauen anzugucken, braucht man doch nicht lesen zu lernen …«

»Wow!« Patrick wußte nicht, wie er seinen Empfindungen anders Ausdruck hätte verleihen können.

»Wow!« Das war das einzige, was ihm im ersten Moment einfiel.

»Gefällt es dir?« fragte Olivia.

»So eine Bude habe ich noch nie gesehen!« stieß er aus. »Zumindest nicht von innen.«

Sie seufzte. »Ja, es gibt hier so ziemlich nichts, was es nicht gibt.«

»Das würde ich auch so sehen«, entgegnete er und fing an, sich etwas genauer umzuschauen, herumzulaufen.

»Und ich würde an deiner Stelle auch nicht abfällig darüber reden. Guck dir das an!«

»Was denn?«

Olivia mochte es ganz und gar nicht, wenn jemand die Welt, aus der sie kam, schön fand. Sie selbst hatte sie nie schön gefunden.

»Bist du so beeindruckt von den Gemälden und den Antiquitäten, oder ist es mehr das Kristall und das teure Porzellan? Aber glaub es mir: Die kostbarsten Schätze, die ein Mensch besitzen kann, sind seine Träume, und die kann man sich nicht kaufen, mit keinem Geld der Welt. Und deshalb hat es die in diesem Haus auch nie gegeben.«

Für einen kurzen Moment sah Patrick Olivia fest in die Augen.

»Träume?« wiederholte er dann und sah sich weiter um. »Träume sind wie Luftballons. Wenn du sie nicht festhältst, fliegen sie davon. Das hier ist was Reales.«

Das war zu viel für Olivia.

»Wie kannst du es wagen?« kreischte sie und brach im gleichen Moment in Tränen aus. »Ich habe immer im Schatten meiner Eltern gestanden, und weißt du warum? Wegen dem Dreck da, den du jetzt so bewunderst.«

»Blödsinn!«

»Das ist kein Blödsinn!« Olivia schluchzte laut auf.

»Mensch, wir leben alle die meiste Zeit im Schatten von irgendwas, so sieht das doch aus. Jeder Gegenstand, der beleuchtet wird, wirft einen Schatten; das weiß sogar ich noch aus der Schule. Nur wenn das Licht senkrecht auf den Gegenstand fällt, nur dann entsteht kein Schatten, und nun kannst du doch nicht erwarten, daß du dein Leben lang mitten im Licht stehst.«

Olivia wischte sich die Tränen vom Gesicht, doch es flossen gleich wieder neue.

»Das nicht«, wimmerte sie dabei, »aber man muß doch trotzdem aufpassen, daß kein anderer im Dunkeln friert, verdammt...«

Nun brach sie endgültig in Tränen aus und Patrick trat zu ihr und nahm sie in die Arme.

Ganz fest preßte er Olivia an sich. Er wußte, was sie jetzt brauchte.

In den nächsten Stunden mußten Lilian und Lukas etwas mit ansehen, was sie dermaßen erröten ließ, daß sie nicht die geringste Hoffnung hatten, diese Röte würde jemals wieder vergehen.

»Daß das so aussieht, hätte ich nicht gedacht«, stöhnte Lukas immer und immer wieder.

»Es entspricht so gar nicht den schönen Worten, die darum gemacht werden«, hauchte Lilian.

Olivia und Patrick waren außer Rand und Band. Noch nie in ihrem Leben war ihnen Sex ähnlich erfüllend vorgekommen wie in dieser Nacht. Und deshalb hofften sie auch, diese Nacht möge niemals enden; und wenn das auch praktisch nicht möglich war, so konnte man doch so tun. Man mußte nur immer weiter spritzen und schnupfen und trinken und rauchen, die Fensterläden fest geschlossen halten und träumen, sich sehnen, der Sehnsucht nachgeben, und wieder spritzen und schnupfen und trinken und rauchen...

»Ich hab' uns da noch was Neues besorgt«, lallte Patrick irgendwann. »Ist in meiner ... Tasche.«

Er war unfähig, sich zu rühren. Splitternackt lag er vor dem Kamin dieses grandiosen Wohnzimmers, und er wußte nur noch, daß er da etwas gekauft und es in die Tasche gesteckt hatte. Doch wußte er nicht mehr, in welche Tasche, ob in die Hose oder in die Jacke, und selbst wenn er das gewußt hätte, wäre es sinnlos gewesen, aufzustehen und zu suchen, wußte er doch längst nicht mehr, wo seine Jacke und seine Hose hingekommen waren.

»Dann woll'n wir mal schau'n!« lallte Olivia und kroch quer durchs Wohnzimmer auf einen der Sessel zu. »Sind das deine Sachen? Nein … das sind meine. Wo sind denn deine?«

Lukas und Lilian warfen einander einen Blick zu. Sie hatten Patricks Jacke längst in Sicherheit gebracht; denn ihr Auftrag lautete, es zu vermeiden, daß die beiden auch noch diese komischen roséfarbenen Pillen nahmen.

Da es so auf ihrem Plan stand, nahmen Lilian und Lukas es zunächst auch gar nicht weiter zur Kenntnis, daß Olivia verbissen zu suchen begann.

Patrick hörte zwar ihr Rufen, doch war er viel zu sehr mit der Cognacflasche beschäftigt, um antworten zu können. Das Trinken ging vor! Erst das, und dann erst alles andere!

»Was keifst du?«

Lilian und Lukas seufzten. Dieser Einsatz hier war wirklich nicht gerade erfüllend, und er zog sich hin. Insgeheim stellten sie sich beide vor, um wieviel sinnvoller sie diese Zeit zu Hause hätten verbringen können.

»Aber es ist ja bald geschafft«, seufzte Lilian.

»Ich hab' die Statue schon fest im Visier.«

Neben dem Kamin stand eine große Bronzestatue. Sie stellte einen Ritter in Rüstung dar, der einen gefährlich spitzen Helm trug. Gleich würde Patrick aufstehen wollen, um Olivia bei ihrer so unsinnigen Suche zu helfen, doch würde er gleich wieder hinfallen, und damit er sich dabei nicht ernsthaft verletzte, mußte Lukas die Bronzefigur für den Bruchteil einer Sekunde ein bißchen nach rechts verschieben.

»Und danach dann nichts wie weg!« stöhnte er. »Oder kommt noch was?«

»Nein«, erwiderte Lilian, blickte vorsichtshalber aber noch einmal auf den Plan in ihrer Hand, »danach – Lukas? Guck mal schnell, Lukas! Guck dir das an!«

Die nächsten Minuten wurden Lilian und Lukas zur Qual. Cherub hatte jedem von ihnen nur ein Blatt gegeben; daran glaubten sie sich deutlich erinnern zu können. Doch jetzt hatten sie jeder plötzlich zwei Blätter in der Hand, und das zweite Blatt war vollgeschrieben. Das zu lesen hätte schon eine kleine Ewigkeit gedauert, doch konnten sie es beim besten Willen nicht lesen, weil es schien, als würden die Zeilen immer wieder vor ihren Augen verschwimmen.

Als sie es schließlich aufgaben und wieder aufblickten, nahm das Dilemma bereits seinen Lauf. Olivia und Patrick hatten die vermaledeite Jacke und damit auch die Pillen gefunden, und sie hatten diese Pillen inzwischen sogar schon geschluckt.

»Was heißt denn ›Designer‹, Lukas?«

»Was weiß denn ich, Lilian!«

»Hier steht, sie nehmen zuzüglich auch noch eine Designer-Droge, und – «

»Sag mir lieber, was wir jetzt machen sollen, Lilian!«

»Du hast doch selbst ein Blatt. Bin ich dein Vorleser oder was?«

»Ich muß hier jetzt zugucken, damit wir nicht wieder was verpassen. Lies du, verdammt!«

»Fluch bitte nicht!«

»Belehr mich nicht, sondern lies!«

»Auftragsänderung!«

»Was?«

»Das steht hier plötzlich, Lukas! Hier steht ›Auftragsänderung‹.«

»O mein Gott!«

Kaum daß Lukas das ausgesprochen hatte, vernahmen sie die so vertraute Stimme. »Ich bin hier, Kinder«, sagte sie,

»keine Angst! Ihr habt euer Bestes getan und könnt jetzt heimkommen. Es gibt nichts mehr für euch zu tun.«

Olivia und Patrick waren plötzlich ganz still. Da war auf einmal ein Frieden in ihnen, wie sie ihn schon lange nicht mehr erlebt hatten.

»Hast du das auch?« flüsterte er.

Sie stieß einen Hauch von einem Lacher aus.

»Ich liebe es, wenn die ganze Welt keine Rolle mehr spielt«, flüsterte sie dann zurück. »Wenn es nur noch mich gibt und das Universum.«

Patrick rollte seinen Körper näher an ihren heran und legte seinen Arm auf ihren Bauch.

»Wir sind das Universum«, sagte er dann. »Wir sind, was wir fühlen, Olivia, und wir können eins werden mit allem, was wir fühlen.«

Verzückt schloß sie die Augen. »Schön, wie du das sagst. Nur leider fühle ich selten etwas Schönes.« Sie fühlte sich seltsam abgehoben; die Worte drängten ungewollt über ihre Lippen. »Weißt du«, sagte sie dann, »es gibt zwei Arten von Grausamkeit, und von der einen spricht die ganze Welt: Sie tut anderen Böses an, nur nicht sich selbst. Die andere Grausamkeit, die tut sich selbst Böses an – und die Welt schaut dabei zu.«

»Weil es sie einen Scheißdreck interessiert«, entgegnete Patrick. »Wir sind doch nichts wert für die.«

Olivia öffnete ihre Augen wieder, doch glitt ihr Blick ins Leere.

»Wenn diese Welt, in der wir leben, wie ein Garten ist«, sagte sie, »dann gibt es auch unter uns Menschen Zierpflanzen und Nutzpflanzen und natürlich auch Unkraut. Und wo Unkraut wuchert, da können gesunde Pflanzen nicht gedeihen. Man muß das Unkraut also zupfen, aber das muß man vorsichtig tun, damit man die gesunden Pflanzen nicht dabei beschädigt. Und vor allem muß man genau wissen, ob das

Unkraut … ich meine, was wie Unkraut aussieht …« Sie verhaspelte sich und verstummte.

»Quatsch!« meinte Patrick. »Die Welt ist kein Garten, sondern eine Wüste. Und in der rennst du dich tot, und keinen schert's.«

»Auch in der Wüste gibt es Oasen«, hauchte Olivia, den Blick immer noch ins Leere gerichtet. »Und Freunde sind Oasen inmitten der Einsamkeit der Welt.«

Sie drehten die Köpfe, im gleichen Moment, und sahen einander geradewegs in die Augen. Und dann umschlangen sie einander so eng und so fest, wie sie eben konnten.

»Glaubst du an Dämonen, Olivia?«

»O ja«, antwortete sie, »die gefährlichsten heißen Erinnerungen!« Sie krallte ihre Fingernägel in seinen Rücken. »Und Erinnerungen sind wie Menschen, Patrick. Manche lieben wir, manche hassen wir, die meisten sind uns ziemlich gleichgültig, und eine Handvoll haben uns zu dem gemacht, was wir sind.«

Patrick spürte, wie ihre Fingernägel seinen Rücken zerkratzten, doch bereitete ihm das keinerlei Schmerzen. Er wartete darauf, daß der Schmerz nachträglich kam, aber er blieb aus, und als ihm das bewußt wurde, begriff er zugleich auch, daß er sich nach diesem körperlichen Schmerz sehnte, weil es etwas Wirkliches war, etwas Reales.

»Lebst du gern?«

Olivia fand es ziemlich töricht von Patrick, ihr diese Frage zu stellen. Aber in der seltsamen Stimmung, in der sie sich befand, fiel es ihr nicht schwer, darauf Antwort zu geben.

»Weißt du«, flüsterte sie, »von allen Reisen, die man im Leben machen kann, ist nur die zum Mittelpunkt deines Ichs ein wirkliches Erlebnis …«

»Und?«

»Ich will sie nicht noch mal machen.«

Auf einmal war Patrick ganz wach.

»Wieso sagst du das?« fragte er, und dabei richtete er sich halbwegs auf, so daß er auf Olivia niederblicken konnte.

»Ich weiß nicht.«

»Glaubst du etwa an ein Leben nach dem Tod?«

Statt ihm eine Antwort zu geben, schlug sie die Hände vors Gesicht und begann zu weinen, laut und hemmungslos. Und so sah zunächst nur Patrick, was da plötzlich um sie her geschah, und der konnte seinen Augen nicht trauen.

Es wurde gleißend hell im Raum. Das Licht war so überstrahlend, daß es im ersten Moment in den Augen schmerzte. Patrick blinzelte. War dies noch der Trip, auf dem sie beide sich befanden? Dann sah er die Treppe, die vorher nicht dagewesen war, und er kannte diese Treppe. Mehr noch, tief in seinem Inneren wußte er, daß er sich jetzt eigentlich hätte freuen sollen, denn diese Treppe zu sehen war die Erfüllung.

Um so erschütternder war Patricks Erkenntnis, daß die Treppe ihm angst machte.

»Olivia! – Olivia!!!«

Er schüttelte seine Freundin, damit sie endlich die Hände vom Gesicht nahm, und als sie das tat, brauchte er sie nur anzusehen, und schon wußte er, daß er sich das Licht und die Treppe nicht einbildete.

»Was ...? ... Nein!« schrie es da auch schon aus Olivia heraus. »Nein, ... bitte nicht!«

Doch hatte alles seine Zeit im Leben. Und es war nun zu spät fürs Bitten und fürs Hoffen; für Olivia und Patrick war es zu spät.

Es kam nur selten vor, daß der himmlische Vater seine Erde betrat. Im allgemeinen war das nicht nötig. Hier war es jetzt nötig, mehr noch, es war unumgänglich.

»Tu mir das nicht an!« stieß Patrick aus.

»Ruhig, mein Kind!« gab Gott zur Antwort. »Was hier geschieht, hast du dir selbst angetan.«

»Aber wir konnten doch nichts dafür«, wimmerte Olivia.

Während Gottvater nur noch wenige Stufen zu gehen hatte, rutschten Olivia und Patrick in die hinterste Ecke des Wohnzimmers, erfüllt von der vagen Hoffnung, das möge sie vor dem Schlimmsten bewahren.

Im nächsten Moment war es auch schon geschehen. Gottes Antlitz erstrahlte vor ihnen so hell und so klar, daß es kein Entrinnen mehr gab.

»Ich weiß, daß ihr mich nicht erwartet habt«, sprach der himmlische Vater mit sanfter Stimme. »Und ich weiß auch, daß ihr alles geben würdet, wenn ich nur wieder ginge. Nur habt ihr leider nichts, was ihr mir geben könntet.«

Wieder brach Olivia in Tränen aus. »Ich weiß, daß ich mir selbst was vorgemacht habe«, schluchzte sie. »Aber das Leben war so leer, und die Drogen waren das einzige …«

»Mein Leben war auch leer«, bekräftigte Patrick, und dabei fing auch er zu weinen an, »leer und langweilig und aussichtslos, und die Drogen – «

»Es geht nicht um das, was ihr mit eurem Leben gemacht habt«, unterbrach Gottvater ihn. »Deshalb bin ich nicht hier.«

Er streckte Olivia und Patrick seine Hände entgegen.

»Des Menschen Seele ist zeit ihres Erdenlebens wie ein Ozean«, sagte er dabei. »Bisweilen schlagen Stürme hohe Wogen, manchmal plätschern die Wasser gemächlich vor sich hin, zumeist ist sie in gleichmäßiger Bewegung, und in ihren Tiefen wohnt noch einmal eine eigene Welt, lautlos und geheimnisvoll.«

Olivia und Patrick starrten auf die Hände ihres himmlischen Vaters. Er wollte, daß sie danach griffen, doch das konnten sie nicht. Sie wollten nicht.

»Vergib uns!« wimmerte Olivia.

»Ja«, stöhnte Patrick, »bitte!«

»Es gibt nichts zu vergeben«, entgegnete Gott. »Es gibt nur leider auch nichts mehr zu ändern. Du hast es gerade doch selbst gesagt, Olivia: Die Reise zum Mittelpunkt des eigenen Ichs ist die größte, die der Mensch machen kann. Nur ist sie auch die einzige Reise, bei der ein Mensch der Welt verlorengeht.«

»Wir können es aber doch noch einmal versuchen«, rief Patrick. »Gib uns doch wenigstens die Chance!«

Da die Kinder nicht von sich aus nach seinen Händen griffen, erledigte der himmlische Vater die Angelegenheit nun selbst. Er nahm Olivias kleine Menschenhand in seine Rechte und Patricks in seine Linke, und dann zog er die beiden liebevoll, aber dennoch bestimmt auf ihre Füße.

»Laß uns hier!« schrien sie in ihrer Verzweiflung. »Laß es uns noch einmal versuchen! Wir werden auch ganz bestimmt – «

»Ihr habt eure Sinne benebelt!« sprach Gott ganz ruhig, ganz sanft. »Ihr habt sie so sehr benebelt, daß ihr die Welt, für die ihr bestimmt wart, nicht mehr wahrnehmen konntet. Doch seid ihr dabei zugleich auch immer wieder in eine andere Welt eingedrungen: in meine. Und ich kann niemanden mit dem Körper auf meiner Erde lassen, der mit dem Rest seines Ichs immerzu in den Himmeln ist.«

Die Schreie von Olivia und Patrick waren bis hinauf in die Himmel der Wahrhaftigkeit zu hören.

»Wie schrecklich!« stöhnte Lilian und wischte sich dabei zum soundsovieltenmal den Schweiß von der Stirn.

»Was einem als Mensch so alles passieren kann!« keuchte Lukas.

Noch ein paar Stufen, und auch er hatte diese ätzend lange Trittleiter hinter sich.

»So schlimm ist das nun auch wieder nicht!« machte Cherub dem Gejammere ein Ende. Er hatte die Engelinge am Fuße der Rackerrutsche erwartet und wippte wie gewöhnlich auf den Zehenspitzen.

»So was haben wir häufiger«, tönte er. »Die beiden kommen halt heim, kriegen kein Fest wie alle anderen, dürfen sich zwei, drei Tage ausruhen, und dann geht alles wieder von vorne los: Geburt, Kindheit, Teenagerzeit...«

Cherub hielt inne, nicht nur kurz, sondern eine ziemliche Weile. Dann seufzte er auf einmal und meinte:

»Na ja, ... insofern ist es natürlich schon schrecklich, was einem als Mensch so alles passieren kann!«

So geschah es vor langer, langer Zeit. Gottvater persönlich brachte Olivia und Patrick heim in die Himmel der Wahrhaftigkeit, auf daß sie daraus etwas lernten. Und Olivia und Patrick lernten tatsächlich daraus, doch wird es trotzdem immer wieder geschehen.

Bis an das Ende aller Zeit.

Das 9. Kapitel

Rabea und Simon

> *Gott gibt eine Verheißung, der Glaube*
> *eignet sie sich an, die Hoffnung*
> *genießt sie im voraus, die Geduld wartet*
> *still auf ihre Erfüllung.*
> (1. Mose, 15,1-6)

Es war einmal vor langer, langer Zeit in den unendlichen Himmeln der Wahrhaftigkeit.

Der offizielle Teil des Festprogramms war längst zu Ende gegangen. Doch ließ sich keiner davon beeindrucken. Weiterhin tobte die Feier auf Hochtouren, und Gottvater war sichtlich beglückt, all seine Kinder so heiter und unbeschwert zu sehen.

Da war zum Beispiel Anton. Auf Erden hatte er den größten Teil seines Lebens in einem Rollstuhl verbracht und war von anderen versorgt worden. Jetzt genoß er seine Rolle als himmlischer Oberkellner.

Gleich neben dem himmlischen Vater saß Lisa. Sie war während ihres Erdenlebens bei einem Brand entstellt worden und hatte anschließend viele Menschenjahre in Kliniken und Heimen verbracht. Jetzt war sie eines der schönsten Engelwesen in den Himmeln.

Chor und Orchester der himmlischen Heerscharen beendeten gerade ihre soundsovielte Zugabe.

»Und jetzt soll Johanna singen!« riefen einige in den Schlußapplaus hinein.

»Ja«, stimmten daraufhin alle mit ein, »Johanna soll singen! Johanna! Jo-han-na! JO-HAN-NA!«

Engel Johanna errötete. Das tat sie immer, wenn sie um ein Lied gebeten wurde. Ihr ganzes Menschenleben hatte sie von einer Karriere als Sängerin geträumt, doch hatte sich dieser Traum niemals erfüllt. Jetzt, im wirklichen Leben, sah alles anders aus.

»Ach«, seufzte sie, während sie sich elegant von ihrem Stuhl erhob, »wenn man als Mensch doch nur wüßte, daß – «

Sie stockte und errötete nur noch mehr, und dann beugte sie sich zu Gottvater herab und flüsterte ihm das Ende ihres gerade begonnenen Satzes ins Ohr. Damit es außer ihm auch nur ja keiner hörte!

Der Schöpfer lachte laut auf. »Wenn sie das wüßten, mein Kind, würden sie mich und vor allem sich selbst mit zahllosen angeblichen Träumen betrügen!«

»Vater? Pssst! Vater?«

Es waren natürlich die Müllers, die ausgerechnet jetzt etwas von ihrem Schöpfer wollten.

Der himmlische Vater winkte ab.

»Nur ganz kurz, Vater!« drängelten die Müllers weiter.

Gott atmete tief durch. Von den Müllers gab es viele in den Himmeln der Wahrhaftigkeit, und im allgemeinen machten sie von allen die wenigsten Schwierigkeiten. Diese Engel waren von Ewigkeit zu Ewigkeit sich selbst genug, und deshalb kamen sie auch nur selten zu Heimkehrerfesten wie diesem hier. Sie saßen viel lieber zu Hause.

»Wenn ihr endlich mal an einer Feier teilnehmt«, flüsterte Gott ihnen zu, »solltet ihr das aber auch richtig tun!«

»Wir wollten ja nur eine Kleinigkeit essen«, rechtfertigte Vater Müller sich sofort für die Störung.

»Weil wir auf unsere Jüngste warten«, fügte Mutter Müller hinzu.

Gottvater war für einen Moment ganz verwirrt. »Kommt die denn heute?«

»Morgen früh«, lautete die Antwort.

»Ganz früh morgen früh!«

Hatte er es sich doch gedacht! »Und da wartet ihr jetzt schon, Kinder?«

»Wir wollen sie auf keinen Fall verpassen. Wir haben uns vorgenommen, ihr ein Stück entgegenzugehen, und deshalb wollten wir dich fragen, Vater...«

Gott hörte sich an, was die Müllers zu sagen hatten, und er erfüllte ihnen ihren Wunsch. Dann verließ er das Fest. Wichtige Dinge standen an. Sehr wichtige Dinge.

Unten auf der Erde war Feiertag. Und Rabea mochte Feiertage nicht sonderlich. Dann waren sämtliche Geschäfte geschlossen, es kam keine Post, und das Telefon schwieg auch, weil die Freunde und Bekannten an diesen Tagen in den Kreis ihrer Familien eingebunden waren. Das hatte zur Folge, daß Rabea zuviel Zeit hatte, und diese zu viele Zeit benützte sie dazu, zuviel zu denken – was dann zwangsläufig zu Depressionen führte.

Rabea seufzte. Wie immer an Feiertagen war sie am Morgen bewußt lange im Bett geblieben, und wie immer an Feiertagen hatte sie sich gegen Mittag an ihren Swimmingpool in die Sonne gelegt, um dort weiterzudösen. Doch wurde es jetzt langsam kühl, und so mußte sie wohl oder übel ins Haus gehen. Das behagte ihr gar nicht. Diese schmerzliche Langeweile, diese verzehrende Leere, die da in ihr war, die würde dann nur noch größer werden, das wußte sie.

Viele Leute beneideten Rabea um ihr Leben. Sie hatte ein wunderschönes Haus, einen erfolgreichen, umschwärmten Ehemann, und sie war immer und überall eingeladen und besaß den kostbarsten Schmuck und die traumhaftesten Kleider.

Doch war all das nur eine Fassade. In Wahrheit bestand Rabeas Ehe nur auf dem Papier, und dort würde sie auch wohl oder übel weiterbestehen, bis der Tod sie dereinst voneinander schied.

Das war ein trauriges Resümee, denn geheiratet hatte Rabea ihren Mann aus Liebe oder zumindest aus einem Gefühl heraus, das sie für Liebe gehalten hatte. Vielleicht war das ja keine Liebe gewesen; denn was Liebe war, hatte Rabea nie so richtig kennengelernt.

Bei ihren Eltern hatte sich diese sogenannte Liebe nämlich immer eher als eine Art von Krieg dargestellt. Waren sie zusammen, haßten sie einander, waren sie getrennt, vermißten sie diesen Haß, der schien also immer noch besser als nichts zu sein. Als kleines Mädchen hatte Rabea es auch so empfunden, denn war sie beim Vater, vermißte sie die Mutter, und war sie bei der Mutter, vermißte sie den Vater.

Als sie älter wurde, änderte sich das dann. Da zog sie es plötzlich vor, auf einen der beiden Elternteile zu verzichten; denn waren die beiden wieder mal zusammen, mußte sie auf Wichtigeres verzichten, auf häuslichen Frieden nämlich und auf Wärme.

Rabea war noch keine neunzehn Jahre alt gewesen, als sie diesem zwanzig Jahre älteren Mann begegnete. Er war reich und berühmt und mächtig, und er versprach ihr Halt und Zuversicht und damit auch Kraft. Sie hatte ihn geheiratet, nicht ahnend, daß das, was sie für ihn empfand, überhaupt nicht erwidert wurde. Ihr Mann wollte eine Vorzeigefrau, die keinerlei Vergangenheit hatte, und er wollte Erben, gesunde Kinder; nur deshalb hatte er das zwanzig Jahre jüngere Mädchen geheiratet.

Inzwischen war Rabea in den Wechseljahren, und damit hatte der allmonatliche Kampf um mögliche Nachkommenschaft sein Ende gefunden. Das war nun gottlob vorbei.

Seither gab sich Rabeas Ehemann allerdings gar keine Mühe mehr. Früher hatte er wenigstens noch behauptet, geschäftlich unterwegs zu sein, während er sich in Wahrheit mit anderen Frauen herumtrieb, jetzt betrog er sie offen. Er sagte es ihr mitten ins Gesicht und warnte sie zugleich jedesmal aufs neue, das nur ja für sich zu behalten. Damit sein guter Ruf gewahrt blieb!

Diesen guten Ruf ließ er sich so einiges kosten. Er überschüttete Rabea förmlich mit teurer Garderobe und prachtvollen Juwelen, und wenn sie so richtig schön verpackt und geschmückt war, führte er sie in der Öffentlichkeit vor. Dann ließ er sich dafür bewundern, daß er als einer der wenigen in der Branche eine Ehe führte, die Bestand hatte; dann erklärte er, ein Grund für diese Beständigkeit sei seine großzügige Natur.

Oh, Rabea wußte, warum sie für diesen Menschen empfand, was sie empfand. Verachtung war eines der erschöpftesten Gefühle, die man hegen konnte. Denn die Verachtung hatte einen weiten Weg zurückgelegt und nirgendwo ausruhen dürfen, nicht in den Gasthäusern der Hoffnung, nicht auf den Zeltplätzen des Vertrauens, nicht einmal am Wegesrand von Wut und Haß. So irrte sie vor sich hin, kraftlos und ohne Ziel.

Eine Scheidung lehnte Rabeas Ehemann ab. Er wollte um keinen Preis einen Skandal und erst recht keine finanziellen Einbußen. Um das zu vermeiden, war ihm jedes Mittel recht; die Lektion hatte Rabea gelernt. Hier ging es nicht darum, daß sie, wenn sie ihn verließ, zunächst ohne einen Pfennig dastehen würde. Es ging vielmehr darum, daß man sie, bevor sie den ersten Pfennig zwangsweise eintreiben konnte, rein zufällig vor den nächsten Autobus schubsen würde …

Ihr Mann war einfach zu mächtig. Und er konnte diese Macht, die Rabea einstmals so angezogen hatte, jederzeit gegen sie richten, und das war gefährlich. So hatte Rabea es irgendwann aufgegeben, eine Scheidung erzwingen zu wollen, und angefangen, sich zu arrangieren; so nannte man das wohl. Man hatte getrennte Schlafzimmer, nahm nicht einmal die Mahlzeiten gemeinsam ein, nur bei offiziellen Anlässen ging sie an der Seite ihres Mannes; die übrige, die meiste Zeit lebte sie ihr eigenes Leben.

Das hatte in den letzten Jahren immer wieder anders ausgesehen; ja, im Rückblick kam es Rabea so vor, als habe es aus einzelnen Phasen bestanden, die sie, jede für sich, mit an Besessenheit grenzender Intensität ausgelebt und abgeschlossen hatte.

Die erste war die Schönheitsphase, danach kam die Sportphase, dann die Shoppingphase.

Es folgte die Wohltätigkeitsphase, die insgesamt längste von allen. Da das einen Menschen aber auf Dauer auch nicht ausfüllen konnte, läutete Rabea die Heimwerkerphase ein. Sie renovierte alte Möbel. Sie begann, sich fürs Knüpfen und Nähen zu interessieren, was ihren Hausstand um diverse Teppiche und unzählige Kissen bereicherte, und ehe sie sich versah, fing sie auch an zu töpfern.

Das war zugleich auch der Anfang ihrer bislang letzten Phase gewesen, der Künstlerphase. Seither malte Rabea Bilder, schrieb Gedichte, beschäftigte sich mit Musik – und träumte. Und dabei gelangte sie zu der wundervollen Erkenntnis, daß ein Traum sich nur so lange von der Wirklichkeit unterschied, wie die Wirklichkeit Gegenwart war. Wurde sie Vergangenheit, wurde sie damit zugleich auch Erinnerung, und zwischen der Erinnerung an etwas wirklich Geschehenes und der Erinnerung an einen schönen Traum gab es keinen Unterschied. Beide waren nicht mehr greifbar und dennoch da.

An jenem Feiertag war es draußen in der Zwischenzeit nicht nur kühl, sondern regelrecht kalt geworden. So blieb Rabea gar nichts anderes mehr übrig, als endlich ins Haus zu gehen. Sie lief in die Küche, nahm eine Tüte Tomatensaft aus dem Kühlschrank und goß sich ein Glas davon ein.

Ihr Leben war vielleicht einsam, leer und lächerlich, ebenso wie sie selbst es war. Und dennoch, Rabea war überzeugt, nicht der einzige Mensch auf Gottes Erde zu sein, der einstmals jener Lebenslüge erlegen war, die da hieß: Das Leben ist schön. Denn das Leben war alles andere als schön; es war vielmehr eine Kunst, ihm überhaupt etwas abzugewinnen, und diese Kunst bestand weitgehend nur darin, trotzdem zu leben.

Außerdem hatte Rabea die Feststellung gemacht, daß zunehmende Lebenserfahrung sehr hilfreich dabei war. Sie war zweifelsohne die zweitgrößte Gnade, die das Alter zu bieten hatte; die größte bestand darin, daß man sich mit jedem Tag, den man älter wurde, damit auch zwangsläufig seinem Ende näherte, und das beruhigte ungemein.

Gedankenverloren lief Rabea durchs Haus.

Wenn man sich das einmal ganz bewußt vor Augen hielt, war es eigentlich erstaunlich, daß das Gros der Menschen trotzdem bereit war, Bindungen einzugehen, anderen Menschen zu versprechen, zu ihnen zu halten, für sie zu sorgen und sie auf ewig zu lieben.

Rabea seufzte. Im Grunde bestand das ganze Leben nur aus Abschiednehmen, und jeder einzelne Abschied war in sich nichts als eine kleine Generalprobe auf den Tod. Zwischen den Abschieden gab es immer wieder Zeiten der Hoffnung, denn Hoffnung war das einzige, was die Menschen am Leben hielt, und die größten Hoffnungen, die man überhaupt haben konnte, waren Kinder.

Kein Wunder also, daß Rabea schon lange keine Hoffnung mehr hatte. Was sie am Leben hielt, war allein das Wissen um die Vergänglichkeit dieses Lebens. Die war nämlich nur scheinbar die dunkle Seite des menschlichen Seins, in Wahrheit war sie sein einziger Lichtstrahl. Das Leben des Menschen war wie eine Kerze. Wenn sie angezündet wurde, flackerte sie aufgeregt. Bevor sie endgültig erlosch, flammte sie noch ein paarmal heftig auf. Und kein Mensch wußte, wie lang der Docht seiner Kerze war.

Ein Gefühl von wohliger Wärme durchflutete Rabeas Körper. Auf ihre so ganz persönliche Art und Weise hatte sie einen Weg gefunden, ihrem Leben das Bestmögliche abzugewinnen. Sie hatte gelernt, daß die kleinen Erlösungen des täglichen Lebens darin bestanden, sich von unangenehmen

Weggefährten, aus mißlichen Lagen, und vor allem von den Träumen zu befreien, die man sich aus eigener Kraft nicht erfüllen konnte. Und dieses Unternehmen war ihr gelungen. Seither lebte sie zwar ohne Sehnsüchte und ohne Hoffnungen, doch lebte sie zum Ausgleich frei von Angst, und sie haderte auch nicht mehr mit ihrem Schicksal.

Damit hatte Rabea für sich selbst ein Ende gemacht. Sie lebte jeden einzelnen Augenblick ihres Lebens, als wäre es ihr letzter, und zugleich, als sei sie unsterblich. Und dabei beschränkte sie sich ganz und gar auf sich selbst. Denn tief in ihr war eine Insel, und es war schwer und schmerzhaft gewesen, Zugang zu ihr zu finden. Sie war umgeben von den Wassern der Erinnerung, und es gab ein paar wenige, brüchige Brücken der Angst, keinen Hafen, keinen Flugplatz. Rabea hatte schwimmen müssen, um zu ihrer Insel zu gelangen, Zug um Zug, doch war sie für ihre Mühe belohnt worden: Sie hatte einen warmen und sonnigen Ort gefunden, an dem sie allein sein durfte, allein mit Gott.

Rabea war nicht immer ein frommer Mensch gewesen, das hatte sich erst in den letzten Jahren ergeben. Als Kind hatte sie lediglich die Hände gefaltet, weil das in ihrer Familie so verlangt wurde. Nur deshalb hatte sie artig die Augen geschlossen und auswendiggelernte Verse gesprochen, die dazu dienen sollten, Gott die Erfüllung jeder Menge Wünsche abzuringen. Es wurde Beten genannt.

Rabea erkannte frühzeitig, daß diese Art von Beten sinnlos war, und so ersann sie eine andere.

Sie wurde erst wirklich zu einem frommen Menschen, als sie für sich selbst zu der Erkenntnis gelangte, daß es galt, das ganze Sein und alles Haben in Gottes Hände zu legen. Seither erbat sie nichts mehr, und sie fürchtete auch nichts mehr, sie ließ sich vielmehr treiben von dem, was sich Gottes Ratschlag nannte.

»Was immer auch geschieht«, lautete Rabeas Lieblingssatz, »du weißt, warum!«

Und da sie davon überzeugt war, war sie zugleich überzeugt, daß irgendeine Art von Leben immer noch da draußen in der Welt auf sie wartete. Deshalb brauchte sie nur abzuwarten. Alles andere würde sich von allein ergeben.

Lilian und Lukas waren bedient. In der vorangegangenen Nacht waren sie auf Bereitschaft gewesen, hatten von sechs Uhr abends bis acht Uhr morgens Erdenzeit bei dichtem Nebel und Temperaturen um den Gefrierpunkt auf einer Landstraße bei Kilometerstein zweiundzwanzig wechselweise mit kleinen Steinchen geworfen und in der Straßenlaterne gehangen, so daß diese zu schwanken begann.

Unmittelbar hinter Kilometerstein zweiundzwanzig war eine ungeschützte Brücke, auf der es verstärkt zu Unfällen kam. In jener Nacht passierte indes nichts, und einige der Menschen, die jene Brücke passiert hatten, wußten merkwürdige Dinge zu berichten.

Nach dieser so anstrengenden Nacht hätten Lilian und Lukas eigentlich Ruhe gebraucht, doch standen sofort zwei weitere Einsätze an, und jetzt piepste Cherub schon wieder.

»Wetten, der will unsere Berichte?«

»Die hat er sich doch gestern erst geholt.«

»Aber doch nur die von letzter Woche, Lukas. Er will die neuen.«

»Ich bin aber noch nicht fertig damit, die von vorletzter Woche neu zu schreiben!«

Lukas war außer sich. Umgeben von Papier und aufgeschlagenen Büchern und Heften saß er auf dem Wohnzimmerboden, und sein Haar stand ihm zu Berge.

»BuR, BuR!« tobte er. »Wenn er mir noch mal einen Haufen mit ›Bur, Bur, Bur‹ zurückgibt, dann dreh ich ihm seinen dicken Hals zu, das schwör ich dir, Lilian, ich – «

Lukas stockte, denn schon wieder erklang dieses penetrante Piepsen; ja, diesmal schien es noch lauter und noch durchdringender zu sein als sonst.

»Laß es gut sein!« versuchte Lilian ihren Bruder zu besänftigen. »Unsere Unzufriedenheit hat uns dahin gebracht, wo wir sind, wollen wir es also nicht noch weiter treiben!«

Lukas seufzte. »Weißt du noch, wo sein Schreibtisch steht?«

Mehr als zwei Stunden waren Lilian und Lukas unterwegs. In der Zwischenzeit hörte das Piepsen um ihre Bäuche schon gar nicht mehr auf. Dann standen sie endlich vor Cherubs Schreibtisch.

»Wo habt ihr euch denn so lange herumgetrieben? Das ist ja wohl nicht zu glauben! In der Zeit können ja Naturkatastrophen passieren und schon wieder vergessen sein, so lahm seid ihr! Das geht doch nicht, das ist doch …«

Ganz von allein schwieg Cherub plötzlich stille, denn während Lilian mit ergebenem Gesichtchen vor ihm stand, die Augen fest geschlossen, schaute Lukas ihn an, als wolle er gleich zubeißen.

»Was ist denn mit dir los?« erkundigte sich der Wächter der Himmel.

»Mit mir?« Lukas' Gesicht nahm regelrecht irre Züge an. »Was sollte denn mit mir los sein, Cherub? Was kann denn noch mit jemandem los sein, der sich die Füße wundläuft, weil er einer Wegbeschreibung folgt, die dermaßen irrwitzig ist, daß …

Ganz ruhig!« sagte er dann auf einmal zu sich selbst. »Eigentlich will ich dich nämlich nur fragen, lieber Cherub, warum du uns nicht einfach gesagt hast, *daß dein dusseliger Schreibtisch hier steht?*«

Lukas brüllte die letzten Worte so laut, daß Cherub das Gesicht verzog.

»Hab ich euch das denn nicht ausführlich erklärt?«

»O ja«, stieß Lukas aus und schaute dabei wieder so irre drein. »Und wie ausführlich! Dabei hättest du bloß zu sagen brauchen, daß dein Büro im Gästetrakt der Herberge ist.« Er holte tief Luft und fügte hinzu: »Wie du so oft das falsche Wort benützt!«

Cherub runzelte die Stirn. Dann griff er zu dem Stapel Papier, der vor ihm auf der Schreibtischplatte lag.

»Diese ganzen Berichte«, sagte er und schlug den Stapel mit einer hämmernden Bewegung auf die Tischkante, »sind ein Hohn! Ein blanker Hohn!« Er atmete ganz tief durch. »Ich muß sie schließlich dem Vater vorlegen.«

Er knallte das Papier auf den Schreibtisch, erhob sich von seinem Sessel, verschränkte die Arme auf dem Rücken und wippte auf seinen Zehenspitzen.

»Ihr geht jetzt schön heim und schreibt mir noch mal alle Berichte neu. In Schönschrift. Und wenn ich euch das nächstemal einen Bericht zurückgebe, auf dem *BuR* steht, dann kommt ihr bitte sofort her, ja? Das *BuR* ist nämlich eine Abkürzung für ›Bitte um Rücksprache‹, nicht für ›Bitte um Ruhe‹! – Habt ihr das verstanden?«

Cherub sang mehr, als daß er sprach. Aber irgendwie hatten Lilian und Lukas trotzdem das Gefühl, es ginge ihm nicht sonderlich gut.

Unten auf der Erde neigte sich der Feiertag langsam aber sicher seinem Ende zu. Trotzdem saß Simon in seinem Büro. Das war keineswegs ungewöhnlich. Simon saß meist in seinem Büro, wenn die anderen feierten oder sich erholten, und obwohl er sich schon oft vorgenommen hatte, das in Zukunft nicht mehr zu tun, war es immer bei dem Vorsatz geblieben.

Simon war nun mal ein fleißiger Mensch. Deshalb war er auch kein kleiner Angestellter geblieben, sondern hatte es zu einer eigenen kleinen Firma gebracht. Und darauf war er stolz. Fleiß zählte nämlich zu den wenigen Charaktereigenschaften, die man sich nach Simons Dafürhalten aneignen konnte – wenn man nur wollte!

Nur, an dem Wollen haperte es bei den meisten, und das war ein weiterer Grund dafür, daß Simon an Feiertagen und

Wochenenden arbeitete. Er war der Chef, und als solcher hatte er keinen Job, sondern einen Beruf, doch kämpfte er tagtäglich mit Leuten, die nur einen Job hatten.

Simon knirschte mit den Zähnen, als er an jenem Nachmittag einmal mehr darüber nachdachte. Die Welt, in der er lebte, wurde immer oberflächlicher. Keiner wollte mehr Verantwortung tragen, Leistungen schienen zusehends an Bedeutung zu verlieren, dabei waren Leistungen doch das einzig Meßbare, was ein Mensch in seinem Leben vollbringen konnte. Und je mehr Leistungen man vollbrachte, desto größer wurde die damit einhergehende Sicherheit. Und Sicherheit war das allerwichtigste im Leben.

Das erlebte Simon gerade zur Zeit mal wieder über Gebühr. Er hatte nämlich seit kurzem private Sorgen. Die waren der dritte und letzte Grund dafür, daß er an diesem Feiertag im Büro saß. Er *mußte* arbeiten. Ihm blieb gar keine andere Wahl.

Lena erwartete ein Kind. Ausgerechnet seine jüngste Tochter, die in der Schule immer so gut gewesen war, die als einziges seiner fünf Kinder zur Universität ging und Architektur studierte, ausgerechnet Lena war von diesem Tunichtgut schwanger geworden und wollte ihn nun heiraten.

Simon seufzte. Er wußte kaum mehr, wo ihm der Kopf stand. Das Geld, eine Hochzeit auszurichten, war im Augenblick einfach nicht da, und wenn er einen Kredit aufnahm, wußte er den später nicht zurückzuzahlen. Außerdem war es ja nicht damit getan, seiner Lena ein schönes Kleid anzuziehen und die Verwandtschaft zu verköstigen. Die jungen Leute brauchten schließlich ein Dach über dem Kopf und Möbel, und wenn das Baby erst einmal auf der Welt war, mußte geklärt werden, wie Lena sich ihre Zukunft vorstellte. Sie konnte entweder all das hinwerfen, wofür Simon sich jahrelang krummgelegt hatte, oder aber sie ging zurück an die Universität, und das würde dann weitere Kosten verursachen, Kosten, welche dieser Tunichtgut niemals abfangen konnte.

Simon stand auf und trat ans Fenster. Dieser zukünftige Schwiegersohn war ihm ein Dorn im Auge. Er war ein Träumer, einer von der schlimmsten Sorte. Es reichte ihm nicht, Träume zu haben, er mußte sie auch noch verehren wie geheimnisvolle Gottheiten.

Simon hielt nichts von Träumen. Seines Erachtens waren das Bilder, die einem irgendeine gemeingefährliche Macht eingab, damit man – so oder so – an ihnen scheiterte. Auf Vernunft kam es an im Leben, denn Vernunft war die Energie des Verstandes. Insofern zählte Lenas Verlobter also zu den Seligen, die auf diesem Gebiete nichts zu verbrennen hatten. Dieser Knabe machte sich Illusionen, erging sich in Phantasien.

Simon seufzte. In Stunden wie diesen fragte er sich immer, welchen Sinn das Leben eigentlich hatte. Aber niemand gab ihm eine Antwort darauf. Und deshalb kam er in Stunden wie diesen immer wieder zu dem gleichen Schluß: daß es vermutlich gar keinen Sinn hatte, diese Frage zu stellen. Das Leben war einfach da, um gelebt zu werden.

Außerdem liebte Lena diesen Tunichtgut. Simon hatte seine Jüngste noch nie so glücklich gesehen. Ihr Anblick erinnerte ihn stark an den ihrer Mutter, damals, als sie einander begegnet waren.

Auf einem Fest war das gewesen, und der viele Wein und die späte Stunde hatten sie zu Dummheiten verleitet, so daß sie schließlich heiraten mußten. Das war damals so gewesen. Und es hatte sich als gut erwiesen, daß es so gewesen war. Simon hatte seine Frau und bald das erste Kind, und es kamen noch vier weitere, und wenn auch finanziell nicht immer alles so lief, wie er es gewollt oder gebraucht hätte, so konnte er doch von sich behaupten, ein relativ zufriedener Mensch zu sein.

Der Wecker, der auf seinem Schreibtisch stand, schrillte plötzlich. Es war also Zeit zu gehen. Simon liebte Uhren. Allein in seinem Büro, das kaum zwanzig Quadratmeter maß, hatte er fünf verschiedene, und er legte großen Wert darauf, daß alle fünf stets die korrekte Zeit zeigten.

Während Simon die Jalousien zuzog und nach seinem Mantel griff, beschloß er, nicht über die Autobahn nach Hause zu fahren. Er wollte die Landstraße nehmen und diese sehr viel längere Fahrt zum Nachdenken nützen.

Irgendeine Lösung gab es immer, und meist lag sie so nahe, daß man keinen Blick für sie hatte. Das war ja das Tückische an den sogenannten Problemen des Alltags. Eigentlich hatten sie nur eine verhältnismäßige Bedeutung.

Zur gleichen Zeit, da Simon in seinen Wagen stieg, trat Rabea frisch geduscht in ihr Schlafzimmer. Sie wußte inzwischen, was sie mit dem Rest dieses Tages anfangen wollte, und sie war froh, daß es außer ihr niemand wußte. Geheimnisse mit sich selbst zu haben war ein äußerst erfüllendes Spiel.

Eingehüllt in einen bodenlangen Bademantel aus nilgrünem Samt, setzte Rabea sich an ihren Schminktisch und blickte fragend in ihr Spiegelbild. Ein Leben, das keinen erkennbaren Sinn hatte, brauchte eine feste Ordnung, so viel hatte sie gelernt. Und es gab unzählige Formen von Ordnung, selbst solche, die anderen vielleicht verrückt erschienen. Doch hatte Rabea längst schon aufgehört, sich darüber Gedanken zu machen, was andere dachten. Sie mußte mit sich und ihrem Leben zurechtkommen, und wie sie das machte, war einzig und allein ihre Sache, solange sie keinen anderen damit schädigte.

Gedankenverloren begann sie, ihr Gesicht zu schminken. In Augenblicken wie diesen fragte sie sich immer wieder, ob sie nicht vielleicht einfach nur einsam war. Doch kam sie immer wieder zu dem gleichen wohltuenden Schluß, daß ein Mensch, der allein war, gar nicht einsam sein konnte. Sie fühlte sich zumindest nie einsam, wenn sie mit sich allein war.

Dafür fühlte sie sich jedesmal wie von jedweder Außenwelt abgeschlossen, wenn ihr Ehemann in ihrer Nähe war, dieser Mensch, der sie nie verstanden und nie geliebt hatte.

Sie legte das Diamantcollier an, das er ihr zur Silberhochzeit geschenkt hatte. Natürlich war das hier nur das Similat, weil die echte Kette im Banksafe lag, doch konnte man den Unterschied mit dem bloßen Auge nicht erkennen.

»Mit bloßem Auge«, lachte Rabea leise vor sich hin, »sieht man ja auch den Unterschied nicht, der zwischen mir und einer richtigen Frau besteht.«

Sie erschrak über ihre eigenen Worte. Da sie so oft allein war, kam es häufiger vor, daß sie mit sich selber sprach, doch tat sie das zumeist lautlos. Der Inhalt dessen, was sie da gerade gesagt hatte, erschütterte sie noch weit mehr als die Lautstärke.

Sie stand auf und stellte sich vor den großen Kristallspiegel an der Wand, öffnete ihren Bademantel, ließ ihn von den Schultern gleiten.

»Mein Gott!« durchfuhr es sie dabei.

Rabea hatte sich ihr Leben lang lächerlich gefühlt, und erst jetzt, erst in diesem Augenblick, wurde ihr plötzlich bewußt, warum sie es immer so empfunden hatte. Gott hatte ihr einen wunderschönen Körper gegeben, doch faßte diesen wunderschönen Körper schon lange niemand mehr an. Er war wie ein gelungenes Hochglanzfoto, das man anstarrte, bewunderte und vergaß. Gut, in der Vergangenheit war dieser Körper berührt worden, das schon, doch war dieses Berühren niemals liebevoll vonstatten gegangen.

Rabea schloß die Augen. Sie hatte sich so sehnlichst Kinder gewünscht. Jahrelang war sie deshalb mit einem hungrigen, schrecklich schmerzenden Herzen durchs Leben gelaufen. Jetzt hatte sie ein leeres Herz, und das tat nicht mehr weh. Nein, eigentlich spürte sie es überhaupt nicht mehr.

Sie öffnete die Tür ihres Kleiderschrankes. Da hing immer noch dieses neue, tomatenrote Abendkleid. Rabea hatte es noch nie getragen, jetzt stand ihr plötzlich der Sinn danach. Ja, sie streifte sogar die ellenbogenlangen, weißen Seidenhandschuhe über, die sie seinerzeit dazu gekauft hatte. Und dann drehte sie sich so lange vor dem Spiegel, bis sie ganz außer Atem war.

Dann schlüpfte sie rasch in die roten Ledersandaletten, die farblich genau zu ihrem Kleid paßten, und lief ins Wohnzimmer hinunter.

Rabea hatte unlängst ihre Leidenschaft für Musicals entdeckt, und so legte sie sich jetzt *A Chorus Line* auf. Sie drehte den Ton so laut, wie die Lautsprecher es eben aushalten konnten, schloß die Augen und tanzte verzückt durch ihr Wohnzimmer, verzückt von der wundervollen Musik, vornehmlich aber von der Vorstellung, in Wahrheit in den Armen eines Mannes zu liegen, den sie liebte und der sie liebte.

Dabei wurde ihr immer wohliger zumute. Es stimmte halt, daß es keinerlei Unterschied machte, ob man etwas träumte oder wirklich erlebte, am Ende blieben – so oder so – nichts als Erinnerungen. Beides war vorüber. Wozu also die ganze Aufregung?

Die Antwort auf diese Frage traf Rabea völlig unvorbereitet. Und so blieb sie plötzlich wie angewurzelt mitten in ihrem so riesigen Wohnzimmer stehen, und die Musik, die sie gerade noch als so erfüllend empfunden hatte, erschien ihr auf einmal nur noch laut.

Mit einem Satz war sie an der Stereoanlage und schaltete sie ab.

Man konnte die Erinnerung an einen schönen Traum mit niemandem teilen, das war der große, alles entscheidende Unterschied. Denn wenn man versuchte, diese Erinnerung mit jemandem zu teilen, konnte man das nur, indem man log, und wenn diese Lüge aufflog, machte man sich lächerlich. Und lächerlich war Rabea so schon zur Genüge. Dafür sorgte ja ihr Gatte.

Was, wenn man ihr gegenüber nur so tat, als habe man keine Ahnung vom Lebenswandel ihres Mannes? Was, wenn all seine Versuche, es geheimzuhalten, schon längst gescheitert waren?

Ja, wenn sie ehrlich mit sich war, mußte sie sich eingestehen, daß jede neue Affäre ihres Mannes für sie eine neue Blamage darstellte. Blamagen waren Dinge, die einem peinlich waren, weil man nicht sein wollte oder zumindest nicht zeigen wollte, wie und was man war, sondern lieber so scheinen wollte, als wäre man etwas anderes. Und Rabea hätte der Welt gern die glückliche Ehefrau vorgespielt. Doch konnte sie das nicht, weil ihr Mann die Welt ständig eines Besseren belehrte.

Sie spürte, daß die ersten Zorneswogen in ihr aufwallten. Und genauso plötzlich schoß eine Idee durch ihren Kopf. Sie ging geradewegs in die Garage.

Der Porsche gehörte ihrem Mann. Und eigentlich trug er den Wagenschlüssel auch auf Schritt und Tritt bei sich, damit Rabea das Auto nur ja nicht fuhr. Diesmal hatte er den kleinen goldenen Anhänger jedoch fahrlässigerweise auf seinem Schreibtisch liegengelassen.

Rabea beschloß, eine Tour über die Bergstraße zu machen. Zum einen hatte man bei anbrechender Dunkelheit von dort oben einen wunderschönen Blick auf die Stadt, zum anderen waren viele Villen in der Gegend, so daß Leute, die Rabea in dem offenen Wagen sahen, glauben würden, sie sei auf dem Weg zu irgendeiner gewaltigen Party.

Simon fuhr bewußt langsam. Er lehnte es ab, sich zu beeilen, wenn kein Grund zur Eile bestand, denn das kostete nur überflüssige Kraft. Zudem konnte er bei langsamer Fahrt die Natur um sich her viel besser in sich aufnehmen, und außerdem war die Straße leer, so daß er mit seiner Fahrweise niemanden behinderte und ihn niemand drängelte.

Die meisten Leute waren zu dieser Uhrzeit schon daheim und genossen das Feiertagsabendessen im Kreise der Familie. Er selbst durfte sich darauf noch freuen.

Er lächelte vor sich hin. Bestimmt hatten seine beiden größeren Enkel wieder irgend etwas für ihn gebastelt, das ein Eierwärmer und eine Brillenhülle sein sollte.

Insgesamt hatte Simon sechs Enkelkinder. Die anderen vier waren aber noch sehr klein; ja, das Jüngste wurde noch gestillt. Er liebte den Anblick des kleinen Jungen an der Brust seiner Schwiegertochter. Zu Simons Zeit wäre es niemals möglich gewesen, daß eine Frau in der Öffentlichkeit ihr Baby stillte. Es war schön, daß sich das geändert –

Rabea hatte das Gaspedal bis zum Anschlag durchgetreten. Sie liebte den Wind in ihren Haaren, und sie genoß die Vorstellung, daß ihrem Mann ein Nervenzusammenbruch drohen würde, wenn er das erfuhr:

Sie hatte sein Auto so gefahren, daß es unter Umständen einen Kratzer hätte abbekommen können!

Rabea lachte laut – und erst viel zu spät sah sie den weißen Mercedes, der ihr da plötzlich entgegenkam. Erst viel zu spät trat sie auf die Bremse, und im nächsten Moment war da nur noch dieses Quietschen von Reifen und das beängstigende Knirschen von berstendem Glas.

Simon hatte sich nicht angeschnallt. Seit über fünfundzwanzig Jahren fuhr er Auto, und dabei war er immer angeschnallt gewesen, selbst, wenn er den Wagen nur umgeparkt hatte. Nicht so an diesem Feiertag.

Doch wie er feststellte, hatte er offenbar Schutzengel gehabt, denn es war trotz seiner Unterlassungssünde alles gutgegangen. Die Wucht des Zusammenstoßes hatte ihn zwar aus seinem alten Benz herausgeschleudert, doch war er auf weichem Untergrund gelandet, und der jungen Frau, die den anderen Wagen gefahren hatte, war es auf wundersame Weise ganz genauso ergangen.

»Alles in Ordnung mit Ihnen?«

Rabea rappelte sich auf und sah sich um.

»Mit mir schon«, rief sie dann. »Und was ist mit Ihnen?«

Simon stand auf, klopfte sich den Staub vom Mantel, und dann ging er auf Rabea zu. »Sie sind ja wohl einwandfrei zu schnell gefahren«, meinte er dabei. »Das wollen Sie ja wohl nicht bestreiten.«

Rabea verzog das Gesicht. »Es ist ja nur ein Blechschaden.«

»Für Sie vielleicht, junge Frau!« meinte er dann. »Für Sie ist das vielleicht eine Kleinigkeit, aber für mich ist der Unfall eine Katastrophe. Der Wagen war nämlich alt. Die Versicherung wird kaum noch was dafür bezahlen. Und daß er zu reparieren ist, bezweifle ich. Schauen Sie sich an, was Sie –«

Das Wort erstarb ihm auf den Lippen. Denn da stand er nun vor seinem alten, so vertrauten Mercedes und sah, daß das Auto nur mehr ein einziger Schrotthaufen war. Aber all das war plötzlich nebensächlich, denn er sah auch noch etwas anderes:

Simon sah sich selbst hinter dem Steuer seines Wagens sitzen. Das Lenkrad hatte sich in seinen Brustkorb gedrückt und das zersplitterte Glas der Windschutzscheibe bedeckte sein blutiges Gesicht.

»Was … was hat das … was hat das zu bedeuten?«

Auch Rabea mochte nicht glauben, was sie sah. Immer wieder blickte sie vom einen zum anderen, von dem gesunden Mann, der da neben ihr stand, hin zu dem offenbar schwerstverletzten Mann in dem Autowrack, und dann, dann raffte sie plötzlich den Rock ihres Abendkleides und rannte zu den Trümmern des Porsche.

»Sie lachen ja!« Simon zitterte am ganzen Körper. »Warum lachen Sie, junge Frau? Was finden Sie hieran lustig?«

»Ich glaube, wir haben es geschafft«, sagte sie dann.

»Was geschafft?«

»Ich glaube, wir sind tot.«

Simons Zittern wurde immer schlimmer. »Und das sagen Sie einfach so?«

»Ich habe mein Leben nicht unbedingt gemocht«, erwiderte Rabea zögerlich. »Und ich habe auch schon lange keinen Sinn mehr darin gesehen, wissen Sie? Aber wie es scheint, hatte es am Ende ja doch noch einen.«

»Und welchen, bitteschön?«

Simons Stimme überschlug sich fast bei diesen Worten, so sehr erschreckte ihn die ganze Situation.

Rabea lächelte nur noch mehr. »Nun, ganz offensichtlich mußte ich heute abend hier entlangfahren, um Ihrem Leben ein Ende zu machen.«

Nun erbleichte Simon endgültig. »Und das halten Sie für eine sinnvolle Aufgabe?« wisperte er.

Rabea zuckte mit den Achseln. »Wir sind halt alle nur Werkzeuge, Herr ... ich heiße Rabea. Wie ist Ihr Name?«

»Simon«, knurrte er. »Und ich halte mich nicht für ein Werkzeug. Ich habe einen freien Willen und kann mein Leben so gestalten, wie ich es für richtig halte. Ich – «

In der Ferne ertönten Sirenen.

»Nun wird sich sicher alles gleich aufklären«, stieß Simon aus. »Da kommt die Polizei.«

Rabeas Lächeln wandelte sich zu einer mitleidigen Miene, die Simon überhaupt nicht verstehen konnte.

»Auch wenn Sie das vielleicht unbedeutend finden!« fügte er deshalb hastig hinzu. »Ich muß das hier klären. Ich habe eine Frau und fünf Kinder. Und Enkelkinder. Die warten auf mich, die – «

Er stockte, denn er spürte plötzlich Rabeas Hände. Sie griffen nach seinen und hielten sie ganz fest.

»Was ... was soll das?«

Doch sie gab ihm keine Antwort darauf.

Simon schluckte. Er fühlte sich äußerst unwohl in seiner Haut, doch er war nicht bereit, sich freiwillig noch tiefer auf dieses Gefühl einzulassen.

Er entriß seine Hände Rabeas Umklammerung, drehte der Frau hastig den Rücken zu und rannte auf die Wagenkolonne zu, die zwischenzeitlich die Unfallstelle erreicht hatte.

»Herr Wachtmeister!« rief er. »Herr Doktor! Wir brauchen keine Feuerwehr, es brennt nichts. Wir brauchen – Herr Wachtmeister?«

Die Polizisten liefen an ihm vorüber, als wäre Simon gar nicht da, und auch der Notarzt würdigte ihn keines Blickes.

»Glauben Sie es immer noch nicht, Simon?«

Diese Frau machte Simon immer mehr angst.

»Wie können Sie nur so ruhig sein?« schrie er sie an. »Wenn wir wirklich ... Unsinn!« berichtigte er sich sofort. »Tot sind wir natürlich nicht ... ich meine, wenn wir hier wirklich sterben, dann ...«

»Dann fängt jetzt das richtige Leben an!« beendete Rabea den Satz auf ihre Weise.

Simon zweifelte nun ernsthaft am Verstand seines Gegenübers. Dieses Weib schien ja völlig durchgedreht zu sein. Aber das sah man ihr ja eigentlich auch schon an, beruhigte er sich. Sie war eine dieser typischen reichen Tussis: gelangweilt; deprimiert, weil das Lebensmittelgeschäft nicht den richtigen Kaviar hatte einfliegen lassen; in psychiatrischer Behandlung, weil die dritte Busenstraffung schiefgegangen war.

»Ich hatte ein richtiges Leben.« Auf einmal war Simon ganz ruhig. »Ich hatte ein Leben, das ich geliebt habe. Und falls Sie recht haben sollten, haben Sie mir dieses Leben genommen, und in diesem Fall – «

»Ich habe Ihnen gar nichts genommen«, schnitt Rabea ihm das Wort ab. »Sie haben doch alles noch vor sich.«

Simons Panik wurde wieder größer. »Was?« keifte er. »Was habe ich vor mir?«

»Alles.«

»Und was ist alles?«

Rabea lächelte ihn wissend an, sagte aber kein Wort, und das gab Simon vorerst den Rest.

Um nicht verrückt zu werden vor lauter Angst und Unsicherheit, hockte er sich direkt hinter den Notarzt, der diesen merkwürdigen anderen Simon inzwischen aus dem Autowrack befreit hatte.

»Was ist mit der Frau?« rief der seinem Kollegen zu.

»Weiß ich noch nicht.«

»Der hier hat noch einen Puls!«

Als Simon das hörte, sprang er auf und hüpfte hin und her, als habe er soeben in der Lotterie gewonnen.

»Sehen Sie, ich bin nicht tot!« rief er dabei immer und immer wieder. »Sehen Sie, sie bringen uns ins Krankenhaus.«

»Ich sehe ja«, seufzte Rabea. »Ich glaube nur nicht, daß das noch etwas bringt.«

»Natürlich bringt das was, das wird uns retten.«

»Ich fühle mich eigentlich längst gerettet, Simon.«

Entsprechend verlief die anschließende Fahrt im Notarztwagen. Simon kauerte zwischen Beatmungsgerät und Infusionsständer und kommentierte jeden Handgriff der Ärzte. Rabea saß völlig entspannt auf dem Boden des Krankenwagens.

Irgendwann, nach zahlreichen Anstrengungen wie Notaufnahme, Röntgenabteilung und Operationssaal kamen sie dann endlich auf die Intensivstation, und dort hatten sie zwei Betten, die direkt nebeneinander standen.

»Sehen Sie, wir sind nicht tot! Wußte ich es doch!«

Rabea lächelte nur, als Simon das sagte.

»Nun«, meinte sie dann, »wir sind aber nicht mehr weit davon entfernt.«

Dann setzte sie sich zu ihrem Körper auf die Bettkante und betrachtete ihn eingehend.

»Ich war eine schöne Frau, finden Sie nicht?«

»Sie sind eine schöne Frau!« erwiderte Simon sofort aufgebracht. »Hier ist doch noch nichts entschieden, noch gar nichts!«

Rabea lächelte. »Nein?«

Während sie es aussprach, dieses Nein, wies sie auf das

Licht, das da seit einiger Zeit zum Fenster hereindrang. Es war ein wundervolles Licht, heller und wärmer und klarer als alles, was man sich als Mensch vorstellen konnte.

»Es wartet auf uns, Simon. Und ich glaube, wir sollten es nicht zu lange warten lassen. Kommen Sie also, lassen Sie uns gehen!«

»Ich habe nicht die geringste Ahnung, wovon Sie sprechen«, kläffte Simon. »Und wohin sollten wir, bitte schön, gehen? Warum sind Sie nur so verdammt pessimistisch?«

Rabea lachte laut auf. »Sagen Sie mir lieber, warum Sie solche Angst haben?«

»Ich habe keine Angst!« raunzte Simon.

»Und ob Sie die haben!«

Simon verzog das Gesicht. »Wenn schon …«

»Angst hat viel mit dem Donner gemein«, entgegnete Rabea mit sanfter Stimme. »Bei ihm prallen warme und kalte Luft aufeinander, bei der Angst die Hoffnung und der gesunde Menschenverstand.«

»Blödsinn!«

Simon klammerte sich nur noch mehr an seinen Körper, obwohl das kaum noch möglich war. Er hatte sich schon an das Kopfende des Bettes gesetzt und den anderen Simon auf seinem Schoß gelagert. Mehr Nähe war wohl kaum noch zu schaffen.

»Wovor sollte ich Angst haben? Ich habe mir nichts vorzuwerfen. Aber deshalb gehe ich noch lange nicht einfach irgendwohin. Ich fühle mich wohl hier. Und außerdem kommt meine Frau gleich. Und sie bringt bestimmt die Kinder mit.«

Rabea glitt von der Kante ihres Bettes. Dann atmete sie ganz tief durch und ging auf das Licht zu, langsamen, aber festen Schrittes. Doch schien sich das Licht mit jedem Schritt, den sie sich ihm näherte, auch wieder um diesen einen Schritt von ihr zu entfernen. Sie konnte noch so sehr die Hand danach ausstrecken, ergreifen konnte sie es nicht.

»Na, jetzt sind Sie aber enttäuscht, nicht wahr?«

Rabea drehte sich zu Simon um. »Sie sehen es also auch«, flüsterte sie.

»Was?«

»Das Licht.«

»Quatsch!« log Simon.

Dabei sah er dieses befremdliche Licht ebenso deutlich wie Rabea. Er hatte auch genau beobachtet, wie sie es hatte berühren wollen und es vor ihr zurückgewichen war. Er hatte das alles genauestens gesehen, und dennoch mußte es sich dabei um eine Halluzination handeln, denn so etwas gab es nicht.

Noch während er sich das sagte, kam das Licht wieder näher. Jetzt, da Rabea ihm den Rücken zukehrte, umspielte das Licht plötzlich ihr Haar; ja, es fiel sogar deutlich sichtbar auf ihre Schultern …

»Erkennst du mich denn nicht, Simon?« fragte sie da auch schon.

Er schluckte.

»Laß uns nach Hause gehen! Es ist Zeit.«

Er kroch noch ein bißchen tiefer unter den anderen Simon, so tief, wie es eben möglich war.

Rabea war plötzlich ganz sonderbar zumute. Sie wußte ganz genau, wo sie war und wer sie war, doch schien all das plötzlich nebensächlich zu sein. Das einzige, was zählte, war diese andere Erinnerung, die da auf einmal in ihr erwachte. Denn sie erinnerte sich an saftig grüne Wiesen und wunderschöne Berge und Täler, an schmucke weiße Häuser und an Frieden.

Und an Simon erinnerte sie sich auch. Sie hatten gemeinsam unter diesem riesigen Kirschbaum gesessen und irgend etwas gelesen, und sie hatte ihm versprochen, ihn dereinst mitzunehmen.

Jetzt, ein ganzes Menschenleben später, stand Rabea da und wußte nicht, wie sie dieses Versprechen halten sollte.

»Mach es mir also bitte nicht unnötig schwer, Simon!« flüsterte sie. »Hilf mir lieber! Bitte!«

Er starrte sie an und wäre am liebsten davongelaufen. Die Lage, in der sie sich beide befanden, wäre an sich schon schlimm genug gewesen. Daß diese Frau da nun zu allem Überfluß auch noch den Verstand verlor, machte alles nur noch unerträglicher.

Da öffnete sich plötzlich die Tür. Und Simons Erlösung stand im Raum.

»Endlich bist du da!« rief Simon seiner Frau entgegen. »Wo sind die Kinder? Die hast du doch wohl hoffentlich alle mitgebracht!«

Nun, Simon durfte schon bald ganz ruhig sein. Sie waren alle gekommen, die ganze Familie, und sie versammelten sich um sein Bett. Dabei sahen sie irgendwie zum Fürchten aus, die Gesichter hinter blauen Masken verborgen, die Körper verhüllt unter viel zu großen grünen Kitteln.

»Keine Angst«, rief Simon ihnen immer wieder zu, »hört auf zu weinen, ich schaffe das schon.«

Und davon war er jetzt wirklich überzeugt. Jetzt, da seine Lieben bei ihm waren, konnte er alles schaffen, er brauchte nur seine Ruhe dabei.

Aber ausgerechnet die wurde zwischendurch immer wieder gestört, weil dieses Unglücksweib an seiner Seite einfach keine Ruhe geben wollte.

»Simon?«

Er konnte es nicht mehr ertragen.

»Verschwinden Sie endlich!« keifte er zum soundsovieltenmal. »Was wollen Sie noch hier?«

»Ich will dir helfen«, erwiderte Rabea.

»Helfen?« keifte Simon. »Machen Sie sich nur keine Umstände! Sie haben heute schon genug für mich getan.«

Zudem spürte Simon ein Kribbeln als würde diese fremde Hülle, in der er sich nach dem Unfall wiedergefunden hatte, nun mit jedem Augenblick mehr und mehr mit jener

Hülle verschmelzen, in der er die letzten siebenundfünfzig Jahre gelebt hatte. Und genau das wollte er erreichen. Simon wollte wieder eine Einheit werden.

»Tu das nicht!« beschwor Rabea ihn. »Du brauchst das nämlich nicht zu tun; du hast ausnahmsweise mal die Wahl. Du kannst auch mit mir kommen.«

»Ich will aber nicht.«

»Das würdest du bereuen, Simon, glaub es mir! Und das weißt du auch. Du brauchst nur mal in dich zu gehen!«

Nun, das tat Simon ja schon die ganze Zeit, wenn auch auf andere Weise, als es der verrückten Rabea vorschwebte.

Er klammerte sich mit nahezu übermenschlicher Kraft an das, was er kannte, an sein Leben, und außer Rabea, die hilflos am Rand stand, unterstützten ihn alle im Raum dabei. Sie beteten, einer wie der andere.

»Laß ihn am Leben bleiben, lieber Gott!«

»Mach, daß wieder alles gut wird!«

»Hilf uns, Vater im Himmel, nimm ihn uns nicht weg!«

Rabea schlug die Hände vors Gesicht.

»Sag ihnen, daß sie damit aufhören sollen!« wimmerte sie.

»Wieso? Haben Sie Sorge, es könnte fruchten?« keifte Simon.

»Gebete fruchten immer, nur tun sie das nicht immer so, wie es für uns das beste wäre.«

»Wie wollen Sie beurteilen, was für mich das beste ist? Meine Familie und ich halten zusammen. Und wir werden es schaffen!«

Rabea seufzte.

»Da brauchen Sie gar nicht so zu grunzen!«

»Ich habe nicht gegrunzt, Simon, ich möchte dir nur ersparen –«

»Ich helfe mir selbst.«

»Das kannst du nicht.«

Es waren nicht die Worte an sich, die Simon so sehr erschütterten, es war vielmehr die Art, wie Rabea diese Worte sprach. Dieses ›Das kannst du nicht!‹ klang so sicher, so end-gültig, so unabwendbar.

»Wer sind Sie schon, daß Sie sich das trauen dürfen!«

Simon spürte, daß ihm die Tränen kamen. Er hatte große Mühe, sie zurückzuhalten.

»Weine nur, wenn dir danach ist«, entgegnete Rabea. »Ich habe im Leben sehr, sehr oft geweint.«

Simon schob den Unterkiefer vor. »Und?« schnaubte er. »Hat es was genützt?«

Rabea lächelte. »Weißt du«, flüsterte sie dann, »ich glau-be, das ist eines der großen Geheimnisse des Erdenlebens: Es ist alles ganz gerecht verteilt. Wer ein so unglückliches Leben geführt hat wie ich, der stirbt leichter, fast sogar gern. Du hat-test ein reiches Leben«, sprach sie weiter, »und weil du glück-lich warst in der Welt der Menschen, willst du diese Welt jetzt nicht verlassen.«

Simon schluckte. Leider machte das, was Rabea sagte, Sinn – selbst für ihn. Doch machte es nur gefühlsmäßig Sinn. Simons Verstand dagegen war nicht ganz so leicht zufrieden-zustellen.

»Nicht doch!« mahnte Rabea. »Laß nicht deinen Ver-stand erfassen und erklären und begründen, was dein Gefühl schon lange weiß. Du würdest dich hinterher nur wundern, daß du dich immer weiter von der Wahrheit entfernt hast.«

Simon schnappte nach Luft.

»Gott hat dich gerufen, Simon. Und das kannst du nicht rückgängig machen. Du mußt dich fügen.«

Simons Verzweiflung steigerte sich ins Unerträgliche.

»Ich will aber nicht!« schrie er. »Ich will weiterleben! Ich will bei meiner Frau bleiben, meine Enkel aufwachsen sehen; ich will –«

Nun, Simons Wunsch wurde erfüllt. Die ganze Nacht und den ganzen nächsten Tag klammerte er sich an seinen Kör-per, und irgendwann war er davon so erschöpft, daß er einschlief. Und als er wieder aufwachte, war mit einem Mal alles anders.

»Ihr Mann hat zahlreiche Knochenbrüche«, hörte er einen der Ärzte sagen. »Der linke Unterschenkel ist so zertrümmert, daß wir ihn über dem Knie werden amputieren müssen, und mit dem linken Arm sieht es nicht viel besser aus.«

»O Gott!« stöhnte Simons Frau und sank schluchzend auf einen der Stühle.

»Unsere größte Sorge gilt aber zur Zeit der Schädelverletzung«, fuhr der Arzt derweil fort. »Es liegen an verschiedenen Stellen Hirnblutungen vor, und wir müssen diese Blutungen so schnell wie möglich zum Stillstand bringen.«

»Stirbt er sonst?« wimmerte Tochter Lena.

Der Arzt schluckte. »Die bleibenden Schäden werden zumindest immer größer.«

Bleibende Schäden! Als Simon das hörte, erfaßte ihn eine Panik, wie er sie in dieser Form noch nie erlebt hatte. Er wollte etwas sagen, brachte aber keinen Ton heraus. Er wollte sich bewegen, konnte es aber nicht. Und da waren auf einmal überall diese Schmerzen, im ganzen Körper.

»Sieh mich an, Simon! Sieh mich an!«

Nach wie vor war Rabea an seiner Seite.

»Sieh mich genau an, Simon, denn ich bin das einzige, was du in dieser Welt noch jemals sehen wirst.«

Er war fassungslos.

»Du bist blind, Simon.«

Das konnte nicht sein. Er sah doch seine Frau, seine Kinder, den Arzt.

»All das siehst du nicht mit deinen Augen, Simon, sondern mit deiner Seele. Aber wenn du dich Gottes Ratschlag widersetzt, wirst du das nicht mehr können. Es ist deine letzte Chance. Nutze sie!«

Nun konnte Simon gar nicht mehr anders, er fing an zu weinen.

»Ich kann meine Familie nicht verlassen«, schluchzte er, »ich liebe sie zu sehr. Das kannst du wahrscheinlich nicht verstehen, aber ...«

Er schnappte nach Luft, und Rabea setzte sich zu ihm, legte ihre kühle Hand auf seine glühende Stirn.

»Ich verstehe das sogar sehr gut«, flüsterte sie. »Wir klammern uns an das, was wir lieben. Manchmal, weil wir brauchen, was wir lieben. Manchmal, weil wir lieben, was wir brauchen. Aber du –«

»Ich habe Verantwortung gegenüber meiner Familie«, schluchzte Simon. »Ich kann sie nicht einfach verlassen. Wer keine Verantwortung hat so wie du, der sieht vielleicht keinen Grund zu leben, aber ich ...«

Simon stockte. Da war plötzlich etwas Merkwürdiges in seinem Kopf. Es war kein Gedanke, und es war kein Gefühl und erst recht keine Vision, es war eine Gewißheit:

Dieser Tunichtgut, der nun bald sein Schwiegersohn werden sollte, würde aus Simons kleiner Firma ein riesiges Unternehmen machen.

»Wie kann das sein?« flüsterte er.

Rabea lächelte. »Wir tragen alle einen geheimnisvollen Propheten ins uns. Er bestimmt unsere Hoffnungen, unsere Ängste und manchmal auch unsere Entscheidungen.«

Simon starrte mit leerem Blick vor sich hin. Er konnte sich einfach nicht anders entscheiden, als er es bereits getan hatte.

»Vielleicht, weil ich feige bin ...«

»Feigheit ist ein hohles Wort«, erwiderte Rabea. »Furcht hat immer Gründe. Und jeder von uns sollte versuchen, diese Gründe zu erforschen, statt der Einfachheit halber seine Furcht zu bekämpfen.«

Simon atmete schwer. Er dachte da plötzlich an einen strahlend schönen Frühlingstag, an den betörenden Duft eines blühenden Kirschbaums. In der Ferne sah er ein Mädchen, das über einen Kiesweg hüpfte; ein Nachbarskind. Und im nächsten Moment wußte er plötzlich, daß auch Rabea für ihn ein Nachbarskind war. Aber eben nur ein Nachbarskind. Sie gehörte nicht zu seiner Familie, zu seiner großen, wunderbaren Familie.

»Meinst du, daß Gott zornig auf mich sein wird, Rabea?«

Sie überlegte einen Moment.

»Zorn ist immer die Folge von Angst oder Enttäuschung«, sagte sie dann. »Beantwortet das deine Frage?«

Simon und Rabea sahen einander tief in die Augen.

»Es hat mich in meinem Leben nur selten gereut, was ich getan habe«, sagte Simon schließlich, »dafür aber um so mehr, was ich nicht getan habe. Und das würde jetzt wieder passieren. Wenn also wirklich alles so kommt, wie du sagst, muß ich eben Kompromisse machen. Das ganze Leben besteht aus Kompromissen.«

Noch eine ganze Weile blieb Rabea wortlos an Simons Bett sitzen und sah ihn einfach nur an. Dann drückte sie ihm einen sanften Kuß auf die Stirn und sagte:

»Auf Wiedersehen! Hoffentlich sehen wir einander sehr bald wieder!«

Langsam stand sie auf und drehte sich neuerlich um zu jenem Licht.

Es war immer noch da, und als sie jetzt die Hand danach ausstreckte, schienen ihre Hand und das ferne Licht eins zu werden.

Vorsichtig setzte Rabea einen Fuß vor den anderen, dieses Mal wich das Licht nicht zurück, nein, vielmehr umhüllte es plötzlich ihren ganzen Körper ...

»Weißt du jetzt, worum es geht, mein Kind?«

Rabea lachte laut auf, als sie die so vertraute Stimme vernahm.

»Natürlich, du Filou!« antwortete sie und rannte die letzten Stufen der Großen Treppe so schnell empor, wie sie eben konnte.

»Na, wie sprichst denn du mit deinem Schöpfer?«

Wieder lachte Rabea. »Hast du mich etwa nicht nach deinem Ebenbild geschaffen?«

Nun mußte der himmlische Vater laut lachen. »Wenn ihr recht habt, habt ihr recht!« rief er, und im nächsten Moment flog Rabea in seine Arme, und er preßte sie ganz fest an sich.

»War es schlimm?«

»Es ging«, antwortete sie. »Ich hatte bei allem viel Zeit, die ich mit dir verbringen konnte, ohne mir dessen oftmals bewußt zu sein.«

Gott strich ihr übers Haar. »Du hast sie gut genützt, deine Zeit!«

»Und was wird jetzt aus Simon?«

»Er wird noch sehr, sehr lange leben«, antwortete Gott, während er Rabea bei der Hand nahm und sie gemeinsam zum Saal der Sterne gingen.

»Seine Frau wird ihn pflegen, seine Kinder werden ihn regelmäßig besuchen, und sie werden dabei alle auf ihre eigene Art Glück empfinden. Er wird die Familie auf Erden zusammenhalten, und eines Tages werden sie alle wieder hier versammelt sein.«

Sie hatten inzwischen den Saal der Sterne erreicht, und Gottvater ließ sich gleich auf seinem Thron nieder.

»Willst du gar nicht wissen, was mit dir passiert?« fragte er Rabea, die kurz hinter dem Goldenen Tor stehengeblieben war und ihn jetzt ängstlich anblickte.

Sie atmete schwer. »Ich glaube nicht, Vater.«

Gott hörte den Schmerz, der aus Rabeas Stimme schwang.

»Hast du denn gar kein Vertrauen zu mir, mein Kind?«

»Zu dir schon«, antwortete sie. »Nur zu mir nicht. Ich weiß nicht, was ich verdient habe.«

Als Gott das hörte, winkte er sie zu sich, deutete ihr, vor ihm niederzuknien und sah ihr fest in die Augen.

»Würde ist nichts Menschliches«, erklärte er ihr, »sie ist mein. Menschliche Würde wird immer da sichtbar, wo der

Mensch aufrecht steht, obgleich er eigentlich längst am Boden liegen müßte, und wo ich ihn stehen mache, mit meiner Kraft.«

Rabea wagte nicht, diese wunderschönen Worte auf sich zu beziehen. Und sie wagte auch nicht zu glauben, daß die Flügel, die ihr himmlischer Vater in seinen Händen hielt, daß diese Flügel für sie bestimmt waren.

»Ein Mensch, der niemals geliebt wurde«, sprach Gott daraufhin, »den niemand brauchte, der immerzu mit sich und seinen unerfüllten Träumen allein war ... was meinst du, Rabea, was ein solcher Mensch verdient hat?«

Viele, viele Jahre später, als man in den Himmeln der Wahrhaftigkeit die Heimkehr von Simons ältestem Urenkel feierte, trat eine wunderschöne Frau an den Tisch und bat Simon um den nächsten Tanz.

»Erinnerst du dich noch an mich?«

»Na-na-natürlich«, stammelte Simon. »Du bist doch die, die mir damals ...«

Er wollte nicht tanzen; er tanzte nur mit seiner Frau, das hielten sie schon seit Ewigkeiten so. Doch wollte er natürlich trotzdem nicht unhöflich erscheinen, und so bat er Rabea, doch kurz bei ihnen am Tisch Platz zu nehmen.

»Wie geht es dir?« fragte sie ihn.

»Sehr gut, danke! Es wird nur langsam etwas eng bei uns, darüber wollte ich gleich mal mit dem Vater sprechen.« Er schluckte. »Und ... wie geht es dir?«

Rabea lächelte. »Mir geht es so, wie es allen hier geht, die auf Erden Menschen meiner Art waren.«

»Aha!«

Einerseits interessierte Simon sich nicht sonderlich für andere Leute, andererseits war er in diesem so speziellen Fall aber doch ein bißchen neugierig.

»Und ... und wie sieht das so aus?« erkundigte er sich deshalb nach einer Weile.

Wieder lächelte Rabea.

»Weißt du«, sagte sie dann, »Johanna – das ist die, die gerade gesungen hat –, Johanna hat dafür vor langer Zeit einmal sehr treffende Worte gefunden. Sie hat gesagt: Wenn die Menschen doch nur wüßten, daß die zerbrochenen Träume ihres Lebens die fliegenden Teppiche ihrer Ewigkeit sind ...«

So geschah es vor langer, langer Zeit. Denn für die einen ist das Leben ein Traum, für die anderen kann und wird es viellicht einer werden. Und so wird es immer wieder geschehen, bis an das Ende aller Zeit.

THERESE UND ULRICH

Auf Gott muß man oft warten,
aber vergiß nicht,
wie manche Stunde hat Gott schon
auf uns warten müssen.
(Jes. 8,17)

Es war einmal vor langer, langer Zeit in den unendlichen Himmeln der Wahrhaftigkeit.

Gottvater hatte eine anstrengende Nacht hinter sich. Es gab auf Erden immer wieder Phasen, in denen ein Problem das andere jagte. Vornehmlich lag das daran, daß die Menschen selbst immerzu auf der Jagd waren. Sie jagten nach Geld oder Macht oder Glück und hatten am Ende mit jedem vermeintlichen Treffer in Wahrheit doch mal wieder nur einen Teil ihrer Zeit getötet.

Das sahen sie nur leider nicht ein. Statt dessen beklagten sie Zeitmangel. Die jüngste dieser Phasen war noch nicht vorüber, das wußte der himmlische Vater. Er wußte, daß der Tag, der sich nunmehr vor ihm auftat, ebenso schwierig werden würde, wie die Nacht es gewesen war, und das einzige, was ihn derzeit darüber hinwegzutrösten vermochte, war die Gewißheit, daß es solche Tage und Nächte nur selten gab.

»Viel zu selten!« krächzte Herr S., während er sich eine der dicken Zigarren anzündete, die er mitgebracht hatte.

Gottvater hüstelte.

»Sag jetzt nicht, du kannst den Rauch nicht vertragen!«

»So etwas würde ich nie sagen«, meinte der himmlische Vater und hüstelte gleich noch einmal. »Ich fände es lediglich angebracht…«, er blickte Herrn S. geradewegs ins Gesicht, »wenn Sie mir auch eine Zigarre anböten.«

Wie immer, wenn er ernsthaft über etwas nachdachte, kniff Herr S. seine Augen fest zusammen, das war so eine Marotte von ihm. An jenem Nachmittag war mit dem kleinen grauen Kerlchen nicht zu spaßen, das war dem Herrgott klar.

Gleich beim Hereinkommen hatte er mit wenigen Worten erklärt, daß er käme, um eine Schuld einzutreiben, und daß er erst wieder gehen würde, wenn es in den Heiligen Plan aufgenommen, von nun an auf ewig schwarz auf weiß darin nachzulesen wäre – ›es‹, das von ihm bereits in Worte gekleidete Gesetz, das es ihm ermöglichte, in Zukunft vorab die Wege der Kinder Gottes zu lesen.

Damit war dies seit vielen, vielen Ewigkeiten das erste Mal, daß Herr S. genau wußte, was er wollte.

»Gut«, seufzte Gott, »daß Sie sich an den Selbstgefälligen vergreifen, will ich ja vielleicht noch hinnehmen. Was ich indes unbedingt – «

»Du wirst hier gar nichts!« schnitt Herr S. ihm das Wort ab. »Heute bin ich an der Reihe! Und beleidigen lasse ich mich auch nicht mehr!«

Gottvater schüttelte verständnislos den Kopf.

»Wissen Sie, Herr S., jemanden zu beleidigen, heißt zumeist, ihn gegen seinen Willen zu durchschauen. In dem Fall müßte ich davon ausgehen, daß Sie eine Menge zu verbergen haben, vor allem vor sich selbst.«

»Wer von uns beiden der größere Geheimniskrämer ist, weiß doch wohl jeder«, giftete der andere da auch schon. »Und solchen Leuten geht man besser aus dem Weg.«

»Was Sie nicht sagen!«

»Weil sie entweder so viel zu verbergen haben, daß es peinlich ist, sie zu kennen – oder aber weil sie nur so tun, als hätten sie Geheimnisse, um wenigstens ein bißchen interessant zu erscheinen.«

»Und welchem Typus ordnen Sie mich zu, Herr S.?«

Der schmächtige graue Kerl dachte angestrengt nach, Gottvater konnte förmlich hören, wie es in den Hirnwindungen des kleinen Mannes knisterte.

Er erinnerte sich noch genau an den Tag, an dem er diesen Mickerling geschaffen hatte, der ihm da jetzt gegenübersaß. Er hatte es nicht gern getan, ganz und gar nicht, doch war es einfach nicht mehr vermeidbar gewesen. Die Menschen hatten Spiegel, um sich selbst entgegenzutreten; vor allem aber hatten sie einander. Auch der himmlische Vater brauchte ein Gegenüber, jemanden, der an seiner Stelle all jene Dinge verwaltete, die Gott zu Anfang seiner Schöpfung überflüssig oder zu unangenehm erschienen waren.

So hatte Herr S. zu Anbeginn der Zeit nur den Haß vollzogen und die Lust. Doch waren immer mehr Dinge dazugekommen, und all diese Dinge entpuppten sich bald zu Halbwahrheiten, so daß der himmlische Vater sie zurückhaben wollte. Nur hatte Herr S. sich darauf natürlich nie eingelassen. Er war zwar nicht allzu klug, dafür aber äußerst zäh. Was er einmal hatte, das ließ er nicht mehr los.

»Werden wir hier doch mal sachlich!« sprach der Schöpfer. »Sie sind erbost, Herr S., weil ich Ihnen angeblich ein Versprechen gegeben und es nicht gehalten habe.«

Er stand auf und lief ein paar Schritte, genaugenommen lief er einen Halbkreis um Herrn S. herum.

»Und für diese angebliche Schuld soll ich Ihnen jetzt etwas überlassen, was mir heilig ist«, sagte er dabei. »Nur … wenn ich es nicht tue, Herr S. …«, er blieb hinter seinem Widersacher stehen und blickte auf ihn nieder. »Was dann? Wollen Sie mich dann abstrafen?«

Der Mickerling sank zusehends in sich zusammen.

»Du weißt genau, daß ich dir ganz schöne Schwierigkeiten machen kann«, krächzte er.

Der himmlische Vater seufzte. »Meine Kinder hüten sich vor Leuten, die ständig über andere reden. Sie wissen nämlich, daß solche Leute das nur tun, weil sie selbst so langweilig sind.«

Herr S. knirschte mit den Zähnen. »Statt mich niederzumachen«, krächzte er, »könntest du mich ja umgestalten.«

»Das könnte Ihnen so passen! Sie waren eine meiner ersten Kreaturen, und ich lasse Sie so, wie Sie sind: unzulänglich, aber sehr überzeugend.«

»Das ist aber nicht fair.«

»Was ist schon fair, wenn Sie Ihre Hände im Spiel haben?«

»Das heißt also, daß du mir den Einblick in die Wege wieder nicht zugestehen willst; habe ich recht?«

Gottvater lächelte. »Wann werden Sie endlich aufhören, meine Gedanken lesen zu wollen, Herr S.?«

Gemächlich schritt er zu seinem Thron, ließ sich darauf nieder, spitzte die Lippen.

»Sie hatten es selbst schon mal angesprochen«, sagte er dann. »Viele Werte liegen sehr nah beieinander. Einige, nach meinem Dafürhalten, zu nah!«

Herrn S. wurde immer unbehaglicher zumute.

»Geben Sie mir die Halbwahrheiten zurück«, sprach der himmlische Vater da auch schon, »und ich lasse Sie in Zukunft die Wege lesen!«

Wie erstarrt hockte das kleine graue Männlein da. Dieses Angebot klang verheißungsvoll. Nur hatte der Schöpfer ihm derartige Angebote in der Vergangenheit schon häufiger mal gemacht, und es war Herrn S. langfristig noch nie bekommen, sie anzunehmen.

»Alle?« fragte der Mickerling vorsichtig an.

»Alle!« erwiderte Gottvater.

Herr S. beugte sich weit vor. Es gab so viele Halbwahrheiten in den Himmeln und auf Erden, daß er sie auf Anhieb gar nicht alle überblicken konnte. Er wußte nur, daß an jeder einzelnen eine Unmenge anderer Werte hingen, und diese anderen Werte bildeten weitgehend die Grundlage seines Wirkens.

So öffnete ihm beispielsweise der Glaube des Menschen so manche Tür. Wer auf Erden zu wissen glaubte, was es zu glauben galt, der fühlte sich zugleich auch überlegen, und die geistig Erhabenen der Erde waren Herrn S.' beste Kundschaft. Diese Leute hatten nämlich Überzeugungen und gaben sich nur selten damit zufrieden, diese zu haben; nein, zumeist fühlten sie sich berufen, diese auch mit anderen zu teilen, und das war wunderbar. Es konnte schließlich gar nicht genug Kriege geben.

Auch an der Hoffnung hing Herrn S.' Herz, nicht so sehr an ihrer Saat, um so mehr aber an ihren Früchten. Wer lange genug gehofft hatte und immer wieder enttäuscht worden war, der begann zu zweifeln, und Zweifel waren herrliche Ketten.

»Es wäre töricht von mir, darauf zu verzichten«, krächzte der Mickerling.

Gottvater saß da, als habe er diese Antwort erwartet. Und das verunsicherte Herrn S. gleich wieder.

»Oder nicht?« fragte er deshalb vorsichtshalber nach.

Der Schöpfer lächelte.

»Das Gros meiner Kinder scheitert nicht an seinem Glauben, sondern an fehlender Selbstachtung«, sagte er dann. »Aber sie lernen zusehends, daß man Selbstachtung lernen kann, indem man zu Selbsterkenntnis bereit ist. Das wird Ihnen diese Halbwahrheit in Zukunft verderben.«

Herr S. verzog das Gesicht zu einer wütenden Fratze. Damit waren nun nämlich schon zwei dieser scheinbaren Werte nicht mehr das, was sie eigentlich hätten sein sollen; denn auch an der Hoffnung fummelte der Schöpfer in jüngster Zeit herum. Viele seiner Kinder reagierten auf Enttäuschung nicht mehr mit Zorn, sondern mit Resignation, und diese Einstellung war Herrn S. ein Dorn im Auge.

»Jetzt weiß ich«, krächzte Herr S. da auf einmal, und dann fing er an zu kichern. »Jetzt weiß ich, worauf du hinauswillst! Du willst die Liebe. Du hast dir immer noch nicht verziehen, daß du mir damals großmütig den Haß überlassen und dabei außer acht gelassen hast, daß ich dadurch auch einen großen Teil der Liebe unter Kontrolle bekam.«

Gottvater zog die Augenbrauen hoch.

»Sie haben gar nichts unter Kontrolle«, sagte er dann, »bilden Sie sich da mal nichts ein!«

Herr S. hielt den Schöpfer fest im Visier. Er wußte, daß er mit seiner Vermutung richtig lag. Der himmlische Vater wollte das nur nicht zugeben. Deshalb stand er jetzt wohl auch auf und lächelte so widerlich, so freundlich herablassend.

»Ich weiß, Herr S., daß Ihre Hirnwindungen nicht die schnellsten sind, aber das macht ja nichts. Lassen Sie sich ruhig Zeit, denken Sie über alles ganz genau nach, nur mich müssen Sie jetzt bitte kurz entschuldigen.«

Mit diesen Worten ging Gottvater zum Goldenen Tor. Er ließ Herrn S. einfach im Saal der Sterne zurück.

Allein.

Und das war noch nie vorgekommen. Das erfüllte dem Kleinen völlig unerwartet einen lange und innigst gehegten Wunschtraum.

Unten auf der Erde wurde es Frühling. Für die Menschen war das immer die anregendste Zeit des Jahres. Sie nahmen die Natur dann bewußter wahr als sonst, und die Natur war das einzige, was die meisten an die Existenz oder gar an die Güte Gottes glauben ließ.

Frühling auf Erden war überall berückend und schön. In Paris war diese Zeit des Jahres jedoch von ganz besonderer Bedeutung. Die Stadt schien dann mit einem Mal aus einer Art Märchenschlaf zu erwachen, im Nu all diese vielen Zauber zu entfalten, die Ulrich damals veranlaßt hatten, herzuziehen.

Ulrich war ein junger Mann. Er war erst kürzlich achtundzwanzig geworden, und für dieses zarte Alter hatte er es wahrlich weit gebracht in seinem Leben.

Zur Welt gekommen war er nämlich in einem kleinen Dorf im Schweizer Kanton Graubünden als Kind sehr einfacher Leute. Heute lebte Ulrich in einer großen Eigentumswohnung in einem der elegantesten Pariser Arrondissements, fuhr eine Luxuslimousine und hatte einen Freundeskreis, der sich las wie das europäische Geld- und Blut-Adelsregister. Und er war stolz darauf, denn er hatte all das einzig und allein sich selbst zu verdanken.

Wie jeden Morgen war Ulrich von sanfter Musik geweckt worden. Und draußen lockte der Pariser Frühling; Ulrich spürte es mit jeder Faser seines Körpers. Nachdem er sich ausgiebig gereckt und gestreckt hatte, stand er auf und ging zur Wohnungstür. Er kümmerte sich nie selbst um sein Frühstück, sondern ließ alles anliefern. So standen auch an jenem Morgen der Kaffee, der frisch gepreßte Saft und seine Lieblingsbrötchen vor der Tür; denn wenn sie nicht dagestanden hätten, wäre Ulrich wütend geworden, hätte sich lauthals beschwert und das Geschäft bei all seinen Freunden und Bekannten madig gemacht.

Das war allerorts bekannt, und so verhielt man sich entsprechend. Man fürchtete Ulrich.

Nach einem kurzen Umweg in die Küche ließ er sich im Wohnzimmer auf einem der mit Raubtierfell bezogenen Sofas nieder und begann sein morgendliches Frühstücksritual.

Er achtete sorgfältig auf die Qualität seines Essens; denn nur ein gesunder Körper war auch ein schöner Körper.

Als das Telefon läutete, nahm Ulrich trotz der frühen Stunde fröhlich ab. Er liebte es, mit anderen zu reden; noch lieber aber sprach er über andere, und am liebsten sprach er darüber, wie schlecht es denen allen ging. Sie waren entweder häßlich oder arm oder unglücklich, und das bedauerte er zutiefst. Mit Worten. Tief in seinem Herzen interessierte ihn das alles nicht. Ulrich interessierte sich nur für Ulrich.

An jenem Vormittag gab es nur eines, was Ulrichs Laune ein wenig trübte: Er mußte sich beeilen. Und das haßte er. Nur wenn er genügend Zeit hatte, konnte er sich ausreichend mit sich selbst beschäftigen, und nur wenn er sich ausreichend mit sich selbst beschäftigt hatte, verspürte er Lust, sich auch noch mit irgend jemand anderem auseinanderzusetzen. Aber genau das war angesagt an jenem Tag.

Ulrich war zum Mittagessen verabredet. Mit einer Frau. Genaugenommen war diese Frau eine wohlhabende Witwe von dreiundfünfzig Jahren, die er erst kürzlich kennengelernt und auf die er offenbar ziemlichen Eindruck gemacht hatte. Sonst hätte sie ihn wohl kaum ins Schloßhotel geladen.

Ulrich mußte natürlich vorsichtig sein, das wußte er. Viele reiche Damen legten es darauf an, Männer wie ihn spüren zu lassen, was sie von ihnen hielten. Aber Ulrich wußte, wie das zu meistern war. Man mußte den Damen gleich beim ersten Rendezvous erklären, daß Selbstachtung für einen ganz groß geschrieben wurde und daß man deshalb auch von jedem anderen Respekt verlangte.

Ulrich schilderte sich selbst immer als Kind reicher Eltern. Das war ein weiteres Schutzschild. So hegte niemand den Verdacht, er könnte auf etwas aus sein, was er nicht längst hatte.

Als Ulrich an jenem Vormittag in die Badewanne stieg, stellte er fest, daß es schon sehr viel später war, als er gedacht hatte. Und er mußte sein Haar noch fönen und sich eincremen, was an sich schon länger dauerte, als ihm noch Zeit blieb. Und was er anziehen sollte, wußte er auch noch nicht. Nur soviel stand fest: Es würde etwas Seidenes sein! Man mußte sich selbst das Beste gönnen, nur dann bekam man auch das Beste vom Leben.

Im allgemeinen legte Ulrich keinerlei Wert auf Pünktlichkeit. Er kam und ging, wie es ihm genehm war, und es waren ihm auch noch selten die Entschuldigungen dafür ausgegangen. Bei einem ersten Rendezvous, zumal bei einem so wichtigen, konnte er sich das jedoch nicht erlauben.

Also beschloß er, das Haar schon mal anzutrocknen, während er noch in der Badewanne saß. Davor wurde im allgemeinen zwar immer gewarnt, doch besaß Ulrich einen ganz besonderen Haartrockner mit Sicherheitssystem. Kam das Gerät mit Wasser in Berührung, schaltete es sich automatisch ab!

So stand es zumindest in der Gebrauchsanleitung. Und daß diese nicht log, wurde Ulrich an jenem Vormittag sogar bewiesen.

Der Fön rutschte ihm nämlich aus der Hand. Und fiel ins Wasser. Aber außer einem Kurzschluß verursachte das nichts, lediglich dieses merkwürdige Gefühl, als habe er sich kolossal über irgend etwas erschreckt. Das war aber nur von ganz kurzer Dauer.

So kletterte er aus der Badewanne, schaltete die Sicherungen wieder ein und machte weiter mit seinem Schönheitsprogramm.

Gottvater hörte das Jammern und Klagen schon von weitem. Es kam von der Rackerrutsche. Eine Jungen- und eine Mädchenstimme redeten aufgeregt aufeinander ein, und da der himmlische Vater noch ein wenig Zeit hatte, machte er sich auf den Weg zu den beiden.

»Wir dürfen das nicht, Lukas, schlag dir das aus dem Kopf!«

»Etwas anderes können wir aber nicht tun, Lilian, geht das nicht in deinen Kopf?«

»Dann mußt du allein gehen! Ich mach' da nicht mit, auf keinen Fall.«

»Allein trau' ich mich auch nicht. Wir haben schließlich versprochen, nie wieder zu stören.«

»Worum geht es denn, Kinder?«

Die Zwengel erschraken so sehr, daß ihnen prompt ihre Einsatzbögen aus der Hand fielen.

»Wir … wir haben ja versprochen, nie wieder zu stören«, stammelte Lilian, »nur … nur haben wir einen Einsatz, und …«

235

»Und Cherub ist nicht da!« beendete der Junge das Gestottere seiner Schwester.

»Und das war noch nie, lieber Vater.« Das Mädchen atmete ganz tief durch. »Daß er nicht da ist, meine ich!«

»Wir haben schon alles versucht.«

»Alles haben wir versucht.«

Gott stand da und blickte auf die beiden nieder, und dabei umspielte ein sanftes Lächeln seinen Mund.

»Ihr braucht euch um Cherub nicht zu sorgen!« erklärte er den so kläglichen Zwengeln. »Aber es ist nett, daß ihr es tut. Er hat eine wichtige Erledigung für mich zu machen.«

Mit großen Augen blickten Lilian und Lukas zu ihrem Schöpfer empor. »Aber er ist nicht da!« erklärten sie dann noch einmal.

Gottvater lächelte. »In den Himmeln ist er nicht, das stimmt schon.«

»Aber wo ist er dann?«

Gottvater schloß die Augen. »Wißt ihr«, sagte er, »wie wäre es, wenn ihr ihn das selbst fragt?« Er öffnete die Augen wieder. »Wenn er wiederkommt!«

Lukas verzog das Gesicht. »Der erzählt nichts über sich!« tönte er dann.

»Bist du dir da sicher, mein Kleiner? Cherub war immer ein Außenseiter. Und das ist jeder, der anders ist oder anders sein will als die Masse.«

Lilian schluckte. »Heißt das, daß Cherub ein ganz besonderer Engel ist?«

Wieder lächelte der himmlische Vater. »Ein ganz besonderer, mein Kind. Und deshalb hat er es auch ganz besonders schwer.«

Betreten senkten die Zwengel die Köpfe. Nun, mit ihnen hatte Cherub es zweifellos schwer.

»Er hat oft recht«, meinte Lilian dann, »glaube ich.«

»Er gibt zumindest immer gute Ratschläge!« fügte Lukas hinzu.

Gott hob eine Braue. »Könnt ihr euch vorstellen, wie schwer das ist?«

Fragend sahen die Zwengel ihren himmlischen Vater an.

»Wißt ihr«, erklärte der, »andere um Rat zu fragen ist zwar auch nicht immer einfach, doch es ist klug. Denn je mehr Meinungen man hört, desto leichter kann man sich eine eigene bilden. Anderen Rat zu geben ist indes oft zermürbend. Weil nur wenige bereit sind, wirklich zuzuhören.«

Lilian seufzte. »Ja«, meinte sie, »die meisten wollen nur in ihrer bestehenden Meinung bestätigt werden.«

Gott war beeindruckt. »Mir scheint, ihr seid gelehrige Schüler«, sagte er.

»Wir geben uns Mühe.«

»Aber wenn Cherub jetzt weg ist, haben wir keinen Lehrer mehr.«

»Er kommt ja bald wieder, Kinder.«

»Wann denn?«

»Bald«

Lukas seufzte. »Er ist auf der Erde, nicht wahr?«

Gott nickte.

»Nein!« Lilian schrie regelrecht auf. »Aber dann wird es ja ewig dauern, bis er wiederkommt. Bestimmt zwei, drei Jahre. Oder?«

Der himmlische Vater beantwortete diese Frage nicht, doch verschränkte er plötzlich die Arme vor seiner göttlichen Brust und blickte eine ganze, lange Weile auf Lilian und Lukas nieder, so lange, daß es die beiden bald schon verunsicherte.

»Er fehlt euch«, sagte er dann auf einmal, »nicht wahr?«

Lukas trat von einem Fuß auf den anderen.

»Na ja«, meinte er, »schon. Auch wenn er sich oft zum Narren macht.«

»Narren«, erwiderte Gott, »sprechen aus, was andere oft nicht einmal zu denken wagen. Und sich selbst zu einem Narren zu machen ist nicht schlimm, Kinder, im Gegenteil.

Vorausgesetzt, man verändert das Universum damit ein bißchen zum Guten.

Und ich bin sicher«, fuhr Gott fort, »daß ihr da bald mit mir übereinstimmen werdet. Wenn ihr euch erst einmal ein bißchen mit Cherub beschäftigt habt. Danach sehnt sich nämlich jeder, daß man sich mit ihm beschäftigt. Auch Cherub.«

»Und was machen wir, solange er nicht da ist?«

Der himmlische Vater überlegte eine Weile.

»Nun«, meinte er dann, »am besten, ihr verlaßt euch auf euch selbst. Denn was euer Schutzengel-Dasein angeht, seid ihr inzwischen erfahren genug. Was ihr Cherub zu verdanken habt. Denn man kann von ihm sagen, was man will, aber um die Menschen macht sich kaum einer soviel Sorgen wie er. Wie ein Vater. Aber wie sollte es auch anders sein, ist er doch schließlich ein Abbild von mir.«

Und dann seufzte der himmlische Vater. Denn er wußte selbst, wie sie sich dadurch oftmals fühlten, die Väter: einsam, schuldig, verantwortlich und sehr, sehr oft hilflos.

»Geht jetzt, Kinder! Ich habe da heute mittag …«

Das Schloßhotel lag außerhalb von Paris in einer wunderschönen Parkanlage. Therese war zum erstenmal hier, und wie sie die Sache sah, war das zugleich auch das letzte Mal. Dieses Haus war schlichtweg ein paar Nummern zu groß für sie. Sie war ja nicht einmal richtig angezogen für dieses luxuriöse Umfeld.

Immerhin trug sie noch das beste Kleid, das sie in ihrem Kleiderschrank hatte finden können.

Ihre Tochter und ihr Schwiegersohn würden bestimmt nichts dazu sagen. Die beiden wußten schließlich, daß Therese für sich selbst kein Geld ausgab, und sie wußten auch genau, warum, waren sie doch die Nutznießer ihrer mütterlichen Sparsamkeit.

Die jungen Leute schleuderten ihrerseits auch kein Geld

zum Fenster hinaus. Trotzdem hatten sie die Mutter an jenem Frühlingstag zum Mittagessen in das Nobelhotel eingeladen – und Therese wußte genau, was das zu bedeuten hatte! Sie hoffte zumindest, es zu wissen; denn sie hatte da so ein Gefühl, und ihre Gefühle hatten sie noch nie getrogen. Bestimmt war ihre Tochter endlich schwanger. Anders konnte es eigentlich gar nicht sein.

Therese lächelte selig, während sie durch die feudale Hotelhalle schritt. Ja, sie hatte ihr Kind zwar zu seinem Glück zwingen müssen, aber letzten Endes hatte sich das ausgezahlt. Lange genug hatte Therese auf ein Enkelkind gedrängt. Jetzt würde ihr Wunsch endlich in Erfüllung gehen. Doch war ein Einzelkind nicht das, was sie für erstrebenswert hielt. Also würde sie weiterdrängen, das nahm sie sich jetzt schon vor, und sie war sicher, daß sie auch beim zweitenmal Erfolg haben würde. Schließlich kannte sie ihre Tochter lange und gut genug, um zu wissen, wie beeinflußbar sie war.

Als sie die Hotelhalle durchquerte, seufzte sie. Sie wußte selbst, daß sie hier wie ein Fremdkörper wirkte. Es kam noch hinzu, daß sie seit ein paar Tagen hinkte. Das lag an diesem dummen Bluterguß am Knie, der ihr nun schon seit einer Woche zu schaffen machte. Aber das kam eben davon, wenn man drei Dinge gleichzeitig machte.

In der Wartezeit ging Therese gedankenverloren zum Golfplatz hinüber. Das Hotel war landesweit bekannt für diese Anlage, sie zog Golfer aus aller Welt an.

Früher hatte Therese sich gewünscht, Golf zu spielen, um mitreden zu können. Doch hatte sie vieles gewollt und nichts davon bekommen oder zumindest nur sehr wenig. Und so war sie schließlich bescheiden geworden.

Wenn ihr Mann nicht so früh gestorben wäre, hätte alles sicher ganz anders ausgesehen. Die Jahre zuvor waren zwar auch nicht gerade ein Zuckerschlecken gewesen, doch ab da war es endgültig vorbei mit einem süßen Leben. Ihr Mann hinterließ ihr nichts als Krankenhaus- und Arztrechnungen, und so mußte Therese fortan arbeiten gehen, um die Schulden zu begleichen und sich und das Kind durchzubringen.

Es war eine Qual gewesen. In ihren ursprünglichen Beruf konnte sie nicht zurück, weil sie älter und damit auch teurer war als ihre Mitbewerberinnen. So blieb ihr nichts anderes übrig, als überqualifiziert in einem minderbezahlten Job zu arbeiten. Das hatte dem Selbstwertgefühl nicht gerade gutgetan.

Außerdem hatte sie dadurch keine Zeit für ihre Tochter gehabt.

Therese blieb stehen, schloß die Augen und ließ sich die Sonne ins Gesicht scheinen. Das Leben war wie ein in sich geschlossener Ring. Niemand konnte ihn sprengen und entweichen, jeder mußte sich fügen. Doch bekam man alles, was man irgendwann gegeben hatte, auch irgendwann zurück. Der Ring hielt nicht nur gefangen, er barg auch unzählige Schätze.

Therese hatte gerade das 18. Loch des Golfplatzes erreicht, da spürte sie auf einmal diesen stechenden Schmerz in ihrer Brust. Er war so heftig, daß sie für einen kurzen Moment entsetzt die Augen aufriß, dann war es auch schon wieder vorüber, als wäre nie etwas geschehen.

Trotzdem! Therese beschloß, zum Hotel zurückzugehen und dort auf ihre Kinder zu warten. Ja, sie nahm sich sogar vor, ins Restaurant zu gehen. Dort würde sie die Kopfschmerztabletten aus der Handtasche nehmen und um ein Glas Wasser bitten. Dann kostete das nichts.

Lilian und Lukas schöpften die Vorzüge der Nebel des Friedens voll aus. Man brauchte nicht auf ihnen zu wandeln, wenn man das nicht wollte; denn die Nebel des Friedens waren in den Himmeln das, was auf Erden Laufbänder waren.

So standen die Zwengel jetzt einfach nur da, nahmen jeder für sich die letzten Veränderungen an ihren Einsatz-

plänen vor und kamen dennoch zu ihrem Ziel, der Rackerrutsche.

Cherub, der sie von ferne beobachtete, war zufrieden: So
langsam lernten die Engelinge zu gehorchen, ohne dabei
ihren Eigensinn zu verleugnen. Denn einen eigenen Sinn für
Dinge und Menschen zu haben, war lebenswichtig.

Auch ihr Mut hatte sich inzwischen zu dem gewandelt,
was Mut sein sollte. Er brauchte Hoffnung und Zuversicht
und vor allem ein klares Ziel, denn wenn auch nur einer dieser Bestandteile fehlte, war Mut nichts weiter als Kraftver-
schwendung.

Lilian und Lukas waren auf dem richtigen Weg.

»Cherub!«

Lilian stieß das aus wie einen Freudenschrei.

»Guck mal, Lukas! Cherub ist wieder da!!!«

Sie rannte los und warf sich an Cherubs Brust.

Der wußte gar nicht, wie ihm geschah.

»Was ... was ist denn ... was soll denn das?« stammelte er
und war dabei puterrot im Gesicht.

»Wir haben dich schrecklich vermißt«, seufzte Lilian.
»Wo warst du denn?«

»Ich hatte etwas zu erledigen«, wich Cherub aus.

»Auf der Erde?«

Lilian fragte das und blickte ihn dabei an, als sei sie ernsthaft froh darüber, daß er wieder da war.

»Der Vater hat uns erzählt, daß du so etwas schon mal
machst«, erklärte Lukas derweil. »Und er hat uns auch gesagt, daß wir dich mal fragen sollen, was du da machst, und
warum.«

»Darüber ... darüber können wir ja ein andermal reden«,
stotterte Cherub. »Wenn es euch dann immer noch interessiert ...«

Als Ulrich die Halle des Schloßhotels betrat, war ihm auf
einmal ganz sonderbar zumute. Irgend etwas stimmte nicht.

Doch hätte er auf Anhieb nicht sagen können, was es war. Erst als er die Halle durchquert und das Restaurant erreicht hatte, erst da fiel es ihm wie Schuppen von den Augen:

Er war der einzige Mensch hier! Außer ihm war weit und breit niemand zu sehen!

Ulrich schluckte. Schon auf der Fahrt war ihm etwas komisch vorgekommen, wenngleich er kaum einen Gedanken daran verschwendet hatte, weil er viel zu sehr mit sich selbst beschäftigt gewesen war. Aber im nachhinein betrachtet, war es schon merkwürdig. Er hatte nur knapp zwanzig Minuten gebraucht, weil keine anderen Autos unterwegs gewesen waren. Die Straßen hatten ganz allein ihm gehört…

Wie jetzt auch dieses Hotel ganz allein ihm zu gehören schien. Nicht einmal das Buffet war bewacht.

So ging Ulrich erst einmal darauf zu, griff zu einer Flasche edelsten Champagners und schenkte sich ein Glas davon ein.

»Hallo?«

Ulrich zuckte zusammen.

Erleichtert atmete Therese auf. Für wenige Minuten hatte sie schon geglaubt, plötzlich der einzige Mensch in diesem riesigen Hotel zu sein. Aber jetzt sah sie den jungen Mann, der da mitten im Restaurant stand.

»Wo ist denn das Personal?«

Ulrich drehte sich um. Und als er in das Gesicht jener Frau blickte, die da plötzlich im Rahmen der Gartentür stand, da erschrak er so sehr, wie er noch nie zuvor in seinem Leben erschrocken war.

Therese erging es umgekehrt genauso, und so starrten sie einander eine ganze Weile an und meinten dann im Chor:

»Was ist? Warum gucken Sie so?«

Im gleichen Moment mußten sie beide darüber lachen. Doch war es eher ein verkrampftes Lachen als ein erheitertes.

»Möchten Sie auch ein Glas Champagner?« fragte Ulrich.

Zuerst war Therese geneigt, das zu bejahen, aber dann schüttelte sie den Kopf. Der Champagner war in diesem Hotel sicher schrecklich teuer.

»Warten Sie auf jemanden?« erkundigte sie sich bei Ulrich.

»Auf eine Dame!« antwortete der.

»Aha.«

Ulrich schluckte. »Und Sie?« fragte er dann.

»Ich treffe mich mit meiner Tochter und meinem Schwiegersohn. Die beiden haben etwas Wichtiges mit mir zu besprechen, und ich glaube, ich weiß, was das ist.«

Sie lächelte wie ein übermütiges junges Mädchen, als sie das sagte, und Ulrich schüttelte verständnislos den Kopf.

»Mögen Sie Ihren Schwiegersohn denn nicht?« fragte er dann.

»Wieso?«

»Na, weil Sie sich offenbar darüber freuen, daß Ihre Tochter sich scheiden läßt.«

Therese erstarrte. »Wie kommen Sie denn auf so was, junger Mann?«

»Ich heiße Ulrich.«

»Kennen Sie meine Tochter?«

»Sie heißen Therese, nicht wahr?«

»Ob Sie meine Tochter kennen, will ich wissen!«

»Nein«, antwortete Ulrich.

»Wie kommen Sie dann –«

»Ich weiß auch nicht, warum ich das jetzt gerade gesagt habe! Es ist mir einfach so herausgerutscht, ich –«

»Sie sind ein billiger kleiner Masseur, der sich von reichen älteren Damen aushalten läßt und ihnen das Fell über die Ohren zieht! Einer wie Sie sollte sich hüten, auch nur in den Dunstkreis meiner Tochter zu geraten! Haben Sie mich verstanden?«

Mit diesen Worten warf Therese den Kopf in den Nacken und lief festen Schrittes aus dem Restaurant. Dabei fiel ihr auf, daß ihr Knie auf einmal gar nicht mehr weh tat. Gleich lief sie noch einen Schritt schneller, quer durch die Hotelhalle, geradewegs auf den Ausgang zu.

Die Tür war verschlossen. Dabei war gar kein Riegel zu sehen, nicht einmal ein Schloß, trotzdem ließ sich diese Tür einfach nicht öffnen.

»Was machen Sie denn hier für einen Lärm?«

Ulrich war Therese gefolgt, denn so ganz allein in diesem menschenleeren Restaurant hatte er sich nun auch nicht wohlgefühlt.

»Die Tür ist zu!« rief Therese ihm entgegen. »Ich kann rütteln, soviel ich will, sie rührt sich nicht.«

»Warten Sie, ich helfe Ihnen!«

So rüttelten sie nun gemeinsam an der schweren Glastür, erfolglos.

»Wer weiß, was hier los ist?« stöhnte Ulrich.

»Als ich kam, waren doch noch überall Leute!«

Ulrich schluckte. »Gehen wir durch den Garten«, meinte er dann.

Doch auch diese Tür war plötzlich verschlossen.

»Wie ist das möglich?« stieß Therese hektisch und panisch aus. »Ich bin doch gerade noch hier reingekommen.«

»Vielleicht…«

»Was?«

Ulrich wußte auch nicht, was er da eigentlich hatte sagen wollen.

»Nichts!« meinte er deshalb nur.

Nachdem sie eine Weile stumm dagestanden und dann laut gerufen hatten, sie aber niemand zu hören schien, gingen sie zurück in die Hotelhalle.

»Das Haus hat ja eine Tiefgarage«, sagte Ulrich. »Am besten, wir fahren mit dem Aufzug runter.«

Doch dazu kam es gar nicht. Denn obwohl sie im Aufzug

auf den Schalter für das zweite Untergeschoß drückten, fuhr der Lift aufwärts. Und in der siebten Etage hielt er schließlich an, die Türen öffneten sich.

»Ich geh' da nicht raus!« jammerte Therese. »Wer weiß, was da ist! Vielleicht ist das Haus von Gangstern besetzt, und die warten jetzt nur auf uns, um uns als Geiseln zu nehmen.«

Ulrich sagte dazu nichts, doch zog auch er es vor, im Inneren des Aufzugs zu bleiben und neuerlich auf U2 zu drücken. Doch nichts geschah.

»Kommen Sie, nehmen wir die Treppe! Hier muß es ja irgendwo ein Treppenhaus geben.«

Tatsächlich kamen sie über einen langen, breiten, mit tiefblauem Teppich ausgelegten Korridor bald zu einer Tür, auf der Treppenhaus geschrieben stand. Doch erschraken sie nicht schlecht, als sie diese Tür öffneten. Dahinter war nichts als eine Wand.

»Glauben Sie immer noch an Verbrecher?« flüsterte Ulrich. »Ich kann mir kaum denken, daß die sich die Mühe machen, Mauern zu ziehen.«

Therese versuchte zu schlucken. Aber sie konnte es nicht, ihr Mund war einfach zu trocken. Im nächsten Moment stockte ihr auch noch der Atem; ja, es war, als würde alles an ihr aufhören, bestimmt schlug nicht einmal mehr ihr Herz, wenngleich sie dessen lautes Hämmern bis in die Schläfen zu spüren schien.

Da war dieses Knarren. Es klang gespenstisch. Und als Therese sich umdrehte, sah sie, was dieses gespenstische Knarren verursachte: Es war die Tür, die zu Zimmer 701 führte. Sie öffnete sich ganz langsam, diese Tür, ganz so, als würde sie von Geisterhand gezogen.

»Lassen Sie uns hierbleiben!« stammelte Therese. »Ich habe Angst.«

»Ich auch«, entgegnete Ulrich. »Aber vielleicht ist die ja unbegründet, und das können wir nur herausfinden, indem wir da reingehen!«

Ulrich erschrak, als er das Zimmer 701 betrat. Der Raum war mit allen möglichen Dingen vollgestopft. Und er kannte diese Dinge: Da stand der Sessel, den er in dem Antiquitätengeschäft auf den Champs-Élysées gekauft hatte. Und auf dem Sessel lagen Unmengen Hosen und Jacketts, so viele, wie Ulrich noch nie zuvor auf einem Haufen gesehen zu haben glaubte.

»Wie kann sich ein Mensch nur so viele Klamotten kaufen?« tönte Therese. »Das konnten Sie doch gar nicht alles anziehen. Nicht in einem Leben.«

Ulrich drehte sich um zu ihr. Sie stand dicht hinter ihm, so dicht, daß er ihren Atem spürte.

Er selbst wagte kaum zu atmen, schon gar nicht mehr, als sein Blick neuerlich durch diesen gespenstischen Raum glitt.

An der Wand stand die Kommode, die er einer seiner früheren Freundinnen abgeschwatzt hatte. Sie stammte aus dem 18. Jahrhundert, und sie war so wertvoll, daß sie auf jeder Auktion ein kleines Vermögen eingebracht hätte. Auf der Kommode lag jede Menge Kleinkram. Seidene Krawatten, kostbare Manschettenknöpfe, diverse Armbanduhren berühmter Marken, da lag aber auch diese vermaledeite Münzsammlung, und da stand auch dieses elende Foto, das seine Eltern zeigte ...

Ulrichs Mutter war immer eine hübsche Frau gewesen. Und wie viele hübsche Frauen hatte sie ihr Leben lang nach Höherem gestrebt, ohne zu wissen, wie sie das je erreichen sollte.

Der Vater hatte diese ständige Unzufriedenheit seiner Frau kaum ertragen können. Er bemühte sich ja, aber es reichte offenbar nie, und so hörte er irgendwann auf, sich zu bemühen. Und der Versager, für den er sich dadurch hielt, dieser Versager wurde von Jahr zu Jahr, von Tag zu Tag gewalttätiger.

Besonders Ulrich bekam das zu spüren. Der Vater schlug sein Kind bei jedem noch so geringen Anlaß.

»Er hat mich für alles bestraft«, hauchte Ulrich. »Und weil
ich Schläge kriegte, wenn ich mit dreckigen Hosen nach
Hause kam, habe ich später Hosen gestohlen; dafür bekam
ich auch Schläge, nur lohnten die sich wenigstens.«

Therese starrte Ulrich fassungslos an. Sie hatte nicht die
geringste Ahnung, warum er das jetzt gerade gesagt hatte,
und sie wußte erst recht nicht, was es zu bedeuten hatte, doch
kam ihr das unwichtig vor. Sie hatte derzeit andere Sorgen.
Ihr war nämlich auf einmal, als würde Ulrichs Gesicht vor
ihren Augen verschwimmen. Es verlor seine Konturen und
bekam zugleich neue, ganz andere. Ja, der junge Mann, der da
jetzt plötzlich vor ihr stand, war höchstens siebzehn oder
achtzehn Jahre alt, und er hatte eine stark gekrümmte Nase,
Lippen, die schmal waren wie Bleistiftstriche, und außerdem
trug er eine Brille mit erschreckend dicken Gläsern.

»Was ist mit Ihrem Gesicht?« stieß Therese angsterfüllt
aus. »Was ist das für ein Gesicht? Warum sitzt Ihr Anzug
plötzlich nicht mehr?«

Hinter der Tür von Zimmer 701 war ein riesiger Spiegel angebracht, und als Ulrich jetzt hastig davortrat, glaubte er im
ersten Moment, seinen Augen nicht zu trauen. Ja, genau so
hatte er ausgesehen, als er vor zehn Jahren nach Paris gekommen war.

»Ich habe die Münzsammlung meiner Großeltern gestohlen«, flüsterte er. »Das einzige, was sie für ihre Altersver-
sorgung hatten. Die hab' ich hier verkauft und …«

Kontaktlinsen, mehrere Schönheitsoperationen und sünd-
haft teure Garderobe hatte er mit dem Geld bezahlt, und dann
hatte er sich in einem Fitneß-Studio eingeschrieben und tagaus, tagein dort trainiert. Die Nächte verbrachte er in elegan-
ten Clubs, und dort begegnete er dann auch schon bald einer
nicht mehr so ganz jungen Dame, die so begeistert von ihm
war, daß sie ihn mit zu sich nach Hause nahm.

»Ich habe mit ihr gelebt, und dafür hat sie meine Rechnungen und vor allem auch meine Ausbildung zum Masseur bezahlt.«

Mit zusammengekniffenen Augen sah Therese Ulrich an. Es war ein eigenartiger Blick, mit dem sie ihn da bedachte. Es lag Mitleid in diesem Blick, zugleich aber sehr viel Verachtung, denn Therese hielt nichts von Menschen, die sich –

»Aber Besitz ist nicht alles!« raunte sie.

»Ich liebe nun mal schöne Dinge. Und schöne Dinge kosten Geld. Und Geld kann man nur verdienen –«

»Sie werden nichts von alldem mitnehmen können«, fiel Therese ihm ins Wort, und dabei klang ihre Stimme ganz ruhig, fast entspannt.

Das erschütterte Ulrich über alle Maßen.

»Warum sagen Sie das?« hauchte er.

»Weil Sie tot sind!«

Ulrich stand da und starrte Therese an. Er konnte nichts sagen, er konnte nicht atmen, er konnte nicht einmal denken, so entsetzt war er.

Therese atmete tief durch.

»Als ich Sie da unten im Restaurant stehen sah«, sagte sie dann, »da … da hatte ich das Gefühl … eigentlich war es eher ein Gedanke, kein Gefühl. Mir war … nein, ich wußte plötzlich …«

»Was wissen Sie?« schrie Ulrich.

Therese zitterte.

»Daß Sie tot sind!« flüsterte sie. »Ich weiß, daß Sie heute morgen in Ihrer Badewanne an einem elektrischen Schlag gestorben sind.«

Für einen kurzen Moment hielt Ulrich den Atem an. Dann ließ er ab von Therese und sah sich um. Mit einem Satz sprang er zu jener so kostbaren Kommode.

Seine Cartier-Uhr!

»Das darf nicht sein!« schrie er, und dabei klang seine Stimme so schrill, daß es ihm selbst in den Ohren schmerzte. Er wollte seine heißgeliebte Uhr anlegen, doch als er nach ihr griff, löste sie sich vor seinen Augen auf, als hätte es sie nie gegeben.

»Ich sage es doch«, tönte Therese, »Sie können nichts mitnehmen.«

Ulrichs gesamter Körper begann zu zittern. Und so zittrig, wie er war, stürzte er sich auf den Sessel, auf dem all seine kostbare Kleidung lag ... sie verschwanden!

»So wie Sie verschwunden sind!«

Therese wußte selbst nicht, warum, aber da schwang so etwas wie Zufriedenheit in ihrer Stimme. Doch als Ulrich sie daraufhin so bösartig ansah, wußte sie plötzlich, warum sie es so empfand.

»Ich weiß, daß ich es richtig gemacht habe«, erklärte sie. »Das wußte ich immer. Es lohnt sich nicht, auf Erden Werte anzuhäufen. Schöne Kleider, kostbaren Schmuck, ein großes Haus – das kann man alles nicht mitnehmen. Auf die inneren Werte kommt es an. Auf das, was man für andere tut und – «

Therese erstarrte.

»Warum schauen Sie mich so an?« hauchte sie.

Ulrich grinste. »Wie schaue ich denn?«

»Als ob ... ich ... man könnte glauben ...«

Therese wußte wirklich nicht, wie sie es ausdrücken sollte. Ulrich sah sie an, als sei sie aus Glas, als könne er geradewegs durch sie hindurchblicken, tief hinein in etwas, was ihr selbst noch verborgen war. Ja, genau das war es: Er hatte ihr etwas voraus, und dieses Etwas betraf sie, und deshalb kam ihr das Ganze äußerst ungerecht vor.

»Was wissen Sie über mich?« flüsterte sie da auch schon.

Ulrich hörte auf zu grinsen.

»Das gleiche, was Sie über mich wissen!« sagte er dann.

»Und was meinen Sie damit?« fragte sie trotzdem noch mal nach.

»Natürlich, daß Sie tot sind.«

»Ich?« Tief in ihrem Herzen hielt Therese diese Behauptung lediglich für eine grobe Gemeinheit. »Wo und wann sollte ich denn bitteschön gestorben sein?«

Ulrich ließ sich jedes einzelne Wort auf den Lippen zergehen. »An einer Lungenembolie am 18. Loch auf dem Golfplatz«, sagte er.

»Was?«

»Das Blutgerinnsel in Ihrem Knie hat sich gelöst.«

»Aber – «

Therese blieb das Wort im Halse stecken.

»Sie wollen mir nur weh tun«, hauchte sie dann. »Sie sind enttäuscht – und das kann ich auch verstehen –, und weil Sie so enttäuscht sind, wollen Sie mich jetzt verletzen.«

Ulrich grinste. »Warum sollte ich enttäuscht sein?«

»Weil Sie begreifen mußten, daß man kristallene Leuchter und seidene Bettwäsche nicht mit ins Grab nehmen kann!«

»Liebe Therese! Was, wenn für das Glück einer Weihnachtsnacht das gleiche gilt?«

Kaum daß Ulrich diese Worte ausgesprochen hatte, vernahmen sie neuerlich dieses unheimliche Knarren. Dieses Mal kam es von der Tür, die gegenüber von Zimmer 701 gelegen war.

Gerade war diese Tür noch verschlossen gewesen, das hätten Therese und Ulrich schwören können. Doch jetzt stand sie einen Spaltbreit offen, und sie öffnete sich weiter.

»Ich glaube, jetzt ist es an Ihnen, Mut zu zeigen. Nun gehen Sie schon!« zischte er ihr zu. »Nur keine Bange!«

Therese atmete tief durch. Es hatte keinen Zweck, versuchen zu wollen, hier irgend etwas auszuweichen.

Zimmer 704 war leer. Da war nichts. Da waren nur weiße Wände, nicht einmal ein Fenster, doch führte eine schmale, kalkweiße Tür in einen Nebenraum.

Voller Furcht blickte Therese sich um.

Ulrich lachte laut auf.

»Was finden Sie komisch daran?«

»Wenn das die Fülle Ihrer inneren Werte ist, habe ich wohl alles Recht der Welt, es komisch zu finden.«

»Therese? Hilf mir mal, Therese! Ich kann nicht immer alles allein machen. Therese!«

Die Stimme, die da ihren Namen rief, kam aus dem Nebenzimmer, und Therese erkannte die Stimme ihrer Mutter.

Zaghaft lief sie auf die schmale, mit kalkweißer Tapete beklebte Tür zu, lugte in den Raum, der sich nebenan auftat, erschrak.

Therese kannte diesen Raum. Es war das Wohnzimmer ihrer Eltern. Der Fernseher lief, aber natürlich war der Ton abgeschaltet; das war immer so gewesen. Papa lag auf dem Sofa, den Kopf auf Stapeln von Kissen gebettet, mit leidendem Gesichtsausdruck. Und Mama hockte an seiner Seite und hielt seine Hand.

Therese hatte das Gefühl, erbrechen zu müssen. Dabei hatte sie seit Stunden nichts mehr gegessen, ihr Magen war leer. Trotzdem wölbte er sich.

»Ich kann nicht, Mama«, wimmerte sie.

»Was kannst du schon?«

Die Mutter stöhnte, doch war es kein enttäuschtes Stöhnen, es schwang vielmehr so etwas wie Erleichterung darin. Sie hatte nämlich erwartet, enttäuscht zu werden, und daß diese Erwartung nun erfüllt worden war, beruhigte sie.

Therese preßte ihren Körper fest gegen den Türrahmen. Solange sie zurückdenken konnte, war ihr Vater leidend gewesen, zu leidend, um zu arbeiten und dem Leben etwas Schönes abzugewinnen, nicht leidend genug, um daran zu sterben.

Die Mutter hatte ihn gepflegt und war wohl insgeheim regelrecht süchtig danach gewesen, ihrem winselnden Gatten beim leichtesten Anflug von Fieber Wadenwickel und Tee zu machen. Nur hatte sie das nie zugegeben und statt dessen ständig geklagt, welch unsägliche Bürde sie doch zu tragen habe, und immer wieder erklärt, Therese sei der einzige Lichtblick in ihrem Leben, Therese, die es einmal besser haben sollte als sie.

»Terry? Komm her, Terry! Alles wird gut!«

Therese blickte auf, und sie spürte selbst, wie weit sie ihre Augen aufriß, so weit, daß es in den Höhlen schmerzte.

»Mein Mann«, hauchte sie.

Und dann rannte sie auf die Stimme zu; denn die kam aus dem Raum, der an das Wohnzimmer ihrer Eltern angrenzte.

Im nächsten Moment wandelte sich ihre freudige Erregung auch schon in blankes Entsetzen. Da war nicht nur ihr Mann in diesem anderen Zimmer, da war auch sie selbst, die Frau, die Therese vor fünfunddreißig Jahren einmal gewesen war. Ihr Ehemann hatte sie bäuchlings auf das breite Bett geworfen, und er saß auf ihrem Hinterteil, zerrte an ihren langen braunen Haaren, so sehr, daß es ihren Kopf weit nach hinten bog.

»Ich will dieses Kind nicht«, schrie er. »Hast du verstanden? Ich habe es dir von Anfang an deutlich gesagt: *Keine Kinder!*«

»Aber ich kann doch nichts dafür. Es ist doch – «

»Das hast du absichtlich getan, du Miststück! Du willst mich anketten.«

»Du kannst jederzeit gehen, mit Kind oder ohne, ich – «

»Das werde ich auch! Verlaß dich – «

Therese schlug die Hände vor den Mund. Sie spürte, daß sie schreien würde, wenn sie das nicht tat, und sie wollte nicht schreien. Sie konnte und wollte nichts von dem nackten Entsetzen herauslassen, das da in ihr war.

Dieser Mann, mit dem sie einstmals verheiratet gewesen war, brach plötzlich über der Frau zusammen, die Therese vor fünfunddreißig Jahren gewesen war, und die Frau stieß ihn zur Seite, erhob sich vom Bett und ging ins Nebenzimmer.

Therese wollte ihr folgen, unbedingt!

»Bleib! Du kannst mich jetzt nicht verlassen. Nicht jetzt!« Therese stand schon an der nächsten Tür, als sie diese Worte vernahm, und als sie sich daraufhin noch einmal umdrehte, erstarrte sie. Der Raum, der gerade noch ihr eheliches Schlafzimmer gewesen war, sah jetzt auf einmal vollkommen anders aus.

Da waren plötzlich ein Tisch und zwei Stühle, und Therese kannte diesen Tisch und diese Stühle, wie sie dieses ganze schreckliche Zimmer kannte. Ja, wenngleich es Jahre her war, konnte Therese sich an jede Einzelheit bestens erinnern. In diesem Zimmer war ihr Mann gestorben. In diesem Zimmer hatte sie ihn bis zum Ende gehegt und gepflegt.

»Was willst du noch von mir?«

Die Worte schossen nur so aus Therese heraus, als sie ihren Ehemann plötzlich daliegen sah.

Statt ihr zu antworten, stöhnte er nur wieder, er stöhnte und stöhnte und stöhnte, wie er das wochenlang getan hatte, monatelang; ja, wenn Therese es recht bedachte, war ihr die Zeit damals wie eine Ewigkeit vorgekommen.

»Und trotzdem habe ich mich nie beklagt«, flüsterte sie. »Das weißt du. Ich war immer für dich da, ich – «

Sie stockte. Denn ihr Mann setzte sich plötzlich aufrecht ins Bett. Seine eben noch so schmerzverzerrten Gesichtszüge entspannten sich, und er sah Therese geradewegs in die Augen.

»Ja, du warst immer hier«, sagte er dann, ganz leise, ganz ruhig, bedrohlich leise und ruhig, »aber du warst es nicht gern. Du hast mich gepflegt, weil du dachtest, es sei deine Pflicht. Ein Bedürfnis war es dir nicht. Was du wolltest, war etwas anderes. Ich mußte sterben, das wußtest du, und weil das nicht zu ändern war, sollte ich es wenigstens schnell tun, damit du es hinter dir hattest.«

Therese war so entsetzt, daß sie zurückwich, doch war da nur die Wand hinter ihr.

»Was sollte ich denn tun?« kreischte sie. »Du hast dich

davongemacht, und ich stand ganz allein da mit dem Kind. Ohne Geld. Ohne eine Zukunft.«

»Wenn du keine Zukunft hattest, wie du behauptest, warum hattest du dann so große Angst vor ihr?«

»Mama!«

Therese wollte es zunächst gar nicht glauben.

»Mama!!!«

Ihr Kind rief nach ihr, und das konnte doch nicht sein, denn ihr Kind war schließlich noch am Leben. Alle anderen in diesem entsetzlichen Alptraum waren tot.

Mit Riesenschritten rannte Therese zur nächsten Tür, und tatsächlich, da war ihre kleine Tochter. Dreißig Jahre war das her, seit sie dieses kleine Mädchen so gesehen hatte. Damals war die Kleine gerade mal fünf Jahre alt gewesen, und sie saß auf dem Schoß ihrer Großmutter, die ihr Haar bürstete.

Therese schluchzte laut auf.

Nichts war so schrecklich gewesen wie die Rückkehr zu ihren Eltern. Sie sah sich noch mit ihrem Kind auf dem Arm die Treppe hinaufgehen, zurück in die kleine, häßliche Wohnung, die sie am Tag ihrer Hochzeit in einem strahlend weißen Kleid und mit unzähligen Träumen verlassen hatte.

Jetzt war sie wieder da, und sie wußte, daß sie niemals wieder herauskommen würde; denn sie mußte ja arbeiten, um für sich und die Kleine zu sorgen, und irgend jemand mußte sich ja tagsüber um das Kind kümmern.

»Ich hatte nie etwas davon, Mutter zu sein!« schrie sie ihrer Mutter ins Gesicht. »Das hast du mir alles weggenommen. Du hast die Kleine zur Einschulung gebracht, du hast für sie gekocht und gewaschen und genäht. Ich war nur die Frau, die am Wochenende todmüde auf dem Sofa lag und eure Nähe störte.«

»Wolltest du deshalb, daß sie ein Kind bekommen sollte?«

Therese war, als würde sie aus einem Traum erwachen. Ulrich hatte ihr diese Frage gestellt. Ulrich! Sie hatte fast vergessen gehabt, daß es diesen Ulrich gab und wo sie mit ihm war.

Aus tränenverschleierten Augen blickte sie auf. Ulrich stand vor ihr. Vielleicht hatte er die ganze Zeit vor ihr gestanden, und sie hatte es nur nicht bemerkt. Und er blickte auf sie nieder, als sei sie weniger wert als er. Deshalb hatte er ihr wohl auch diese dumme Frage gestellt. Weil er sich wie ihr Richter fühlte.

»Ich wollte, daß meine Tochter ein Kind bekommt, damit ihr Leben einen Sinn hat!« sagte Therese, und sie sagte es mit betont fester Stimme und erhob sich dabei, bis sie schließlich aufrecht stand und Ulrich gerade in die Augen blicken konnte.

Er grinste.

»Nein«, meinte er dann, »du wolltest, daß sie ein Kind bekommt, damit *dein* Leben einen Sinn hat.«

»Das ist nicht wahr«, stieß sie aus.

»Und ob das wahr ist! Du wolltest an deinem Enkelkind nachholen, was du an deinem eigenen Kind versäumt hast. Denn du hast ja nie selbst gelebt, Therese, du hast immer nur leben lassen.«

Therese lief quer durch den Raum.

»Wie können Sie es wagen – «

»Deine Tochter wollte niemals Anwältin werden«, schrie Ulrich sie an und folgte ihr. »Nein, malen wollte sie, zur Kunstakademie wollte sie gehen. Aber das war dir natürlich zu unsicher. Deshalb mußte sie Jura studieren, und sie mußte auch diesen Richter heiraten, nur damit sie Ansehen und Sicherheit bekam und du damit prahlen konntest, was du alles für sie getan hast.«

»Ich habe nie geprahlt!«

»Warum bist du dann immer herumgelaufen, als könntest du keinen Hund vors Loch lassen? Das war sie doch, deine Angabe! Schau her, Welt, was ich in all meiner Armseligkeit Großartiges geleistet habe! Ich hause in einer Einzimmer-

Wohnung, aber meine Tochter, die lebt in einer Villa und hat einen Doktortitel und einen schwerreichen Ehemann.«

»Halten Sie den Mund!«

»Sie haben mir nichts zu verbieten!«

Ohne daß es Therese und Ulrich aufgefallen war, hatten sie die Zimmerflucht verlassen. Sie standen plötzlich wieder auf dem Korridor mit dem tiefblauen Teppichboden, nur schien dieser Korridor plötzlich sehr viel schmaler und kürzer zu sein, als er es vorher gewesen war.

Im nächsten Moment fielen die Türen der Zimmer 701 und 704 auch schon krachend ins Schloß. Beide zugleich.

»Was hat das zu bedeuten?« stieß Therese aus und dabei hielt sie sich verzweifelt an sich selber fest.

Im Gegensatz zu Therese war Ulrich ganz ruhig. Ja, es schien, als mache die unheimliche Szenerie auf ihn nicht den geringsten Eindruck.

»Sie sind eines dieser Opferlämmer«, sagte er Therese ins Gesicht. »Deshalb waren sie auch immer so gottverdammt bescheiden. Was Leute wie Sie nicht vom Leben und von anderen erwarten, das erwarten sie am allerwenigsten von sich selbst. Sie haben sich angeblich für andere aufgeopfert, dabei hatten Sie in Wahrheit nur Angst. Die größte Gefahr im Leben besteht nämlich darin, das Leben selbst zu fürchten, und genau das haben Sie getan.«

Therese preßte die Lippen zusammen.

»Kein Wunder, daß Sie es so sehen!« zischte sie dann zurück. »Sie sind schließlich ein oberflächlicher falscher Hund, der sich immer nur um sich selbst gekümmert hat.«

Ulrich lachte. »Oberflächlichkeit ist aber nichts Schlechtes«, meinte er. »Sie macht das Leben leicht; mir hat sie Lebensqualität gegeben, und Qualität ist das Maß aller Dinge. Es ist schwer, seine eigenen Vorstellungen von solcher Qualität zu entwickeln und dann auch noch zu verfolgen.«

»Schwer?« schrie Therese ihn an. »Eine Gnade ist es, wenn

man das kann. Ich mußte mich mein Leben lang anpassen und immer nachgeben, um es meinem Gewissen recht zu machen.«

Nun konnte Ulrich sich kaum mehr halten vor Lachen. »Gewissen!« gluckste er. »Nun hören Sie aber auf! Daß Sie nachgiebig waren, das stimmt. Nachgiebigkeit ist nämlich die Güte der Schwachen. Dabei sollte Anpassung immer nur Kür sein, meine Liebe, niemals Pflicht!«

»Wie können Sie es wagen, mich schwach zu nennen?« keifte Therese. »Sie waren nicht nur ein Heuchler, sondern auch ein Dieb und ein schmutziger Intrigant!«

Da war Ulrich auf einmal ganz still. Ja, er hatte gestohlen, das stimmte. Doch stahl der Mensch nur, was man ihm nicht freiwillig gab, obwohl er es so sehr wollte – und weil er nicht den Mut hatte, offen darum zu bitten.

Daß er ein Intrigant war, stimmte auch. Nur spielte er nicht den einen gegen den anderen aus, weil er Böses wollte. Es war vielmehr so, daß Ulrich geliebt sein wollte, und er konnte nur jedermanns bester Freund sein, wenn er dafür sorgte, daß keiner einen anderen besten Freund hatte, und so galt es, die anderen gegeneinander aufzubringen.

»Falschheit lohnt sich nie«, erklärte Therese. »Früher oder später fällt sie immer auf, weil die Menschen nämlich längst nicht so dumm sind, wie sie manchmal aussehen.«

»Das gilt aber nicht nur für meine Falschheit«, gab Ulrich zurück. »Wer sein ganzes Leben auf eine Lüge aufgebaut hat, der hat nie wirklich gelebt.«

Therese sah ihn an. Sie fühlte sich getroffen, obwohl ihr eigentlich klar war, daß gar kein Grund dazu bestand. Sie hatte schließlich eine Aufgabe gehabt: Sie hatte ein Kind!

»Ich habe alles nur für meine Tochter getan«, sagte sie trotzig. »Ich habe durch meine Tochter gelebt. Ich dachte, daß jeder Mensch aus dem Leben etwas machen muß, wozu er die Fähigkeiten besitzt.«

»Das stimmt ja auch«, erwiderte Ulrich, »wenn es das eigene Leben ist.«

Und da war auch Therese auf einmal ganz still. Traurig senkte sie den Kopf; denn sie wußte plötzlich, daß er recht hatte. Nur war es ihr nie so klar und deutlich gesagt worden wie mit diesen wenigen Worten.

»Dafür hat sie mich ja auch bestraft«, flüsterte sie dann. »Sie hat zwar alles getan, was ich von ihr verlangte, aber als sie dann verheiratet war, hat sie mich aus ihrem Leben ausgesperrt. Die Verabredung heute war die erste nach über drei Monaten.«

»Weißt du, daß du jetzt plötzlich richtig schön bist…«

Ulrichs Worte, ganz leise gesprochen, erzeugten eine unerwartete Stille. Und dabei blickte er in Thereses Gesicht, als sei dieses Gesicht plötzlich eine Offenbarung für ihn.

Verwirrt blickte sie auf. »Ich glaube nicht, daß das hier der richtige Ort für Komplimente ist.«

Ulrich lächelte. »Komplimente sind wie Blumensträuße. Die schönsten und größten liegen immer erst auf unseren Gräbern.«

Eine ganze Weile sahen sie einander an. Als würden sie beide an der gleichen geheimnisvollen Schnur gezogen, streckten sie plötzlich die Hände aus. Sie griffen nacheinander. Im nächsten Moment legte sich ein Lächeln auf Thereses Gesicht.

Auch Ulrich lächelte. »Die Werte des Lebens sind allesamt Werte der Erde«, sagte er dann, »und deshalb bleiben sie auch auf der Erde, bei denen, die nach uns kommen.«

»Und wir gehen mit leeren Herzen?«

»Wie wir mit leeren Händen gehen…«

Kaum daß Ulrich diese Worte ausgesprochen hatte, wurde es gleißend hell um sie her. Wo gerade noch der enge Korridor gewesen war, tat sich jetzt plötzlich eine wundervolle Treppe auf, und sie kannten diese Treppe.

»Also, gehen wir!«

Hand in Hand schritten Therese und Ulrich ins Licht.

Der Schrecken saß Herrn S. in sämtlichen Gliedern. Zum einen hatte er nie und nimmer erwartet, daß der Schöpfer so schnell zurück sein würde, zum anderen hatte er zum erstenmal in seinem ewigen Leben Gelegenheit gehabt, allein im Saal der Sterne zu sein, und das hatte er natürlich auch ausnützen wollen.

So hatte er erst einmal einen Blick in den Schrein der Ewigkeit geworfen, aber darin war alles dunkel gewesen, so daß er nichts erkennen konnte. Dann hatte er versucht, Gottes Schreibtisch zu öffnen, doch waren sämtliche Läden verschlossen gewesen, und als er sich daraufhin wenigstens auf Gottes Thron setzen wollte, klappte das aus irgendeinem Grund auch nicht, so daß Herr S. unsanft auf den Hintern gefallen war.

Das mit Abstand unheimlichste Erlebnis hatte er jedoch gehabt, als er in den Spiegel der Erkenntnis geblickt und nichts darin gesehen hatte.

Nichts.

Rein gar nichts.

Und ausgerechnet da war der Schöpfer auch schon wieder zum Goldenen Tor hereingekommen.

»Sie haben meine Abwesenheit für ein paar Erkundungen genützt?« fragte Gott freundlich an, während sich die Flügel der Tür hinter ihm schlossen.

Herr S. wagte nicht zu antworten.

»Das freut mich«, fuhr Gott da auch schon fort. »Daß Sie dafür Zeit hatten, zeigt mir, daß Sie sich entschieden haben, und ich bin ein Freund von schnellen Entschlüssen, das wissen Sie ja.«

Inzwischen wagte Herr S. nicht einmal mehr zu atmen. Mit angehaltener Luft, hochgezogenen Schultern, verschlungenen Händen und gnadenlos krummen Knien stand er da und sah dem himmlischen Vater dabei zu, wie dieser zum Schrein der Ewigkeit schritt, die Truhe öffnete und ein Blatt Papier hervorholte.

»Sie brauchen es nur noch zu unterschreiben, werter Herr S. Unten links, nehmen Sie am besten meine Feder!«

Herr S. griff nach dem göttlichen Schreiber, nicht aus Überzeugung, eher aus Not. Das war ihm alles nicht geheuer; dieser ganze Saal war ihm plötzlich unheimlich.

So krakelte er hastig seinen Namen auf das Papier, ohne genau hinzusehen, was er da überhaupt unterzeichnete. Er konnte es sich denken, und das reichte. Vermutlich überließ er Gott die Halbwahrheiten, und wenn schon! Er wollte nur noch weg!

»Haben Sie nichts vergessen, Herr S.?«

»Wie?« krächzte der. »Was denn?«

Gottvater lächelte mitleidig. »Sollte ich Ihnen denn nicht auch irgend etwas unterschreiben?«

»Ach so!«

»Es macht nichts, daß Ihnen das entfallen ist. Ich hätte Ihrem Wunsch ohnehin nicht entsprochen.«

Und noch während der himmlische Vater das sagte, schritt er zum Herz der Welt, öffnete eine der vielen Schubladen und zog einen Packen goldener Blätter hervor.

»Wie hast du das gemacht?«

»Wie meinen?«

Herr S. schnappte nach Luft und sah zu, wie Gott zu seinem Thron schritt und majestätisch darauf Platz nahm.

»Nun kommen Sie schon, Herr S. Damit Sie heute nacht wenigstens etwas zu lesen haben. Wo Sie schon nichts zu lachen haben!«

Das kleine graue Kerlchen tapste auf den Schöpfer zu und blickte skeptisch auf das goldene Papier in des Vaters Händen.

»Was ist das?«

»Der Heilige Plan!« Gott lächelte nur noch mitleidiger. »Ich weiß, daß Ihre Kopie nur halb so glanzvoll und auch schon lange nicht mehr vollständig ist. Vor allem weiß ich aber, daß Sie sich noch nie die Zeit genommen haben, den

Heiligen Plan im Detail zu studieren. Wenn Sie das nämlich getan hätten, wüßten Sie, daß Sie von jeher das Recht hatten, die Wege meiner Kinder zu lesen.«

Herr S. wurde kreidebleich.

»Das steht im Kleingedruckten«, säuselte der himmlische Vater und drückte dem Mickerling das Papier nun mit Gewalt in die dürren Hände.

»Ich kann jederzeit in deine Bibliothek kommen und die Wege lesen?« kreischte er.

»So steht es da.«

»Aber ich habe keinen Schlüssel für die Bibliothek!«

Am liebsten wäre Herr S. explodiert, doch wußte er nicht, wie er das anstellen sollte.

»Na, was macht das schon?« krächzte er statt dessen. »Du hast mich nicht wirklich reingelegt. Die Halbwahrheiten fand ich sowieso immer langweilig. Zuviel Kleinarbeit.«

»Ich weiß«, entgegnete der himmlische Vater. »Für die Gescheiten meiner Welt ist Bequemlichkeit die natürliche Folge ihrer Organisation, während die Dummen bei jedweder Organisation an ihrer Bequemlichkeit scheitern.«

Herrn S.' Augen begannen zu rollen.

»Beleidigst du mich schon wieder?« japste er.

Gott grinste. »Aber nein!«

Und das war nicht einmal eine Lüge; denn Dilettanten konnte man nicht beleidigen, und Herr S. war ein Dilettant.

Rückwärts stolperte Herr S. aus dem Saal der Sterne.

»Auch wenn sie jetzt ganz dir gehören, deine dusseligen Halbwahrheiten«, tönte er dabei, »deine Mischpoke da unten wird sich deshalb nicht ändern.«

Gottvater blickte Herrn S. ins Gesicht.

»Da haben Sie recht«, sagte er dann. »Meine Kinder werden sich nicht ändern. Nur kann ich jetzt meine Kinder ändern. Und das heißt: Was heute geschehen ist, das ist zum letztenmal geschehen!«

Augenblicke später fielen die Flügel des Goldenen Tores hinter Herrn S. zu, und der himmlische Vater schlug sich begeistert in die Hände.

Es war vollbracht. Er hatte die Liebe zurück. Ein wichtiger Meilenstein seiner Schöpfung war erreicht. Nun konnte er sich darauf vorbereiten, Therese und Ulrich zu empfangen.

Eine bedeutsame Heimkehr würde das werden. Zum letztenmal mußte der himmlische Vater Kinder darüber aufklären, daß sie auf Erden einem Trugbild erlegen waren, das sich dort Liebe nannte. Zum letztenmal würden Kinder deshalb auf ihre Flügel verzichten müssen. Von jetzt an würde das alles anders werden.

Und so saß Gottvater auf seinem Thron und blickte voller Zuversicht in die Zukunft. Von nun an, da Herr S. keinen Einfluß mehr auf die Liebe hatte, würden seine Kinder spüren, daß jenes Ich, das einzige, was sie auf Erden hatten, dazu bestimmt war, die Liebe ihres himmlischen Vaters in die Welt zu tragen.

Es war das Instrument, auf dem Gott seine Musik spielen konnte, und der Künstler, der dieses Instrument für die Zeit seines Menschenlebens sein eigen nannte, mußte es hegen und pflegen.

Doch hieß Eigenliebe nicht, anderen gegenüber das Herz zu verschließen. Was lebte, war immer auch verletzlich. Vielmehr blickte ein Mensch, der sich selbst mit all seinen irdischen Fehlern und Schwächen zu lieben verstand, in seine Seele wie in einen Spiegel. Und erkannte er sich dabei als der Mensch, den Gottvater in ihm gewollt hatte, und nahm er sich als solcher an, so würde er fortan keinen anderen Menschen mehr benötigen, um sich vollständig oder gar wertvoll zu fühlen.

Er würde sein eigenes Innenleben, Gottes Willen, zu seiner großen Liebe erklären, und damit hatten das Brauchen, das meist ins Mißbrauchen ausartete, und das Begehren, das in so vielen Fällen zum Vereinnahmen wurde, für alle Zeiten ein Ende.

Ja, so geschah es vor langer, langer Zeit. Gottvater saß auf seinem Thron und blickte voller Zuversicht in die Zukunft.

Und so wird es immer wieder geschehen, bis an das Ende aller Zeit.

Das 11. Kapitel

Virgilia und Wilma

Nimm jede Last des Tages
getrost auf dich, sie sind gezählt,
die Tage und die Lasten.
(Jes. 60,20)

Es war einmal vor langer, langer Zeit in den unendlichen Himmeln der Wahrhaftigkeit.

Cherub hatte es sich bei Lilian und Lukas gemütlich gemacht. Alle viere von sich gestreckt, lag er auf dem mit rotem Plüsch bezogenen Diwan im Wohnzimmer und döste vor sich hin. Die Bilder, die dabei vor seinem geistigen Auge abliefen, waren seit Ewigkeiten die gleichen: Er stellte sich vor, ein ranker, schlanker Engel mit tiefschwarzem Haar und kantigem Gesicht zu sein – und alle weiblichen Engelwesen lagen ihm zu Füßen.

Cherub war eines von Gottes ersten Kindern gewesen, ja, wie einige in den Himmeln flüsterten, vielleicht sogar sein erstes überhaupt. Wie all die anderen, die nach ihm gekommen waren, entsprach er ganz dem Bild des himmlischen Vaters, doch hatte sich Cherub, anders als viele andere, auch dementsprechend benommen.

Damals hatte sein himmlischer Vater vor einem unlösbar scheinenden Problem gestanden.

»Einige meiner Menschenkinder können mit ihrem freien Willen nicht umgehen«, hatte er geklagt. »Und ich weiß nicht, was ich da tun soll. Im Moment sehe ich nur eine Möglichkeit!«

Also hatte Cherub sich freiwillig zu seinem ersten Einsatz gemeldet; denn irgendwie mußte sein himmlischer Vater ja herausfinden, ob die Möglichkeit auch eine Lösung war.

Sein Leben auf Erden war fürchterlich anstrengend gewesen, und es hatte am Ende auch schrecklich weh getan, doch hatte er nie gezweifelt und sich nie beklagt. Er hatte geglaubt und gehofft und geliebt, und er hatte so vieles entbehrt und verloren, daß seine Ewigkeit im Paradies ein einziges großes Zuckerschlecken hätte werden können.

Doch hatte Cherub durch diesen Einsatz auch eine Menge über die Menschen gelernt, Dinge, für die er sonst ein weiteres, ganzes Leben gebraucht hätte. Und da er sich für diese Erfahrung dankbar zeigte, statt darüber zu klagen, wie qualvoll alles gewesen war, bat Gott ihn in den folgenden Jahren immer und immer wieder, einzuspringen, wenn es diese oder ähnliche Engpässe gab.

Damit tauchte Cherub im Laufe der Zeit immer tiefer ein in die Natur des Menschen, in seine Ängste und Wünsche und Hoffnungen, und das machte ihn den anderen Engeln immer unähnlicher. Am Ende konnte er kaum noch mit ihnen umgehen, und sie wollten nicht mehr mit ihm umgehen, da sie ihn für einen überheblichen Eigenbrötler hielten. Da schlug Gottvater ihm vor, von nun an nicht nur besonders zu sein, sondern auch besonders zu handeln – und vor allem auch besonders behandelt zu werden.

Er machte Cherub zu seinem einzigen Vertrauten, übergab ihm die gesamte Verwaltung der Himmel der Wahrhaftigkeit – und natürlich auch all die viele Arbeit, die dadurch anfiel.

»Du armer Kerl«, hatten Lilian und Lukas damals geseufzt, als Cherub ihnen seine Geschichte erzählt hatte.

In der Zwischenzeit wußten sie es besser. Cherub war kein armer Kerl, er war vielmehr der zweite Mann in Gottes Reich, und es gab kaum etwas, was er nicht wußte. Daneben gab es auch kaum etwas, wofür er kein Verständnis hatte, doch war es ihm unmöglich, dieses Verständnis immerzu zu zeigen.

»Da würden sie mir ja alle auf dem Kopf herumtanzen!«

stöhnte er einmal mehr an jenem Nachmittag, während er bei Lilian und Lukas saß und Torte aß.

»Zudem lehnen mich eh alle ab«, erklärte er mit vollem Mund, »aber das ist ihr gutes Recht. Es gibt schließlich zwei Arten von Ablehnung. Die eine ist dumm und verwerflich: Wir lehnen ab, was wir nicht kennen, statt das Fremde kennenzulernen. Die andere Ablehnung ist indes klug und ratsam: Wir lehnen ab, was wir kennen, weil es uns unbequem ist. Und ich bin nun mal ein bißchen – «

»Genial«, hauchte Lilian.

»Überlegen«, meinte Lukas.

Cherub, der gerade noch hastig gegessen hatte, stellte seinen Kuchenteller auf den Wohnzimmertisch, lehnte sich zurück, schloß die Augen und seufzte.

»Wenn ihr mich wirklich für so klug haltet, dann müßt ihr mir auch zubilligen, daß ich weiß, wovon ich spreche.«

Er öffnete die Augen wieder, sah Lilian an, die zu seiner Rechten auf dem Boden hockte und blickte dann zu Lukas hinüber.

»Wenn ich sage, daß man mich für einen eingebildeten Fettwanst hält, liegt die Betonung mehr auf ›Fettwanst‹. Und daß ich das bin, wollt ihr ja wohl nicht bestreiten. Oder?«

Die Zwengel senkten betreten die Köpfe.

»Seht ihr?«

Der Wächter der Himmel strich mit den Händen nachdenklich über seinen Bauch.

»Ich weiß selbst, daß ich fett bin«, sagte er dann, »und nur weil ich so fett bin, mache ich weiter meine Arbeit und setze mich nicht zur Ruhe.«

Lilian und Lukas blickten auf. Sie verstanden nicht, was das eine mit dem anderen zu tun hatte.

»Genau erklären kann ich es euch nicht«, sagte er, »das darf ich nämlich nicht. Nur soviel: Ich will nicht fett ins Paradies, und es gäbe nur eine Möglichkeit, das zu vermeiden.

Ich müßte mich freiwillig zu einer entsprechenden Wiedergeburt melden.«

Nach wie vor machten die Zwengel keinen erleuchteten Eindruck.

»Wie soll ich es ausdrücken?« wand Cherub sich. »Ein dicker Mensch zu sein ist grausam; keiner nimmt dich ernst. Und ein dickes Kind zu sein ist noch grausamer. Da bist du einsam und allein, und jeder lacht über dich.«

Er beugte sich vor und barg das Gesicht in den Händen.

»Nein«, seufzte er, »da arbeite ich lieber weiter bis zum Umfallen, und vielleicht läßt der Vater ja irgendwann Gnade walten und verwandelt mich in einen schlanken –«

Noch bevor er den Satz zu Ende bringen konnte, erfüllte ein merkwürdiger Ton das Zimmer. Er klang gedämpft und dennoch schrill. Die Zwengel hatten ihn in letzter Zeit schon häufiger mal gehört, allerdings nur, wenn Cherub in ihrer Nähe war.

Der sprang sofort auf.

»Was ist los?« fragte Lilian entsetzt.

»Mein Piepser!« wisperte der Wächter der Himmel.

»Du hast einen im Ohr?«

»Immer.« Aufgeregt wippte Cherub auf seinen Zehenspitzen.

»Meine Güte«, entfuhr es Lukas, »deshalb machst du das immer, deshalb springst du so herum. Weil es dir im Ohr klingelt.«

»Schlimm, schlimm, schlimm!« meinte Cherub und wippte nur noch schneller.

»Passiert das oft?«

»Jedesmal, wenn eine Lebensuhr abläuft ...«

Wilma hüllte sich so fest in ihre Wolldecke, wie es eben möglich war. Eigentlich war das alte Ding viel zu verfilzt und auch viel zu löchrig, als daß es noch Wärme hätte spenden können. Außerdem war es feucht in dem dunklen Kellergewölbe, und diese Feuchtigkeit war langsam aber sicher in die Decke gedrungen, so daß diese im Grunde mehr schadete als nützte.

Draußen war der erste Schnee gefallen. Das war das erste, was Wilma sah, als sie an jenem Abend ins Freie trat. Sie haßte diesen Anblick. Die weißen Flocken ließen die ganze Welt so friedlich und so sauber aussehen, dabei verdeckten sie in Wahrheit nur den Dreck.

Im vergangenen Jahr hatte Wilma noch Winterschuhe besessen. Aber die hatte man ihr dann irgendwann geklaut. Und das war natürlich bei den Schwestern passiert. Nirgendwo sonst ließen sich Menschen wie Wilma von solchen Behauptungen einlullen wie der, daß man hoffen und vertrauen müsse, und dann würde schon alles gut.

Aber das war ihr auch nur dieses eine Mal passiert. Die Welt, in der sie lebte, war ein einziger Misthaufen, und das Unrecht dieser Welt war die Energie, die alle am Leben hielt. Die einen begingen dieses Unrecht, den anderen wurde es zugefügt, und die schleimige, graue Masse mittendrin applaudierte, oder aber sie verurteilte – beides war gleichermaßen bedeutungslos.

Etwas anderes konnte man von Menschen eben nicht erwarten, so sah Wilma das. Denn die Menschen, sie selbst eingeschlossen, taugten alle nicht das Schwarze unter dem Fingernagel. Sie waren schließlich nach Gottes Ebenbild geschaffen, und dieser Gott da oben war gemein und hinterhältig. Er quälte seine Kinder bis aufs äußerste, er spielte mit ihnen, solange es ihm Freude machte, um sie danach dann einfach wegzuwerfen. Und was das Schlimmste war:

Er schwieg zu allem!

In ihren Sommersandalen, dem einzigen Schuhwerk, das Wilma noch besaß, rutschte sie auf dem frischen, weißen Schnee die steile Straße hinunter.

Wenn der Winter kam, waren die Schwestern die einzige Zuflucht für Menschen wie Wilma. Nur bei den Schwestern gab es heiße Suppe und in ganz besonders eisigen Nächten wie dieser ein Bett zum Schlafen.

Natürlich, ein paar der anderen Obdachlosen in der Gegend zogen es vor, über die Wintermonate ins Gefängnis zu gehen. Sie begingen dann rechtzeitig die eine oder andere mindere Straftat, um von November bis Februar versorgt zu sein. Doch waren die Gerichte nicht dumm. Und der Staat hatte schon lange nicht mehr genug Geld, um für so etwas zu bezahlen.

Gedankenverloren trat Wilma auf einen vereisten Gully, kam ins Rutschen und fiel. Es erstaunte sie nicht einmal. Nein, eigentlich hatte sie diesen Sturz sogar erwartet. Sie blickte seit Jahren mit offenen Augen zurück auf ihre Vergangenheit und hielt das zugleich auch für ihren Ausblick in die Zukunft. Es gab Muster, die sich immer wiederholten, und ändern konnte man nur die Muster seines Verhaltens und Empfindens, nicht die seiner Bestimmung.

Also rappelte sie sich auf und schaute wütend zum Himmel empor.

»Wenn das Wetter deine Launen widerspiegelt«, keifte sie nach oben, »dann mach' ich mich besser noch auf mehr böse Überraschungen gefaßt!«

Wilma spuckte in den Schnee und ging weiter ihres Weges.

»So, Kinder«, seufzte Cherub und lehnte sich genüßlich auf dem Diwan zurück, »wo wir gerade mal wieder so gemütlich beisammensitzen, sollten wir vielleicht mal über eine Sache sprechen...«

Er sah die beiden ruhig an. Sie zeigten nicht die geringste Regung.

»Ihr habt mich oft gefragt, was ich kürzlich unten auf der Erde gemacht habe«, hob er an. »Nun, ich hatte etwas zu erledigen. Da war nämlich dieses Ehepaar...«

In aller Ausführlichkeit erzählte Cherub von Thereses

Tochter, davon, wie die Mutter sie dazu verleitet hatte, einen ungeliebten, aber aussichtsreichen Beruf zu ergreifen und einen ungeliebten, aber vielversprechenden Mann zu heiraten.

»Und als nächstes wollte Therese, daß ihre Tochter sie endlich zur Großmutter machte, und auch das … klappte.«

Cherub sprach es bewußt vorsichtig aus, dieses Wort ›klappte‹, denn erst an dieser Stelle der Geschichte war er in Erscheinung getreten.

»Ich war nämlich das, was da geklappt hatte.«

Die Anwältin und der Richter waren so erstaunt, daß sie Eltern wurden, daß sie dieses Erstaunen zu Anfang gar nicht werten konnten. Erst mit der Zeit stellten sie fest, daß es eine Erschütterung war.

»Zehn Erdenwochen war ich bei den beiden«, berichtete Cherub, »und fragt mich nicht, was ich währenddessen so alles zu hören bekam! Meinetwegen mußte das Haus renoviert werden; meinetwegen konnte man keinen Sport mehr treiben; ich war nur erwünscht, sofern ich auch hundertprozentig gesund war, und um herauszufinden, ob ich das war, beabsichtigte man, mich mit spitzen Nadeln zu bedrohen und mir das Wasser abzugraben – es war …«

Cherub stand da, die Arme weit geöffnet, den Kopf in den Nacken gelegt.

»Ein Trauerspiel war es!« sagte er dann und schlug in die Hände.

»Und dann?« Lukas rutschte unruhig auf dem Diwan hin und her.

»Dann hat man sich dafür entschieden, mich abtreiben zu lassen.«

»Nein!« Lilian schlug entsetzt die Hände vor den Mund.

»Nicht doch!« beruhigte Cherub sie. »Das ist nicht so, wie es klingt. In diesem Fall hier hat das Ehepaar durch mich herausgefunden, daß es kein Kind wollte, sondern die Scheidung. So stand es schließlich in ihren Wegen. Es gibt andere Fälle, da stellen Menschen durch unsere Einsätze fest, wie sehr sie sich ein Kind wünschen. Das nennt man auf Erden Fehlgeburt. Manchmal sind wir dabei so etwas wie die Vorhut: Wir kommen, und wir gehen wieder und bereiten damit das Nest, in dem der Vater später neues Leben gedeihen läßt. Manchmal sind wir dabei aber auch eine Weiche: Wir lenken das Leben derer, die uns bekommen und wieder verlieren, in andere Bahnen, die ihre Wege sind, und nichts mit Elternschaft zu tun haben. Versteht ihr, was ich meine?«

Lilian und Lukas hatten verstanden, doch trug dieser Umstand nicht gerade zu ihrem Wohlbefinden bei.

»Du erzählst uns das doch wohl nicht etwa, weil wir – «

»Nein, dazu sind wir noch viel zu schwach, Cherub. Das können wir nie und – «

»Du kannst nicht ernsthaft glauben, daß wir bereits in der Lage – «

»Zumal wir uns ja trennen müßten, und du weißt doch – «

»Ihr braucht euch nicht zu trennen«, machte Cherub dem Zwengelgestammel ein Ende.

Im gleichen Moment erklang neurlich dieser schrille Ton, und gleich hielt Cherub sich wieder sein Ohr, und er wippte natürlich auch auf seinen Zehenspitzen.

»Wieder eine Lebensuhr abgelaufen?« hauchte Lilian.

Der Wächter der Himmel lächelte. »Los, ihr zwei!« sagte er dann. »Ihr könnt gleich mitkommen, es ist nämlich bald soweit.«

»Gelobt sei Jesus Christus!« wurde Wilma von einer jungen Schwester begrüßt.

Und Wilma wußte natürlich, was sie darauf hätte antworten sollen, doch konnte sie sich beherrschen.

»Sie sind neu hier«, knurrte sie statt dessen nur.

»Ich bin Schwester Virgilia«, sagte die junge Frau. »Seien Sie willkommen!«

»Ja, ja«, knurrte Wilma weiter. »Geben Sie mir lieber was zu essen und einen Platz am Ofen!«

Virgilia hatte ihren Entschluß, Nonne zu werden, noch nie bereut. Zeit ihres Lebens war ihr das Zwiegespräch mit Gott von allen Unterhaltungen die liebste gewesen, und obwohl sie erst vierunddreißig Jahre alt und somit in einem Alter war, in dem andere Karriere machten oder eine Familie gründeten, sah sie ihre Erfüllung darin, die eigenen Bedürfnisse zurückzustellen und sich ganz und gar ihren Nächsten zu widmen.

Für Menschen wie Wilma empfand Virgilia tiefes Mitleid. Deshalb kämpfte sie auch mit den Tränen, als sie der heruntergekommenen Frau dabei zusah, wie sie sich auf ihren blau verfrorenen Füßen durch den engen, völlig überfüllten Raum quälte.

Wilma war zwar nicht mehr jung, doch war sie auch noch nicht alt; sie sah nur schon so verbraucht aus. Und das lag daran, daß sie so verbittert war. Das Leben hatte ihr übel mitgespielt, und das nahm sie dem Leben übel.

»Wissen Sie«, sagte Virgilia, als sie Wilma den gewünschten Teller Erbsensuppe brachte, »wir alle werden von Gott geprüft. Und dafür sollten wir dankbar sein, denn das zeigt uns, wieviel wir ihm bedeuten.«

Wilma warf ihr einen müden Blick zu.

»Wollen Sie mir nicht erzählen, was Sie bedrückt?« fuhr Virgilia daraufhin fort. »Ich sehe nämlich, daß Sie etwas bedrückt, und vielleicht kann ich Ihnen ja helfen.«

Wilma tauchte den verfärbten Blechlöffel tief in ihre Erbsensuppe, doch war die Suppe noch viel zu heiß.

»Da irren Sie sich gewaltig«, erklärte Wilma deshalb der jungen Ordensschwester, »mich bedrückt nämlich gar nichts. Darüber bin ich lange hinaus.«

»Sie sind verbittert, nicht wahr?« Virgilia setzte sich zu Wilma an den Tisch und sah sie erwartungsvoll an.

»Auch nicht.«

»Was ist es dann?«

»Was?«

»Ich sehe, daß Sie unglücklich sind.«

Wilma hob die Brauen.

»Unglücklich?« wiederholte sie dann. »Was für 'n großes Wort! Wer sich für unglücklich hält, setzt voraus, daß es auch glückliche Menschen gibt. Kennen Sie einen?«

»Ich bin einer.«

Wieder tauchte Wilma den Blechlöffel in ihre Erbsensuppe, und diesmal dampfte es nicht mehr so stark.

»Passen Sie auf«, erklärte sie daraufhin, »ich hab' mit zwanzig Jahren den Mann geheiratet, mit dem ich alt werden wollte. Er hat mich drei Jahre später einfach sitzengelassen, mit zwei kleinen Kindern und einer schwerkranken Mutter. Ich hab' Klos geputzt, um uns durchzubringen. Ich hab' meine Mutter bei lebendigem Leibe verfaulen sehen und war da, als sie starb. Ich hab' meine Kinder zu anständigen Menschen erzogen, die nie was Böses taten. Trotzdem ist mein Sohn mit fünfzehn an seinem Zucker gestorben, und meine Tochter lebt heute mit drei Kindern in einem Frauenhaus. Um nicht länger von ihrem Mann geprügelt zu werden. Wenn Sie also ein glücklicher Mensch sind, Schwester, dann kann das nur daran liegen, daß Sie dem Leben bisher so gezielt aus dem Weg gegangen sind.«

Damit war Wilmas Ansprache beendet, und sie widmete sich nun ganz und gar ihrer Suppe.

Derweil wurde Virgilias Mitleid für die arme Frau, die ihr da gegenübersaß, immer größer. Sie hatte schon oft Geschichten wie diese gehört, und sie hatte auch schon oft diesen Blick gesehen, mit dem Wilma sie bedacht hatte. Es war der Blick eines vom Schicksal getretenen Menschen, der jemanden wie Virgilia einfach nicht ernst nehmen konnte.

»Nonne zu sein ist auch nicht gerade ein Kinderspiel«, hörte sie sich deshalb plötzlich sagen. »Wir müssen auf vieles verzichten. Aber das zahlt sich eben aus.«

Wilma ersparte sich einen Kommentar. Die Erbsensuppe war einfach zu gut.

»Glauben Sie mir«, sprach Virgilia deshalb weiter, »wenn Sie Gott erlauben, Sie zu seinem Werkzeug zu machen, wird er Sie dafür tausendfach entlohnen.«

Auch dazu sagte Wilma nichts.

Und Virgilia lächelte. »Wissen Sie«, sagte sie leise, »auf seine Weise gleicht jeder Mensch einem Schwan. Es gibt nämlich für jeden Menschen Ufer, an denen er eine dumme Figur macht. Und jeder Mensch hat seinen Lebenssee, auf dem er majestätisch dahingleitet. Er muß ihn einfach nur suchen.«

Wilma hatte Mühe, sich nicht an ihrer Suppe zu verschlucken. O ja, sie wußte, warum sie nur so selten zu den Schwestern ging, nur, wenn es überhaupt nicht mehr vermeidbar war.

Wilma kannte nämlich all diese Ansprachen und Predigten, dieses von angeblicher Weisheit durchdrungene Geschwafel. So was wie die Nummer mit dem Schwan hatte sie schon oft über sich ergehen lassen müssen. Gleich würde ihr diese weltfremde Schwester etwas von Trost und Wahrheit erzählen und damit dann schier zwangsläufig auf Jesus Christus zu sprechen kommen.

»Hören Sie, Fräulein«, zischte sie, »wenn man andere trösten will, dann braucht das zum einen Verständnis und zum anderen eine handfeste Hilfe, denn Trost soll ja schließlich Hoffnung wecken und Vertrauen. Was Sie zu bieten haben, ist nur blödes Gelaber.«

Virgilia zuckte zusammen. Sie arbeitete noch nicht lange in dieser Mission, jedoch lange genug, um zu wissen, daß man für Menschen wie Wilma sehr viel Kraft brauchte. Und Kraft konnte man sich nicht aneignen, auch wenn man das noch so gern glauben wollte. Kraft war jedem einzelnen Menschen ausschließlich von Gott gegeben, und das offenbarte sich am deutlichsten in Zeiten, in denen der Mensch sich für schwach hielt.

»Sie haben ein sehr schweres Leben hinter sich«, sagte

Virgilia mit sanfter Stimme, »und deshalb fühlen Sie sich in Ihrer Würde verletzt, und das ist –«

Wilma lachte laut auf.

»Jau«, grölte sie, »erzähl mir was von Menschenwürde, das ist genau das, was ich jetzt brauche! Sie sagen, daß die Würde des Menschen unantastbar ist. Allerdings benehmen sie sich, als wüßten sie überhaupt nicht, was das ist: Menschenwürde!«

»Sie sind äußerst gebildet.«

Mit zusammengekniffenen Augen sah Wilma die junge Nonne an. Ja, sie war gebildet. Wenn es so saukalt war wie im Moment, verkroch sie sich tagsüber gern in der Stadtbibliothek. Da gab es zwar nichts zu fressen, aber eine Heizung – und genug zu lesen. Frommes und Unfrommes...

»Nonnen!« Wilma seufzte. »Was für ein scheinheiliges Volk ihr doch seid. Wollt ständig besser erscheinen, als ihr seid, vor allem, wenn ihr betet!«

Virgilia erschrak, doch bemühte sie sich, sich das nicht anmerken zu lassen.

»Bist du Jungfrau oder Jungfer?« Wilma ließ sich jetzt nicht mehr bremsen. »Der Unterschied zwischen dem einen und dem anderen beträgt nämlich nur ein paar Jahre.«

Virgilia ließ sich immer noch nicht provozieren.

Daraufhin lehnte Wilma sich zurück. »Aber was mach' ich mir über so was Gedanken«, sagte sie zu sich selbst und gähnte. »Wer freiwillig rumläuft wie ein Pinguin, muß ein Idiot sein. Und Idioten sind wir alle auf die eine oder andere Weise. Keiner von uns kann ein gewisses Maß an Schwachsinn verleugnen – ob angeboren oder angelernt.«

Noch immer war Virgilia voll und ganz damit beschäftigt, ruhig zu bleiben, und vor allem, ruhig zu wirken.

»Jetzt weiß ich, was du bist!« meinte Wilma da. »Eine Karikatur bist du. Der Mensch versteht darunter eine Beschreibung in Wort oder Bild, die übertrieben ist, und dein Gott versteht unter Karikaturen sicher den Menschen an sich, dich allemal.«

»Mein Gott?« wiederholte Virgilia.

»Klar. Hat nicht jeder von uns seinen eigenen?«

»Wenn Sie das so sehen, Wilma ...«, die Schwester suchte nach geeigneten Worten, »dann ist mein Gott für all das Gute verantwortlich, das mir in meinem Leben widerfährt. Und über das Schlechte und Böse ist er ebenso zornig oder traurig wie ich selbst. Er ist mein bester Freund.«

Wilma lachte laut auf.

»Wie schön für dich! Mein Gott ist mein Feind, und wer Feinde hat, der hat es nicht nur zu etwas gebracht im Leben, nein: Der hat auch eine Lebensaufgabe! Man lernt sich selbst nämlich bei nichts besser kennen als beim Bekämpfen seiner Feinde.«

Virgilia schnappte nach Luft.

»Gott hat uns nach seinem Ebenbild geschaffen«, sagte sie dann, »und jeder von uns trägt einen Engel in sich. Auch du! Er ist das Spiegelbild unserer Seele, das sich uns manchmal, ganz selten, sogar zeigt.«

»Dir vielleicht, mir nicht.«

»Weil du das nicht zuläßt.«

»Hör mir gut zu, Mädel!« Wilma beugte sich so weit zu Virgilia vor, wie es eben möglich war. »Ich teile deine Meinung, daß Gott uns nach seinem Ebenbild geschaffen hat. Und ob ich die teile! Und deshalb rate ich dir, mal ganz tief in die Augen eines Mörders zu sehen. Dann wirst du nämlich einen Hauch der Bosheit sehen, zu der dein Schöpfer fähig ist. Und guck dir die Hände eines Diebes an! Dann wirst du ahnen können, was dein himmlischer Vater dir so alles nehmen kann.«

Wieder schnappte Virgilia nach Luft.

»Gut«, flüsterte sie dann, »aber bevor du daran verzweifelst, spüre bitte auch noch die Umarmung eines Menschen, der dich liebt.«

Wilma war beeindruckt. Das wollte sie die junge Nonne zwar nicht spüren lassen, doch war es so. Sie war zutiefst beeindruckt von so viel Einfalt auf einem Haufen. Und einfältige Menschen waren Wilma von jeher zu anstrengend gewesen. Um mit denen umzugehen, mußte man sich geistig gebückt und qualvoll langsam fortbewegen, ganz so, als müsse man ein Leben lang einem Einjährigen das Laufen beibringen.

»Wißt Ihr, Euer Heiligkeit«, sagte sie zynisch, »wenn Sie in Ihrem Alter immer noch nicht kapiert haben, daß diese Welt von Lieblosigkeit regiert wird, tun Sie mir echt leid.«

»Die Lieblosigkeit ist nicht in der Welt, Wilma, sie ist in dir.«

»Wie kannst du Ratschläge fürs Leben geben, wo du selbst auf einer Insel vor dich hin döst?«

»Ich döse keineswegs. Ich sehe hier so viel – «

»Klar döst du!« Langsam aber sicher wurde Wilma richtig böse. »Enthaltsamkeit. Bescheidenheit. Tugend. Du hältst doch nur das an dir für Tugenden, was du anders nicht handhaben könntest, weil es einfach wider deine Natur wäre. Und bescheiden bist du auch nur aus Unfähigkeit. Und deine Enthaltsamkeit ist der größte Witz von allen. Die wäre höchstens gut, wenn sie irgendeinem – von mir aus nur dir selbst – von Nutzen wäre.«

»Sie ist mir von Nutzen, Wilma.«

Wilma hob verächtlich die Brauen.

»Vielleicht wirst du eines Tages aufwachen aus deinem Traum«, seufzte sie. »Und vielleicht mußt du dann ja sehen, daß alles nur ein großer Irrtum war.« Sie lächelte vor sich hin. »Du weißt doch, Schwesterchen, wenn Wunschdenken und Wirklichkeit nicht übereinstimmen, so nennt man das einen Irrtum. Folglich ist das Leben an sich der größte Irrtum überhaupt.«

Mit diesen Worten lehnte Wilma sich zurück und schloß die Augen. Die Erbsensuppe hatte sie müde gemacht, und so langsam aber sicher wurden auch ihre Füße endlich mal wieder warm. Und das verstärkte die Müdigkeit nur noch.

Virgilia faltete die Hände. Nachdenklich sah sie Wilma an, die da so in sich gekehrt vor ihr saß.

Es fiel Virgilia schwer, sich vorzustellen, daß diese Frau irgendwann einmal jung und schön gewesen war. Nun, häßlich war sie auch jetzt nicht. Denn nichts war häßlich, was Gott geschaffen hatte. Es war höchstens in den Augen der Menschen häßlich, weil sie es nicht mit seinen Augen sehen konnten.

»Wissen Sie, Wilma«, sagte sie leise, »das Wort Gottes hat für alles und für jeden eine Antwort. Auch für Sie −!«

»Jetzt langt's!« Wilma machte nicht einmal die Augen auf, und der Ton ihrer Stimme sagte deutlich, daß jede weitere Diskussion zwecklos war. »Verlangen Sie jetzt bloß nicht, daß ich auch noch jeden Tag in der Bibel lesen soll. Schauen Sie sich doch lieber an, wie die Welt draußen wirklich ist. Und jetzt lassen Sie mich in Ruhe! Bitte!«

Und das war vorerst Wilmas letztes Wort. Sie sprach überhaupt nicht mehr viel an jenem Abend. Das Ganze war ihr einfach zu dumm. Um sich auf ein Gespräch mit dieser Nonne einzulassen, hätte sie ihr die ganze Geschichte ihres Lebens erzählen müssen. Und sie mochte schon nicht darüber nachdenken, geschweige denn darüber reden.

Wilma war nämlich immer eine sehr fromme Frau gewesen. Und das war sie auch jetzt noch, jetzt vielleicht mehr denn je. Nur hatte sie frühzeitig lernen müssen, daß dieser Gott da oben seine eigenen Gesetze hatte. Er plante, und der Mensch hatte es hinzunehmen. Da half es nicht, zu beten und zu bitten, man mußte sich fügen.

Es nützte einem auch nicht, so zu tun, als würde man Gott lieben. Denn man konnte nur so tun; wirklich konnte man es nicht. Man konnte niemanden lieben, den man nicht kannte und der niemals mit einem sprach. Man konnte ihn nur fürchten, weil er eben so schrecklich mächtig war, und diese Furcht dann Liebe nennen und hoffen, daß er den Betrug nicht bemerkte.

Aber er merkte alles. Und letzten Endes interessierte es ihn nicht, was seine Kinder durchmachten. Er hatte das große Ganze am Laufen zu halten, da konnte er sich unmöglich um die Belange jedes einzelnen kümmern.

Es war schon kurz vor Mitternacht, als Wilma aufstand, um zum Schlafsaal zu gehen.

»Tut mir leid«, seufzte Schwester Virgilia, als Wilma auf die entsprechende Tür zuging.

»Was tut Ihnen leid?«

»Der plötzliche Frost hat viele angelockt, und deshalb haben wir hier heute nacht nichts mehr frei.«

Zu Virgilias Erstaunen verzog Wilma keine Miene, als sie das hörte. Fast sah ihr Gesicht so aus, als hätte sie so etwas erwartet.

»Dann gehe ich eben wieder in meinen Keller«, meinte sie da auch schon.

»Ist der weit von hier?«

»Was schert es Sie?«

»Wenn es mich nicht scheren würde, hätte ich ja nicht gefragt.«

Wilma grinste. »Anteilnahme, Kindchen, ist einer von vielen Versuchen, sich in die Gefühle eines anderen Menschen hineinzuversetzen. Und das, wo das Gros der Leute doch nicht mal die eigenen Gefühle kennt.«

Virgilia lächelte. »Sehen Sie, Wilma, da haben wir zwei eben einfach unterschiedliche Meinungen. Ich halte Anteilnahme für eines der wichtigsten Gefühle, zu denen der Mensch fähig ist. Wir sollten viel häufiger Mitleid haben. Wir sollten –«

»Wir sollten Mitleid nie an andere verschwenden«, blaffte Wilma. »Aber das werden Sie schon auch noch lernen. Es reicht nämlich völlig, wenn wir uns selbst als das erkennen und behandeln, was wir sind. Und wir sind alle das gleiche: Opfer unseres Schicksals.«

Damit drehte Wilma sich um und ging. Sie hatte etwa eine halbe Stunde Fußweg vor sich, und das war weit, vor allem bei diesem Wetter. Es hatte nämlich wieder angefangen zu schneien.

»Aber so können Sie doch nicht gehen!« rief Virgilia ihr entsetzt nach. »Sie haben ja noch nicht einmal anständige Schuhe an.«

Wilma lächelte. Es war das erste Mal, daß sie lächelte an jenem Abend.

»Das schert Ihren Gott einen Scheißdreck!« sagte sie mit diesem Lächeln auf den Lippen. »Das schert ihn ebensowenig wie alles andere.«

Virgilia erschrak. »So dürfen Sie nicht sprechen!« rief sie in die Dunkelheit.

»Warum nicht?« schallte es zurück. »Haben Sie Sorge, Gott könnte mich dafür strafen? Er straft für nichts, denn er belohnt ja auch für nichts. Ich bin ihm einfach egal. Immer so gewesen.«

Während Wilma durch die Nacht lief, betrat Virgilia den gnadenlos überfüllten Schlafsaal der Mission. Hier war wirklich für niemanden mehr Platz; sie hatten es kaum noch geschafft, das junge Ding unterzubringen, das zu später Stunde weinend hergekommen war.

Sie war noch keine sechzehn, hatte weder ein Zuhause, noch Verwandte, die sich um sie kümmern konnten. Die Schule hatte sie abgebrochen, sie ging auf den Strich, um sich ein paar Mark zu verdienen, und nun war sie auch noch schwanger, mit Zwillingen!

Virgilia strich dem inzwischen schlafenden Mädchen übers Haar. Wäre die Kleine nicht schwanger gewesen, hätte sie in der Mission bleiben und an dem neuen Programm teilnehmen können, das Mädchen und Frauen ermöglichte, mit der Prostitution Schluß zu machen. Als Mutter erfüllte das Mädchen nicht die Voraussetzungen für das Programm, und als Mutter von Zwillingen schon gar nicht. Also konnten die Schwestern in diesem Fall nicht helfen, und das war betrüblich, denn es gab schon genug unglückliche Wilmas auf dieser Welt.

Sie fragte sich, was aus dem Mädchen werden sollte? Würde es die Kinder abtreiben lassen – als zwei weitere von vielen, die nie geboren würden? Würde es sie zur Welt bringen, damit sie im Elend aufwuchsen, vielleicht im Kinderheim, um selbst eines Tages verwahrlost, drogensüchtig, kriminell zu werden? Virgilias Glauben nach war das Leben heilig, doch manchmal fragte sie sich, ob ihre Sicht nicht zu eng war.

Es gab für dieses Problem keine Lösung, zumindest keine, die in ihrem Ermessen lag. Und so konnte sie nur eines tun: beten.

Mit gesenktem Kopf und gefalteten Händen ging Virgilia in die kleine Kapelle, die direkt neben dem Schlafsaal der Mission gelegen war.

Dort kniete sie nieder und sprach ein langes, inniges Gebet für das Mädchen, das tief und traumlos auf seiner Pritsche schlief. Und als Nachgedanken bat sie Gott, dieser armen Frau, die keine Winterschuhe hatte und keinen rechten Glauben, irgendwie zu helfen.

»Gib ihr ein Zeichen deiner endlosen Liebe«, sagte Virgilia immer und immer wieder, »laß sie fühlen, was ich schon so oft habe fühlen dürfen.«

Im gleichen Augenblick kam Virgilia ein Gedanke. Sie hatte Wilma zwar kein Bett geben können, doch waren da noch Decken übrig. Sie konnte ihr also zumindest ein paar Decken geben.

»Danke, Herr!« flüsterte sie, und dann bekreuzigte sie sich

und sprang auf, um alles Erforderliche in die Wege zu leiten.

Wilma hatte sich gerade wieder in ihr feuchtes, stinkendes Kellergewölbe verkrochen, als sie diese Stimme hörte.

»Hallo?« rief eine Frau. »Ist da jemand? Hallo?«

»Was ist?« rief Wilma unwirsch. »Weißt du nicht, daß andere Leute um diese Uhrzeit schlafen wollen?«

Erstaunlicherweise brachte dieser eine Einwand die Frauenstimme zum Schweigen, und so rollte Wilma sich in ihre filzige, klamme, löcherige Wolldecke und schloß die Augen.

»Entschuldigen Sie, daß ich so spät noch störe!«

Wilma zuckte zuerst verschreckt zusammen, um dann im nächsten Moment zu glauben, das müsse ja alles ein Traum sein. Da stand plötzlich diese junge Nonne vor ihr.

»Sind Sie mir nachgegangen?«

Virgilia lächelte. »Ich habe herumgefragt, wo Sie leben, und Sie dann gesucht. Ich wußte nämlich gar nicht, daß es diese Häuser hier noch gibt. Ich dachte, die sollten längst abgerissen werden. Erst letzte Woche habe ich in der Zeitung gelesen – «

»Was wollen Sie?« fuhr Wilma ihr ins Wort.

Virgilia schluckte. »Hier, ich habe Ihnen Decken gebracht.«

Wilma richtete sich auf und sah sich diese sogenannten Decken an. Es waren zwei, und sie waren beide ziemlich dünn.

»Trotzdem«, meinte sie und griff danach, »danke!«

»Darf ich mich noch einen Moment zu Ihnen setzen, bevor ich mich auf den Rückweg mache?«

Wilma lachte laut auf.

»Bitte!« meinte sie dann. »Aber machen Sie mir meine echten Teppiche nicht schmutzig!«

Virgilia hörte den Zynismus, und wiederum wurde sie von einer Flut von Mitleid erfüllt.

»Wissen Sie«, sagte sie leise, »die meisten Menschen wollen immer nur sehen, was sie verloren oder nie bekommen haben. Warum versuchen Sie nicht mal zu sehen, was Ihnen geschenkt wurde?«

Wilma seufzte. »Das brauche ich gar nicht erst zu versuchen, Schwester, das tue ich zwangsläufig jeden Tag. Ich sehe mein wunderbares Leben immer wieder aufs neue.«

»Aber Sie mögen es nicht, nicht wahr?«

»O doch. Ich lebe wahnsinnig gern in diesem Loch hier. Und ich brauche nicht zu arbeiten, denn für Leute wie mich gibt es keine Arbeit, ich brauche auf niemanden Rücksicht zu nehmen, denn da ist niemand, ich brauche mir nicht einmal Sorgen ums Geld zu machen, denn ich habe keins.«

Schwester Virgilia faltete die Hände und atmete tief durch. Denn nun hatte ihr Gespräch mit Wilma endlich eine Wendung genommen, mit der sie umgehen konnte. Und so sprach die junge Nonne in den folgenden Stunden von all dem, über das sie so gut Bescheid wußte, über die Bergpredigt, über die Qualen und die Zweifel des Heilands, über die Gnade, die Gott gerade seinen auf Erden so vernachlässigten Kindern im Himmel würde zuteil werden lassen.

Wilma schlief schon gleich zu Anfang darüber ein. Das fiel Schwester Virgilia nur nicht auf, weil Wilma immerzu Töne wie »Mmh« von sich gab. Und so war die junge Nonne überzeugt, hier wirklich zu werken, und das gab ihr Kraft und Zuversicht, so viel, daß sie am Ende völlig erschöpft war und ebenfalls einschlief.

Irgendwann – draußen war schon früher Morgen – gab es dann für einen kurzen Moment diesen ohrenbetäubenden Lärm. Wilma und Virgilia schreckten beide hoch. Doch war es da schon wieder still, und so glaubten sie beide, schlecht geträumt zu haben, legten sich neuerlich nieder und schliefen weiter.

»Komisch!« murmelte Wilma noch.

Und das war ihr letztes Wort auf Gottes Erde.

»Willkommen, mein Kind!«

Der himmlische Vater bemühte sich, einen gelassenen Eindruck zu machen, als Wilma die Große Treppe heraufkam. Doch fiel es ihm schwer.

Wilma spürte das, und sie war nicht willig, ihren Schöpfer so einfach davonkommen zu lassen. Also antwortete sie nicht. Sie nickte nur.

Gott seufzte.

»Ich weiß, daß du böse auf mich bist«, sagte er, »und du hast sicher auch manchen Grund dazu. Nur darfst du mir glauben, daß ich … es war so das Richtige für dich, Wilma. Und jetzt, wo du wieder hier bist, jetzt werden wir … das heißt, ich werde jetzt dafür sorgen, daß du…«

Es gefiel Wilma, daß ihrem himmlischen Vater offenbar die Worte fehlten. Sie wußte, daß das nur ganz, ganz selten vorkam, und es erfüllte sie mit einer tiefen Genugtuung, es erfahren zu dürfen.

»Da fühlt man sich dann endlich auch einmal auserwählt«, sagte sie.

Gott atmete tief durch. »Laß uns in den Saal der Sterne gehen, mein Kind. Da spricht es sich besser.«

»Gibt es denn etwas zu besprechen, Vater?«

»Nun … du hast doch sicher Fragen. Oder nicht?«

Nein, Wilma hatte keine Fragen. Sie hatte sich nämlich schon zu Lebzeiten alle nur denkbaren Fragen gestellt.

»Und sogar Antworten gefunden«, erklärte sie, während sie Gott in den Saal der Sterne folgte.

»Das weiß ich natürlich, Kind. Und ich muß gestehen, daß es mich manchmal sehr verärgert hat.«

»Das weiß ich wiederum«, entgegnete Wilma. »Ich habe es oft genug gespürt.«

Eine ganze Weile sahen sie einander einfach nur an, Gott mit all seiner Weisheit, Wilma, erfüllt von Enttäuschung und zugleich von Angriffslust.

»Wie kann so etwas geschehen?« fragte sie schließlich.

»Was habe ich dir getan, daß du mich das ganze Leben lang gequält hast?«

Gott überlegte eine ganze Weile.

»Du hast mir nie etwas getan«, antwortete er schließlich. »Es ist nur so, daß ... du hast auf Erden doch selbst zwei Kinder gehabt, Wilma. Welches von den beiden hast du mehr geliebt?«

»Das Mädchen!« gab sie spontan zurück. »Ich wollte das nicht, das weißt du. Ich habe mich verzweifelt bemüht, beide Kinder gleichermaßen zu lieben, aber meine Tochter war mir immer –«

»Siehst du!« fiel der himmlische Vater ihr mit fester Stimme ins Wort. »Und so wie es dir ergangen ist, ergeht es hin und wieder auch mir. Ich habe immer versucht, dich zu lieben, Wilma. Aber ich konnte es nicht. Und das hat mich dann gequält, aber ich konnte es trotzdem nicht ändern.«

Sie straffte sich. »Glaub nicht, daß mich das überrascht«, sagte sie dann. »Ich habe es immer gespürt.«

»Ich weiß. Und es tut mir leid.«

»Das hilft mir nicht, Vater. Das hat mir auf Erden nicht geholfen, und das wird mir sicher auch jetzt nicht helfen.«

Gott sah sie lange an. »Ich wußte natürlich immer, was es war, Wilma. Nur konnte ich es nicht mehr andern. Da war etwas an dir ... du warst einfach so ... so...«

»So, wie du mich geschaffen hast?« beendete Wilma den Satz, den ihr Schöpfer offenbar nicht beenden wollte.

»Richtig!« meinte Gott dazu. »Du bist meine Kreatur – und dennoch!«

»Vielleicht gerade deshalb?«

Gott räusperte sich. »Laß uns das jetzt bitte nicht weiter vertiefen, Wilma. Du hast es hinter dir und die Pforte zu meinem Paradies steht dir nun offen. Geh hindurch und genieß die Ewigkeit – und versuch, mir zu verzeihen.«

»Ich weiß nicht, ob ich das kann ...«

»Was ist passiert? Was ist da passiert?«

Wilma erkannte die Stimme sofort, die das fragte, und sie kam von dem Goldenen Tor, diese Stimme.

»Komm nur herein, Virgilia! Zwischen unserem Vater und mir gibt es nichts zu besprechen, was nicht jeder hören dürfte.«

»Aber was ist denn passiert?« wiederholte sich die völlig verwirrte Virgilia.

»Sie haben das Haus abgerissen«, gab Wilma ihr die Antwort, »ohne nachzusehen, ob vielleicht noch irgend jemand drinnen war.«

»O mein Gott! O mein – Gott!!!«

Plötzlich begriff die kleine Virgilia, und als sie begriff, rannte sie jauchzend auf ihren himmlischen Vater zu und fiel ihm um den Hals.

»Wie schön, wieder zu Hause zu sein! Und danke, Herr, es war ein wundervolles Leben!«

Wilma sah sich das Herzen und Küssen der beiden eine ganze Weile an.

»Weil es so wunderbar war« hörte sie sich da auch schon sagen, »darfst du jetzt ja auch in den Spiegel der Erkenntnis schauen!«

Beide erschraken bei diesen Worten, sowohl Virgilia als auch der liebe Gott.

»Was?« hauchte sie.

»Das weißt du?« rief Gott erschüttert aus.

»Ich weiß sogar, was sie sehen wird!« gab Wilma kokett zurück. »Sie wird ein Wesen sehen, daß sich auf Erden einbildete, zu gut zu sein, um einen normalen Menschen abzugeben. Sie konnte nicht mit Leuten reden, sondern nur mit dem, den sie für Gott hielt. Sie erlag keinen irdischen Versuchungen, sondern himmlischen. Tja, kleine Virgilia, in der Hölle wird dein Schöpfer dir zeigen, wozu Menschen alles fähig sind und auch noch Spaß dabei haben.«

Virgilia war ganz steif vor lauter Angst.

»Ist das wahr?« hauchte sie und blickte mit großen Augen empor zu ihrem Schöpfer.

Der schwieg. Gott schaute Wilma an und schwieg.

»Aber ich habe doch all meine Sünden gebeichtet, lieber Vater! Ich habe doch immer –«

»Es gibt keine Sünden«, sprach Gott, den Blick immer noch fest auf Wilma gerichtet.

»Gar keine?« fragte die und hob dabei verächtlich die Brauen, wie sie es schon zu Lebzeiten immer so gern getan hatte.

»Eine vielleicht!« antwortete der himmlische Vater daraufhin, und dann wandte er endlich den Blick von Wilma, nieder auf Virgilia. »Eine einzige Sünde würde ich als solche gelten lassen«, sagte er zu ihr. »Sie wird da begangen, mein Kind, wo der Mensch seine Natur verleugnet oder gar bekämpft.«

Virgilia war völlig verwirrt.

»Es gibt keine Versuchungen«, erklärte Gott. »Es gibt nur Verbote, und das sind Regeln, die zu schwer zu befolgen sind, als daß der Mensch es freiwillig könnte. Und wenn er es unter Zwang tut … wo bleibt dann der Trotz? Trotz ist nämlich gesund, Virgilia. Wer sich nicht auflehnt, bekommt nicht genug Bewegung.«

Die Kleine wurde immer verwirrter.

»Ich … ich wollte doch nur ein guter Mensch sein«, wimmerte sie.

»Nein«, widersprach Gott. »Du wolltest dir deine Unschuld bewahren. Und Unschuld erlebt die Welt nur in ihren neugeborenen Kindern.«

Er lachte laut auf und fügte alsdann hinzu:

»Und in diesem Zusammenhang nehme man auf Erden bitte endlich mal zur Kenntnis, wie laut und verzweifelt die schreien!«

Noch in der gleichen Nacht erfüllte sich Virgilias Schicksal. Doch war es keineswegs so schlimm, wie Wilma es dargestellt hatte. Gut, Virgilia hatte sich zeit ihres Erdenlebens etwas vorgemacht. Sie war nicht Nonne geworden, weil ihr das ein inniges Bedürfnis gewesen war, sie hatte es vielmehr aus Enttäuschung getan. Der Mann, den sie als junges Mädchen so sehr begehrt hatte, hatte sie abgewiesen. Der Schmerz darüber war Virgilia unerträglich gewesen. Und da sie so etwas nicht noch einmal erleben wollte, es in der Welt aber nur so vor Gefahren wimmelte, war sie ins Kloster gegangen.

Dort hatte sie dann das gepredigt, was sie für die Wahrheit hielt. Nur war Wahrheit für den Menschen nicht meßbar. Jeder, der lebte, sah und hörte nur, was er konnte. So hatte sie die Augen vor der irdischen Welt verschlossen und gehofft, dadurch schon auf Erden der anderen Welt näherzukommen, als andere das konnten.

»Was wird jetzt aus mir?« flüsterte sie, als sie sich fürs erste von ihrem himmlischen Vater verabschiedete.

Er lächelte und strich ihr übers Haar.

»Du wirst für einige Zeit lernen«, sagte er dann, »das ist alles. Du wirst lernen, daß das Gute und das Böse wie Tag und Nacht sind, wie Hitze und Kälte, wie Duft und Gestank. Wenn es das eine nicht gäbe, würde der Mensch das andere nicht zu schätzen wissen. Und du wirst lernen, liebste Virgilia, daß die Gelegenheiten des Lebens maßgeblich dafür verantwortlich sind, was aus euch wird. Die machen Diebe, Helden, Huren oder auch Heilige aus euch. Nur muß man sich diesen Gelegenheiten auch stellen.«

Beschämt senkte Virgilia die Augen.

»Und ich habe ein Gelübde dagegen abgelegt«, flüsterte sie.

Gott gab ihr einen Kuß auf die Stirn.

»Glaub mir«, sagte er, »damit stehst du nicht allein! Bei all dem, was so gelobt wird in meiner Welt, muß ich mir schon meinen Humor bewahren.«

»Vergib mir, Vater!«

»Dieses Wort kenne ich gar nicht, mein Kind.«

Und dann sah der himmlische Vater Virgilia nach, die da mutig ihres Weges ging.

Auch Wilma ging ihren Weg. Allein, wie sie es schon auf Erden zumeist gewesen war, machte sie sich auf zu den Pforten des Paradieses.

Der Weg dorthin war mühsam. Das Paradies lag jenseits des Palasts der gläsernen Zeit und weit hinter den Tälern der Unschuld, und nur eine einzige Straße führte dorthin.

Kein Unbeflügelter hatte diese Straße je betreten, und kein Beflügelter sprach jemals darüber oder gar über das Leben im Paradies. Und Wilma fürchtete den Grund dafür zu kennen. Vermutlich ging da drüben der ganze Lebensmist unvermindert weiter.

Endlich hatte sie die Pforte erreicht. Sie war schon lange aus der Ferne sichtbar gewesen, denn sie funkelte in den Farben eines Sommertages, im glühenden Rot eines Sonnenuntergangs, dem saftigen Grün der Wälder, der azurblauen Farbe des Ozeans.

»Wilma?«

Es war die Stimme ihres himmlischen Vaters, die Wilma da plötzlich hinter sich vernahm.

Erschreckt drehte sie sich zu ihm um.

»Hast du es dir anders überlegt?« flüsterte sie. »Muß ich meine Flügel zurückgeben?«

Gott atmete ganz tief durch. »Wie kannst du so etwas auch nur denken?«

Wilma lachte leise auf. Es war nicht wirklich ein Lachen, es war eher ein Seufzer.

»Ich werde dir nie wieder unter die Augen treten«, sagte sie da auch schon. »Das verspreche ich dir. Denn vielleicht vergißt du dann ja endlich den Zorn, den du für mich empfindest.«

»Es ist nicht wirklich Zorn«, sagte Gott und legte Wilma die Hand auf den Kopf. »Es ist etwas ganz anderes, und du sollst wissen, was es ist. Damit du verstehst.«

Er nahm seine Hand wieder weg und trat einen Schritt zurück. Wundervoll sah Wilma aus in ihrem blütenweißen Gewand. Und auch die Flügel standen ihr ausgezeichnet; sie war eine wahre Schönheit. Noch hatte sie sich selbst nicht gesehen, ja, sie ahnte nicht einmal, welche Veränderung mit ihr vorgegangen war. Doch würde sie es bald wissen; sie brauchte nur noch durch die Pforte zu gehen.

»Weißt du, Wilma, als ich dich erschuf, da habe ich dir etwas von mir gegeben, was ich eigentlich nur für mich selber haben will.«

Fragend blickte Wilma ihrem himmlischen Vater in die Augen.

»Man nennt es Weisheit, mein Kind. Und es war deine Weisheit, über die ich mich dein ganzes Menschenleben lang geärgert habe.«

Wilma lächelte. »Dann hast du mir also wirklich jede Menge Steine in den Weg geworfen, und ich habe mir das nicht nur eingebildet?«

Der himmlische Vater wiegte nachdenklich den Kopf und überlegte.

»Es ist leicht für mich, einen Menschen zu quälen. Meist reicht es aus, ihn dazu zu bringen, sich selbst zu quälen. Aber es ist ebenso leicht für mich, ihn dafür zu belohnen, daß er die Qual ertragen hat...«

Es schwang eine große Verheißung in diesen Worten, doch wagte Wilma nicht, daran zu glauben. Sie hatte einfach keine Vorstellung von Belohnung.

Und weil das so war, empfand sie keinerlei Hoffnung, als sie schließlich durch die Pforte des Paradieses schritt. Sie erinnerte sich nur an Hunger und an Schmutz und an Einsamkeit...

So geschah es vor langer, langer Zeit. Gottvater übergab ein weiteres seiner Kinder der Ewigkeit, einer Ewigkeit, die dieses Kind sich auf Erden mühsam errungen und erlitten hatte und deren Fülle und Schönheit ihm noch gänzlich unvorstellbar waren.

Und so wird es immer wieder geschehen. Bis an das Ende aller Zeit.

Yvonne und Zacharias

Unser Gott schreibt die Marschbefehle
für seine Kinder selber aus.
(2. Mose 17,1.8)

Es war einmal vor langer, langer Zeit in den unendlichen Himmeln der Wahrhaftigkeit.

Cherub war tieftraurig. Der Schmerz in ihm war einfach zu groß. Denn noch beruhte dieser Schmerz auf Angst, nicht auf Trauer. Und die Angst vor Trauer tat immer ganz besonders weh.

Schon ganz früh am Morgen hatte Gottvater ihn zu sich gerufen.

»Es ist von äußerster Wichtigkeit«, hatte er ihm erklärt, »daß du meine Anweisungen heute genau befolgst.«

Sofort hatte Cherub beleidigt nach Luft geschnappt. »Aber das tue ich doch immer, Vater.«

Daraufhin winkte der himmlische Vater ab, ganz so, als wolle er dieses Thema lieber nicht vertiefen, und dann folgte eine sehr, sehr lange Ansprache. Sie war so lang, daß Cherub zwischendurch immer mal wieder befürchtete, sich die Einzelheiten gar nicht alle merken zu können.

»Dann schreib es dir besser auf, lieber Freund! Wir können uns keinen Fehler erlauben, auch nicht den kleinsten!«

Die Folge war, daß der Wächter der Himmel jetzt gleich drei dicke, vollgeschriebene Notizblöcke mit sich herumschleppte.

Doch weit schwerer als die wog eben seine Traurigkeit. Es kam so selten vor, daß Cherub mit anderen Engeln Freundschaft schloß. Und jetzt, da es nach vielen, vielen Jahren endlich mal wieder geschehen war, jetzt galt es, diese Freunde zu verlieren.

Unten auf der Erde brach ein neuer Tag an. Und es versprach, ein schöner Tag zu werden. Kinder würden an den Strand gehen und im Meer schwimmen, Erwachsene würden Vorbereitungen für abendliche Grillfeste im Freien treffen, jeder würde jeden anlächeln und ein Gefühl von Heiterkeit und Frohsinn empfinden.

Jeder.

Nur Yvonne nicht.

Denn Yvonne hatte beschlossen, daß dieser schöne Tag ihr letzter sein sollte.

Schon vor Sonnenaufgang war sie aufgewacht. Was noch zu erledigen gewesen war, hatte sie bereits erledigt, so daß von daher eigentlich kein Grund bestanden hätte, früh aufzustehen. Sie hatte aber auch keine Lust, noch länger im Bett zu liegen.

Liegen würde sie schließlich noch lange genug. Davon war sie überzeugt.

Yvonne nahm eine heiße Dusche und zog sich an. Siebenundvierzig Jahre war sie alt, und trotzdem hatte sie immer noch den Körper eines jungen Mädchens. Auch ihrem Gesicht hatten die Jahre noch nicht allzuviel anhaben können. Wenn sie sich gut zurechtmachte, ging sie immer noch blendend für fünfunddreißig durch, nur half ihr das jetzt auch nicht mehr.

Immerhin hatte der letzte Tag ihres Lebens begonnen.

Lilian und Lukas schliefen noch, denn die vielen Einsätze der letzten Zeit hatten die beiden völlig erschöpft.

Nachdem Cherubs mehrmaliges Klopfen ohne Antwort geblieben war, öffnete er vorsichtig die Tür, die zum Reich der Zwengel führte. Ebenso vorsichtig trat er ein, stolperte aber trotzdem gleich im Korridor und konnte sich gerade noch rechtzeitig am Diwan festhalten, sonst wäre er gestürzt.

Auf Zehenspitzen schlich Cherub ins Schlafzimmer. Eng umschlungen lagen die Engelinge da und träumten. Und so wunderschön dieser Traum vielleicht auch war, so war er doch nichts verglichen mit der Wirklichkeit, welche diese beiden erwartete.

Cherub wurde ganz gefühlsselig zumute bei dem Gedanken. Deshalb räusperte er sich erst einmal, und dann holte er tief Luft und brüllte:

»Na, was ist das denn hier? Alle Faulenzer raus aus den Betten!«

Yvonne fuhr mit dem Wagen durch die Stadt. Sie hatte nichts mehr zu besorgen, und sie hatte auch kein Ziel, sie fuhr einfach nur noch mal ein bißchen herum.

Da war ihre alte Grundschule. Wenn sie an die Zeit zurückdachte, die sie dort verbracht hatte, waren die Bilder ganz verschwommen.

Nur an ihre Freundin Heidrun erinnerte sie sich noch genau. Sie hatten gemeinsam in einer Bank gesessen, und an den Nachmittagen waren sie oft in den Stadtpark gegangen, um dort zwischen Rhododendronsträuchern Verstecken zu spielen. Es war lange her.

Vorbei.

Yvonnes Erinnerungen an die Jahre auf dem Gymnasium waren da schon klarer. Sie war eine gute Schülerin gewesen, und sie hatte sich auch immer gut mit ihren Klassenkameradinnen vertragen, nur war sie außerhalb der Schule selten mit ihnen zusammengewesen.

Die anderen hatten frühzeitig einen festen Freund gehabt, mit dem sie ausgingen. Yvonne hatte Sport getrieben, nicht aus Überzeugung, eher aus Not. Sie fand einfach keinen Jungen, in den sie sich verlieben konnte. Und kein Junge verliebte sich in sie.

Damals hatte es schon angefangen; ja, sie konnte die Spur bis zu ihrer Schulzeit zurückverfolgen.

Lilian und Lukas erschraken nicht schlecht, als sie Cherub plötzlich vor ihrem Bett stehen sahen. Sofort schnellten sie hoch, verzogen im nächsten Moment die Gesichter zu schmerzverzerrten Grimassen.

Lukas runzelte die Stirn. »Was willst du?«

Cherub beantwortete diese Frage nicht. Er entspannte sich aber wieder, und dann wurde er mit einem Schlag ganz ernst.

»Ich muß euch bitten, all eure persönlichen Sachen zusammenzupacken«, erklärte er, »und zwar sofort!«

»Was?« Lilian war mit einem Mal kreidebleich.

Derweil wurde Lukas ganz rot im Gesicht.

»Warum?« stieß er aus. »Wieso? Weshalb?«

Cherub wippte auf seinen Zehenspitzen.

»Fragt nicht!« entgegnete er hastig. »Tut es einfach! Ich soll euch schnellstmöglich zum Vater bringen!«

Zur Mittagszeit wurde es schwül in der Stadt. Wer es sich eben ermöglichen konnte, flüchtete in ein klimatisiertes Restaurant oder zumindest in ein schattiges Café. Yvonne fuhr zum Meer hinaus. Sie wollte dort ein letztes Mal spazierengehen.

Solange sie zurückdenken konnte, war Yvonne liebend gern am Meer gewesen. Nur hatte sie sich auch immer gewünscht, nicht allein den Strand entlanggehen zu müssen, und dieser Wunsch war nie in Erfüllung gegangen, zumindest nicht so, wie sie sich das erhofft hatte.

Yvonne setzte sich in den Sand und blickte gedankenverloren aufs Wasser hinaus. Ihr Leben lang hatte sie von der großen Liebe geträumt, von dem Mann, mit dem sie verheiratet sein und Kinder haben würde. Sie war immer überzeugt gewesen, daß er irgendwo da draußen lebte, irgendwo in dieser großen, weiten Welt, daß sie ihm nur begegnen mußte und sich der Rest dann ganz von allein ergäbe. Und einmal hatte es auch ganz so ausgesehen, als würde dieser Traum Wirklichkeit werden…

Gottvater saß auf seinem Thron, als die Zwengel den Saal der Sterne betraten. Und er sah sofort, wie erschöpft Lilian und Lukas waren. Die beiden hätten dringend ein paar Tage im Bett bleiben und rund um die Uhr schlafen müssen. Doch standen jetzt wichtigere Dinge an.

»Ich habe euch gerufen«, hob der himmlische Vater zu sprechen an – und hielt im nächsten Moment gleich wieder inne.

Die Zwengel standen nämlich allzu kläglich da, die Fußspitzen nach innen gedreht, die Hände gefaltet, die Häupter demütig gesenkt; das konnte Gott einfach nicht mit ansehen.

»Kommt her, Kinder!« meinte er daraufhin und klopfte sich einladend auf die Schenkel, zum Zeichen, daß Lilian und Lukas darauf Platz nehmen sollten.

Verwirrt sahen die beiden zunächst ihn, dann einander und schließlich wieder ihn an.

»Das können wir nicht annehmen«, sagte Lukas dann mit bebender Stimme.

Und Lilian fügte hinzu: »Das dürfen nur gute Engel.«

Der himmlische Vater lächelte. »Wollt ihr mir sagen, wer in meinem Reich ein guter und wer ein schlechter Engel ist?«

Die Zwengel verzogen verlegen ihre Gesichter, und dann faßten sie einander bei den Händen und tapsten zögerlich auf ihren Schöpfer zu, setzten sich nach langer Zeit erstmals wieder auf seinen Schoß, ganz, wie er es wünschte.

»Hört mir gut zu!« sagte Gott. »Für euch beide ist heute nämlich ein besonderer Tag. Gleich wird Cherub euch zu eurem letzten Einsatz bringen, und ich wünsche euch, daß ihr –«

»Unser letzter Einsatz?«

Die kleine Lilian hatte immer schon große, blaue Augen gehabt, aber jetzt, in diesem so denkwürdigen Moment, jetzt waren diese Augen so groß und so blau, daß sie den himmlischen Vater an seine Ozeane erinnerten.

»Ja, mein Kind«, antwortete Gott mit sanfter Stimme. »Es wird euer letzter Einsatz sein.«

»Und dann?«

Lukas wagte gar nicht, seinen Schöpfer anzusehen.

»Was wird denn danach aus uns?« Er traute sich kaum, es auszusprechen. »Werden wir dann geboren?«

Der himmlische Vater hob das Kinn des Jungen an, damit er auch ihm in die Augen sehen konnte.

»Ich habe es mir lange überlegt«, sagte er liebevoll. »Da war ein junges Mädchen, das Zwillinge bekommen sollte. Den Vater ihrer Kinder hat es nie richtig gekannt. Es hätte euch so viel Liebe geben können – aber man hätte es nicht erlaubt. Man hätte euch ihr weggenommen. Und so habe ich mir für euch etwas ganz Besonderes ausgedacht. Denn ich habe euch viel zu lieb.«

Obwohl es schon langsam kühl wurde, saß Yvonne immer noch unverändert im Sand. Die Erinnerung an Zacharias und ihre gemeinsame Zeit war plötzlich so lebendig, als wäre alles erst gestern gewesen.

Sie hatte gerade erst endgültig ihre jetzige Wohnung bezogen. Zwischen Farbtöpfen und Tapetenrollen standen die Umzugskisten, und vor lauter Arbeit hatte Yvonne vergessen, sich etwas zu essen einzukaufen. Also war sie an jenem Abend in das Restaurant an der Ecke gegangen.

Zacharias mußte schon beim Hereinkommen auf sie aufmerksam geworden sein. Sie saß nämlich noch nicht ganz an ihrem Tisch, als er bereits zu ihr trat und fragte, ob er sich zu ihr setzen dürfe.

»Und ich würde Sie auch gern zu einem Drink einladen«, fügte er hinzu. »Was hätten Sie gern?«

An und für sich ging Yvonne auf derart plumpe Annäherungsversuche nicht ein. In diesem Fall machte sie jedoch eine Ausnahme. Sie wußte selbst nicht, warum.

»Was trinken Sie denn?« fragte sie deshalb nur und wies auf das Glas, das Zacharias in seiner Hand schwenkte.

»Das ist Wodka.«

»Dann nehme ich das gleiche.«

Zacharias war nur zu Besuch in der Stadt, und das nicht einmal freiwillig. Er hatte einige Wochen zuvor einen schweren Autounfall gehabt und mußte nun eine längere Kur über sich ergehen lassen.

»Ist nicht sonderlich lustig«, sagte er. »Immer nur turnen und ruhen – und keinen Tropfen Schnaps!«

Yvonne verliebte sich gleich an diesem ersten Abend in Zacharias. Und von Anfang an war nicht der geringste Zweifel in ihr: Er war der Mann, auf den sie siebenunddreißig Jahre lang vergeblich gewartet hatte.

Lange Zeit sah es so aus, als würde es Zacharias mit ihr ganz genauso ergehen. Sie verbrachten bald jede freie Minute miteinander, Tag und Nacht, und irgendwann erwog er sogar, nach der Kur in ihre Stadt überzusiedeln.

»Soll das etwa ein Heiratsantrag sein?« witzelte sie, als er das äußerte.

Er ging nicht darauf ein. Er schien also doch noch Zweifel zu haben.

Einige Wochen später stellte Yvonne fest, daß sie schwanger war. Außer sich vor Glück und Freude rief sie Zacharias an, der inzwischen wieder zu Hause war.

»Gott!« rief der ins Telefon. »Vater zu werden war immer mein größter Wunsch.«

So einigten sie sich schließlich darauf, daß Yvonne zu ihm zog, weil das für Zacharias' Karriere vorteilhafter war, und danach wollten sie dann so bald wie möglich heiraten.

»Vorausgesetzt, du willst mich überhaupt!«

»Wie kannst du so etwas fragen, Zacharias?«

»Du weißt, worauf du dich einläßt. Ich kann das Trinken nicht lassen.«

»Das gewöhne ich dir schon ab.«

»Und wenn nicht, Yvonne? Überlege es dir gut!«

Doch Yvonne brauchte sich das nicht zu überlegen. Sie kündigte ihren Arbeitsplatz, sie gab ihre Wohnung auf, sie packte ihre Siebensachen zusammen, und sie setzte sich ins Auto, um für immer zu Zacharias zu fahren und mit ihm und dem Baby ein neues Leben zu beginnen.

»Das willst du wirklich riskieren?« fragte er bei ihrem letzten Telefongespräch.

»Verlaß dich drauf!« erwiderte sie. »Morgen abend sind wir bei dir. Und wir bleiben!«

Zacharias schluckte. »Fahr vorsichtig, Yvonne!«

Die Engel, die sich an jenem Nachmittag im Palast der gläsernen Zeit aufhielten, traten aufgeregt tuschelnd zur Seite. Sie wußten, was es zu bedeuten hatte, wenn Gottvater ihresgleichen bei den Händen hielt. Sie konnten sich aber nicht erklären, warum den Zwengeln diese Ehre zuteil wurde.

»Werden die jetzt etwa doch noch geboren?« wisperte einer.

Bald flirrte die Luft in den Himmeln der Wahrhaftigkeit nur so von Vermutungen und Befürchtungen, und ehe eine Stunde vergangen war, wußten es alle:

Der Vater hatte Lilian und Lukas abgeführt. Cherub, der sich noch nie zuvor zu Gepäckträgerdiensten herabgelassen hatte, war den dreien mit Unmengen Koffern und Tüten und Taschen gefolgt, und seither war der gesamte Palastbereich für alle übrigen Engel bis auf weiteres gesperrt.

Lilian und Lukas froren erbärmlich. Sie froren so sehr, daß sie am ganzen Körper zitterten, und da half es auch nicht viel, daß Gottvater sie so fest bei ihren Händen hielt.

Endlich hatten sie dann die Rackerrutsche erreicht. Der

himmlische Vater blieb stehen, ließ seine Zwengel los, strich ihnen liebevoll übers Haar.

»Habt keine Angst!« sprach er. »Was in meinem Namen geschieht, bringt Segen. Immer und jedem!«

»Vielleicht solltest du ein Paar andere Engelinge auswählen, Vater!«

»Das würde nicht gehen, Kinder.«

»Aber warum denn nicht? Ich meine – «

»Das würde nicht gehen, weil das hier doch eure Geschichte ist.«

Draußen ging gerade die Sonne unter, als Yvonne in ihre Wohnung zurückkehrte. Früher hatte sie es immer gehaßt, heimzukehren in die Stille und in die Dunkelheit, in diese Leere, die ihr Leben war. Denn früher hatte sie noch Sehnsucht verspürt. An jenem Abend spürte sie nichts mehr. Die Leere, die Dunkelheit und die Stille waren inzwischen ihre Verbündeten geworden, und sie würden auch ihre einzigen Freunde sein, sie begleiten durch die längste, durch die letzte Nacht ihres Lebens.

Insgeheim hatte sie gehofft, ausgerechnet heute von Zacharias zu hören. Dabei hatte er sich jahrelang nicht gemeldet. Sein »Fahr vorsichtig, Yvonne!« waren seine letzten Worte gewesen. Er war wie vom Erdboden verschluckt. Dabei hätte Yvonne ihn gerade damals mehr gebraucht als irgendeinen anderen Menschen auf der Welt.

Etwa auf der Hälfte der Fahrtstrecke war es dann passiert. Yvonne hatte an einer Raststätte getankt, anschließend war sie zur Toilette gegangen. Da sah sie die Bescherung.

»Ich brauche einen Arzt!« erklärte sie dem jungen Mann an der Kasse. »Wissen Sie, wo hier in der Nähe ein Arzt ist?«

Man brachte sie ins nächstgelegene Krankenhaus, und dort versuchte man alles, um das Baby in ihrem Leib am Leben zu erhalten, doch wollte es wohl nicht leben, dieses Baby.

Hilflos mußte Yvonne dabei zusehen, wie es sie verließ, und sie mußte die Schmerzen in ihrem Körper und vor allem die Schmerzen in ihrer Seele ertragen.

»Haben Sie meinen Mann angerufen?« schluchzte sie immer und immer wieder. »Kommt er her? Wann kommt er?«

Aber Zacharias kam nicht. Er rief nicht einmal an. Und als Yvonne nach ihrer Entlassung aus der Klinik zu ihm fuhr, teilten Nachbarn ihr mit, er sei an jenem Tag einfach verschwunden und niemals wieder aufgetaucht.

Das war nun zehn Jahre her. Jahre, in denen Yvonne tagaus, tagein darum gekämpft hatte, mit sich und ihrem Schicksal fertigzuwerden. Es war ihr nicht gelungen.

Langsamen Schrittes ging sie in ihr Schlafzimmer und öffnete die oberste Nachttischschublade. Siebzig kleine, rosafarbene Tabletten lagen darin, Tabletten, die sie im Verlauf der letzten Monate gesammelt und in den letzten Tagen jeden Abend durchgezählt hatte.

Es brachte nichts, noch länger zu warten. Wenn die Zeit reif war, mußte man handeln! Nach dieser Maxime hatte sie ihr Leben lang gelebt, nach ihr wollte sie nun auch sterben.

Ein letztes Mal ging Yvonne in ihre Küche. Sie holte sich dort ein Glas und eine Flasche Mineralwasser. Und dann setzte sie sich wieder auf ihr Bett und tat, was sie für das Richtige hielt.

»Jetzt, Kinder!« sagte Gottvater just in diesem Augenblick zu Lilian und Lukas. »Jetzt ist es soweit!«

Die Zwengel hätten noch so viele Fragen gehabt. Es waren so viele verschiedene Fragen, daß sie gar nicht wußten, welche sie zuerst stellen sollten.

»Dafür ist jetzt auch keine Zeit mehr«, erklärte ihnen der himmlische Vater. »Ihr müßt gehen, ihr werdet gebraucht!«

Dieses letzte Wort klang noch lange in Lilian und Lukas nach. Sie wurden gebraucht!

Jetzt kam es auf sie an, und damit erging es ihnen wie den

Menschen auf der Erde. Die mußten auch alle irgendwann begreifen, daß kein Mensch jemals wirklich ersetzbar ist, weil jeder für irgend etwas gebraucht wird.

»Freust du dich, Lilian?«

»Ja, Lukas, und wie!«

Ganz fest hielten sie einander bei den Händen, während sie zum letztenmal in ihren Engelleben die Rackerrutsche hinuntersausten.

Yvonne war eingeschlafen. Dabei hatte sie einen Traum. Sie träumte, daß da plötzlich zwei Kinder vor ihrem Bett standen. Das Mädchen gab ihr einen Kuß auf die Wange, und der Junge zog ihr die Decke weg und griff nach ihrer Hand.

»Wer seid ihr?« fragte Yvonne mit schwerer Zunge.

»Du mußt aufstehen, Yvonne.«

»Warum?«

»Weil wir dir etwas zeigen wollen.«

»Was denn? Wer seid ihr überhaupt?«

Lilian und Lukas gaben Yvonne keine Antwort auf diese Fragen. Sie zwangen sie aber mit sanfter Gewalt, das Bett zu verlassen und mit ihnen zur Wohnungstür zu gehen.

»So kann ich aber doch nicht raus«, rief Yvonne. »Ich muß mich erst mal anziehen.«

Die beiden Kinder lächelten nur, als sie das hörten; auch sie trugen nur Nachthemden.

»Lauft ihr immer so herum?«

»Immer!« antworteten sie im Chor.

Yvonne kannte das Haus, zu dem Lilian und Lukas sie führten. Es war das Haus, das Zacharias kurz vor seinem Verschwinden bezogen hatte.

»Was tun wir hier?« schrie Yvonne. »Er ist doch nicht da. Ich habe hier doch schon nach ihm gesucht.«

»Sei ganz ruhig!« flüsterte Lilian. »Und schau!«

Sie trat an Yvonnes Seite vor eines der Fenster. Von dort

konnte man direkt ins Wohnzimmer blicken, und in diesem Wohnzimmer, in einem der schweren Ledersessel, saß Zacharias und telefonierte.

»Vorausgesetzt, du willst mich überhaupt!« rief er in die Sprechmuschel und schlug dabei unruhig die Beine übereinander, zuerst das rechte über das linke, dann das linke über das rechte, dann wieder das rechte über das linke … schließlich schloß er die Augen und legte den Kopf in den Nacken.

»Du weißt, worauf du dich einläßt«, sagte er mit plötzlich ganz belegt klingender Stimme. »Ich kann das Trinken nicht lassen.«

Er lächelte. »Und wenn nicht, Yvonne? Überlege es dir bitte gut!«

»*Mein Gott!*«

Yvonne konnte es nicht fassen. Was sie da erlebte, hatte sie schon einmal erlebt. Nur war sie damals am anderen Ende des Telefonhörers gewesen. Jetzt sah sie Zacharias, und kaum, daß sie das verkraftet hatte, hörte sie ihn auch schon sagen:

»Das willst du wirklich riskieren?«

Bei ihrem letzten Telefongespräch hatte er ihr diese Frage gestellt, und Yvonne schloß die Augen und flüsterte wie damals: »Verlaß dich drauf! Morgen abend sind wir bei dir. Und wir bleiben!«

»Fahr vorsichtig, Yvonne!«

Yvonne schluchzte laut auf, als sie diese Worte hörte. Es waren die letzten Worte, die Zacharias jemals zu ihr gesagt hatte.

»Was hat das alles zu bedeuten?«

Lilian und Lukas spürten, wie aufgeregt Yvonne auf einmal war.

»Wer seid ihr?«

Die beiden gaben ihr auch diesmal keine Antwort darauf.

Sie schauten sie aber auf einmal ganz traurig an, dann sahen sie einander äußerst beschämt an und seufzten. Im nächsten Moment führten sie Yvonne ins Haus und ließen sie dort auf Zacharias' Sofa Platz nehmen.

»Er hat sich damals so auf dich gefreut«, sagte Lukas, während er zu Yvonnes Füßen niederkniete. »Er konnte den nächsten Abend kaum noch erwarten.«

Yvonne schluckte. Zacharias stand da, nur wenige Meter entfernt, doch schienen sie alle drei Luft für ihn zu sein. Er ging zu seiner Bar und schenkte sich einen Wodka ein.

»Er hatte damals aber auch große Angst«, sagte Lilian derweil. »Er hatte Angst, daß du ihn bald nicht mehr lieben könntest.«

Yvonne fing wieder an zu weinen. »Aber warum denn?«

»Weil er so viel trank!« sagte Lilian.

»Aber das hätte ich ihm doch abgewöhnen können.«

»Vielleicht«, meinte Lukas, »vielleicht aber auch nicht.«

»Wenn schon! Ich habe ihn geliebt, ich hätte immer zu ihm gehalten, egal, was passiert wäre!«

»Das konnte er nicht glauben.«

»Und deshalb ist er gegangen?«

Lilian und Lukas setzten sich neben Yvonne auf das Ledersofa.

»Nein«, erklärten sie ihr dann, »er ist aus einem anderen Grund gegangen.«

Erwartungsvoll sah Yvonne die beiden Kinder an, aber sie sprachen nicht weiter. Vielmehr blickten sie plötzlich zu Zacharias herüber, der immer noch vor seiner Bar stand und Wodka trank.

Dabei sah er auf einmal aus, als hätte er längst genug. Er konnte sich kaum mehr auf den Beinen halten, und seine Augen glänzten fiebrig.

»Verdammt!« hörte Yvonne ihn laut schreien. »Verdammt! Verdammt! Verdammt! Warum ruft sie nicht wenigstens an?«

»Aber ich habe angerufen«, kreischte Yvonne. »Zigmal habe ich angerufen.«

»Nicht in den ersten zwei Tagen«, flüsterte Lilian.

»Aber da lag ich auf der Intensivstation. Da haben die vom Krankenhaus angerufen.«

»Die hatten die falsche Telefonnummer.«

Entsetzt starrte Yvonne in Lukas' Gesicht.

»Das ist nicht wahr«, sagte sie dann. »Ich habe ihnen die richtige Nummer gegeben.«

»Schon, nur hat die junge Schwester sie verkehrt aufgeschrieben.«

»Woher weißt du das?«

Lukas lächelte nur. Und Lilian strich mit beiden Händen über Yvonnes Haar. »Zacharias ist damals gegangen, weil er glaubte, daß du es dir in letzter Minute anders überlegt hättest und das Kind lieber ohne ihn haben wolltest.«

»Was? Aber wo ist er denn hin?«

»Komm!«

Wieder hatte Yvonne das Gefühl, als würden ihre Füße gar nicht den Boden berühren. Da war keine Straße, kein Weg, da war nur dieser gleißend helle Lichtstrahl, der scheinbar ins Nichts führte.

»Wohin gehen wir?« rief Yvonne. »Wo bringt ihr mich hin?«

Kaum daß sie die letzte Frage zu Ende gestellt hatte, stob der gleißend helle Lichtstrahl auseinander, und Yvonne hatte das Gefühl, auf einem großen, runden Platz zu stehen. Um sie her war das Nichts. Und sogar die Kinder waren plötzlich verschwunden.

Zum erstenmal seit langer, langer Zeit bekam Yvonne Angst. »O mein Gott!« flüsterte sie. »Ist das die Strafe für das, was ich getan habe?«

»Es gibt keine Strafen, Yvonne!«

Es war die Stimme eines Mannes, die das sagte, aber Yvonne wagte nicht, sich umzudrehen.

»Gott ist gütig«, sprach der Mann deshalb weiter. »Er liebt uns. Und er hört niemals auf, uns zu lieben, ganz gleichgültig, was wir auf Erden getan haben.«

Noch immer wagte Yvonne nicht, sich umzudrehen. Dabei kam ihr diese Stimme so bekannt vor, so vertraut.

»Ich … ich habe versucht, mir das Leben zu nehmen«, stammelte sie. »Und das ist eine Sünde.«

»Wer sagt das?«

»Alle.«

»Alle sind nicht Gott. Oder glaubst du, Gott würde dein Leben enden lassen, wenn nicht auch er es so wollte?«

»Aber man darf Gott nicht versuchen.«

»Das sagen bestimmt auch alle, aber es ist nicht wahr. Menschen können Gott gar nicht versuchen, denn sie sind ja nur Menschen.«

Yvonne schluckte. Und dann atmete sie ganz tief durch.

»Wer bist du?«

Die Antwort kam prompt: »Ein Engel!«

Endlich faßte Yvonne Mut. Langsam drehte sie sich um, sah zunächst nur zwei Füße, dann ein langes, weißes Gewand …

»Zacharias!«

Er lächelte sie an. »Nun bist du also doch noch gekommen, Yvonne.«

In den nächsten Stunden hatte Zacharias seiner Yvonne eine Menge zu erzählen!

Nachdem sie damals nicht wie verabredet zu ihm gekommen war, hatte er ein paar Sachen zusammengepackt, sein Bankkonto geplündert und war auf eine Insel geflüchtet. »Das hat mir nur auch nicht allzuviel genützt«, sagte er. Er hatte nur noch getrunken, zuerst in seinem Hotelzimmer, später in einer kleinen Wohnung, die er gemietet hatte, zuletzt am Strand, umgeben von sogenannten Freunden, mit denen ihn nur eines wirklich verband: Schnaps!

»Und am Schnaps bin ich am Ende auch gestorben!«

Damit endete Zacharias' Geschichte, und Yvonne sah ihn geraume Zeit schweigend an.

»Warum?« fragte sie dann schließlich. »Sag mir, warum!«

Er lächelte. »Du selbst bist die Antwort auf diese Frage.«

Er lächelte nur, und dieser Anblick rührte Yvonne so sehr, daß sie ihn nur noch umarmen und ganz festhalten wollte. Doch als sie es versuchte, griffen ihre Hände ins Leere.

Das erschreckte Yvonne so sehr, daß sie laut aufschrie. »Was hat das zu bedeuten?«

Zacharias öffnete den Mund, aber noch bevor er etwas sagen konnte, traten Lilian und Lukas aus dem Dunkel hervor. Beide hielten sie die linke Hand flach auf der Brust, und den Zeigefinger der rechten Hand auf die Lippen gepreßt.

Zacharias schüttelte sich, als sei er aus einem Traum erwacht. Und im gleichen Moment baten Lilian und Lukas auch schon darum, man möge ihnen folgen.

»Wer sind die beiden?« flüsterte Yvonne, während sie sich an Zacharias' Seite auf einen weiteren, befremdlichen Weg machte.

»Oben nennt man sie die Zwengel«, flüsterte Zacharias zurück.

»Oben?«

Yvonne erstarb dieses Wort auf den Lippen, denn ehe sie sich versah, schwebten sie wieder über diesen gleißend hellen Lichtstrahl, es wurde immer heller und klarer, und dann war da plötzlich diese Treppe ...

»Jetzt heißt es Abschied nehmen, Yvonne!«

Verwirrt schaute Yvonne ihren Zacharias an. »Warum?«

»Ich muß zurück zum Vater.«

»Und ich?«

»Du mußt es zu Ende bringen!«

»Was? Was muß ich zu Ende bringen?«

Statt ihr eine Antwort zu geben, hob Zacharias die Hand und winkte. Er entschwand, bevor Yvonne noch irgend etwas hätte sagen oder fragen können. Er verschwand in funkelnden, glitzernden Nebeln, und Yvonne wäre viel lieber mit ihm gegangen, als am Fuße dieser geheimnisvollen Treppe zurückzubleiben.

»Das mußt du aber!« sagte Lukas zu ihr, und dabei klang seine Stimme ganz ruhig.

»Ja«, bekräftigte Lilian, »das mußt du, Yvonne.«

»Und was ist mit euch? Bleibt ihr wenigstens bei mir?«

»Das können wir nicht«, antworteten die beiden.

»Und was ist mit mir? Was wird aus mir?«

»Eines Tages wirst du es wissen, Yvonne. Eines Tages. Und bis dahin...«

Die Worte der merkwürdigen Kinder verhallten, und Yvonne hatte auch plötzlich den Eindruck, als wären da Nebel um sie her, und sie bekam auch kaum noch Luft, sie mußte husten...

Draußen wurde es langsam hell, als Yvonne erwachte. Sie lag neben ihrem Bett auf dem Fußboden, und ein ekelerregender Geruch stach in ihre Nase.

Es dauerte geraume Zeit, bis sie begriff, was mit ihr los war. Sie hatte die Schlaftabletten genommen, weil sie sich umbringen wollte, aber sie war nicht gestorben. Vielmehr lebte sie immer noch und lag in ihrem eigenen Erbrochenen.

Langsam richtete sie sich auf. Da war dieser Traum, den sie gehabt hatte. Sie erinnerte sich nur noch undeutlich daran. Aber in diesem Traum war Zacharias bei ihr gewesen, zum Greifen nahe. Und diese Kinder, diese beiden merkwürdigen Kinder.

Den Kopf auf Lilians Koffern, die Beine auf Lukas' Tüten und Taschen, so lag Cherub mitten auf den Gipfeln des ewigen Lichts und schnarchte. Ja, er schlief so tief und fest, daß er erst aufwachte, als die Zwengel die Treppe hochkamen.

»Da seid ihr ja schon«, gähnte er. »Alles gut gegangen?«

Lilian und Lukas zuckten verlegen mit den Achseln. »Wir haben getan, was wir tun sollten!«

Cherub lächelte. »Dann ist alles gut gegangen. Kommt mal mit, ihr beiden.«

»Wohin?«

Statt diese Frage zu beantworten, tat Cherub einen tiefen Seufzer.

»Ich werde euch sehr vermissen«, sagte er. »Ihr seid mir so liebe und gute Freunde geworden, und Freundschaft ist die große Schwester der Liebe.«

Lukas war zwar ebenso gerührt von diesen Worten wie Lilian, meinte aber trotzdem, Cherub verbessern zu müssen.

»Die kleine Schwester, wolltest du sagen«, warf er ein. »Nicht wahr?«

»Nein«, entgegnete Cherub und lächelte dabei so sanft wie noch selten zuvor. »Die Freundschaft ist die große Schwester der Liebe. Weil die Freundschaft nämlich eine Reife und einen Abstand hat, die der Liebe zumeist fehlen.«

Nun war Lukas so gerührt, daß seine Augen feucht wurden. Bei Lilian flossen die Tränen bereits.

»Wohin bringst du uns?« drängte Lukas. »Was wird mit uns?«

Cherub stieß wieder mal einen Ton aus, als wolle er ein Lied anstimmen, doch dabei ließ er es bewenden.

Schweigend machten sie sich auf den Weg. Für Lilian war es unvorstellbar, daß sich an ihrer Beziehung zu Cherub jemals etwas ändern würde. Er bedeutete ihr viel, sehr viel sogar. Von ihm hatte sie fast alles gelernt, was sie wußte.

Lukas erging es nicht anders. Es tat ihm leid, daß er so oft mit Cherub gestritten hatte, doch stritt man nur mit denen, die einem etwas bedeuteten; die anderen waren die Anstrengung nicht wert. Von daher tat es ihm wiederum nicht leid, so oft mit Cherub gestritten zu haben, wenngleich ... ach, Lukas war durcheinander.

»Jetzt heißt es Abschied nehmen!«

Cherub stand da und lächelte ein eigenartiges Lächeln. Es erzählte eine ganze Geschichte. Sie handelte von Traurigkeit; davon, sich mit Traurigkeit abzufinden; vor allem aber von der Fähigkeit, sich der eigenen Traurigkeit zum Trotz für andere zu freuen.

Sie standen nämlich geradewegs vor der Pforte zum Paradies.

»Das kann nicht sein«, hauchte Lilian.

»Wie ist das möglich?« hauchte Lukas.

Cherub seufzte. »Wunder sind die wenigen Ereignisse in den Himmeln und auf Erden, die wir uns nicht nur inniglich wünschen, sondern die unser himmlischer Vater auch für uns bestimmt hat.«

»Aber wir haben doch gar keine Flügel«, meinte Lilian. »Es kommen doch nur Beflügelte ins Paradies.«

»Seid unbesorgt«, erwiderte Cherub, »erst mal wartet noch eine Menge Arbeit auf euch, deshalb habt ihr ja auch euren Ballast dabei.«

»Was denn für Arbeit?«

»Das Haus muß hergerichtet werden.«

»Was für ein Haus?«

»Ihr müßt helfen, den Tisch zu bereiten.«

»Welchen Tisch?«

Viele, viele Jahre später lag Yvonne in den Armen ihres himmlischen Vaters.

»Es tut mir so leid«, entschuldigte sie sich zum soundsovieltenmal. »Ich war damals so unzufrieden mit mir und der Welt und vor allem mit meinem Leben. Mir ist klar, daß ich meine Flügel nicht bekomme.«

Gott lachte laut auf. »Daß ihr Kinder immer mehr wissen wollt als ich!«

»Aber ich habe versucht, mich umzubringen, Vater. Und Selbstmördern gibst du nie – «

»Zum einen ist dir nicht gelungen, was du tun wolltest, und zum anderen … Unzufriedenheit zu bekämpfen ist durchaus ehrenhaft, Yvonne. Sie zu besiegen ist Selbstbetrug, sie hinzunehmen ist mutig, doch erst wenn der Mensch ihr erliegt, erkennt er, wie ich ihn gewollt habe und daß er aus eigener Kraft nichts anderes daraus machen kann. Und Einsamkeit ist von allen Schicksalen sicher eines der schwersten.«

Yvonne schluckte. »Heißt das etwa …?«

Sie brauchte die Frage gar nicht zu beenden. Denn Gottvater nickte und schaute sie so gütig dabei an, daß das als Antwort mehr als ausreichend war.

Dann hob er das Mädchen von seinem Schoß, stand auf, ging langsamen Schrittes zum Schrein der Ewigkeit und nahm ein Paar Flügel heraus.

»Ein Kind der Unschuld, das warst du vor dem Fall. Du hast dein Schicksal getragen, und so möge zum Lohne der Zauber, ein Mensch zu sein, von heute an auf ewig in dir weiterleben!«

Die Augen fest geschlossen, kniete Yvonne vor Gottes Thron, und sie spürte, wie der himmlische Vater ihren Rücken berührte, spürte die Wärme, die mit einem Schlag ihren gesamten Körper durchflutete. Doch darüber hinaus spürte sie nichts.

Und das enttäuschte sie. Yvonne hatte geglaubt, ein tiefes Glücksgefühl würde sich ihrer bemächtigen, aber nichts desgleichen geschah. Da hatte sie nun endlich jene Flügel, die sich jeder so sehnlichst wünschte, doch fühlte sie nichts. Rein gar nichts.

Gott schmunzelte, es fiel Yvonne nur nicht auf.

»Komm, mein Kind!« sagte er dann. »Es wird Zeit für die Ewigkeit!«

An der Seite des himmlischen Vaters ging Yvonne ihren Weg zum Paradies. Viele vor ihr waren diese Schritte gegangen, und viele nach ihr würden diese Schritte gehen, das wußte sie. Doch wußte sie zugleich, daß sie alle bei diesen Schritten vermutlich dasselbe empfunden hatten oder empfinden würden: eine alles überschattende Unfähigkeit, sich irgendein Bild, eine Vorstellung zu machen.

Und wahrscheinlich hielt diese Unfähigkeit später insofern an, als daß man das, was man jenseits der geheimnisvollen Pforte erlebte, nicht in Worte kleiden konnte.

Anders war es nach Yvonnes Dafürhalten nicht zu erklären, daß sich die Beflügelten niemals über ihr Leben im Paradies äußerten.

Gottvater lachte laut auf, als dieser Gedanke durch ihren Kopf schoß.

»Es gibt sehr wohl eine andere Erklärung dafür«, sagte er dann. »Sie ist nur so einfach, daß sie keinem von euch in den Sinn kommt.«

Im nächsten Moment durchschritt Yvonne die Pforte zur Ewigkeit, und im gleichen Moment begriff sie, was der Vater gemeint hatte.

»Das … das ist ja … das ist ja wie auf der Erde …«, stammelte sie.

Denn tatsächlich! Da stand das Haus am Meer, von dem sie zeit ihres irdischen Lebens geträumt hatte, und über dem schneeweißen Strand flogen Pelikane ihre Runden, und aus den anliegenden Restaurants drang leise Musik.

»Er wollte zuerst zwar lieber in die Großstadt«, sagte Gottvater, »aber dann hat er sich doch zu deinen Gunsten entschieden.«

Yvonne schluckte und atmete ganz tief durch.

»Er?« vergewisserte sie sich dann noch einmal.

Gott lächelte. »Geh ins Haus!«

Langsamen Schrittes ging Yvonne auf die Haustür zu. Die war aus Glas, so daß sich ihr Körper darin spiegelte.

Ihr Körper?

Ja, sie sah jetzt genauso aus, wie sie auf Erden immer hatte aussehen wollen; selbst ihre Haare waren plötzlich dicht gelockt, und sie reichten ihr bis zur Taille und waren haselnußbraun.

»Wie ist das möglich?« hauchte sie und drehte sich so lange, bis sie sich von allen Seiten begutachtet hatte.

»Geh ins Haus!« forderte der liebe Gott sie nun noch einmal auf.

Yvonne war sprachlos. Im Haus war all das, was sie sich auf Erden immer gewünscht hatte. Sogar die Möbel, die sie sich nie hatte leisten können, und ein paar Sachen, die sie in ihrem vergangenen Leben besessen und sehr geliebt hatte, waren auch da.

»Wie ist das möglich?« rief sie immer und immer wieder aus. »Wie kommt das hierher?«

»Dem Menschen erscheint nur wirklich, was er anfassen kann. Hier bei uns ist alles wirklich, was der Mensch je gesehen hat – auch das, was er nur in seinen Träumen sah.«

Yvonne hörte diese Worte, und so folgte sie ihrem Klang, der aus der Küche kam. Dort stand Zacharias am Fenster.

Yvonne schritt ganz langsam auf ihn zu.

»Ich hatte so gehofft, dich hier zu finden«, flüsterte sie.

Er lachte. »Ich weiß, mein Schatz! Was meinst du, weshalb ich so lange auf dich gewartet habe!«

Er streckte die Arme nach ihr aus, und Yvonne hätte nur noch einen Schritt zu gehen brauchen, um in diesen Armen zu versinken. Doch wagte sie es nicht. Da war plötzlich eine Erinnerung in ihr, die so schmerzte, daß sie es kaum ertragen konnte.

»Ich weiß«, flüsterte Zacharias. »Aber diesmal wird das nicht passieren. Jetzt sind wir beide Engel, und wir haben beide unsere Flügel.«

»Und das heißt, daß ... daß ich dich anfassen ... ich meine ... werde ich dich spüren? Richtig spüren?«

Zacharias sah die Angst in Yvonnes Augen, und so ging

er den einen entscheidenden Schritt, schlang seine Arme um ihren Körper und preßte sie ganz fest an sich.

Yvonne hatte das Gefühl, ihr Herz müßte zerspringen. Sie fühlte nicht nur Zacharias' Nähe, sondern sie fühlte auch noch ganz andere Dinge, Dinge, die nur Menschen fühlten, insbesondere Frauen, wenn sie in den Armen eines geliebten Mannes lagen.

»Wird das jetzt immer so sein?«

Zacharias küßte sie.

»Das ist Gottes Geschenk an uns«, sagte er dann. »Von jetzt an darfst du denken und fühlen wie der Mensch, der du warst.«

»Und das wird nie aufhören?«

Zacharias lachte. »Was meinst du, warum es so wichtig ist, das Leben in seiner ganzen Fülle zu leben, gleichgültig, ob diese Fülle so ist, wie man sie gern hätte?«

»O je.« Das war das einzige, was Yvonne im ersten Moment dazu einfiel.

»Ja«, meinte Zacharias, »hier gibt es so einige, die auf Erden jedem Leid und jeder Enttäuschung aus dem Weg gegangen sind.«

»Und? Langweilen sich die zu Tode?«

»Sie langweilen sich eben nicht zu Tode«, berichtigte Zacharias, »sie langweilen sich!«

»Für immer!«

Diese letzten beiden Worte kamen von der Küchentür, und als Yvonne sich umdrehte, standen dort zwei Kinder, ein Mädchen und ein Junge. Yvonne hatte das Gefühl, die beiden zu kennen; ja, sie hatte sie zumindest schon einmal gesehen, wußte jetzt nur nicht mehr –

»Natürlich!« rief sie da auf einmal. »Ihr ... wer seid ihr?«

Lilian und Lukas hielten einander bei den Händen.

»Das hast du uns schon so oft gefragt«, erwiderten sie im Chor.

»Und warum habt ihr mir nie geantwortet?«

Lilian und Lukas sahen einander kurz an, und dann, dann rannten sie aus der Küche auf die Terrasse hinaus, die zum Strand führte.

»Heh!« rief Yvonne. »Ich habe euch was gefragt!«

Zacharias lachte, und die beiden Großen wollten den beiden Kleinen nachlaufen, doch war da plötzlich ihr himmlischer Vater.

Yvonne erschrak. »Entschuldige. Ich war so mit mir selbst beschäftigt, daß ich ganz vergessen hatte …« Sie schluckte. »Ich glaube nicht, daß es die richtigen Worte gibt, dir zu danken«, sagte sie dann. »Ich kann es nur versuchen, ich – «

»Danke du nicht mir!« fiel Gott ihr ins Wort. »Denn ich habe dir zu danken. Du hast den Teil meiner Schöpfung erfüllt, den ich dir bestimmt hatte. Und zum Dank dafür bekommst du das hier.«

Yvonne und Zacharias standen da und sahen Gott fest in die Augen.

»Kinder der Unschuld«, flüsterten sie dann, »das waren wir vor dem Fall?«

Gott nickte. »Meine Kinder, die in den Tälern der Unschuld leben, wissen nicht, was Gefühle sind. Sie kennen keine Sehnsucht, und sie kennen keinen Haß, sie wissen nicht, was Angst ist, Einsamkeit, Schmerz, und von Krankheiten haben sie erst recht keine Ahnung.«

»Vater!«

Yvonne war so ergriffen, daß sie auf den nächstbesten Stuhl sank.

»Das bedeutet es also«, rief sie aus. »Von Ewigkeit zu Ewigkeit! Sie sagen es auf Erden immer, aber sie wissen gar nicht, was es heißt.«

»Von Ewigkeit zu Ewigkeit!« wiederholte Zacharias und legte seine Hände auf Yvonnes Schultern.

»Dazwischen liegt eine Reise namens Leben«, sprach Gott, und dann streckte er die Hand nach Yvonne aus und deutete ihr, wieder aufzustehen.

»Und all die vielen kleinen und großen Souvenirs, die du auf dieser Reise gesammelt hast, all die sind von nun an dein Paradies.«

Fassungslos starrte Yvonne ihren Schöpfer an.

»Aber ich war nie so schön, wie ich es jetzt bin«, stammelte sie dann.

»So schön wolltest du aber doch immer sein, oder?«

Yvonne lachte verlegen. »Ich wollte ja auch immer –«

Das Wort erstarb ihr auf den Lippen, und dann blickte sie zu Zacharias, schmiegte sich an ihn und schloß die Augen.

Gottvater nickte.

»Ich weiß, Yvonne«, sagte er dann, »du wolltest auch immer ein Kind haben.«

»Nicht ein Kind!« gab sie sofort zurück. »Mein Kind, Vater, unser Kind.«

Auf einmal war Yvonne so traurig, wie sie es damals gewesen war, damals, in dieser schrecklichen Nacht, in diesem schrecklichen Krankenhaus, in dieser schrecklichen Einsamkeit.

Der himmlische Vater seufzte.

»Siehst du die beiden da hinten?« fragte er dann und wies auf Lilian und Lukas, die in der Ferne den Strand entlangrannten.

»Engelinge, Yvonne. Zwei von vielen Engelingen, die in meinen Himmeln leben. Nur wenige von ihnen werden geboren. Die meisten haben eine andere Bestimmung. Und manche von denen wollen einfach nicht an diese Bestimmung glauben.«

Nur zögerlich löste Yvonne sich aus Zacharias' Umarmung. Und dann schaute sie ihrem göttlichen Vater fest in die Augen, blickte im nächsten Moment zu Lilian und Lukas herüber.

»Sind diese beiden … ich meine … sind die …?«

Sie wagte offenbar nicht, es auszusprechen, und so nahm Gott ihr diese Mühe ab.

»Ja, Yvonne. Diese beiden sind das Kind, das du niemals hattest.«

»Aber ... aber wie sind sie denn so groß geworden?«

Gott lächelte. »Auf Erden zu gebären heißt, einem Engel zu helfen, sich seine Flügel zu verdienen. Und damit meine Kinder das überhaupt mitmachen, muß ich den Akt schon so klein wie möglich gestalten.«

»Ich habe die beiden aber nie geboren«, hauchte Yvonne.

»Lilian und Lukas haben ja auch keine Flügel.«

»Und trotzdem leben sie hier?«

»Es gibt in meinem Reich viele Wege«, sagte Gott, »die ins Paradies führen. Lilian und Lukas haben sich ihr Leben hier auf ihre Weise verdient. Nur können sie das nicht genießen, solange sie keine Flügel haben.«

Zacharias seufzte. »Und die können sie nicht kriegen, die armen Dinger?«

»Doch«, entgegnete Gott gedehnt.

»Wie denn?«

Er zwinkerte Zacharias zu. »Kein Engel braucht zwei Flügel. Einer reicht völlig. Wenn also jemand bereit wäre, seine Flügel mit einem anderen zu teilen ...«

Er brauchte nicht weiterzusprechen, denn Yvonne und Zacharias verstanden auch so. »Wir müssen sie nur noch einmal wollen«, fragten sie aufgeregt, »und dann ist alles gut?«

Gott nickte.

»Aber das tun wir. Wir wollen sie. Nicht wahr, Yvonne?«

»Ich habe nie etwas mehr gewollt als dieses Baby. Ich − «

»Wo sind sie denn jetzt hin?«

Gerade hatten Lilian und Lukas noch am Strand gespielt. Jetzt waren sie plötzlich verschwunden. Und schon im nächsten Moment hörten Yvonne und Zacharias das leise Weinen, das aus ihrem Haus drang.

»Sag bloß ...« Mehr fiel Zacharias nicht dazu ein.

Yvonne war noch fassungsloser. »Geht das denn auch so?« hauchte sie.

Gott verzog das Gesicht. »Natürlich würde es auch so gehen. Aber wer würde das da unten glauben wollen?«

So geschah es vor langer, langer Zeit. Lilian und Lukas, Yvonne und Zacharias, sie leben seither in ihrem Paradies, so glücklich und so zufrieden, wie sie es sich im Leben in den Himmeln und auf Erden verdient haben.

Cherub vermißt seine Freunde sehr. Deshalb hat er unlängst einen Antrag auf Wiedergeburt gestellt. Man sei also in der Zukunft ganz besonders liebenswürdig, wenn man einem kleinen, fetten Kind begegnet. Es könnte sich jemand ganz Besonderes dahinter verbergen!

Gottvater streitet sich weiterhin mit Herrn S., und weiterhin geht Herr S. aus jedem Streit als Verlierer hervor.

Über den Tälern der Unschuld liegt seliger Frieden. Im Palast der gläsernen Zeit werden neue Bücher geschrieben. Die Himmel der Wahrhaftigkeit leben, in uns, um uns, für uns.

Und sie warten: Auf uns.

Denn ob es nun Angela oder Zacharias war oder irgend jemand von denen, die im Alphabet dazwischen standen, was immer mit ihnen allen auch geschehen ist, das wird immer wieder geschehen.

Bis an das Ende aller Zeit.

Copyright © 1998
Gustav Lübbe Verlag GmbH,
Bergisch Gladbach

Schutzumschlaggestaltung:
Manfred Peters, Bergisch Gladbach,
unter Verwendung eines Fotos
von IFA-BILDERTEAM – Barrow Inc.
Satz: Agentur Bosbach, Köln
Gesetzt aus der Adobe Caslon von Linotype-Hell
Druck und Einband: Franz Spiegel Buch GmbH, Ulm

Alle Rechte, auch die der
fotomechanischen Wiedergabe, vorbehalten

Printed in Germany
ISBN 3-7857-0858-0

1   3   5   4   2